我的第一本 圖解 印尼語單字

INDONESIAN

全書音檔一次下載

9789864542154.zip

此為ZIP壓縮檔，請先安裝解壓縮程式或APP，
iOS系統請升級至iOS 13後再行下載，此為大型檔案
建議使用WIFI連線下載，以免占用流量，並確認連線狀況，以利下載順暢。

Pelajaran 3 學校

Pelajaran 4 工作場所

Pelajaran 5 購物

Pelajaran 6 飲食

Pelajaran 7 生活保健

Pelajaran 8 休閒娛樂

Pelajaran 9 體育活動和競賽

Pelajaran 10 特殊場合

Cara Menggunakan Buku Ini
使用說明

十大主題下分不同地點與情境，一次囊括生活中的各個面向。

印尼母語人士親錄單字 MP3，道地印尼語單字全部收錄，清楚易學。

具有詳細的詞性標示，標有 n. 的為名詞、v. 為動詞、adj. 為形容詞，ph. 則為詞組，即為短句。

實景圖搭配清楚標號，生活中隨處可見的人事時地物，輕鬆開口說！有更多未出現在情境圖中的補充表現時，便會以●符號呈現。

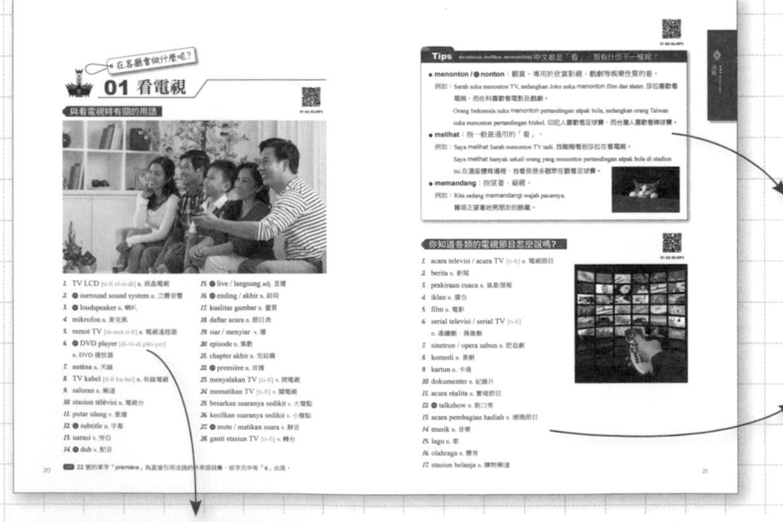

中文相似，但印尼語的真正意義卻大不同，詳細解說讓你不再只學皮毛。

一定要會的補充單字，讓你一目了然，瞬間學會。

印尼語在生活中常會出現許多的縮寫或外來語，但是這些唸法必須是採印尼語的發音法，此時書中以天藍色小字標示音標。

除了各種情境裡會用到的單字片語，
常用句子也幫你準備好。

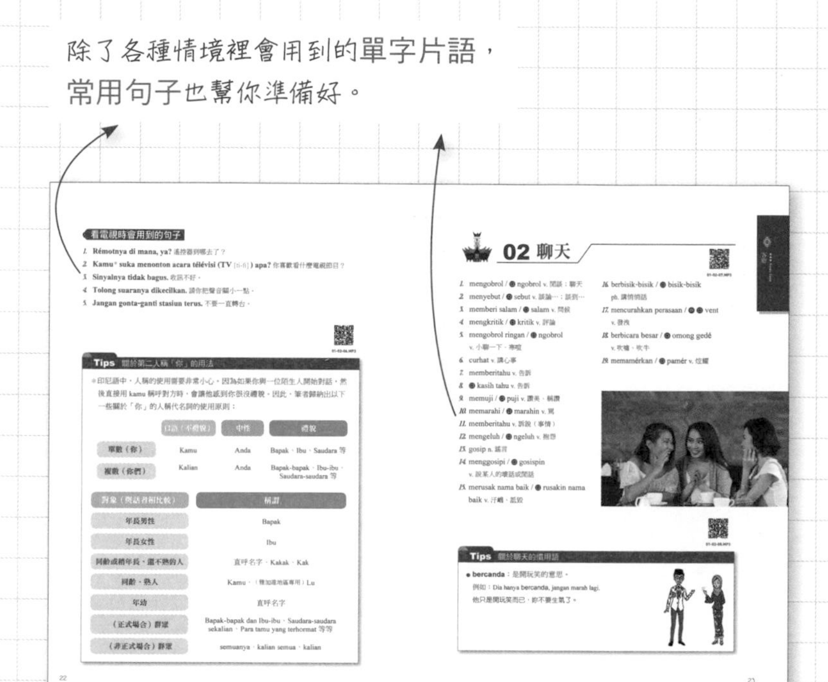

就算連中文都不知道，只要看到圖就知道這個單字是什麼意思，學習更輕鬆。

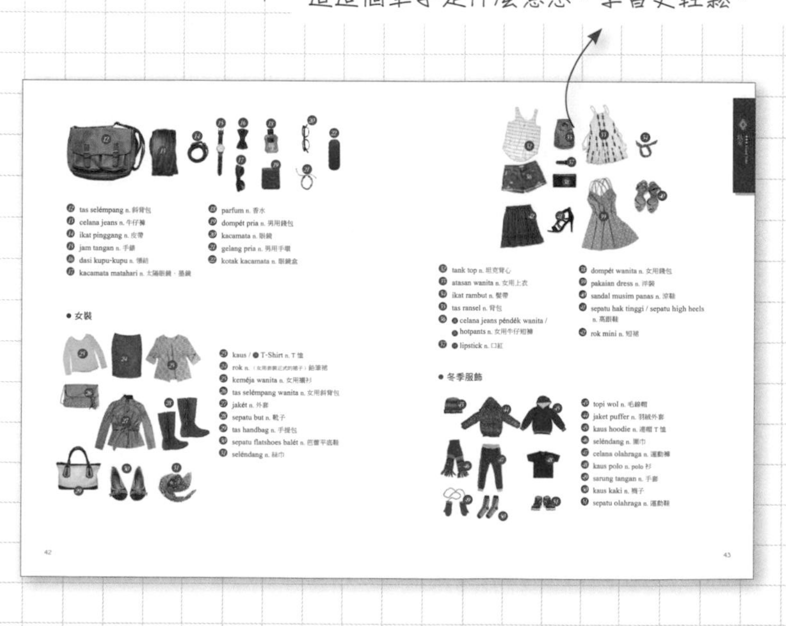

關於本書中的說明符號

- 直 指單字字面上的意思。
- 書 指單字為書面語詞彙。
- 口 指單字為口語詞彙。
- 禮 指單字為禮貌用語。
- 貶 指單字為具有貶義的用語。
- 中 指單字為較中性的一般用語（無褒獎之意亦無貶意）。
- 客 指單字為源自客家話的用語。
- 閩 指單字為源自新加坡、馬來西亞、印尼一帶華人閩南語的用語。
- 粵 指單字為自廣東話的用語。
- 外 指單字為源自其他語言的外來語。

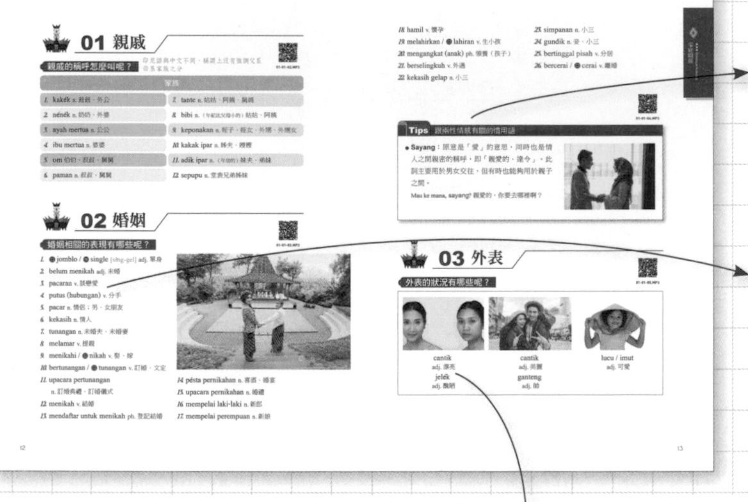

除了單字片語，還補充印尼人常用的印尼語慣用語，了解語義才能真正活用。

當單字中一部分有（　）時，代表（　）內的字可有可無，意思不變。

關於本書中的發音提醒標示

正式的印尼的字母結構與英文完全相同，只有「A(a)」到「Z(z)」這26個羅馬字母，不會有類似歐洲外語中 ă, â, ê, á, é … 等字母存在。而在印尼語裡，字元「e」的發音有兩種：①是偏向「ㄟ（A）」的發音。　②是偏向「ㄜ（呃）」的發音。

這兩者因於發音規則中，沒有太過明確的規則可言，致使學習者在記憶新單字時，往往不容易背下正確發音。為了解決此一窘境，本書中特別將發音偏向①「ㄟ（A）」的母音，在上面加上一條斜線變成「é」的方式呈現。再次提醒，這條斜線是幫助了解發音的識別記號，正式書寫印尼文時，沒有斜線的才正確。（204頁的課標題「Café」這個字除外，因此字直接引用法文字，故單字裡的é即為原貌）

Pelajaran 1

Kehidupan di rumah 居家生活

Bab 1

Hubungan Keluarga
家庭關係

01-01-01.MP3

家庭關係

說明 印尼語字母與英文完全相同，書中的單字中母音 e 上方有斜線（é）的為發音識別記號。開始學之前，請先詳閱第 8 頁的使用說明。

1. kakék n. 祖父
2. nénék n. 祖母
3. suami istri n. 夫妻
4. suami n. 丈夫
5. istri n. 太太
6. sayang n. 親愛的、達令
7. orang tua n.（直 老人）父母
8. 書 禮 ayah / 口 中 bapak / 口 外 papa / papi / daddy [dédi] n. 爸爸
9. 書 禮 ibu / 口 暱 bunda / 口 外 mama,mami n. 媽媽

固定搭配 ayah ibu, ayah bunda, bapak ibu, papa mama, papi mami，像中文不會用「父媽」、「爸母」來組合一樣，印尼文對雙親的稱呼也只能固定如前述來應用。

10. cucu n. 孫子

11. anak n. 孩子

12. 書 中 anak laki-laki n. 兒子

13. 書 中 anak perempuan n. 女兒

14. 書 禮 putra n. 兒子

15. 書 禮 putri n. 女兒

16. saudara n. 兄弟姊妹

17. kakak laki-laki / abang n. 哥哥

18. kakak perempuan n. 姊姊

19. adik n. 弟弟、妹妹

20. kakak sulung n. 大哥、大姊

21. adik bungsu n. 么弟、么妹

22. menantu n. 女婿、媳婦

23. anak kandung n. 親生子

24. anak asuh n. 養子

25. anak tunggal n. 獨生子

26. anak sulung n. 頭一胎（的孩子）

27. anak bungsu n. 么子、么女

28. ayah tiri n. 繼父

29. ibu tiri n. 繼母

30. anak haram / 中 anak di luar nikah n. 私生子

說明 anak haram 是指男女非婚所生，不受伊斯蘭戒律所接納的孩子。

31. anak kembar n. 雙胞胎

32. 書 keturunan campuran / 口 anak blasteran n. 混血兒

01 親戚

01-01-02.MP3

親戚的稱呼怎麼叫呢？

印尼語與中文不同，稱謂上沒有強調父系母系家族之分

家族	
1. kakék n. 爺爺、外公	7. tante n. 姑姑、阿姨、舅媽
2. nénék n. 奶奶、外婆	8. bibi n.（年紀比父母小的）姑姑、阿姨
3. ayah mertua n. 公公	9. keponakan n. 姪子、姪女、外甥、外甥女
4. ibu mertua n. 婆婆	10. kakak ipar n. 姊夫、嫂嫂
5. om 伯伯、叔叔、舅舅	11. adik ipar n.（年幼的）妹夫、弟妹
6. paman n. 叔叔、舅舅	12. sepupu n. 堂表兄弟姊妹

02 婚姻

01-01-03.MP3

婚姻相關的表現有哪些呢？

1. 口 jomblo / 外 single [sing-gel] adj. 單身
2. belum menikah adj. 未婚
3. pacaran v. 談戀愛
4. putus (hubungan) v. 分手
5. pacar n. 情侶；男、女朋友
6. kekasih n. 情人
7. tunangan n. 未婚夫、未婚妻
8. melamar v. 提親
9. menikahi / 口 nikah v. 娶、嫁
10. bertunangan / 口 tunangan v. 訂婚、文定
11. upacara pertunangan n. 訂婚典禮、訂婚儀式
12. menikah v. 結婚
13. mendaftar untuk menikah ph. 登記結婚

14. pésta pernikahan n. 喜酒、婚宴
15. upacara pernikahan n. 婚禮
16. mempelai laki-laki n. 新郎
17. mempelai perempuan n. 新娘

18. hamil v. 懷孕
19. melahirkan / ⓪ lahiran v. 生小孩
20. mengangkat (anak) ph. 領養（孩子）
21. berselingkuh v. 外遇
22. kekasih gelap n. 小三
23. simpanan n. 小三
24. gundik n. 妾、小三
25. bertinggal pisah v. 分居
26. bercerai / ⓪ cerai v. 離婚

01-01-04.MP3

Tips 跟兩性情感有關的慣用語

- **Sayang**：原意是「愛」的意思，同時也是情人之間親密的稱呼，即「親愛的、達令」。此詞主要用於男女交往，但有時也能夠用於親子之間。

  Mau ke mana, sayang? 親愛的，你要去哪裡啊？

03 外表

01-01-05.MP3

外表的狀況有哪些呢？

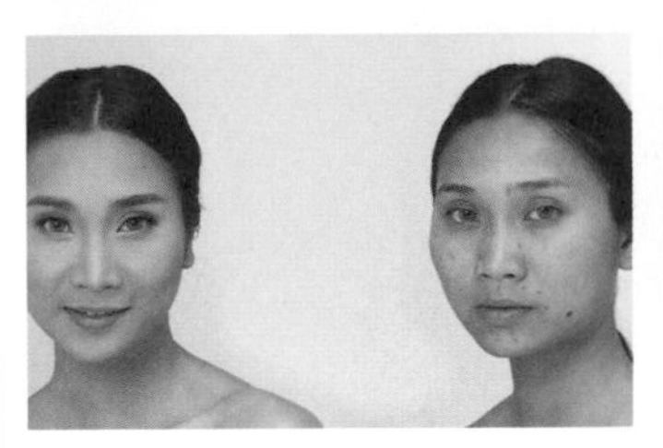

cantik
adj. 漂亮
jelék
adj. 醜陋

cantik
adj. 美麗
ganteng
adj. 帥

lucu / imut
adj. 可愛

tua
adj. 老
muda
adj. 年輕

rendah / (口) péndék adj. 矮
tinggi adj. 高

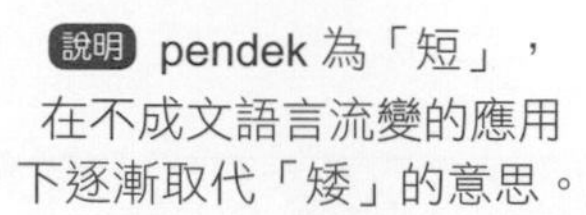

說明 pendek 為「短」，在不成文語言流變的應用下逐漸取代「矮」的意思。

kurus
adj. 瘦
gemuk
adj. 胖

kuat
adj. 強壯

langsing
adj. 苗條

berwarna kulit gelap / (貶) hitam adj. 黝黑
berwarna kulit cerah
adj. 白晰

說明 hitam 原意為「黑」。

rambutnya keriting
adj.（他的）頭髮是捲的
rambutnya lurus
adj.（他的）頭髮是直的

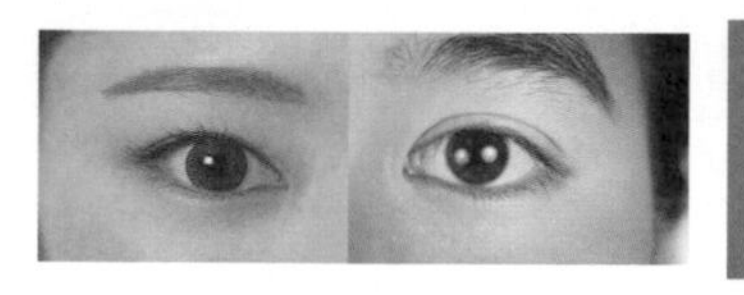

kelopak mata tunggal
n. 單眼皮
kelopak mata ganda
n. 雙眼皮

pésék
adj.（鼻子）扁
mancung
adj.（鼻子）高

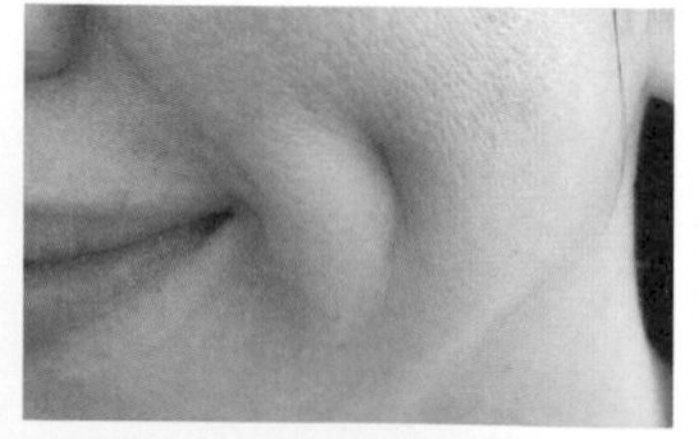

lesung pipit
n. 酒窩

(口) botak / (書) gundul
adj. 禿頭

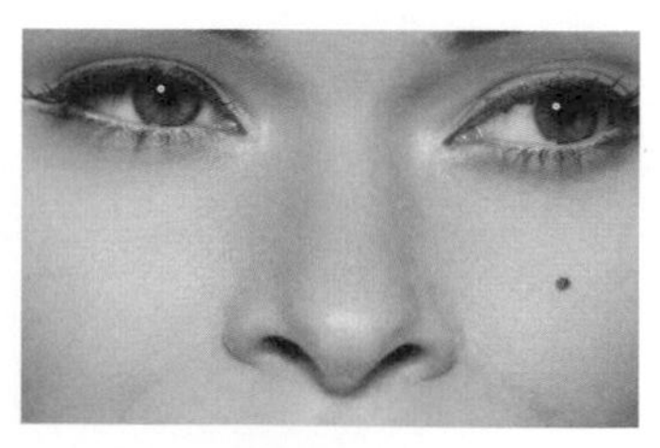

tahi lalat
n.（(直) 蒼蠅屎）痣

jerawat
n. 青春痘

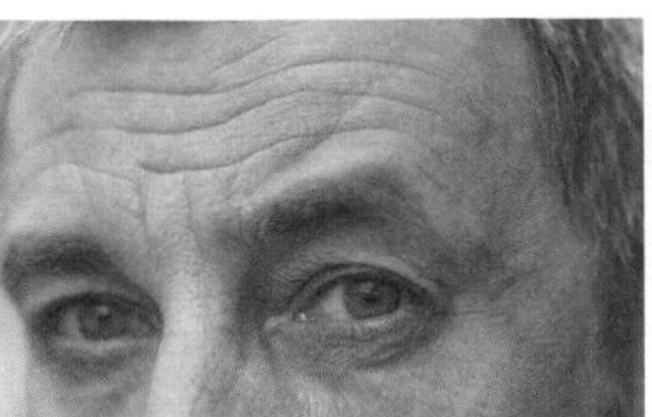

kerutan
n. 皺紋

kumis
n. 鬍
jénggot / janggut
n. 鬚

01-01-06.MP3

Tips 與外表有關的慣用語

- **memandang muka**：望著臉。即只以他人的外表來判斷一個人，相當於中文的「以貌取人」。

Dia orang yang memandang muka, kamu pasti tidak suka.
他是個著重外貌的人，你一定不喜歡。

04 個性

01-01-07.MP3

一般有哪些種類的個性呢？

1. baik hati adj. 慈祥、慈藹、好心
2. jahat adj. 壞心
3. ramah adj. 和善
4. galak adj. 兇
5. nakal adj. 不聽話
6. baik adj. 性格好

7. penurut n. 乖孩子
8. bandel adj. 調皮
9. introvér adj. 內向
10. pendiam adj. 安靜
11. ékstrovér adj. 外向
12. pintar / pandai adj. 聰明
13. bodoh adj. 愚笨

14. lemah lembut adj. 隨和、溫厚
15. ketat adj. 嚴格
16. pemarah adj. 暴躁
17. serius adj. 認真
18. malas adj. 懶惰

19. tahan banting adj. 吃苦耐勞
20. teliti adj. 細心
21. ceroboh adj. 粗心
22. bijaksana adj. 賢慧
23. hémat adj. 節儉
24. boros adj. 奢侈

25. pelit adj. 小氣
26. murah hati adj. 大方
27. égois adj. 自私
28. serakah adj. 貪心
29. rendah hati adj. 謙虛
30. suka pamer ph. 誇耀、愛現

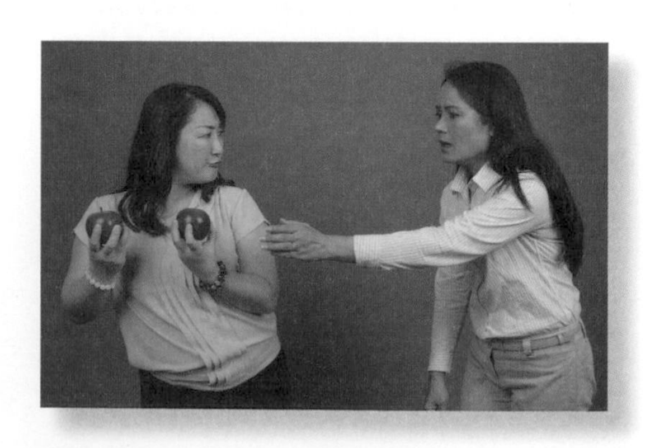

31. sombong adj. 傲慢
32. bersahabat adj. 友善
33. ramah adj. 熱情
34. berbakti adj. 孝順
35. tidak berbakti adj. 不孝
36. pemberani n. 勇敢的人
37. berani adj. 勇敢
38. pengecut n. 膽小鬼、懦夫

39. kuat adj. 堅強
40. lemah adj. 軟弱
41. jujur adj. 誠實
42. lurus adj. 正直
43. naif adj. 憨直
44. palsu adj. 虛偽
45. percaya diri / ▣ PD [pé-dé] adj. 有自信
46. rendah diri / tidak percaya diri / ▣ gak PD [pé-dé] adj. 自卑

47. optimistis adj. 樂觀
48. pésimistis adj. 悲觀
49. memiliki rasa humor ph. 有幽默感
50. dingin adj. 冷漠
51. pendiam adj. 文靜
52. céréwet adj. 呱噪、愛講話

53. sopan adj. 有禮
54. tidak sopan adj. 無禮、沒大沒小
55. lembut adj. 斯文
56. kasar adj. 粗魯
57. sabar adj. 有耐心
58. konsistén adj. 始終如一

Bab 2 Ruang Tamu 客廳

01-02-01.MP3

客廳擺飾

1. langit-langit n. 天花板
2. dinding n. 牆壁
3. lantai n. 地板
4. jendéla n. 窗戶
5. méja kecil ; méja kopi n. 茶几；咖啡桌
6. sofa n. 長沙發椅
7. lukisan n. 畫像；掛畫
8. bingkai jendéla n. 窗框
9. tirai jendéla n. 窗簾
10. sakelar lampu n. 電燈開關
11. télévisi / TV [ti-fi] n. 電視
12. karpét n. 地毯
13. tumbuhan bonsai n. 盆栽
14. bantal sofa n. 靠墊

15 lampu dinding n. 壁燈
16 lampu gantung n. 吊燈
17 lemari n. 櫃子
18 laci n. 抽屜
19 jam n. 時鐘

— kipas angin n. 電風扇
— AC [a-sé] n. 冷氣
— rak sepatu n. 鞋架
— lemari n. 櫥櫃
— altar n. 祭壇

01-02-02.MP3

\ 你知道嗎？ /

常見的各種燈具有哪些呢？

● 傳統燈

lilin
n. 蠟燭

lampu minyak
n. 煤油燈

lampion
n. 燈籠

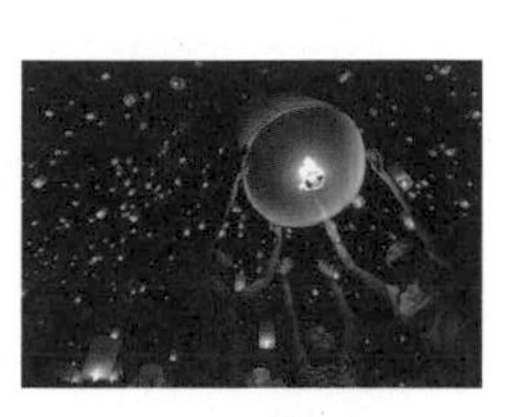
lampion terbang
n. 天燈

● 照明燈

bohlam
n. 電燈泡

lampu néon
n. 日光燈

bohlam hémat listrik
n. 省電燈泡

lampu LED
[el-i-di]. n. LED 燈

● 功能燈及裝飾燈

lampu malam
n. 夜燈

lampu belajar
n. 檯燈

sénter
n. 手電筒

lampu berdiri
n. 立燈

lampu gantung méwah
n. 豪華吊燈

01 看電視

與看電視時有關的用語

01-02-03.MP3

1. TV LCD [ti-fi el-si-di] n. 液晶電視
2. 外 surround sound system n. 立體音響
3. 外 loudspeaker n. 喇叭
4. mikrofon n. 麥克風
5. remot TV [ré-mot ti-fi] n. 電視遙控器
6. 外 DVD player [di-vi-di pléi-yer] n. DVD 播放器
7. anténa n. 天線
8. TV kabel [ti-fi ka-bel] n. 有線電視
9. saluran n. 頻道
10. stasiun télévisi n. 電視台
11. putar ulang v. 重播
12. 外 subtitle n. 字幕
13. narasi v. 旁白
14. 外 dub v. 配音
15. 外 live / langsung adj. 直播
16. 外 ending / akhir n. 結局
17. kualitas gambar n. 畫質
18. daftar acara n. 節目表
19. siar / menyiar v. 播
20. episode n. 集數
21. chapter akhir n. 完結篇
22. 外 première n. 首播
23. menyalakan TV [ti-fi] v. 開電視
24. mematikan TV [ti-fi] v. 關電視
25. besarkan suaranya sedikit v. 大聲點
26. kecilkan suaranya sedikit v. 小聲點
27. 外 mute / matikan suara v. 靜音
28. ganti stasiun TV [ti-fi] v. 轉台

說明 22 號的單字「première」為直接引用法語的外來語詞彙，故字元中有「è」出現。

01-02-04.MP3

Tips menonton, melihat, memandang 中文都是「看」。那有什麼不一樣呢？

- **menonton / 口 nonton**：觀賞。專用於欣賞影視、戲劇等娛樂性質的看。

  例如：Sarah suka menonton TV, sedangkan Joko suka **menonton** film dan téater. 莎拉喜歡看電視，而佐科喜歡看電影及戲劇。

  Orang Indonesia suka **menonton** pertandingan sépak bola, sedangkan orang Taiwan suka menonton pertandingan bisbol. 印尼人喜歡看足球賽，而台灣人喜歡看棒球賽。

- **melihat**：指一般最通用的「看」。

  例如：Saya **melihat** Sarah menonton TV tadi. 我剛剛看到莎拉在看電視。

  Saya **melihat** banyak sekali orang yang menonton pertandingan sépak bola di stadion ini.在這座體育場裡，我看見很多觀眾在觀看足球賽。

- **memandang**：指望著、凝視。

  例如：Rita sedang **memandangi** wajah pacarnya.

  麗塔正望著她男朋友的臉龐。

你知道各類的電視節目怎麼說嗎？

01-02-05.MP3

1. acara televisi / acara TV [ti-fi] n. 電視節目
2. berita n. 新聞
3. prakiraan cuaca n. 氣象預報
4. iklan n. 廣告
5. film n. 電影
6. serial televisi / serial TV [ti-fi] n. 連續劇、偶像劇
7. sinetron / opera sabun n. 肥皂劇
8. komedi n. 喜劇
9. kartun n. 卡通
10. dokumenter n. 紀錄片
11. acara réalita n. 實境節目
12. 外 talkshow n. 脫口秀
13. acara pembagian hadiah n. 頒獎節目
14. musik n. 音樂
15. lagu n. 歌
16. olahraga n. 體育
17. stasiun belanja n. 購物頻道

看電視時會用到的句子

1. **Rémotnya di mana, ya?** 遙控器到哪去了？
2. **Kamu* suka menonton acara télévisi (TV** [ti-fi] **) apa?** 你喜歡看什麼電視節目？
3. **Sinyalnya tidak bagus.** 收訊不好。
4. **Tolong suaranya dikecilkan.** 請你把聲音關小一點。
5. **Jangan gonta-ganti stasiun terus.** 不要一直轉台。

01-02-06.MP3

Tips 關於第二人稱「你」的用法

＊印尼語中，人稱的使用需要非常小心。因為如果你與一位陌生人開始對話，然後直接用 kamu 稱呼對方時，會讓他感到你很沒禮貌。因此，筆者歸納出以下一些關於「你」的人稱代名詞的使用原則：

	口語（不禮貌）	中性	禮貌
單數（你）	Kamu	Anda	Bapak、Ibu、Saudara 等
複數（你們）	Kalian	Anda	Bapak-bapak、Ibu-ibu、Saudara-saudara 等

對象（與話者相比較）	稱謂
年長男性	Bapak
年長女性	Ibu
同齡或稍年長，還不熟的人	直呼名字、Kakak、Kak
同齡、熟人	Kamu、（雅加達地區專用）Lu
年幼	直呼名字
（正式場合）群眾	Bapak-bapak dan Ibu-ibu、Saudara-saudara sekalian、Para tamu yang terhormat 等等
（非正式場合）群眾	semuanya、kalian semua、kalian

02 聊天

01-02-07.MP3

1. mengobrol / (口) ngobrol v. 閒談；聊天
2. menyebut / (口) sebut v. 談論…；談到…
3. memberi salam / (口) salam v. 問候
4. mengkritik / (口) kritik v. 評論
5. mengobrol ringan / (口) ngobrol v. 小聊一下、寒暄
6. curhat v. 講心事
7. memberitahu v. 告訴
8. (口) kasih tahu v. 告訴
9. memuji / (口) puji v. 讚美、稱讚
10. memarahi / (口) marahin v. 罵
11. memberitahu v. 訴說（事情）
12. mengeluh / (口) ngeluh v. 抱怨
13. gosip n. 謠言
14. menggosipi / (口) gosispin v. 說某人的壞話或閒話
15. merusak nama baik / (口) rusakin nama baik v. 汙衊、詆毀
16. berbisik-bisik / (口) bisik-bisik ph. 講悄悄話
17. mencurahkan perasaan / (外) (口) vent v. 發洩
18. berbicara besar / (口) omong gedé v. 吹噓、吹牛
19. memamérkan / (口) pamér v. 炫耀

01-02-08.MP3

Tips 關於聊天的慣用語

- **bercanda**：是開玩笑的意思。

  例如：Dia hanya **bercanda**, jangan marah lagi.

  他只是開玩笑而已，妳不要生氣了。

聊天常說的句子

1. **Apa yang terjadi?** 發生什麼事？
2. **Kamu kenapa?** 你怎麼了？
3. **Apakah kamu punya masalah di hati?** 你有心事嗎？
4. **Kamu tidak apa-apa, kan?** 你還好吧？
5. **Aku tidak apa-apa.** 我沒事。
6. **Saya sangat sedih mendengar berita ini.** 聽到這個消息我很難過。
7. **Jangan khawatir, semuanya pasti akan menjadi baik.** 別擔心，一切都會好的。
8. **Kamu berpikir terlalu banyak.** 你想太多了。
9. **Jangan berpikir terlalu banyak.** 不要想太多。
10. **Saya bisa mengerti perasaanmu.** 我能體會你的感受。
11. **Ceritanya panjang sekali.** 說來話長；一言難盡。
12. **Waktu akan menyelesaikan semuanya.** 時間會解決一切。
13. **Boleh saya berpikir sebentar?** 讓我想一下。
14. **Boleh saya coba?** 讓我試看看。
15. **Pikirkan dengan teliti.** 仔細考慮一下。
16. **Ikut kamu saja.** 聽你的，你說的算。
17. **Saya sérius.** 我是認真的。
18. **Terserah kamu mau bicara apa.** 隨便你怎麼說。
19. **Kamu yang putuskan saja.** 你決定就好。
20. **Boléh saja, tidak apa-apa.** 都可以、無所謂。
21. **Ini sulit dibicarakan.** 這很難說。
22. **Dipikirkanlah! / Berpikirlah!** 動動腦筋吧！
23. **Tidak perlu dipertanyakan.** 無庸置疑。
24. **Langsung ke hal utama saja.** 直接談正事吧！
25. **Ingat kata-katamu.** 說話算話。
26. **Saya berjanji.** 我保證。
27. **Saya bersumpah.** 我發誓。
28. **Saya tidak percaya.** 我不信。
29. **Saya tidak tahu apa-apa.** 我什麼都不知道
30. **Kan saya sudah bilang!** 我就說了嘛！

03 做家事

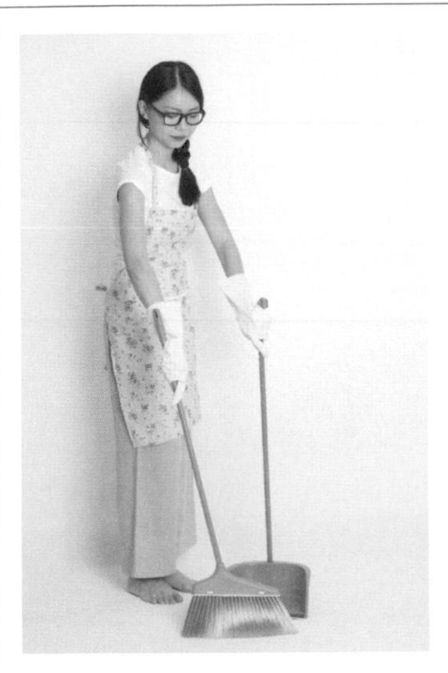

書 menyapu lantai /
口 sapu lantai
ph. 掃地

書 mengépel lantai /
口 pél lantai
ph. 拖地

書 memvakum lantai /
口 vakum lantai
ph. 吸地

書 menggosok lantai /
口 gosok lantai
ph. 刷地板

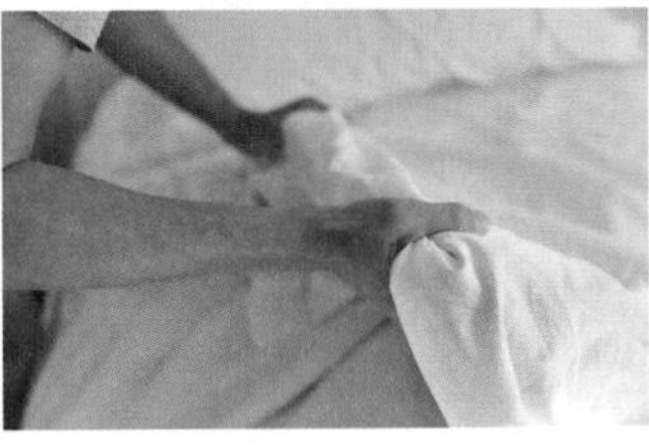

memberéskan ranjang
ph. 鋪床

書 menjemur baju /
口 jemur baju
ph. 曬衣服

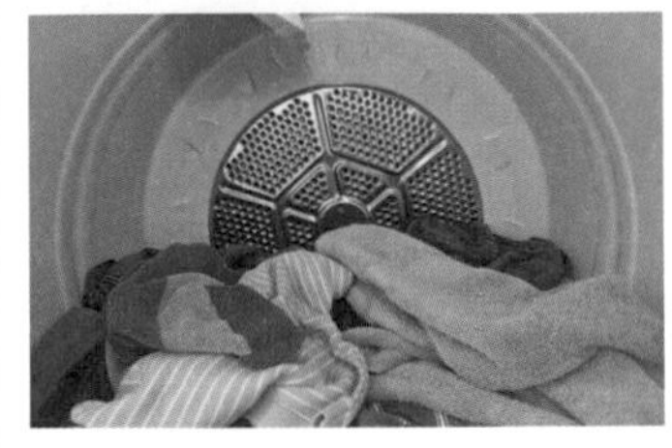

mengeringkan baju
dengan mesin pengering
ph. 烘衣服

書 melipat baju /
口 lipat baju
ph. 摺衣服

書 menyetrika baju /
口 setrika baju
ph. 燙衣服

書 memasak /
口 masak
v. 煮飯

書 menaruh piring /
口 taruh piring
ph. 擺盤

書 mengelap meja /
口 lap meja
ph. 擦桌子

書 mencuci mangkuk /
口 cuci mangkuk
ph. 洗碗

membuang sampah sesuai jenis
ph. 垃圾分類

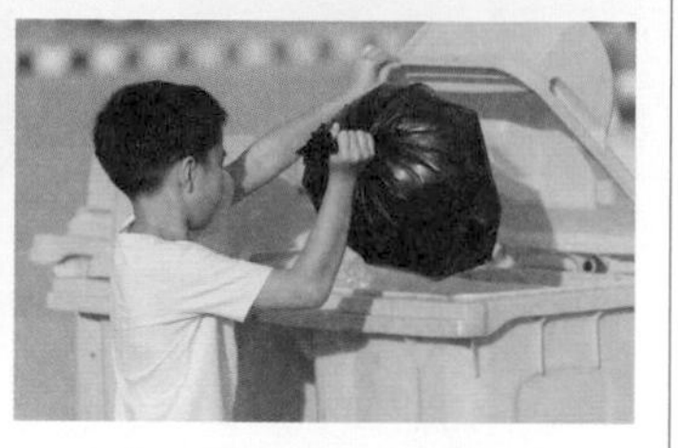

書 membuang sampah /
口 buang sampah
ph. 倒垃圾

書 mencuci mobil /
口 cuci mobil
ph. 洗車

menyiangi rumput
ph. 除草

書 menyirami tanaman /
口 siram tanaman
ph. 澆水

做家事時會用到的用具有哪些？

01-02-10.MP3

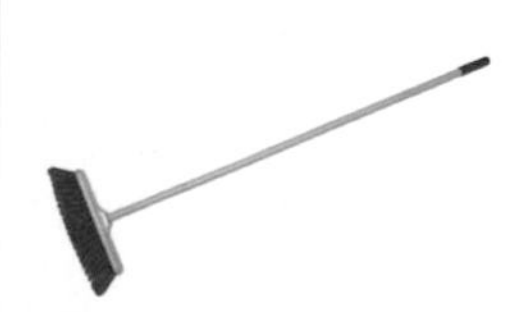

sapu
n. 掃把

tong sampah
n. 垃圾桶

閩 kemocéng
n. 雞毛撢子

pembersih vakum /
外 口 vakum cleaner
n. 吸塵器

閩 pengki
n. 畚斗

pél lantai
n. 拖把

tong daur ulang
n. 回收桶

mesin cuci
n. 洗衣機

déterjén bubuk
n. 洗衣粉

déterjén cair
n. 洗衣精

pelembut baju
n. 柔軟精

alat gosok
n. 刷子

keranjang baju
n. 洗衣籃

mesin pengering baju
n. 烘衣機

gantungan baju
n. 衣架

jepitan jemuran
n. 曬衣夾

setrika
n. 熨斗

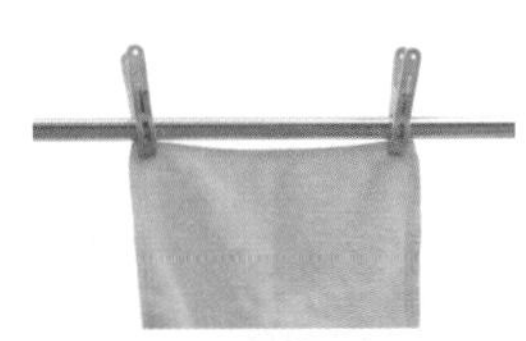
tali jemuran
n. 曬衣繩

mesin cuci piring
n. 洗碗機

sabun cuci mangkuk
n. 洗碗精

spons cuci
n. 菜瓜布

kain lap méja
n. 抹布

pemutih baju
n. 漂白劑

soda api
n. 水管疏通劑

Bab 3 Dapur 廚房

廚房的擺設

1. 口 kulkas / 書 lemari és n. 冰箱
2. mesin penghisap asap n. 抽油煙機
3. kompor listrik n. 電爐
   kompor gas n. 瓦斯爐
4. 外 microwave n. 微波爐
5. oven n. 烤箱
6. konter / méja persiapan n. 流理台
7. lemari mangkuk / makanan n. 碗櫃、食物櫥櫃
8. bumbu n. 調味料、佐料
9. wastafel n. 水槽
10. keran air n. 水龍頭
11. méja makan n. 飯桌
12. pot bunga n. 花瓶

01-03-02.MP3

其他常用的廚房電器

mesin mixer
n. 果汁機；攪拌器

mesin pemeras jus
n. 蔬果榨汁機

pencacah makanan / pengolah makanan
n. 食物調理機

mesin toaster
n. 烤麵包機

mesin pembuat roti
n. 製麵包機

mesin pembuat kopi
n. 咖啡機

dispénser
n. 飲水機

lemari pendingin / 外 freezer
n. 冷凍櫃

外 rice cooker / 書 pemasak nasi
n. 電鍋

kompor listrik
n. 電磁爐

mesin pemasak air
n. 快煮壺

mesin cuci piring
n. 洗碗機

01-03-03.MP3

在廚房會用到的工具或用品

celemék
n. 圍裙

gunting
n. 剪刀

pisau dapur
n. 菜刀

pisau pengupas kulit
n. 削皮刀

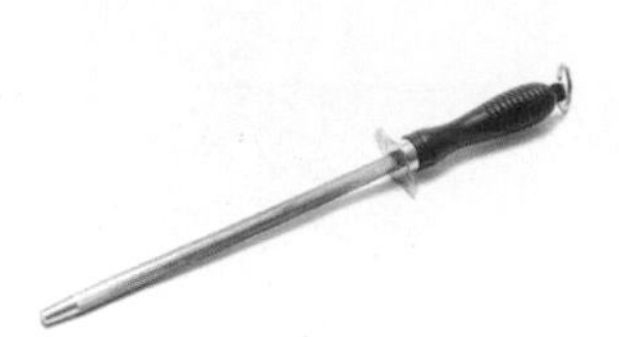

alat pengasah pisau
n. 磨刀器

papan potong
n. 砧板

sendok nasi
n. 飯匙

sendok kuah
n. 湯勺

sodét
n. 鍋鏟

kompor gas
n. 瓦斯爐

panci
n. 鍋子

panci présto
n. 壓力鍋

téflon
n. 平底鍋

閩 kuali / wajan
n. 炒菜鍋

閩 téko
n. 熱水壺

térmos
n. 保溫壺

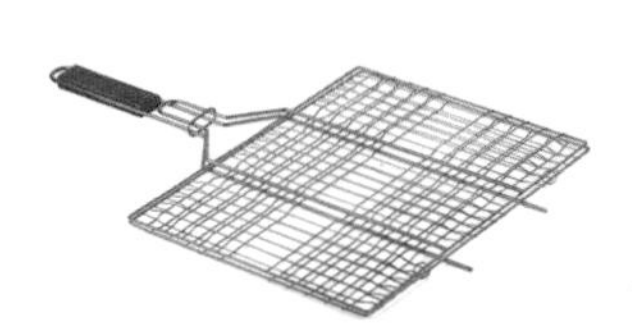

panggangan
n. 烤網

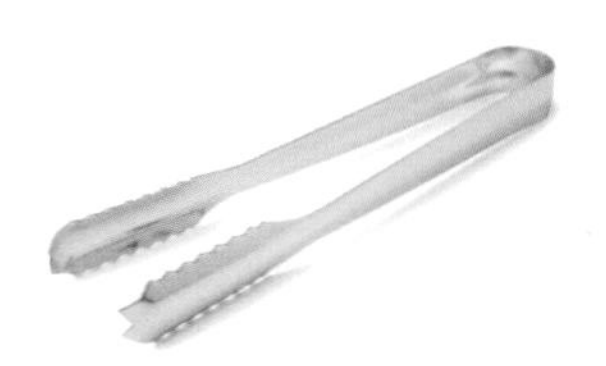

alat penjepit
n. 夾子

sarung tangan anti panas
n. 隔熱手套

tatakan anti panas
n. 隔熱墊

selaput plastik
n. 保鮮膜

書 kertas aluminium /
外 口 aluminum foil
n. 鋁箔紙

alat pembuka botol
n. 開瓶器

alat pembuka botol anggur
n. 軟木塞開瓶器

alat pembuka kaléng
n. 開罐器

alat penggiling bumbu
n. 研磨器

palu pemukul daging
n. 肉錘

alat pembuat jus
n. 榨汁器

cobék
n. 研磨缽
ulekan
n. 研磨棒

tempat mangkuk
n. 碗架

在廚房會做什麼呢？

01 烹飪

01-03-04.MP3

各種烹飪的方式有哪些？

masak
v. 煮

rebus
v. 白煮

kukus
v. 蒸

dimicrowavekan
v. 微波加熱

goreng
v. 炒

goréng
v. 煎

goréng
v. 炸

panggang / bakar
v. 烤

aduk
v. 攪

說明 為在印尼語裡，「goreng」的概念是中文的「煎、炸、炒」，也就是指所有用油烹飪的動作。

烹飪時會用到的句子

1. **Saat memasukkan bahan makanan, tangan jangan terlalu tinggi, supaya tidak kecipratan minyak goréng panas.** 放入食材時，手不要太高，這樣就不會被熱油噴到手。
2. **Ikannya hampir gosong! Cepat dibalik!** 魚快燒焦了！趕快翻面。
3. **Masak sup kerang itu mudah, tinggal masukkan sedikit jahé dan bumbu, lalu dimasak dengan air panas sampai mendidih.**
   煮蛤蜊湯很容易，只要放一點薑跟調味料再用熱水煮沸就行了。
4. **Malam ini saya buat nasi goréng, ya. Kamu mau makan?**
   今天晚上炒飯好了，你要吃嗎？

01-03-05.MP3

Tips 與餐食有關的慣用語

- **Nasi sudah menjadi bubur**：飯已經變成粥了。比喻事情已經做了，沒辦法改變了。相當於中文的「木已成舟、箭在弦上、生米煮成熟飯」。

A: "Coba saja saat itu saya tidak pernah melakukan kesalahan itu." 要是我上次沒犯過那個錯誤就好了。

B: "Nasi sudah menjadi bubur. Kita tidak bisa merubah masa lalu." 木已成舟。我們不能改變過去（過去的就讓他過去吧！）。

- **Karena nila setitik, rusak susu sebelanga**：因為一丁點紫色的斑點，壞了一鍋牛奶。意思是因一個極為微小的錯誤造成整體事件的嚴重損害。相當於中文的「一顆老鼠屎壞了一鍋粥」、「害群之馬」。

"Sebenarnya makanan di réstoran kami sangat énak, tetapi ada pelayan yang kerjanya sangat buruk, sehingga pelanggan itu marah besar. Karena nila setitik rusak susu sebelanga!" 其實我們餐廳的食物非常好吃，但是有服務員工作太差勁，造成那位顧客大發脾氣。真是一顆老鼠屎壞了一鍋粥！

01-03-06.MP3

各種煮飯（烹調）的準備工作有哪些？

mencuci beras
ph. 洗米

書 Mencuci / 口 cuci
v. 洗

書 direndamkan di air / 口 rendam di air
v. 泡水

memilih sayur
ph. 挑菜

menguliti
v. 削皮

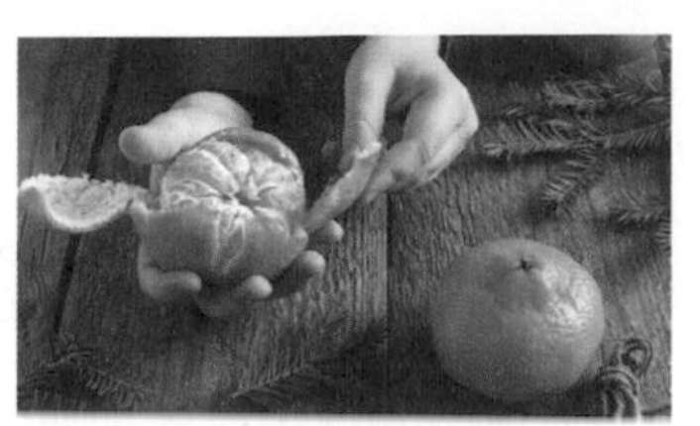

書 mengupas kulit / 口 kupas kulit
v. 剝皮

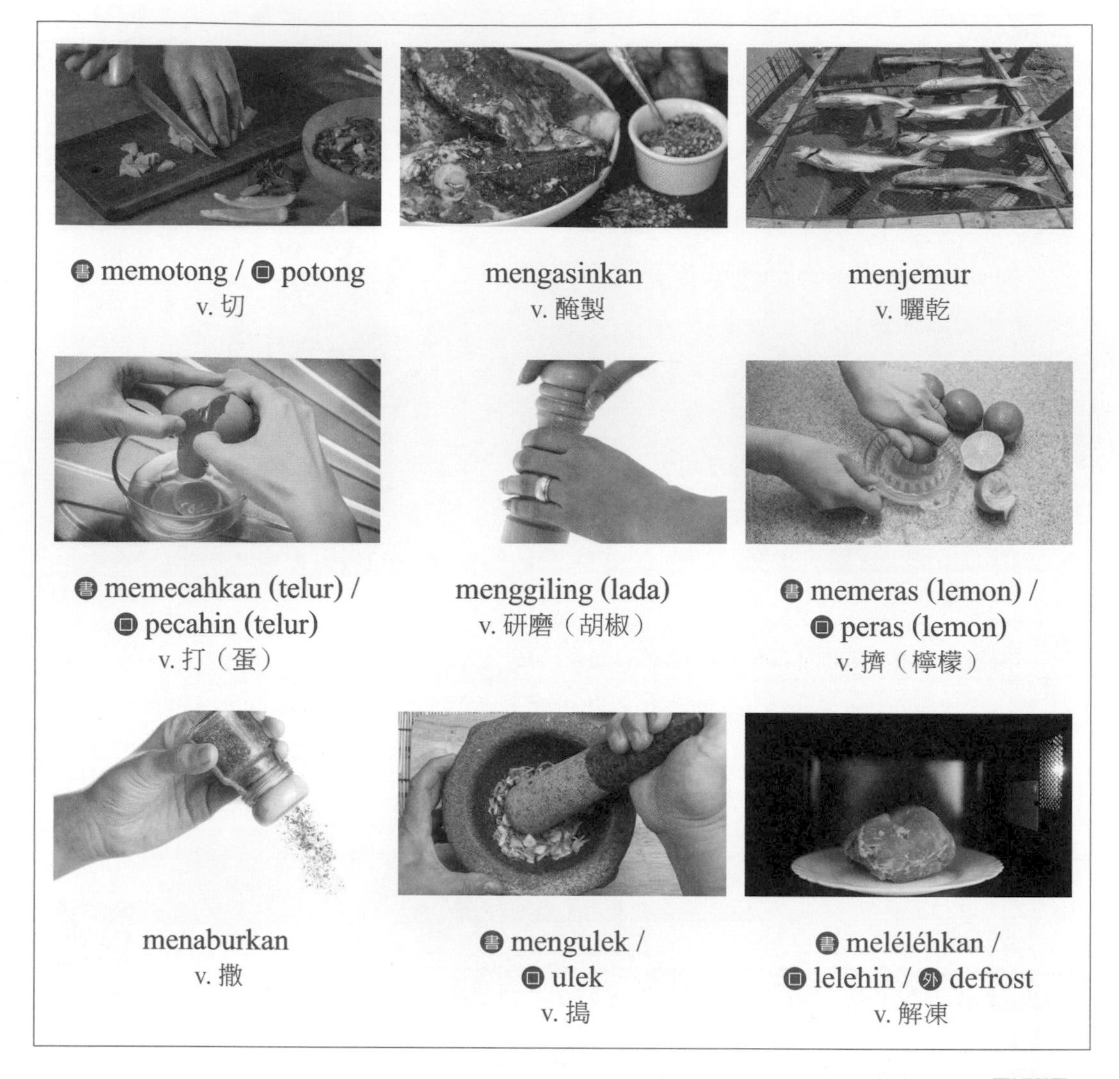

書 memotong / 口 potong
v. 切

mengasinkan
v. 醃製

menjemur
v. 曬乾

書 memecahkan (telur) /
口 pecahin (telur)
v. 打（蛋）

menggiling (lada)
v. 研磨（胡椒）

書 memeras (lemon) /
口 peras (lemon)
v. 擠（檸檬）

menaburkan
v. 撒

書 mengulek /
口 ulek
v. 搗

書 meléléhkan /
口 lelehin / 外 defrost
v. 解凍

01-03-07.MP3

廚房裡會用到的調味料有哪些？

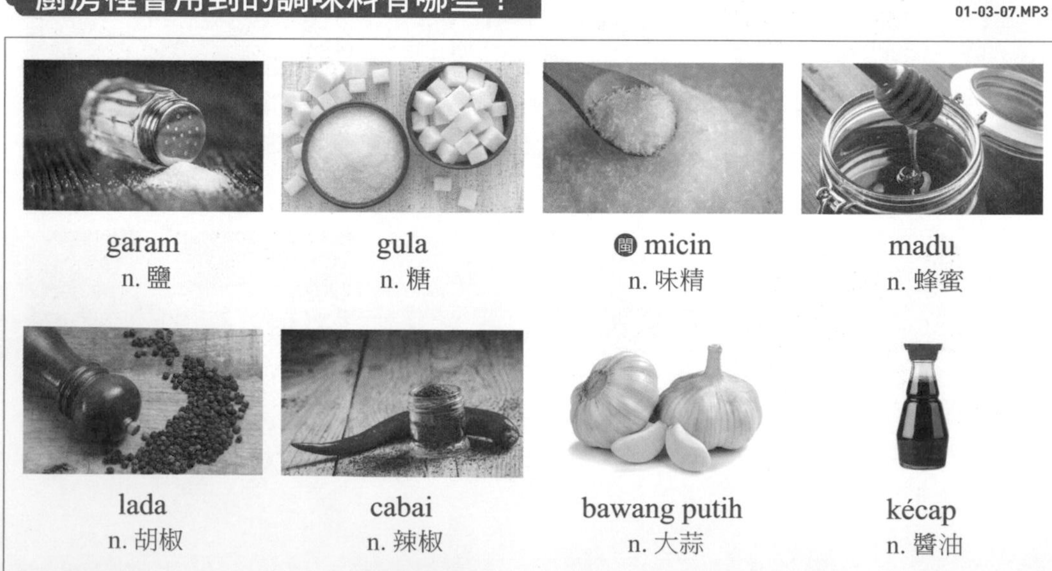

garam
n. 鹽

gula
n. 糖

閩 micin
n. 味精

madu
n. 蜂蜜

lada
n. 胡椒

cabai
n. 辣椒

bawang putih
n. 大蒜

kécap
n. 醬油

limau / lémon n. 檸檬	cuka n. 醋	minyak n. 油	minyak zaitun n. 橄欖油

01-03-08.MP3

各種味道的表達法

asin adj. 鹹	manis adj. 甜	pahit adj. 苦	asam adj. 酸

pedas adj. 辣	adem adj.（味道）清涼	menusuk adj.（直 刺刺的）澀	berminyak adj. 油膩

01-03-09.MP3

＼你知道嗎？／

關於印尼的香料

大部分人對印尼料理的印象是「又香又辣」。沒錯，大部分印尼人非常喜愛吃辣，各地的大小餐廳一定都會提供 sambal（辣椒醬）。即使像麥當勞或肯德基等這種外國速食連鎖店一定都會提供辣椒醬，但國外常見的番茄醬倒是不一定會提供喔！另外，印尼的香料不但在國內大受歡迎，更是出口國外的重要商品之一呢！

早在三百多年前，歐洲的商人便已有來到 Kepulauan Maluku（馬魯古群島）來購買當地出產的各類香料，然後帶回歐洲高價賣出的歷史紀錄。馬魯古群島的知名度因此逐漸增加，還被歐洲人封為 kepulauan rempah-rempah （香料群島）的美稱。當荷蘭殖民印尼的時候，政府最大的經濟來源便是由 VOC [fe-o-se]（荷蘭東印度公司）販賣印尼的香料呢！

在印尼，辣椒醬的種類也很講究。下面就來介紹一些常見的辣椒醬：

❶ **sambal bajak**：將 cabai merah（紅辣椒，Capsicum annuum）放在研磨缽裡磨製而成，常見於中爪哇、西爪哇省，各種大小餐廳都會免 費提供。

❷ **sambal terasi**：terasi（蝦醬）是用稻米、鹽巴和 udang rebon（毛蝦類，Acetes）磨製而成的。Sambal terasi，顧名思義就是由蝦醬和辣椒磨成的辣椒醬。由於味道偏重，並非人人都喜愛。

❸ **sambal matah**：源自峇里島，用紅辣椒的切絲、蔥、蒜、香茅、daun jeruk（橘葉）、jeruk limau（一種印尼柑橘）、鹽巴和食用油研磨而成。Matah 一詞源自峇里島語，印尼語是 mentah，即「生」的意思，所以就能想到 sambal matah 的製作過程中不需要用火熬製的。

❹ **sambal bawang**：這是家庭常見的食材便最容易做出的辣椒醬了。只需要將 cabai rawit（印尼燈籠椒）、蒜、蔥、鹽巴、砂糖和蝦醬 ulek sampai halus（磨製成細醬），再放在鍋子裡 tumis（翻炒）就好。

01-03-10.MP3

各種切法的表達法

mencincang
v. 切細、剁碎

memotong kubus
ph. 切丁

外 slicing / 書 mengiris / 口 iris
ph. 切片

書 memarut / 口 parut
刨絲

mengiris tipis
v. 切絲

memotong
v. 切塊

02 烘焙

01-03-11.MP3

烘焙時會用到什麼？

alat saring
n. 篩網

tepung terigu
n. 麵粉

bubuk soda kué
n. 小蘇打粉

susu
n. 牛奶

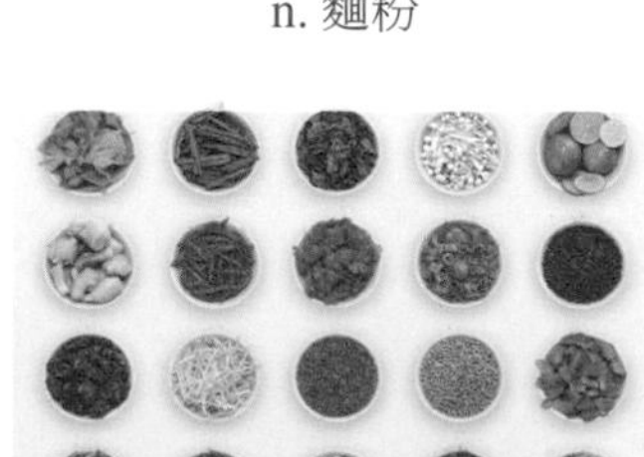

bahan baku
n. 原料

口 timbangan /
書 alat timbang
n. 磅秤

cetakan panggangan
n. 烤模

kertas panggang
n. 烘烤用的紙模

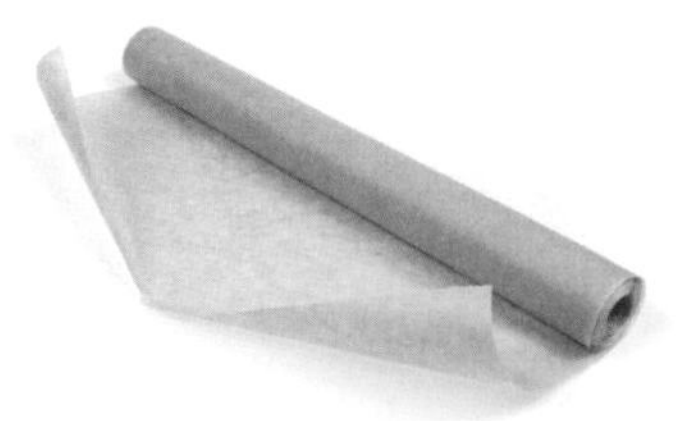

kertas piring panggang
n. 烤盤紙

piring panggang
n. 烤盤

alat pengocok telur
n. 打蛋器

alat pemotong telur
n. 切蛋器

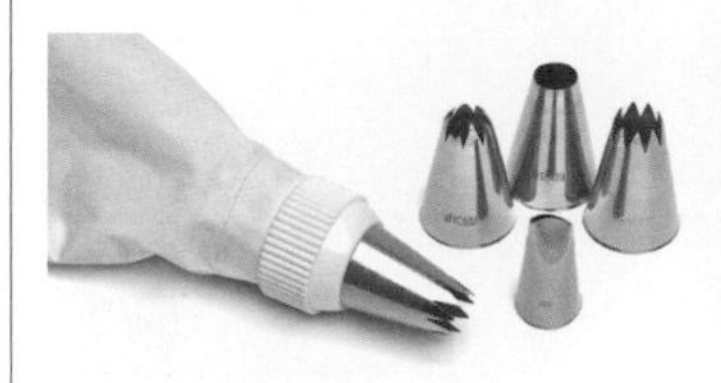

alat dekorasi kué
n. 糕點裝飾器

mangkuk aduk
n. 攪拌碗

mesin pengaduk
n. 攪拌器

tatakan kué
n. 蛋糕架

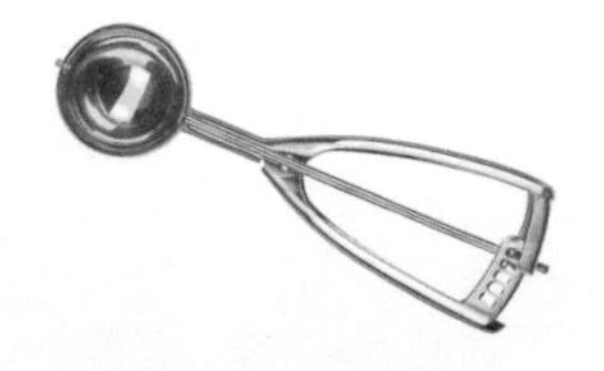

séndok korék
n. 挖勺

séndok kayu
n. 木勺

gelas ukur
n. 量杯

séndok ukur
n. 量匙

tongkat penggiling roti
n. 桿麵棍

corong
n. 漏斗

kuas kué
n. 刷子

mentéga
n. 奶油

panci kukus
n. 蒸籠

wadah
n. 容器

ragi
n. 酵母

01-03-12.MP3

處理麵粉的方法有哪些？

giling
v. 磨

bubuk saring
v. 篩粉

aduk
v. 攪拌

書 mengadon / 口 adon
v. 揉

書 memotong / 口 potong
v. 切

menggulung adonan
v. 擀

01-03-13.MP3

烘焙時用到的切刀有哪些呢？

pisau mentéga
n. 奶油切刀

pisau pizza
n. 圓形切模器

alat pencétak adonan
n. 餅乾切模器

Bab 4 Kamar Tidur 臥室

臥室的擺設

1. tempat tidur / ranjang n. 床
2. nakas n. 床頭櫃
3. lampu kepala tempat tidur / lampu kepala ranjang n. 床頭燈
4. kerangka tempat tidur / kerangka ranjang n. 床架、床框
5. bantal n. 枕頭
6. selimut n. 被子
7. kasur n. 床墊
8. karpét n. 地毯
9. lemari baju n. 衣櫥；衣櫃
10. lemari buku n. 書櫃
11. cermin n. 鏡子
12. méja rias n. 化妝台
13. kursi méja rias n. 化妝椅
14. parfum n. 香水
15. vas bunga n. 花瓶
16. penutup tempat tidur n. 床罩

01-04-02.MP3

常見的寢具有哪些？

書 ranjang single / 口 single bed
n. 單人床

書 ranjang double / 外 double bed
n. 雙人床

ranjang bersusun
n. 雙層床

ranjang bambu
n. 竹子床

kursi santai lipat
n. 折疊躺椅

tempat tidur gantung
n. 吊床

01 換衣服

01-04-03.MP3

各類衣服的樣式、配件怎麼說？

● 男裝

1. (satu sét) jas n.（一套）西裝
2. jas n. 西裝外套
3. keméja n. 襯衫
4. penjepit dasi n. 領帶夾
5. seléndang n. 領巾；絲巾
6. sepatu oxford n. 牛津鞋
7. dasi n. 領帶
8. celana bahan n. 西裝褲
9. mantel n. 大衣
10. tas kerja n. 公事包
11. sepatu pantofel n. 皮鞋

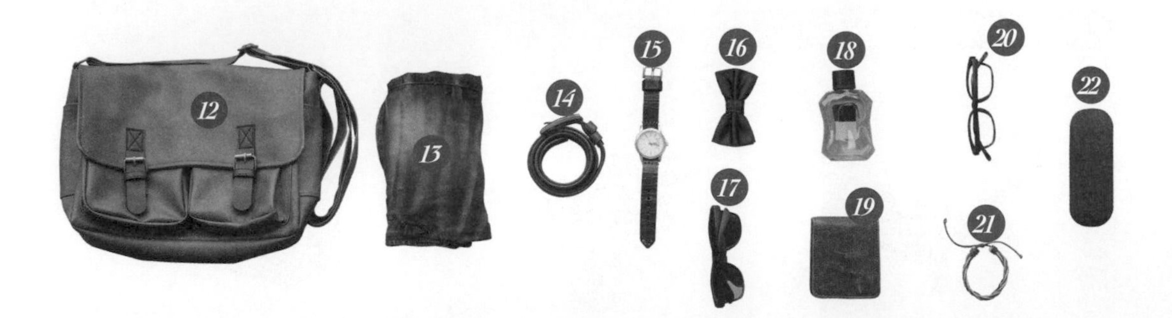

⑫ tas selémpang n. 斜背包

⑬ celana jeans n. 牛仔褲

⑭ ikat pinggang n. 皮帶

⑮ jam tangan n. 手錶

⑯ dasi kupu-kupu n. 領結

⑰ kacamata matahari n. 太陽眼鏡、墨鏡

⑱ parfum n. 香水

⑲ dompét pria n. 男用錢包

⑳ kacamata n. 眼鏡

㉑ gelang pria n. 男用手環

㉒ kotak kacamata n. 眼鏡盒

● 女裝

㉓ kaus / 外 T-Shirt n. T 恤

㉔ rok n. （女用套裝正式的裙子）鉛筆裙

㉕ keméja wanita n. 女用襯衫

㉖ tas selémpang wanita n. 女用斜背包

㉗ jakét n. 外套

㉘ sepatu but n. 靴子

㉙ tas handbag n. 手提包

㉚ sepatu flatshoes balét n. 芭蕾平底鞋

㉛ seléndang n. 絲巾

32 tank top n. 坦克背心
33 atasan wanita n. 女用上衣
34 ikat rambut n. 髮帶
35 tas ransel n. 背包
36 書 celana jeans péndék wanita / 外 hotpants n. 女用牛仔短褲
37 外 lipstick n. 口紅
38 dompét wanita n. 女用錢包
39 pakaian dress n. 洋裝
40 sandal musim panas n. 涼鞋
41 sepatu hak tinggi / sepatu high heels n. 高跟鞋
42 rok mini n. 短裙

● 冬季服飾

43 topi wol n. 毛線帽
44 jaket puffer n. 羽絨外套
45 kaus hoodie n. 連帽 T 恤
46 seléndang n. 圍巾
47 celana olahraga n. 運動褲
48 kaus polo n. polo 衫
49 sarung tangan n. 手套
50 kaus kaki n. 襪子
51 sepatu olahraga n. 運動鞋

● 內衣

52 celana dalam pria n. 男用內褲

53 BH [bé-ha] / beha n. 胸罩

54 bikini n. 比基尼

55 celana péndék n. 短褲

56 baju renang sambung / baju renang one-piece n. 連身泳衣

57 celana dalam wanita n. 女用內褲

58 celana dalam boxer pria n. 男用四角褲

59 celana renang pria n. 男用泳褲

● 飾品

60 mutiara n. 珍珠

61 kalung mutiara n. 珍珠項鍊

62 kalung n. 項鍊

63 liontin n. 鍊墜

64 anting n. 耳環

65 anting berbentuk lingkaran n. 圓形耳環

66 kalung berlian n. 鑽石項鍊

67 gelang n. 手鍊

68 intan n.（未磨的）鑽石 / berlian n.（磨好的）鑽石

69 cincin n. 戒指

70 mansét / kancing mansét n. 袖扣

71 zamrud n. 翡翠

72 bros n. 胸針

73 gelang n. 手鐲

74 emas n. 黃金

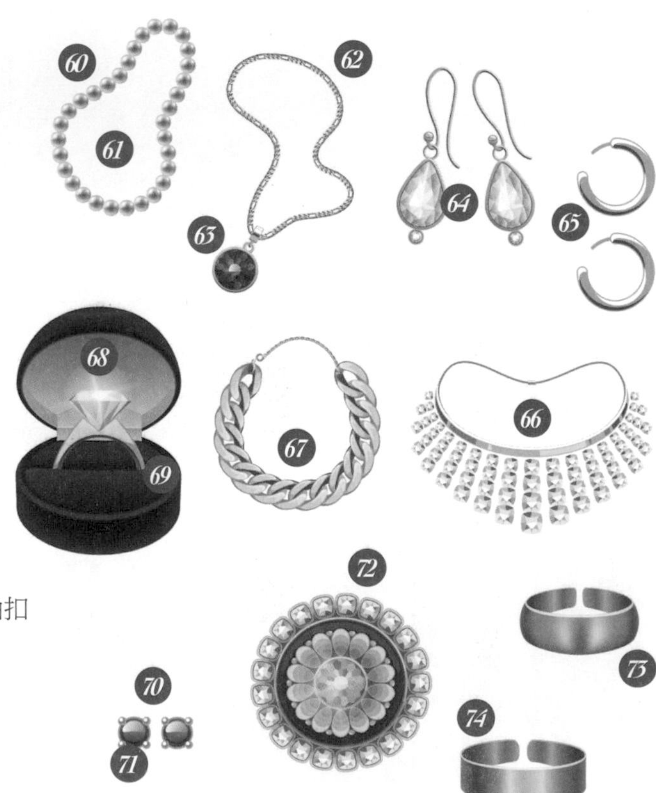

75 batu permata n. 寶石
76 cincin pertunangan n. 訂婚戒指

77 cincin pernikahan n. 結婚戒指

01-04-04.MP3

衣服的布料有哪些？

katun
n. 棉布

sutra
n. 絲綢

kain linen
n. 亞麻布

bulu domba
n. 羊毛

kain jeans
n. 牛仔布

kain khaki
n. 卡其布

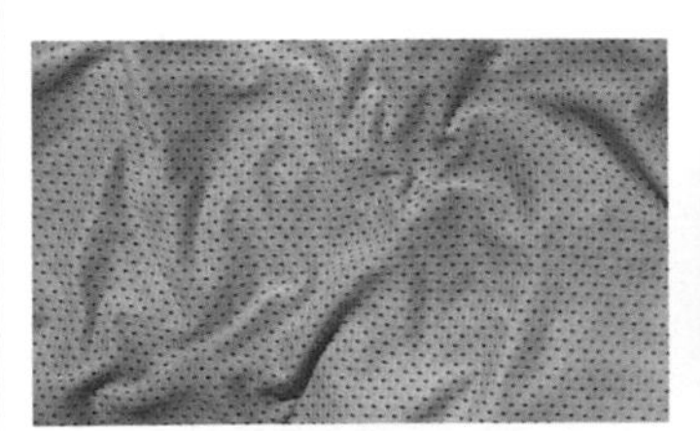
kain nilon
n. 尼龍布

kain bulu kempa
n. 毛氈布

rénda
n. 蕾絲

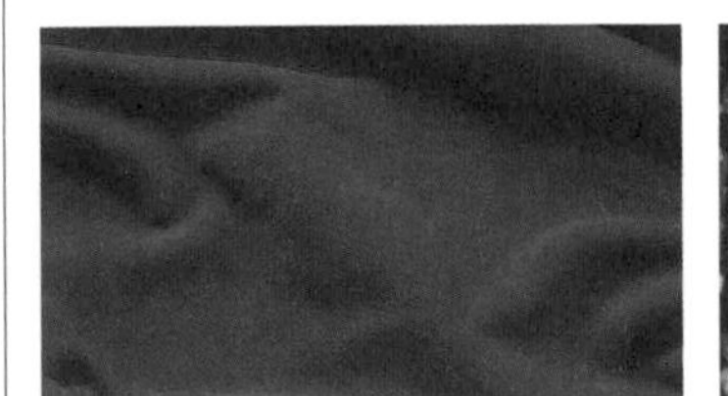
beledu
n. 絲絨

brokat
n. 織錦

kulit asli
n. 真皮

01-04-05.MP3

常見的顏色有哪些？

1. warna putih n. 白色
2. warna mérah n. 紅色
3. warna oranye n. 橘色
4. warna kuning n. 黃色
5. warna biru navy n. 海軍藍
6. warna biru n. 藍色
7. warna kuning kehijauan n. 黃綠色
8. warna hijau n. 綠色
9. warna mérah muda n. 粉紅色
10. warna ungu terang n. 亮紫色
11. warna ungu muda n. 紫丁香色
12. warna ungu n. 紫色
13. warna cokelat muda n. 棕色
14. warna cokelat n. 巧克力色
15. warna abu-abu n. 灰色
16. warna hitam n. 黑色

01-04-06.MP3

Tips 關於穿著的動詞

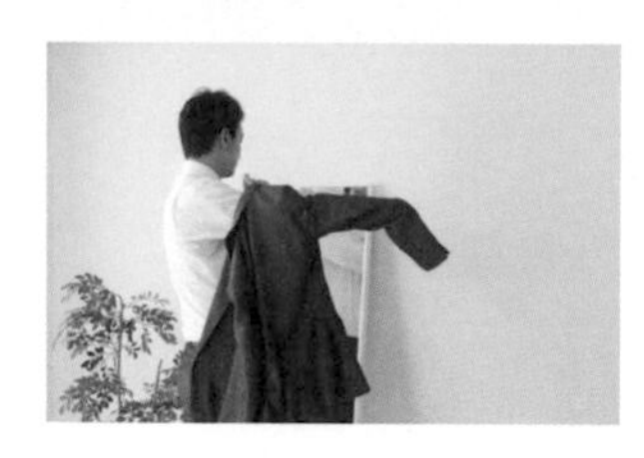

- 口 **pakai** / 書 **memakai**：在印尼語中，穿戴的印尼語很簡單，無論是身上、頭上、手上、脖子上穿戴的任何衣物及各種裝飾品，其「穿、戴」的動詞會使用這兩個詞。pakai 是 memakai 的字根，為日常口語上最常用的用法，而 memakai 則是書面語。

Saya **memakai** kaus hitam, sedangkan teman saya memakai kaus putih. 我穿黑 T 恤，而我朋友穿白 T 恤。

- 書 **mengenakan**：這個單字 memakai 意思相同，也是書面語。但唯一的差異在於 mengenakan 是非常非常正式莊嚴的文書上才會出現的用法。

特別專欄

魅力四射的印尼傳統服飾介紹

要說到印尼的傳統服飾之美，就不能不提到「batik」跟「kebaya」了，我們來逐一說明這兩種服飾的特色及在印尼傳統文化裡舉足輕重的角色吧！

首先是 batik，它可以指印尼最著名的傳統布料，也泛指使用該布料縫紉而成的服飾的名稱。Batik 這個名字源自爪哇語的「amba」和「titik」，意思是「書寫」和「圓點」。Batik 是以蠟染的方式製作成的，在印尼的市面上你可以看到真正的 batik 和仿造的 batik，其最容易的區別的方式就是，若是真正用蠟染方式製作成的 batik 時，布料上會留存著淡淡的蠟香味，而且外觀的色調是全完透入布料的內裡；而仿造的 batik 在布面上只有單面有花樣，味道則是化學製品濃濃的原料味。

Batik 的花樣非常之多，各地都有各地不同風格的花樣存在。由於 batik 是個代代相傳的傳統藝術，有時候我們還可以從一個人身上穿著的 batik 花樣看出他是來自於哪一個家族。好比說，有一些 batik 上的花樣，我們甚至於一看就知道那個可是日惹王室專用。

到了現代，batik 在日常生活上算是正式的服裝，適合出席一些隆重的場合穿著。你可能曾經在電視螢幕上看到過，印尼的官員們在參加各項正式的典禮時常常都會穿著 batik，便是這個道理。它隆重到連蘇哈托總統（印尼第二任總統）都曾經在一次的聯合國會議中穿著 batik 與會，以示鄭重。當然，batik 不是只有官員才能穿，如果你有印尼朋友要結婚，當他邀請你參加婚禮時，你也可以穿著 ❸ batik 襯衫赴宴。有的印尼學校會訂定某些日子全體師生必須穿著 batik 上學，更有些學校還會設計一套 batik 校服，讓學生在該日穿著到校。

Batik 服裝的設計不僅限於最常見的襯衫造型，你在市場上也可以看到用 batik 布料做成的裙子、外套、褲子等衣物。

製作 Batik 的方式有二：首先是「❶ batik tulis（蠟染繪製法）」，即是指使用 canting（蠟染筆）將蠟染的花樣精緻地繪製在布料上；另一個是「❷ batik cap（蠟染印製法）」，即使用 canting cap（蠟染銅印）將蠟染的花樣一個個地蓋印到布料上。

接下來，我們來談談另一項印尼服飾之美「❹ kebaya」吧！ Kebaya 是印尼首任總統 Soekarno（蘇卡諾）閣下親自制定的印尼國服，也是 Jawa（爪哇）、Sunda（巽他）、Bali（峇里）族的傳統服飾。Kebaya 是傳統女性衣裳，早在 Majapahit（滿者伯夷）王朝時代末期（十五世紀）就已經問世。在 1600 年以前，kebaya 是貴族專用的服飾，但到了後來風氣一改，漸漸的 Kebaya 也成為平民的生活中穿著文化的一部分。

一套常見的 Kebaya 由三大重要的部分構成：一、kebaya 衫。這是一件半透明的襯衫型外套，裡面包著❺ kemben（裹住上半身的布料）。在現代，kemben 的裡面可以搭配色彩調和的內衣穿搭。二、❼ kerongsang（胸針）。由於 kebaya 衫沒有鈕扣，所以前面使用精美的

kerongsang 胸針扣緊。貴族專用的 kerongsang 通常是用黃金製作而成，而平民一般則使用 peniti（安全別針）來扣住 kebaya 衫。三、❻ kain sarung（沙龍）。Sarung 通常是用 batik 布料製作而成的。

Kebaya 的使用非常廣泛，不只是印尼各個族群，甚至連馬來西亞、新加坡、汶萊、泰國南部、柬埔寨以及菲律賓南部都有人穿著 kebaya。就連馬來西亞航空、新加坡航空和嘉魯達印尼航空公司的空姐制服也是以 kebaya 為依據而設計的。印尼很多學校的畢業典禮都會要求女學生穿著 kebaya 參與。印尼第五任總統，也是至今唯一一位女性的總統 Mégawati Sukarnoputri（梅嘉娃蒂）閣下在出席公眾論壇時都會穿著 kebaya 與會。

總結來說，batik 和 kebaya 不僅是具有印尼特色的正式服裝，更是印尼民族文化的結晶。下次到印尼旅遊的時候若看到 batik，別忘了買幾件帶回國，跟親戚朋友們分享印尼的蠟染文化喔！

02 睡覺

與睡覺有關表現有哪些？

01-04-07.MP3

1. tidur v. 睡覺
2. (書) mengantuk / (口) ngantuk v. 變得睏
3. menguap v. 打哈欠
4. cerita pengantar tidur n. 床邊故事
5. malas-malasan di ranjang ph. 在床上耍廢
6. tertidur v. 睡著
7. tertidur puas selama semalam ph. 一夜好眠
8. tertidur pulas ph. 沉睡
9. tidur sampai bangun secara alami ph. 睡到自然醒
10. (口) ketiduran v. 打瞌睡
11. bangun kesiangan ph. 賴床
12. tidur sebentar ph. 小睡、小睡一下
13. (口) kebablasan tidur v. 睡過頭
14. tidur awal ph. 早睡
15. tidur siang ph. 午睡
16. mengorok v. 打呼
17. sulit tertidur v. 輾轉難眠
18. bergadang v. 熬夜
19. orang yang suka bergadang n. 夜貓子
20. penderita insomnia n. 失眠患者
21. bangun pagi ph. 早起床
22. bangun v. 起床
23. bangun tidur v. 睡醒
24. (書) mengigau / (口) ngigo v. 說夢話
25. berselimut v. 蓋被子
26. kurang tidur ph. 睡眠不足
27. pasang alarm ph. 設定鬧鐘
28. mematikan alarm ph. 按掉鬧鐘

01-04-08.MP3

常見的睡姿有哪些？

tengkurep
v. 趴睡

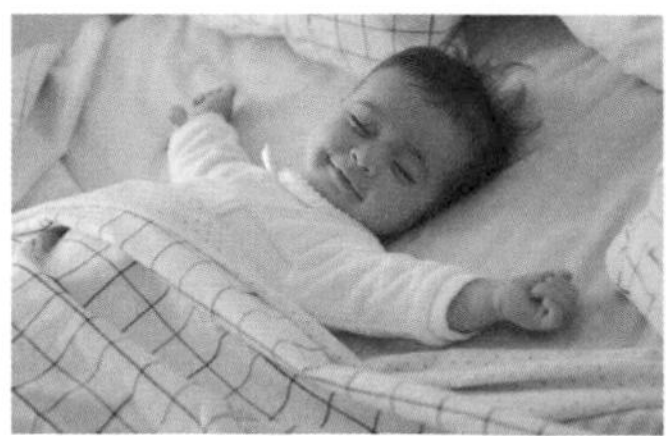
tidur terlentang
ph. 仰睡

tidur menyamping
ph. 側睡

01-04-09.MP3

與做夢有關表現有哪些？

1. bermimpi v. 做夢
2. ⊜ ngimpi lu! ph. 你作夢！（不可能的事）
3. melamun v. 做白日夢
4. mimpi buruk ph. 做惡夢
5. impian v. 夢想
6. mimpi indah ph. 美夢
7. mimpi indah menjadi nyata ph. 美夢成真
8. somnabulisme / tidur sambil berjalan v. 夢遊
   Joko kemarin insomnia karena mimpi buruk. 佐科昨晚失眠了，因為做了惡夢。
   Impianku adalah menjadi seorang miliarder. 我的夢想是成為一位億萬富翁。

常說的早安、晚安等會話有哪些？

1. **Selamat pagi!** 早安！
2. **Selamat malam!** 晚安！
3. **Selamat tidur!** 晚安（睡覺前）！
4. **Biarkan aku tidur sepuluh menit lagi!** 再讓我睡 10 分鐘！
5. **Dia tidurnya nyenyak sekali!** 他睡得很香！
6. **Saya sulit tidur di ranjang baru!** 我會認床！（新床我很難睡著！）
7. **Aku terbangun karena kepanasan di tengah malam.** 我半夜熱到醒過來！

Bab 5 Kamar Mandi 浴廁

01-05-01.MP3

浴廁的擺設

1. keramik lantai n. 瓷磚
2. lemari kamar mandi n. 浴室置物櫃
3. cermin n. 鏡子
4. wastafel n. 洗手台
5. keran air n. 水龍頭
6. klosét n. 馬桶
7. 外 shower n. 蓮蓬頭
8. handuk n. 浴巾
9. pembuangan air ph. 排水口
10. rak handuk n. 毛巾架
11. tisu n. 衛生紙
12. tempat sampah n. 垃圾桶
13. 外 exhaust vent n. 排風口
14. ruang shower n. 淋浴間

01-05-02.MP3

Tips 生活小常識：廁所篇

印尼語的廁所有很多種說法：WC, toilét, kamar mandi, kamar kecil 等。

- WC (water closet) 和 Toilet 是源自英語的外來語。但需要注意的是，印尼語中的 WC 發音是 [wé-sé] 而不是 [wé-cé]。
- Kamar mandi 指有淋浴間的廁所。kamar 是指「房間」，而 mandi 是指「洗澡」，直翻即是「洗澡間」的意思。
- Kamar kecil 指沒有淋浴間（只有馬桶）的廁所，同前 kamar 是指「房間」，而 kecil 是「小」，直翻即是「小的房間」的意思。

Sudah tidak ada orang di toilét, dipakai saja. 廁所沒人了，去用吧。

01 洗澡

01-05-03.MP3

常用的盥洗用品有哪些？

1. sabun n. 肥皂
2. sampo n. 洗髮精
3. spon mandi n. 沐浴球
4. 外 body wash n. 沐浴乳
5. 外 body lotion n. 身體乳液
6. handuk cuci muka n. 洗臉用的小方巾

7. 外 shower cap n. 浴帽
8. sikat mandi n. 沐浴刷
9. spon n. 海綿
10. handuk n. 毛巾

⑪ sabun cuci tangan n. 洗手乳

⑫ pasta gigi / odol n. 牙膏

⑬ gelas kumur mulut n. 漱口杯

⑭ sisir rambut n. 扁梳

⑮ 外 cotton buds n. 棉花棒

⑯ bola kapas n. 棉花球

⑰ 外 krim exfoliating / 書 krim pengelupasan kulit n.（身體、臉部）去角質霜

⑱ 外 hair repair n. 護髮乳

⑲ 外 hair conditioner / 書 knodisionér n. 潤髮乳

⑳ sabun cuci muka n. 洗面乳

㉑ foam cukur n. 刮鬍泡

㉒ pisau cukur n. 刮鬍刀

㉓ sikat gigi n. 牙刷

㉔ benang gigi n. 牙線

㉕ obat kumur mulut n. 漱口水

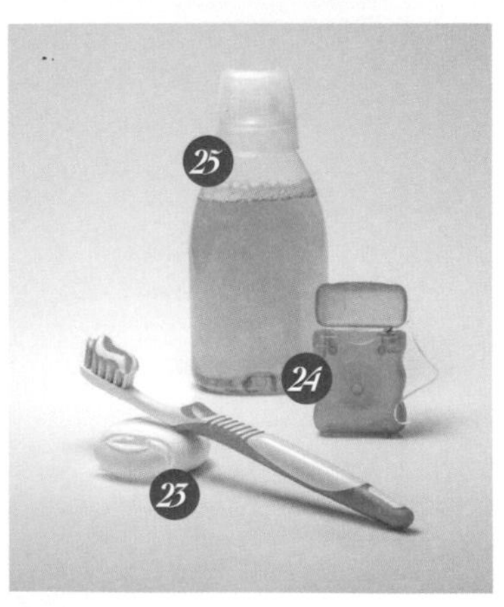

02 上廁所

01-05-04.MP3

常見的衛浴設備及廁所用品有哪些？

bak mandi
n. 浴缸

bak mandi pijat
n. 按摩浴缸

urinal
n. 小便斗

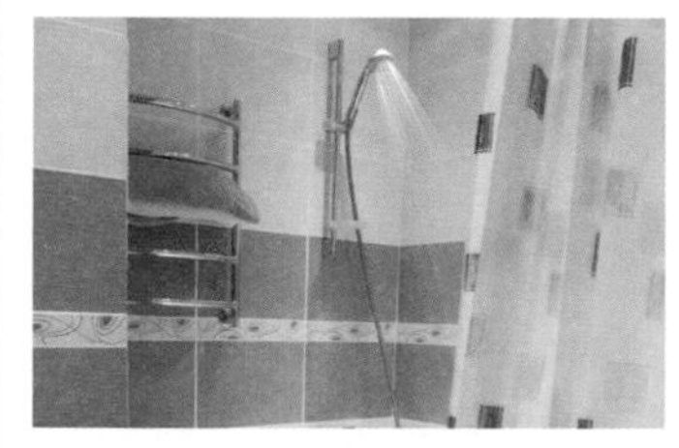

tirai mandi
n. 浴簾

kain keset
n. 浴室擦腳墊

mesin pengering tangan
n. 烘手機

dispénser sabun
n. 給皂機

baskom
n. 盆子

外 hair dryer /
書 mesin pengering rambut
n. 吹風機

keranjang baju
n. 洗衣籃

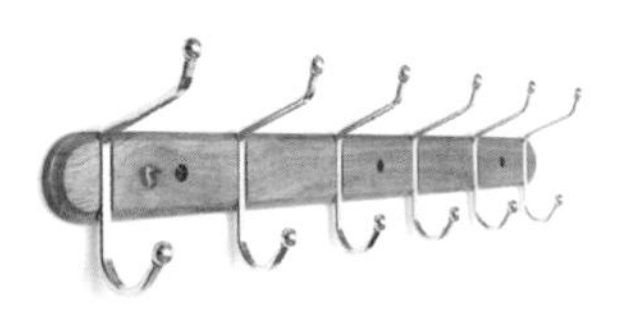

gantungan baju
n. 掛勾

semprotan pewangi ruangan
n. 芳香劑

清潔馬桶的用具有哪些？

01-05-05.MP3

sikat kloset
n. 馬桶刷

alat sedot WC [wé-sé]
n. 通馬桶的吸把

sabun pembersih WC [wé-sé]
n. 浴廁清潔劑

馬桶的構造及種類有哪些？

01-05-06.MP3

1. tutup klosét n. 馬桶蓋
2. dudukan klosét n. 馬桶座
3. tangki air klosét n. 水箱
4. tuas siram n. 沖水把手
5. tombol siram n. 沖水按鈕
6. kloset jongkok n. 蹲式馬桶
7. 外 washlet n. 免治馬桶
8. semprotan cebok n. 衛生沖洗器、馬桶噴槍

\ 你知道嗎？ /

印尼人連如廁後都嚴謹

在印尼的廁所裡，一般的馬桶旁邊幾乎都會附上衛生沖洗器，印尼文稱為 1 semprotan cebok 或 1 shower toilet。這當然是如廁後清洗的用具，但印尼的衛浴設備中幾乎是家家必備的原因是由於伊斯蘭教的觀念裡相當地重視潔淨，所以如廁後也必須用流動的水來 cebok（洗淨下體），因此幾乎所有印尼人（包括非穆斯林）也都習慣了要用水 cebok，才能感到足夠乾淨、舒適。

不過，衛生沖洗器難免是比較高級點，有些比較簡陋的廁所裡可能沒有附的時候，會怎麼樣呢？基本上這類的廁所旁邊一定會擺著一個裝滿水的 ember（水盆）或設有 2 bak air（大水缸），裡面備有 3 gayung（瓢子），供人們 mandi（洗澡）或 cebok 使用。

Tips 生活小常識：內急時，要怎麼表達呢？

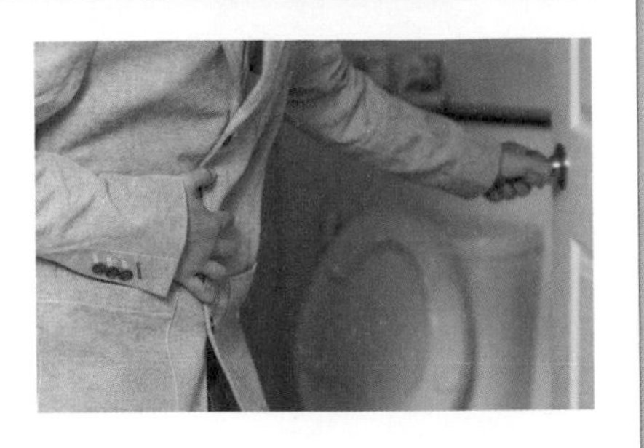

印尼語的「上廁所」可以說 (pergi) ke toilét 或 (pergi) ke kamar kecil。由於在印尼如廁被認為是比較骯髒的行為，通常遇到長輩或不太熟的人時，若要表達「上小號、尿尿」的意思時，不會直接說 pipis 或 kencing，而會說 buang air kecil。一樣的道理，在長輩面前要表達「上大號」的意思也不太會直接說 béol, bérak 或 bokér，而會說 buang air besar。整個詞分解後，即 buang 是「丟」、air 是「水」、kecil 是「小」，而 besar 是「大」。直譯的話，上大號和上小號即是「丟大水」和「丟小水」。

內急的時候可以說 kebelet。如果要表示是尿急，則可以說 kebelet kencing。拉肚子的印尼術語是 diaré（參見英語 diarrhea），但是日常生活我們都會說另一個為「méncrét」的用語。

Setelah selesai makan seafood di restoran itu, saya mulai méncrét. 在那家餐廳吃完海鮮之後，我就開始拉肚子了。

如廁時會用到的句子

1. **Numpang tanya, toilet di mana, ya?** 請問，廁所在哪裡呢？
2. **Tisunya habis! Tolong ambilkan tisu, dong.**
   衛生紙用完了！請幫我拿些衛生紙來，好不好？
3. **Maaf Pak / Bu, saya izin ke toilet.** 先生／女士，不好意思，我要上個廁所。
4. **Toiletnya bau sekali!** 這間廁所好臭！
5. **Habis buang air, jangan lupa menyiram!** 如廁後，別忘了沖水！
6. **Dilarang jongkok di kloset duduk!** 禁止蹲在坐式馬桶上！
7. **Cucilah tangan dengan sabun selama dua puluh detik!** 請用肥皂洗手二十秒！
8. **Matikan keran air setelah dipakai!** 水龍頭用完後請關上！
9. **Numpang tanya, toilét difabel di mana, ya?** 請問哪裡有無障礙廁所？
10. **Toilétnya penuh!** 廁所裡都客滿了！
11. **Numpang tanya, boléh pinjam toilét di pom bénsin?**
    請問可以到加油站裡借一下廁所嗎？
12. **Toilétnya boléh dikasih pewangi.** 廁所可以放一些芳香劑。
13. **Numpang tanya, di sini ada sabun cuci tangan, tidak?** 請問這裡有洗手乳嗎？
14. **Di depan ada orang yang kencing sembarangan di jalan.** 前面有人在路邊亂尿尿。

01-05-07.MP3

Tips 跟水有關的慣用語（其他與水相關的慣用語請參考 332 頁）

- **Bermain air basah, bermain api hangus**：玩水會濕掉，玩火會燒掉。做危險的事一定要承擔其後果。即相當於中文的「玩火自焚」。
- **Air tuba dibalas dengan air susu**：以奶水報答毒水。接受了有毒的水後，卻以能飲用的奶水回報。即相當於中文的「以德報怨」。
- **Air susu dibalas dengan air tuba**：以毒水報答奶水。這句話上一句的意思正好相反。即相當於中文的「恩將仇報」。

- **Ditepuk air di dulang, tepercik muka sendiri**：拍打盤子的水將會噴到自己的臉。意指當外揚自家的醜事時，自己也會丟臉。
- **Sambil menyelam, minum air**：邊潛水邊喝水。意指同時做好幾個工作。即相當於中文的「身兼數職」。
- **Air mata jatuh ke perut**：淚水掉入肚子裡。意思：獨自哭泣，所以別人看不到眼淚。意指獨自一人承受心酸痛苦。
- **Air pun ada pasang surutnya**：水也有潮起潮落。指人生像水一樣，有漲潮的時候，相對的難免也有低潮的時候，即人生會有時好時壞的意思。

Tips 生活小常識：女生的衛生用品及生理期

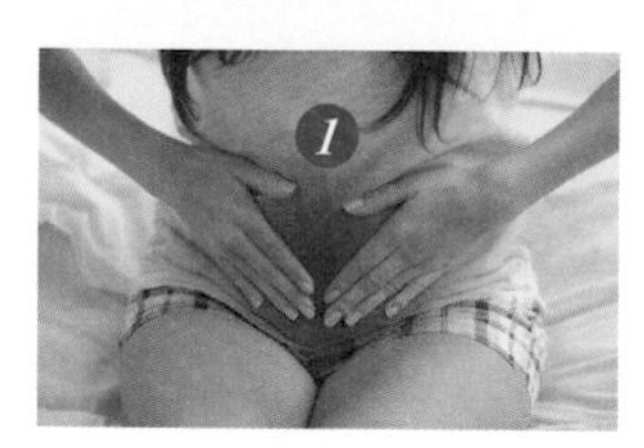

印尼語的「月經」叫做 ❶ menstruasi，但是日常生活上我們比較常說 datang bulan。datang 是「來」，而 bulan 是「月」的意思。有時候人們為了避諱 datang bulan 的字眼，也有些人就會只會單獨講「datang」。

Dia lagi “datang” hari ini. 她今天「那個來」了。

「衛生棉」的印尼語是 ❷ pembalut。除了衛生棉以外，一般女性也常會使用「衛生棉條」，而「衛生棉條」的印尼語和英文一樣，會講 tampon。

Mohon tidak membuang pembalut atau tisu ke dalam klosét.
請勿將衛生棉或衛生紙丟入馬桶。

Pelajaran 2

Transportasi 交通

Bab 1

Stasiun MRT 捷運站

02-01-01.MP3

捷運站的配置

1. lokét n. 售票處
2. penumpang n. 乘客
3. gerbang keamanan péron n. 月台安全閘門
4. péron n. 月台
5. tangga n. 樓梯
6. 口 lift / 書 élévator n. 電梯
7. éskalator n. 電扶梯
8. papan iklan n. 廣告牌
9. kamera CCTV [si-si-ti-fi] n. 監視攝影機
10. loudspeaker n. 擴音器
11. lantai concourse n. 大廳層
12. rél n. 軌道
13. tempat sampah (pilah jenis) n.（分類）垃圾桶

14 layar n. 顯示螢幕

15 garis keamanan péron n. 月台警戒線

16 garis tunggu n. 候車線

17 lampu indikasi kedatangan keréta n. 列車到站警示燈

18 pegangan éskalator n. 電扶梯的扶手

Tips 雅加達的捷運系統！

在印尼，捷運也可以稱作 MRT [ém-ér-té, ém-ar-ti]，但是語源是來自印尼語 Moda Raya Terpadu（直 融合性大規模交通模式）的縮寫而並非來自英語。雅加達的捷運自西元 2019 年 3 月 24 日起已經開通，是印尼全國第一個地下鐵路系統。雅加達捷運預計將有 10 條路線，現在已經開通了的第 1 條路線也就是紅線（南北線）。紅線中現在有 13 個捷運站，在 2025 年預計將增加 7 個捷運站。

雅加達捷運的其中一個站就設立於 1 Bundaran HI [ha-i]（印尼大酒店圓環）附近。Bundaran HI 的 HI 指的是 Hotel Indonesia（印尼大酒店）。該圓環中間豎立著 2 Monumen Selamat Datang（歡迎紀念塔），那是印尼開國總統蘇卡諾在西元 1960 年代為迎接 1962 年亞洲運動會而下令建成的都市美化工程之一。現在，這個站立著兩個人招手歡迎外國旅客的紀念塔仍然是雅加達市中心最具代表性的景點之一，而圓環和周圍的馬路即是民主遊行運動的主要場地之一。

為了更進一步改善雅加達紊亂的交通，雅加達捷運不僅是單一的大眾交通工具，更是一個融合多種公共交通模式，更方便市民到達各個目的地的大型工程。想出國旅遊的市民可以搭到雅加達捷運 Dukuh Atas 站，轉乘 Kereta Éksprés Bandara Internasional Soekarno-Hatta（蘇卡諾－哈達機場鐵路）輕輕鬆鬆抵達國際機場。從機場入境的旅客也可以搭乘機場鐵路到 Dukuh Atas 站，再轉乘 Transjakarta（雅加達專線巴士）或 KRL Commuter Line Jabodétabek（大雅加達地區通勤線電動列車）抵達雅加達、bogor（茂物）、Dépok（德博）、Tangerang（丹格朗）、Bekasi（勿加泗）等地。

除了原有的紅色線（南北）和 13 個捷運站之外，更多路線及車站也在建築的過程中。隨著新站的興建，市民們都希望雅加達的交通狀況可以逐漸改善！

01 進站

02-01-02.MP3

哪些地方可以買票呢？

1. 外 ticket vending machine / 書 mesin penjual tikét n. 售票機
2. lubang untuk memasukkan koin n. 投幣口
3. lubang untuk memasukkan uang kertas n. 紙鈔插入口
4. tempat pengambilan tikét n. 取票口

5. peta jalur MRT [ém-ér-té, ém-ar-ti] n. 路線圖
6. mesin isi ulang kartu MRT [ém-ér-té, ém-ar-ti] n. 悠遊卡加值機
7. sénsor kartu n. 感應區
8. struk pembayaran n. 收據
9. layar n. 螢幕

02 等車、搭車

02-01-03.MP3

在月台及車廂裡，常見的標示有哪些？

1. pintu keluar n. 出口
2. gerbang keamanan péron n. 月台安全閘門
3. hati-hati ruang péron ph. 小心月台間隙
4. menunggu keréta ph. 等車

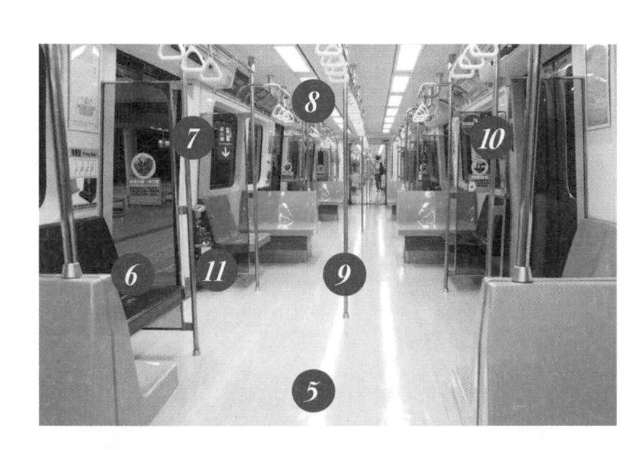

5. gerbong keréta n. 車廂
6. tempat duduk prioritas n. 博愛座
7. 外 interphone n. 對講機
8. gantungan pegangan tangan n. 吊環
9. tiang pegangan tangan n. 扶手
10. alarm pertolongan n. 求助鈴
11. alat pemadam kebakaran n. 滅火器

運站內常見的標語與常用的句子

1. **Jangan bersandar pada pintu.** 請勿倚靠車門。
2. **Jangan memaksakan untuk masuk saat pintu ditutup.** 關門時勿強行進出。
3. **Mohon serahkan tempat duduk kepada orang yang berkeperluan.**
   請讓座給需要的人。
4. **Dilarang makan di dalam MRT** [ém-ér-té, ém-ar-ti]**.** 捷運內禁止飲食。
5. **Dilarang merokok di dalam MRT** [ém-ér-té, ém-ar-ti]**.** 捷運內禁止吸菸。
6. **Peganglah pegangan tangan dengan erat dan berdiri dengan baik.**
   緊握扶手，站穩踏階。
7. **Mohon tidak melewati garis kuning peron saat menunggu keréta.**
   候車時請勿跨越月台黃線。
8. **Keréta tiba di stasiun.** 捷運到站了。
9. **Mohon menunggu penumpang di dalam keréta untuk keluar dulu, kemudian masuk kereta.**
   先讓車上旅客下車後，再依序上車。
10. **Mohon memegang erat gantungan atau tiang pegangan tangan.**
    請緊握拉環或扶手。
11. **Hati-hati tangan terjepit.** 小心夾手。

03 出站

02-01-04.MP3

出站時，常見的標示有哪些？

1. pintu keluar n. 出口
2. lubang penerimaan tikét n. 收票口
3. sénsor tikét n. 車票感應器
4. gerbang n. 閘道口
5. pintu keluar darurat n. 緊急出口
6. dénah lokasi n. 位置地圖
7. ATM [a-té-ém] n. 自動提款機
8. keluar dari stasiun n. 出站

Tips 貼心小提醒

如果逾站需 menyelaras tarif（補票），可至 loket（售票處）補票。另外，如果隨身物品遺失了，也可至 tempat pengambilan barang hilang（失物招領處）或在售票處填寫 formulir（申請單）尋找遺失的物品喔！

Jika Anda kehilangan barang Anda, Anda boléh mencari di tempat pengambilan barang hilang.
如果你遺失了你的物品，你可以去失物招領處找找看。

02-01-05.MP3

搭捷運常用動詞

naik keréta
ph.（捷運、火車）搭車

naik keréta
ph.（捷運、火車）上車

turun dari keréta
ph.（捷運、火車）下車

transfer ph.（捷運、火車）轉車	口 ketinggalan keréta / 書 tertinggal oléh keréta ph.（捷運、火車）錯過車	書 membeli tikét / 口 beli tikét ph. 買票

mengisi kartu ph. 儲值	tempelkam kartu ph. 感應票卡	mengantri v. 排隊

常見問題

1. **Kartu saya kehabisan dana, saya mau mengisi kartu.** 我的卡片沒錢了。我要儲值。
2. **Kartu saya bermasalah, saya tidak bisa tap kartu untuk keluar.**
   我的卡片有問題。我沒辦法刷卡出去。
3. **Saya lupa membawa barang saya dari dalam keréta.** 我忘記把東西從車上拿下來了。
4. **Saya ingin membeli tikét ke Tamsui.** 我想買去淡水的票。
5. **Boléh tanya, di mana tempat membeli tikét?** 請問要在哪裡買票？
6. A: **Boléh tanya, bagaimana cara ke Taipei Main Station?**
   請問到台北車站怎麼去呢？
   B: **Naik jalur hijau ke arah Xindian, sampai stasiun Zhongshan lalu transfer ke jalur merah ke arah Xiangshan. Stasiun berikutnya adalah Taipei Main Station.**
   搭綠色捷運線往新店，到中山站轉到往象山的紅色捷運。下一站是台北車站。

Bab **2**

Stasiun Keréta Api
火車站

02-02-01.MP3

火車站的配置

1. stasiun keréta api n. 火車站
2. lokét n. 售票處
3. penumpang n. 乘客
4. 外 ticket vending machine / 書 mesin penjual tikét n. 售票機
5. membeli tikét / 口 beli tikét ph. 購票
6. 書 mengantré / 口 antré ph. 排隊
7. papan informasi n. 時刻表
8. 外 food court n. 美食街
9. menundukkan kepala n. 低頭
10. 書 bermain HP [ha-pé] / 口 main HP [ha-pé] n. 滑手機

- 書 mengecék jadwal keréta / 口 cék jadwal keréta n. 查班車時刻
- 書 mengecék harga tikét / 口 cék harga tikét n. 查票價

在火車站會做什麼呢？

01 進站

02-02-02.MP3

售票機上的按鍵有哪些？

1. 外 ticket vending machine / 書 mesin penjual tikét n. 售票機
2. lubang memasukkan koin n. 投幣口
3. intercom n. 對講機
4. tombol jumlah tikét n. 票張數鍵
5. tombol jenis keréta n. 車種鍵
6. tombol jenis tikét n. 票種鍵
7. tombol stasiun ketibaan n. 到達站鍵
8. dispénser tikét dan uang kembalian n. 車票及找零口
9. instruksi (pembelian) n.（購買）操作指示

售票機印尼語操作教學

在車站遇到印尼籍旅客時，該如何指導他們操作售票機呢？

首先先 memilih jumlah tikét yang akan dibeli（選擇需要購買的張數），再 memilih jenis keréta yang akan dinaiki （選擇需搭乘的車種），再來 memilih jenis tikét yang akan dibeli （選擇購買的票種），然後 memilih stasiun tujuan（選擇到站目的地），再 membayar dengan memasukkan uang（投幣付費），最後 mengambil tikét dan uang kembalian（取票及找零）。

Tips 生活小常識：台灣火車票篇

在台灣，火車票種及車種種類繁多，在購票前，先決定需購買的 jenis tikét （票種）：tikét satu arah（單程票）、tikét pulang pergi（去回票）、tikét grup（團體票）、tikét berjangka（定期票）、kartu isi ulang penjualan tikét otomatis Taiwan Railway（台鐵自動售票儲值卡）、Tikét Wisata Harian Jalur Tiga Cabang (Pingxi, Neiwan, Jiji)（三支線（平溪、內灣、集集）一日週遊券）、Tikét Harian Ujung Timur Laut （東北角一日券）、Tikét Wisata Hualien dan Taitung（花東悠遊券）、tikét siswa（學生票 TR-PASS）、tikét koneksi（聯運票）共十種；其中單程票又分成：tikét déwasa（全票）、tikét anak（孩童半票）、tiket manula（敬老愛心票）。

Tips 時刻表上有哪些資訊呢？

Papan Informasi（時刻表）主要將所有列車時段分成兩類：Menuju Selatan（南下）和 Menuju Utara（北上）；在這兩類的時刻表上，都會列出 menuju（開往）、nomor keréta（車次）、meléwati（經由）、jenis keréta（車種）、jam keberangkatan（發車時刻）、péron（月台）、keterangan（備註）等等，以便供乘客查詢。

02 等車、搭車

02-02-03.MP3

等車時，這些應該怎麼說？

1. keréta api n. 火車
2. 書 elevator / 口 lift n. 電梯
3. pintu keluar n. 出口
4. 書 ubin pemandu / 外 guiding block / 外 tactile paving n. 導盲磚
5. tempat menunggu khusus wanita malam hari n. 夜間婦女等候區
6. naik keréta api ph. 搭火車

7. péron n. 月台
8. lokomotif n. 火車頭
9. gerbong keréta n. 車廂
10. rél n. 軌道
11. dilarang melintasi rél keréta ph. 禁止跨越軌道

搭車常用的句子

1. **Tolong beri saya satu tikét menuju Kaohsiung.** 請給我一張往高雄的票。
2. **Berapa harga tikét kereta Tze-Chiang ke Taipei?** 往台北自強號的車票多少錢呢？
3. **Saya harus pergi ke péron yang mana?** 我應該要去哪一個月台呢？
4. **Saya ketinggalan keréta.** 我錯過火車了。
5. **Saya salah naik keréta.** 我搭錯車了。
6. **Kamu salah arah.** 你搭錯方向了。
7. **Apakah ini keréta menuju Pingtung?** 這是往屏東的車嗎？
8. **Apakah keréta ini berhenti di setiap stasiun?** 這班火車每站都會停嗎？
9. **Jam berapa berangkatnya keréta menuju stasiun Hualien?** 到花蓮站的火車是幾點開呢？
10. **Jam berapa berangkatnya keréta terakhir menuju Taoyuan?** 往桃園最後一班車是幾點開呢？

03 出站

02-02-04.MP3

出站時，這些應該怎麼說？

1. gerbang tikét n. 剪票口
2. loket penyelaras tarif n. 補票處
3. papan informasi jadwal n. 時刻表
4. sénsor tikét n. 車票感應器
5. pintu keluar n. 出口
6. bagasi n. 行李

＼你知道嗎？／

服務中心裡提供哪些服務呢？

出入口旁的 layanan penumpang（服務中心）提供多項服務，例如：menyelaras tarif（補票）、mengembalikan dana（退票）、lost and found（失物招領）、pengumuman pencarian orang hilang（廣播尋人）、informasi stasiun（站務詢問）。

Tips 生活小常識：印尼火車篇

印尼語中的「火車」是 keréta api，keréta 是「車」的總稱，api 是「火」的意思。然而，日常生活中印尼人如果說到「keréta」，常常都是指「火車」的意思。這和馬來西亞的馬來語大不相同，馬來語中的「keréta」是「汽車」的意思，而印尼語的「汽車」卻是「mobil」。

印尼的國土非常地龐大，根據 Kementerian Koordinator Bidang Kemaritiman dan Invéstasi（海洋及投資事務協調部）的統計數據指示，印尼全國擁有 17,508 座島嶼，而鐵路發展最多的島嶼則是爪哇島，全國鐵路的總長度高達 5,042 公里。

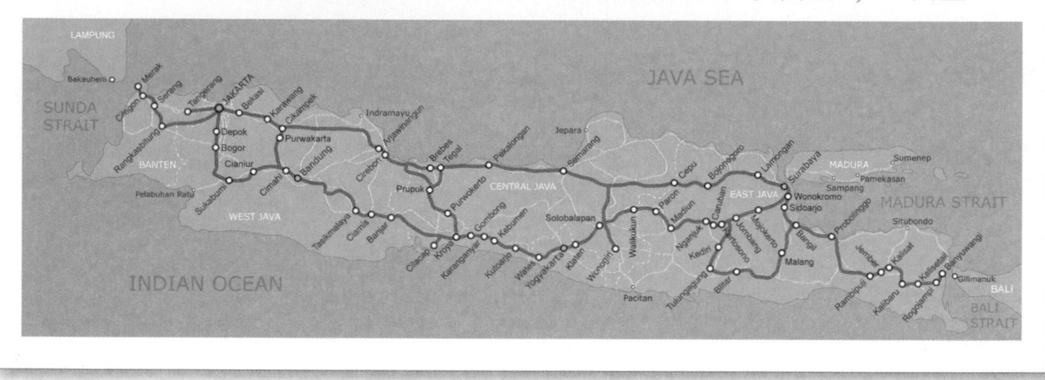

02-02-05.MP3

＼你知道嗎？／

有首與火車有關的印尼童謠是這樣唱的

Naik Keréta Api Ciptaan Ibu Soed	《坐火車》詞曲：蘇德女士
Naik kéreta api, tut! Tut! Tut!	坐火車，嘟嘟嘟！
Siapa hendak turun?	誰要下車？
Ke Bandung, Surabaya	有到萬隆、泗水
Boléhlah naik dengan percuma	可以免費上車喔！
Ayo kawanku, lekas naik	來吧，我的朋友，快點上車
Kerétaku tak berhenti lama	我的車不會停很久

Tips 印尼知名的火車「Argo」

提到印尼的火車，就不得不提提「Argo」列車了。「Argo」列車是東西通行於爪哇島上最重要的火車之一，也是 PT [pé-té] Keréta Api Indonesia（印尼鐵路公司）提供最高等搭載服務的客用火車。此列車又分為 Argo Jati (Gambir–Cirebon)、Argo Bromo Anggrék (Gambir–Surabaya Pasarturi)、❶ Argo Parahyangan (Gambir–Bandung) 等路線，各列車內有附有空調及影視設備之外，同時也有飲食的販售服務，搭乘起來相當地舒適。

Tips 生活小常識：火車車種篇

印尼火車分為五大種類。以下的表格是依照價格排列：

車種（印尼文）	車種（中文）	設備
Ékonomi	經濟（車廂）	一車可搭載 106 人，有座椅、插座及冷氣。座椅為長凳，可坐 2-3 人。
Bisnis	商務（車廂）	一車可搭載 64 人，腳可以伸直的空間較大，有插座及冷氣。
Éksekutif	行政（車廂）	一車可搭載 50 人，座椅為軟座墊，可往後躺 50 度，有枕頭、被子、插座，每個座位都有自己專屬的電視及空調系統。
Prioritas	頭等（車廂）	一車可搭載 28 人，座椅類似飛機頭等艙的座椅，有 AVOD（Audio Video On Demand）服務。
Sleeper	寢車（車廂）	最豪華的車種，座椅與座椅間有隔牆，座椅可往後躺 150 度。每個座位都有 12 吋觸碰式螢幕電視、耳機、國際型插座和 USB 充電器，旅途中也有附兩餐及飲料、零食。

Saya mau membeli satu tiket kereta ékonomi ke Bandung. 我要買一張前往萬隆的經濟車廂的車票。

Bab **3**

Halte Bus 公車站

02-03-01.MP3

這些應該怎麼說？

公車站的配置

1. términal bus n. 公車總站
2. kursi tunggu n. 候車坐椅
3. penumpang n. 旅客
4. tas ransel n. 背包
5. papan ruang tunggu keberangkatan bus AKAP [a-kap] n. 跨省市公車候車室指示牌
6. papan lokét n. 車票購買處指示牌
7. penjual koran n. 賣報紙的人
8. toko n. 店舖
9. 書 ubin pemandu / 外 guiding block / 外 tactile paving n. 導盲磚
10. pilar n. 柱子
11. lokét n. 售票處
12. tong sampah n. 垃圾桶

13 halte bus n. 公車站
14 bus n. 公車
15 ruang tunggu bus n. 室內候車亭
16 plat nomor bus n. 公車車牌號碼
17 jalur bus n. 公車道
18 akses difabel n. 殘障坡道
19 jejak tapak kaki n. 台階
20 kerucut lalu lintas n. 三角錐
21 kaca n. 玻璃

02-03-02.MP3

公車的種類有哪些？

bus
n. 公車

外 shuttle bus
n. 接駁巴士

bus bertingkat
n. 雙層巴士

bus lantai rendah
n. 低底盤公車

bus pariwisata
n. 遊覽車

shuttle bus bandara
n. 機場接駁車

\ 你知道嗎？ /

一樣是「公車站」，términal bus 和 halte bus 有什麼不同？

- Términal bus 是「公車總站」或「公車轉運站」。通常被設置在各個公車路線的終點站以方便乘客轉乘其他公車或交通工具，就像是「台北轉運站」一樣；halte bus（公車停靠站）就是指公車暫時停靠，待乘客上車後，立即駛離的停靠站，站點陽春，單純僅設立站牌而已。

Maaf, boléh tanya di mana **halte bus** 515? 對不起，請問 515 號車的公車站牌在哪裡？

＼你知道嗎？／

一樣是「（車）站」，halte, terminal 和 stasiun 有什麼不一樣？

02-03-03.MP3

- **halte**：指公車運行時，在路線中途所設置用來搭載乘客的小型停靠站。
- **términal**：是指像總站或轉運站一樣，腹地廣大可以容下許多公車，並搭載乘客的地方。此外，terminal 也可以指「終點站」。
- **stasiun**：指火車、高鐵、捷運等的停靠站。

Di samping **stasiun** keréta api Taoyuan ada **términal** Taoyuan. Anda boléh naik bus arah bandara ke **stasiun** HSR [ha-és-ér], lalu turun di sana, dan naik HSR [ha-és-ér] ke Kaohsiung. 桃園火車站旁邊是桃園車站。你可以搭往機場線的公車到「高鐵站」的公車站下車再搭高鐵去高雄。

01 等公車

02-03-04.MP3

搭公車常做些什麼呢？

書 menunggu bus / 口 tunggu bus
ph. 等車

書 mengecék jalur bus / 口 cék jalur bus
ph. 查詢公車的路線

書 mengecék jadwal bus / 口 cék jadwal bus
ph. 查詢公車時刻表

書 mengantré (untuk naik bus) / 口 antré (buat naik bus)
ph. 排隊（上車）

書 melambaikan tangan untuk menghentikan bus / 口 berhentiin bus
ph. 揮手攔車

口 keburu (naik bus)
ph. 趕上（公車）

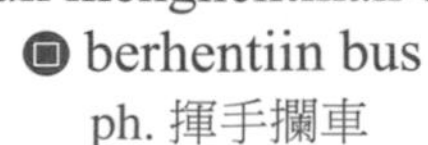

02 在公車裡

02-03-05.MP3

在公車上常見有什麼東西？

1. tempat duduk n. 座位
2. tempat duduk prioritas n. 博愛座
3. sénsor kartu n. 刷卡機
4. kotak pembayaran n. 收費箱
5. tiang pegangan tangan n. 扶手
6. gantungan pegangan tangan n. 吊環
7. tombol bél (untuk turun bus) n. 下車鈴
8. alat pemecah kaca n. 擊破器
9. jendéla n. 窗戶
10. pintu naik (turun) bus n. 上（下）車門

02-03-06.MP3

有哪些在公車上會用到的表現？

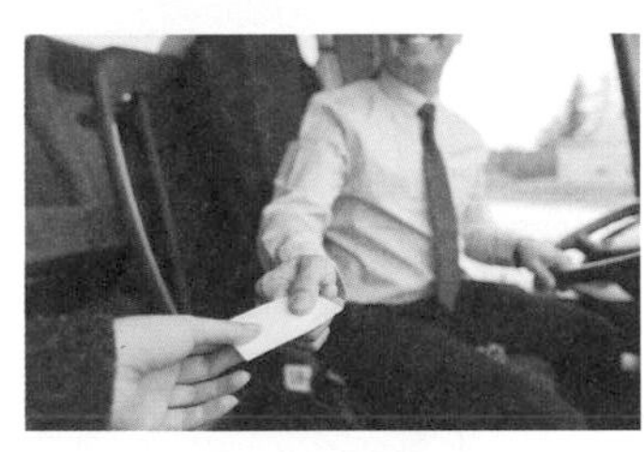

書 membeli tikét / 口 beli tikét
ph. 買票

書 menekan tombol bél (untuk turun bus) / 口 takan bel (buat turun bus)
ph. 按下車鈴

turun bus
ph. 下車

有哪些搭公車時常用的句子呢？

1. **Numpang tanya, ke Jalan M. H. Thamrin** [em ha tham-rin] **naik bus yang mana, ya?**
   請問到 M. H. Thamrin 路要搭哪一班車呢？
2. **Berapa lama sekali datangnya bus 515?** 515 號公車多久來一班呢？
3. **Apakah bus ini sampai ke bandara?** 這班公車有到機場嗎？
4. **Apakah bus ini melewati Pasar Pagi?** 這班車有經過朝市嗎？
5. **Numpang tanya, berapa harga satu tikét?** 請問一張票多少錢？
6. **Boléhkah ingatkan saya pas sudah hampir sampai di stasiunnya?**
   當快到站時，可以提醒我一下嗎？

7. **Berapa stasiun sampai Pesakih?** 到 Pesakih 要坐幾站呢？
8. **Berapa lama sampai Stasiun Gambir?** 到 Gambir 車站要多久？
9. **Saya mau turun di stasiun berikut.** 我要在下一站下車。
10. **Mohon menyimpan tikétnya untuk dicék nanti.** 車票請留存，以備待會驗票時使用。
11. **Mohon memegang pegangan tangan dengan erat.** 請緊握拉環或扶手。
12. **Mohon menekan tombol bél sebelum turun dari bus.** 下車前請按鈴。
13. **Sekarang jam sibuk.** 現在是尖峰時間。
14. **Banyak sekali orang di bus ini.** 這輛公車上好多人。
15. **Mohon perhatikan barang bawaan Anda, hati-hati pencopét.**
請好好保管你的物品，小心扒手。

Tips 關於印尼的公車及客運

1. 經雅加達專線巴士

雅加達的交通非常擁塞。西元 2004 年，❶ Transjakarta（雅加達專線巴士）開啟，成為東南亞第一個公車捷運系統，為雅加達市民的日常生活帶來革命性的改變。Transjakarta 使用馬路右側的 busway 專用車道，因此巴士可以帶領乘客快速穿越尖峰時段的雅加達交通，市民也因此常將 Transjakarta 稱之為 Busway。普通公車站設立在馬路左側，Transjakarta 的車站則是設立在馬路右側，建築規模也比一般公車站大，以供乘客擋風遮雨。

搭乘 Transjakarta 需要準備電子票卡（類似臺灣悠遊卡、一卡通）。票卡一般可以在各家 bank（銀行）或 Transjakarta 車站的 lokét（售票處）購得。而 Transjakarta 可適用的電子票卡詳情請見下表：

發行公司	電子票卡名稱
Bank Rakyat Indonesia（BRI 印尼人民銀行）	BRIZZI
Bank Central Asia（BCA 中亞銀行）	Flazz
Bank Negara Indonesia（BNI 印尼國家銀行）	Tapcash、Kartu Aku、Rail Card
Bank Mandiri（自立銀行）	e-money、e-Toll card、Indomaret Card、GazCard
Bank DKI（雅加達建設銀行）	JakCard
Bank Méga（宏大銀行）	MegaCash
Transjakarta（雅加達專線巴士）	Jak Lingko

搭乘 Transjakarta 的方式就像搭乘 MRT（捷運）一樣，首先要確認卡片的 saldo（金額）是否足夠。搭一次車的價格無論旅途長短，早上 5 至 7 時為 Rp2.000,00（dua ribu rupiah）（約新台幣 5 元左右）、早上 7 時至次日凌晨 5 時為 Rp3.500,00（tiga ribu lima ratus rupian）（約新台幣 8 元左右）。進出站時都要感應票卡，但是出站不需要付款。

在車上要注意 pencopét（扒手），女性乘客則儘量多使用 gerbong khusus wanita（女性專用車廂），以減少遭受 pelécéhan séksual（性騷擾）的可能性。

2. 長途客運

❷ 長途客運也是一種印尼人向四面八方移動的重要交通手段。當然搭乘也是要事先買票，除了在各車站購票之外，在網路普及的現代，各網站也已經提供網路購票服務。在印尼搭乘客運時跟搭乘 Transjakarta 時一樣，也是需要小心扒手。

印尼的 Idulfitri（開齋節）是穆斯林們 mudik（返鄉）與家人團圓的日子。當日子接近開齋節時，人潮會使用各種交通工具返鄉。除了飛機、船隻、火車、私家車、摩托車外，客運在開齋節的使用人數也非常之多。

在車站購買Transjakarta票卡時會用到的對話

Penumpang: **Selamat pagi, Pak. Saya mau beli kartu Jak Lingko.**
乘客：早安，我要買 Jak Lingko 卡。

Petugas loket: **Selamat pagi, Pak. Harganya empat puluh ribu rupiah, saldonya dua puluh ribu rupiah, ya.**
售票處工作人員：早安。Jak Lingko 卡一張 40,000 印尼盾，內含 20,000 印尼盾的餘額。

Penumpang: **Baik, saya ambil satu.** 乘客：好的，我拿一張。

Petugas loket: **Uangnya lima puluh ribu rupiah, ya. Kembaliannya sepuluh ribu rupiah.**
售票處工作人員：收您 50,000 印尼盾。找您 10,000 印尼盾。

Penumpang: **Terima kasih, Pak.** 乘客：謝謝您。

Petugas loket: **Sama-sama, Pak.** 售票處工作人員：不客氣。

Bab 4 Bandara 機場

02-04-01.MP3

機場的配置

1. lobi keberangkatan n. 出境大廳
2. kounter check-in n. 報到櫃台
3. petugas lapangan n. 地勤人員
4. informasi penerbangan n. 航班資訊
5. timbangan bagasi n. 行李磅秤
6. 書 ban berjalan / 外 conveyor belt n. 行李輸送帶
7. penumpang n. 乘客
8. troli n. 行李推車
9. 書 bagasi terdaftar / 口 bagasi check-in n. 托運行李
10. bagasi hand carry n. 隨身行李
11. papan iklan n. 廣告板
12. jam n. 時鐘
13. maskapai penerbangan n. 航空公司

Tips 生活小常識：機場航廈篇

機場可分為 bandara doméstik（國內機場）和 bandara internasional（國際機場）；國際機場因腹地大、航班多，通常至少有兩座以上的「términal（機場航廈）」，例如：印尼的 Bandara Internasional Soekarno-Hatta（蘇卡諾－哈達國際機場）設有三座航廈 Términal 1、Términal 2 和 Términal 3。Términal 1 為國內線廉航專用，Términal 2 為國內、國際廉航專用，而 Términal 3 供國內、國際非廉航航班使用。

Tolong antar saya ke Bandara Soekarno-Hatta términal 3. 請載我去蘇卡諾－哈達機場第三航廈。

01 登機報到、安檢

報到前，需要準備哪些物品呢？

報到劃位前，需備好 paspor（護照）、tiket pesawat（機票）、visa（簽證）及所需的 bagasi（行李）。

貼心小提醒：現在大部分的航空公司都是採用「電子機票（tikét éléktronik）」，以環保的概念為前提，不同以往使用 tikét kertas（紙本機票）；旅客在向 biro perjalanan / travel agent（旅行社）或 maskapai penerbangan（航空公司）購票後，會收到一份電子檔案，這份電子檔就是所謂的「電子機票」，在報到劃位前，一般旅客可以先自行印出，也可以將護照交給櫃檯，就可以得到登機證。

Pastikan masa berlaku paspor sebelum keluar negeri. 出國前，先確認護照的有效期限。

報到劃位時，常用到的句子

1. **Numpang tanya, di mana kounter check-in pesawat Garuda Indonesia ke Surabaya?** 請問印尼航空往泗水的班機的報到櫃檯在哪裡？
2. **Saya mau check-in.** 我要報到。
3. **Tolong tunjukkan paspor dan nomor booking Anda.**
   請您出示您的護照以及訂票編號。
4. **Anda boleh membawa bagasi hand carry seberat tujuh kilogram dan checked baggage seberat dua puluh kilogram.**
   您可以攜帶 7 公斤的手提行李及 20 公斤托運行李。
5. **Bagasi yang mana yang mau dicheck-in?** 請問哪些行李是要托運的？
6. **Berapa bagasi Anda (yang mau dicheck-in)?** 您有幾件行李（需要托運）呢？
7. **Tolong letakkan bagasi di atas timbangan.** 麻煩將您的行李放在磅秤上。
8. **Berat bagasi Anda melebihi batas.** 您的行李超重了。
9. **Berapa biaya administrasi kelebihan bagasi?** 超重的手續費需付多少錢？
10. **Boleh beri saya tempat duduk dekat jendela?** 可以給我靠窗的座位嗎？
11. **Boleh beri saya tempat duduk dekat koridor?** 可以給我靠走道的座位嗎？
12. **Ini paspor dan boarding pass Anda. Selain itu, ini tag bagasi Anda.**
    這是您的護照和登機證，另外，這是您的行李收據存根。
13. **Tempat duduk Anda 6F, pintu boarding nomor delapan. Mohon tiba di pintu boarding tiga puluh menit sebelum pesawat terbang.**
    您的座位是 6F，登機門是 8 號。請您在起飛前 30 分鐘要在登機門報到。

Tips 生活小常識：機票篇

機票的種類有哪些？

Tikét pesawat（機票）的種類可分 tikét biasa（一般票）、tikét diskon（優待票）、tikét spesial（特別票）；一般票又可分為 tikét satu arah（單程票）和 tiket pergi pulang（來回票）；一般票的票價較高、但限制較少，票價又因艙等類別不同而有所區分，艙等類別可分為 first class（頭等艙）、business class（商務艙）及 economy class（經濟艙）。

Saya ingin membeli satu tikét business class ke Jakarta. 我想買一張去雅加達的商務艙機票。

02-04-02.MP3

出境時，航班資訊看板上的印尼語有哪些？

1. papan informasi penerbangan n. 航班資訊看板
2. keberangkatan n. 出境
3. términal n. 航廈
4. waktu keberangkatan n. 起飛時間
5. tujuan n. 目的地
6. nomor penerbangan n. 班機號碼
7. kounter check-in n. 報到櫃台
8. waktu boarding n. 登機時間
9. pintu boarding n. 登機門
10. keterangan / kondisi penerbangan n. 備註／班機狀況
11. waktu mendarat n. 降落時間

02-04-03.MP3

關於登機證上的資訊有哪些？

1. boarding pass n. 登機證
2. nama penumpang n. 乘客姓名
3. tempat keberangkatan n. 起飛地點
4. tempat ketibaan n. 抵達地點
5. pintu boarding n. 登機門
6. tanggal (keberangkatan) n. （起飛）日期
7. nomor penerbangan n. 班機號碼
8. waktu boarding n. 登機時間
9. nomor tempat duduk n. 座位編號

Tips 「報到劃位」後，該怎麼前往「登機門」呢？

到達機場時，首先先至 kounter check-in（報到櫃台）劃位，並辨理完成 pendaftaran bagasi / baggage check-in（行李托運）後，前往 tempat pemeriksaan paspor（護照檢查處）查驗護照及簽證，再至 pintu pemeriksaan keamanan（安檢門）接受檢查，通過查驗後，可依照機場指示牌上的 nomor pintu boarding（登機門編號）前往 ruang tunggu pesawat（候機室）等待登機，等待期間也可至 toko bébas pajak / duty free（免稅商店）逛逛，但記得不要錯過了 waktu boarding（登機時間）喔！

Tips 搭飛機常發生的問題有哪些？

搭飛機的時候往往因為許多原因造成班機可能會 terlambat / delay（誤點）或是 batal / cancel（取消）。

Karena pengaruh cuaca buruk, penerbangan menuju Médan akan mengalami keterlambatan, waktu keberangkatan baru adalah pukul 14.30. Mohon maklum.

由於天候的影響，前往棉蘭的班機將延後起飛，新的出發時間是 14 點 30 分。敬請見諒。

02 在飛機上

02-04-04.MP3

飛機的內部擺置有哪些？

1. tempat duduk dekat jendéla n. 靠窗座位
2. tempat duduk dekat koridor n. 靠走道座位
3. papan méja makan n. 餐桌板
4. koridor n. 走道
5. jendéla n. 窗戶
6. 書 tempat bagasi kabin / 口 tampat bagasi hand-carry n. 頭頂置物櫃

7 fasilitas hiburan dalam penerbangan n. 機上娛樂系統

8 layar informasi dalam penerbangan n. 機上通知螢幕

9 rémot n. 遙控器

10 majalah n. 雜誌

11 bantal n. 枕頭

12 selimut n. 毯子

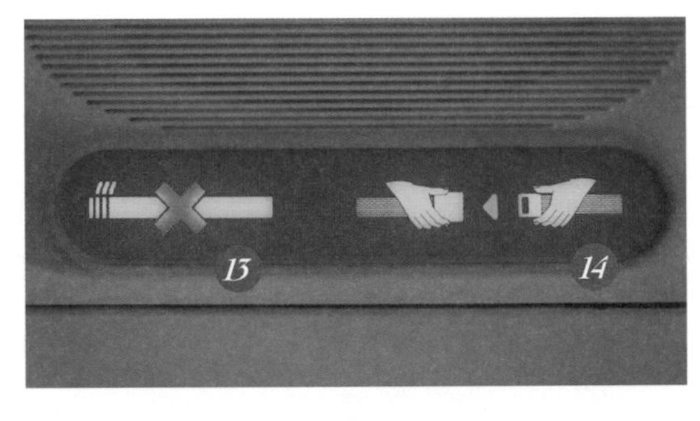

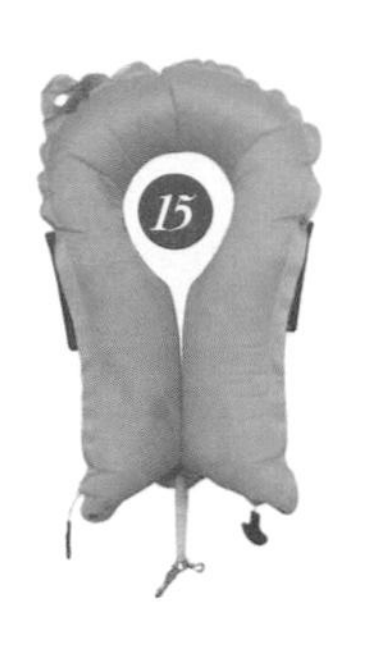

13 lampu tanda dilarang merokok n. 禁止吸菸標示

14 lampu tanda memasang sabuk pengaman n. 繫上安全帶標示

15 baju pelampung n. 救生衣

16 masker oksigén n. 氧氣罩

機上有哪些服務呢？

除了 maskapai penerbangan bertarif rendah / budget airline（廉價航空），旅客必須要額外購買水和食物之外，大部分都有 pelayanan dalam penerbangan（機上服務）。機上服務除了 pramugari（女空服員）/ pramugara（男空服員）會為您 menyediakan makanan dan minuman（提供餐飲）之外，還會提供 produk bébas pajak / duty free（免稅商品）及 suvenir（紀念品）的服務。另外，機上還提供了一些貼心服務，如：headphone（（頭戴式）耳機）、penutup mata（眼罩）、penyumbat telinga（耳塞）、kantong muntah / sanitary bag（嘔吐袋）等；在飛機到達目的地前，依抵達國之不同，有時還可向空服員索取 pemberitahuan pabéan / customs declaration（海關申報表）。

機上供餐時，常用的句子有哪些？

1. **Dalam beberapa menit lagi kami akan menyediakan makanan.**
   我們將在幾分鐘後為您提供餐點。
2. **Mohon menegakkan tempat duduk Anda.** 請將您的座椅調正。
3. **Mohon turunkan meja di depan Anda.** 請將您前方的桌子放下。
4. **Anda mau makan apa? Nasi atau mi?** 您的餐點要吃什麼呢？飯還是麵呢？
5. **Tolong beri saya nasi.** 麻煩請給我飯。
6. **Apa saja pilihan untuk makan malam?** 晚餐有什麼樣的餐可以選呢？
7. **Apakan Anda mau minuman?** 您想要喝點什麼嗎？
8. **Tolong beri saya segelas jus jeruk.** 麻煩請給我一杯柳橙汁。
9. **Permisi, adakah mi instan atau apapun yang bisa mengisi perut saya?**
   不好意思，您有沒有泡麵或任何可以讓我填飽肚子的東西呢？
10. **Boléh beri saya makanan végétarian?** 可以給我素食餐嗎？
11. **Saya sudah selesai makan, tolong simpan piring-piringnya, terima kasih.**
    我用完餐了，麻煩餐盤可以收了，謝謝。

要如何填寫「入境申請表」及「海關申報單」呢？

飛機降落前，空服員會在機上詢問乘客是否需要 kartu kedatangan（入境申請表）或 pemberitahuan pabean / customs declaration（海關申報單），凡是外國入境旅客皆需填寫「入境申請表」，如果旅客需要申報攜帶的物品，則需填寫「海關申報單」，但有些國家規定旅客兩份都需要填寫，例如：日本。

02-04-05.MP3

● 「入境申請表」kartu kedatangan 申請表的欄位有：

1. nomor penerbangan kedatangan n.「入境班次」
2. tempat keberangkatan n.「起程地」
3. nomor penerbangan keberangkatan n.「出境班次」
4. tempat tujuan n.「目地的」
5. nama bahasa Mandarin n.「中文姓名」
6. jenis kelamin n.「性別」（性別的欄位又分「男」laki-laki n. 和「女」perempuan n.）

7. marga / nama keluarga n.「姓氏」
8. nama n.「名字」
9. tanggal lahir n.「出生日期」（出生日期欄又分「日」hari n.、「月」bulan n.、「年」tahun n.）
10. kewarganegaraan n.「國籍」
11. nomor paspor n.「護照號碼」
12. pekerjaan n.「職業」
13. tempat tinggal permanen n.「戶籍地址」
14. alamat di ... ~ ph.「來…地址」（入境後將停留的地址）
15. tujuan perjalanan n.「旅行目的」
16. tanda tangan n.「簽名」

●「海關申報單」pemberitahuan pabean / customs declaration 上的欄位有：

02-04-06.MP3

1. tanggal kedatangan n.「入境日期」
2. marga / nama keluarga n.「姓氏」
3. nama n.「名字」
4. jenis kelamin n.「性別」（性別的欄位又分「男」laki-laki n. 和「女」perempuan n.）
5. nomor paspor n.「護照號碼」
6. kewarganegaraan n.「國籍」
7. pekerjaan n.「職業」
8. tanggal lahir n.「出生日期」（出生日期欄又分「日」hari n.、「月」bulan n.、「年」tahun n.）
9. nomor penerbangan n.「飛機班次」
10. tempat keberangkatan n.「起程地」
11. jumlah anggota keluarga yang bepergian bersama ph.「隨行家屬人數」
12. alamat n.「地址」（指旅客原居住地址）
13. alamat di ... ph.「來…地址」（入境後將停留的地址）
14. benda yang perlu dilaporkan n.（需申報的）「物品名稱」
15. jumlah n.（需申報物品的）「數量」
16. harga total n.（需申報物品的）「總價」
17. tanda tangan n.「簽名」

03 過海關、拿行李

飛機抵達目的地時，要如何依指示入境呢？

抵達目的地時，請先分辨你是要「入境」、「轉機」，還是「過境」；如果是「入境」的乘客，可依機場的印尼文指示 kedatangan（入境）方向行走，「轉機」的乘客可遵照 transfer（轉機）的指示搭乘另一班飛機，transit（過境）的乘客則可依照的方向等待飛機。入境的乘客在提取行李前，需經過 bea cukai（海關）入境查驗護照和簽證，以及回覆海關的一些簡易問題後，方可前往 pengambilan bagasi（行李領取處）提領行李。

提領行李時，可透過行李領取處前方的 LCD 看板，依飛航班次查詢行李所在的 ban berjalan / conveyor belt（行李輸送帶）；提領行李後，如果需要兌換當地的貨幣，可在入境之後，至機場內的 pedagang valuta asing / money changer（貨幣兌換商）兌換您需要的貨幣喔！

Beberapa hotel yang berskala lebih besar menyediakan layanan pertukaran valuta asing bagi para tamu. 有些較大規模的飯店為房客提供貨幣兌換的服務。

入境時，通關查驗常聽或常用的句子

1. Petugas béa cukai: **Selamat siang. Mohon tunjukkan paspor dan visa Anda.**
   海關：（午安）您好。麻煩請出示你的護照與簽證。
2. Penumpang: **Baik.** 乘客：好的，請。
3. Petugas béa cukai: **Apa tujuan Anda datang kali ini?**
   海關：您這次來的目的是什麼呢？
4. Penumpang: **Saya datang ke Indonesia untuk berwisata.**
   乘客：我來印尼觀光旅遊。
5. Petugas béa cukai: **Anda datang dengan siapa?** 海關：你跟誰一起來？
6. Penumpang: **Saya datang dengan grup.** 乘客：我是跟團來的。
7. Petugas béa cukai: **Berapa lama Anda tinggal di sini?** 海關：你會在這待多久？
8. Penumpang: **Saya akan tinggal di sini selama satu minggu.**
   乘客：我會在這待上一個禮拜。
9. Petugas béa cukai: **Anda akan tinggal di mana?** 海關：你會住哪裡呢？

10. Penumpang: **Saya akan tinggal di Hotél Indonesia.**
乘客：我會住在印度尼西亞大酒店。
11. Petugas béa cukai: **Berapa uang tunai yang Anda bawa?** 海關：你攜帶多少現金呢？
12. Penumpang: **Saya membawa seribu dolar AS.** 乘客：我帶 1000 美金。
13. Petugas béa cukai: **Saya kembalikan paspor Anda. Semoga perjalanan Anda menyenangkan.** 海關：護照還給你。祝你旅遊愉快。

Tips 貼心小提醒

如果你把隨身物品 ketinggalan（不小心留）在飛機上、委託行李 hilang（遺失）或是拿到行李後發行李外觀有 rusak（損壞），你都可以至 lost and found（失物招領處）請專員幫你處理。

Jika Anda ketinggalan bagasi di pesawat, Anda boleh meminta bantuan ke lost and found. 如果你把行李忘記在飛機上，你可以到失物招領處尋求幫忙。

在飛機上常用到的句子

1. **Sekarang boleh ke toilet, tidak?** 現在可以上廁所嗎？
2. **Toiletnya penuh, mohon tunggu.** 廁所有人，請稍等。
3. **Lampu tanda kencangkan sabuk pengaman telah nyala.**
繫好安全帶的指示燈亮起來了。
4. **Mohon kembali ke tempat duduknya.** 請回到座位上。
5. **Saya butuh kantong muntah.** 我需要嘔吐袋。
6. **Bu, kasih saya air, dong.** 小姐，請給我水，好嗎？
7. **Bapak mau makan nasi atau mi?** 先生，您要吃飯還是麵？
8. **Ibu mau minum kopi atau teh?** 小姐，您要喝咖啡還是茶？
9. **Dingin sekali. Ada selimut, tidak?** 好冷。請問有沒有毯子？
10. **Sebentar lagi pesawat ini akan lepas landas.** 再過不久，這架飛機就要起飛了。
11. **Sebentar lagi pesawat ini akan mendarat.** 再過不久，這架飛機就要降落了。
12. **Pesawat ini sedang mengalami turbulensi.** 這架飛機正在經過不穩定的氣流。
13. **Terima kasih sudah memilih maskapai kami, sampai jumpa kembali di penerbangan berikutnya.**
感謝您選擇搭乘我們的航空公司，期待與您再次相會。

Bab 5 Jalan Raya 大馬路

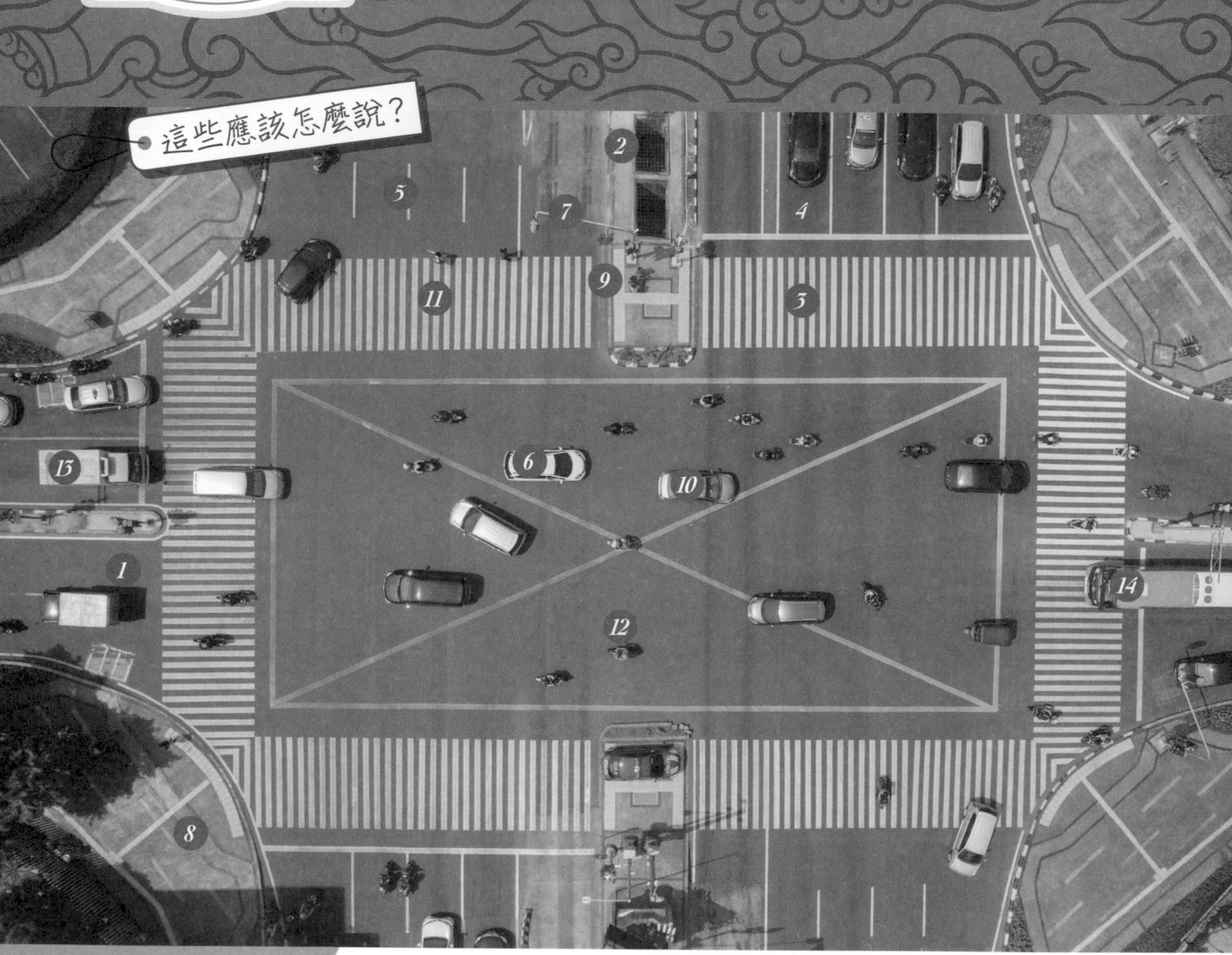

馬路的配置

1. jalan raya n. 大馬路
2. médian jalan n. 中央分隔島
3. 外 zebra cross n. 行人穿越道、斑馬線
4. lajur khusus mobil n. 汽車專用道
5. markah jalan n. 道路標線
6. alat transportasi n. 交通工具
7. lampu jalan n. 路燈
8. pinggir jalan n. 路邊
9. lampu lalu lintas n. 交通號誌、紅綠燈
10. mobil n. 汽車
11. pejalan kaki n. 行人
12. 書 sepéda motor / 口 motor n. 機車
13. truk n. 貨車
14. bus n. 公車

01 走路

02-05-02.MP3

街道上的其他設施有哪些呢？

1. bélokan n. 轉角處
2. taksi n. 計程車
3. bundaran n. 圓環
4. papan iklan n. 廣告牌
5. air mancur n. 噴水池
6. pertunjukan air mancur menari n. 水舞
7. patung n. 雕像
8. hiasan n. 裝置藝術品
9. lampu jalan n. 路燈
10. gedung n. 大樓
11. mesin dérék n. 起重機
12. trotoar n. 人行道
13. sepéda n. 自行車
14. pohon penghijauan jalan n. 行道樹

02-05-03.MP3

還有哪些街道型態？

jalan raya n. 大馬路

jalan n. 馬路

jalan n. 街

gang n. 巷子

jalan tol
n. 高速公路

rél keréta api
n. 鐵路

satu arah
n. 單行道

dua arah
n. 雙向道

jalan buntu
n. 死路

dilarang masuk / verboden
n. 禁止行進路段

jembatan
n. 橋

jembatan layang
n. 高架橋

jembatan penyeberangan orang / JPO [jé-pé-o]
n. 人行天橋

terowongan
n. 隧道

tikungan
n. 彎道

rute kapal
n. 河道、海路、航道

02-05-04.MP3

Tips 跟道路有關的慣用語

- **Kasih ibu sepanjang jalan, kasih anak sepanjang penggalan**：母親的愛長如道路，孩子的愛長如竹棍。比喻母親對孩子的愛比孩子對母親的愛多。

Ibu Tina membesarkan anak laki-lakinya susah payah selama delapan belas tahun. Kini Ibu Tina sudah tua, anak itu malah meninggalkan Ibu Tina di panti jompo. Mémang kasih ibu sepanjang jalan, kasih anak sepanjang penggalan. 蒂娜女士花了十八年辛辛苦苦地將她的兒子養大。現在蒂娜女士老了，那個孩子反而把蒂娜女士留在養老院裡。實在是母愛勝過於孩子的愛。

- **Semua jalan menuju Roma**：條條大路通羅馬。比喻使用不同的方法做事，都可以得到一樣的效果。即相當於中文的「條條大路通羅馬」。

Boléh belajar tata bahasa dulu, boléh juga menghafal kosakata dulu, karena semua jalan menuju Roma. 可以先學文法，也可以先背單字，因為條條大路通羅馬。

- **Anggung-anggip bagai rumput tengah jalan**：如路中央的雜草一般搖擺。比喻飽受病痛、貧窮等困擾的艱難生活。

Semenjak semua hartanya ludes karena judi, hidupnya anggung-anggip bagai rumput tengah jalan. 自從他所有財產都賭光後，他的生活變得窮困潦倒。

02 開車

02-05-05.MP3

汽車的車體構造有哪些？

● 汽車外部

1. bodi mobil n. 車身
2. lampu depan / 外 headlight n. 大燈
3. kaca depan / 外 windshield n. 擋風玻璃
4. kap mobil / 外 hood n. 引擎蓋
5. 書 lampu séin / 口 séin n. 方向燈
6. kaca spion n. 後照鏡
7. lampu belakang / 外 taillight n. 車尾燈
8. bagasi n. 後車廂
9. roda n. 車輪、輪胎
10. ban mobil n. 輪胎皮
11. pélek / 外 rim n. 輪胎鋼圈
12. 外 wiper n. 雨刷
13. knalpot n. 排氣管
14. 書 bumper / 口 bémper n. 保險桿
15. pelat nomor n. 車牌
16. tangki bénsin n. 油箱
17. sasis n. 底盤
18. pintu mobil n. 車門
19. gagang pintu n. 車門把手
20. jendéla mobil n. 車窗
21. kaca segitiga n. 三角窗
22. atap mobil n. 車頂
23. 外 grille radiator n. 水箱遮罩
24. pilar A [a] n. A柱
25. pilar B [bé] n. B柱

● 汽車內部

02-05-06.MP3

1. spion (dalam mobil) n.（車內的）後視鏡
2. setir mobil n. 方向盤
3. klakson n. 喇叭
4. rém tangan n. 手煞車
5. (外) sound system n. 音響系統
6. kursi pengemudi n. 駕駛座
7. kursi penumpang depan n. 副駕駛座
8. kursi belakang n. 後座
9. (書) setang persneling / (外) gear shifter / (口) setang gigi n. 排檔桿
10. laci dasbor n. 手套箱
11. tuas wiper n. 雨刷撥桿
12. gagang pintu dalam mobil n. 車內門把
13. sabuk pengaman n. 安全帶
14. panél instrumen n. 儀表板
15. odometer n. 里程表
16. spidometer n. 時速表
17. fuel gauge n. 油表
18. sénsor suhu pendingin mobil / engine coolant temperature sensor n. 溫度表
19. lampu indikator n. 警示燈
20. takometer n. 引擎轉速表
21. pédal gas n. 油門
22. pédal rem n. 剎車踏板
23. pédal kopling n. 離合器踏板

手排跟自排汽車的相關用語有哪些？

以排檔的方式來區分可以分為 mobil manual（手排）及 mobil matik（自排）兩種。手排車是依手動調整速度，而自排車是以車子本體自動調整速度，因此自排車沒有 kopling （離合器）。另外，在印尼還有 transmisi kopling ganda（半自排）的汽車，雖然比較少見。

02-05-07.MP3

● 基本維修零件

書 persneling /
外 gearbox
n. 變速箱

書 kantung udara /
外 airbag
n. 安全氣囊

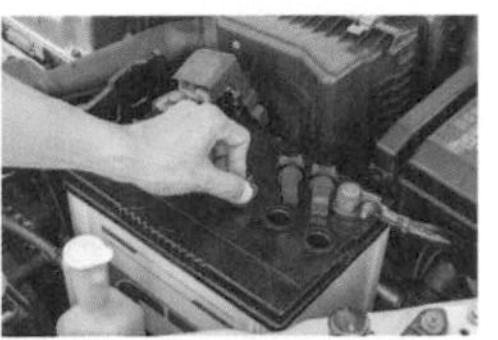

aki
n. 電瓶

mesin
n. 引擎

radiator
n. 散熱器

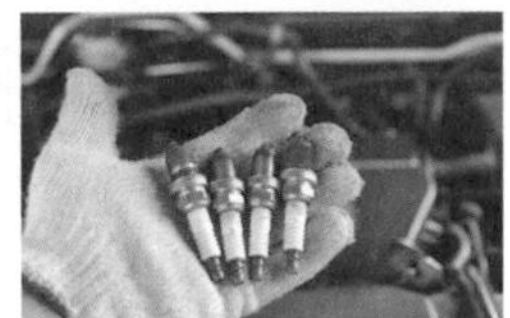

busi
n. 火星塞

karburator
n. 化油器

書 tali kipas /
外 fan belt
n. 風扇皮帶

02-05-08.MP3

● 各類車款

mobil balap
n. 跑車

mobil convertible
n. 敞篷車

書 mobil super /
外 supercar
n. 超跑

mobil pick-up
n. 載貨小卡車

mobil jip
n. 吉普車

mobil van
n. 廂型車

● 開車動作

02-05-09.MP3

(書) mengemudi /
(口) nyetir
v. 開車

(書) menggunakan sabuk pengaman /
(口) pakai seatbelt
ph. 繫安全帶

(書) menghidupkan mesin /
(口) starter
ph. 啟動

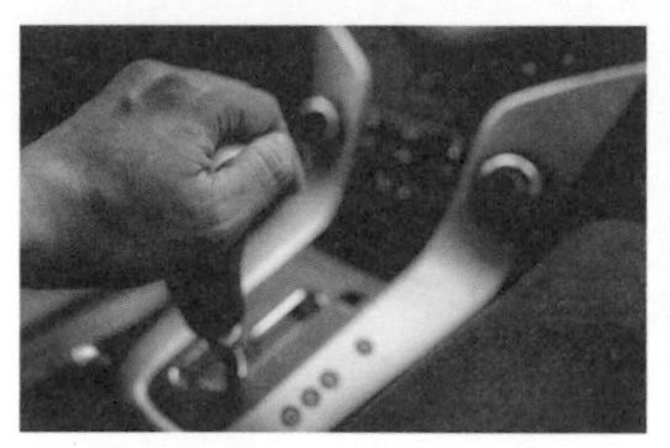

(書) memindahkan gigi /
(口) ganti gigi
ph. 變速檔

menginjak pédal gas dengan ringan
ph. 輕踩油門

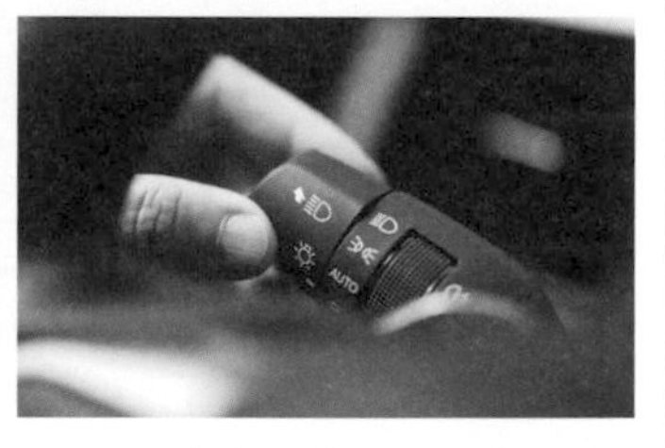

menyalakan lampu depan
ph. 開大燈

menyalakan lampu séin /
(口) kasih séin
ph. 打方向燈

menambah kecepatan /
(口) cepatin
ph. 加速

mengurangi kecepatan /
(口) pelanin
ph. 減速

menginjak pédal rém dengan ringan
ph. 輕踩煞車

書 berhenti sejenak /
口 berhenti sebentar
ph.（因等紅燈而）暫停

書 menyetir mundur /
口 mundurin mobil
ph. 倒車

parkir
v.（長時間的）停車

pindah lajur
ph. 換線道

書 membunyikan klakson /
口 klakson / 口 klaksonin
ph. 按喇叭

menerobos lampu merah
ph. 闖紅燈

書 berbalapan /
口 balapan
v. 賽車

書 mengisi bénsin /
口 bensin
ph. 加油

02-05-10.MP3

● 行駛方向

menyetir lurus /
口 nyetir lurus
ph. 直走

belok kanan
ph. 右轉

belok kiri
ph. 左轉

putar balik /
外 u turn
ph. 迴轉

Tips 生活小常識：印尼的特色車種

在印尼的街頭上，你一定要認識 bajaj（電動三輪車）才行。Bajaj（讀音 bajay）是雅加達、Banjarmasin（馬辰）、Pekanbaru（北乾巴魯）等地常見的交通工具。Bajaj 源自印度，由 Bajaj Auto Limited 和 TVS Motor Company 這兩間公司生產。

早期，雅加達的舊式 ❶ bajaj 都是橘色的，燃料為汽油，後來由於 bajaj 排出的氣體造成空氣污染，政府就廢除了舊式 bajaj 的使用，並開始啟用燃料為 CNG[cé-én-gé]（壓縮天然氣）的 ❷ 新式藍色 bajaj。

03 騎機車／騎腳踏車

02-05-11.MP3

機車的構造有哪些？

1. kecepatan per jam n. 時速
2. kaca spion / 口 spion n. 後照鏡
3. knalpot n. 排氣管
4. tangki bénsin n. 油箱
5. tutup tangki bénsin n. 油箱蓋子
6. lampu depan / 外 headlight n. 車頭燈

7 standar n. 腳架
8 starter n. 啟動器
9 gas n. 油門
10 lampu séin / 口 séin n. 方向燈
11 sepatbor depan n. 前方擋泥板
12 sepatbor belakang n. 後方擋泥板
13 roda n. 車輪
14 lampu belakang / 外 taillight n. 車尾燈
15 口 jok / 書 tempat duduk motor n. 座椅
16 setang n. 把手
17 cakram rém n. 煞車碟盤
18 suspensi depan n. 前方避震器
19 pélek ban n. 鋁框
20 persneling / 外 gearbox n. 變速箱
21 suspénsi belakang n. 後方避震器
22 pédal starter n. 啟動踏板
23 péntil n. 輪胎汽嘴
24 silinder n. 汽缸
25 busi n. 火星塞
26 rém kaki n. 煞車踏板
27 standar n. 腳架

Tips 生活小常識：印尼機車篇

在印尼，機車的使用非常普及。機車是 sepéda motor，是「摩托自行車」的意思，但人們習慣稱之為 motor。最常見的機車是 1 motor bébék（鴨型機車），這是因為 motor bébék 前面長得像鴨子的頭部和頸部。Motor bébék 一般是需要排檔的。另外也有 2 motor matic（自動排檔機車）和 motor standard（街車）。有些百貨公司會為 mogé（motor gedé 大型機車）準備專用車位。

雅加達的道路上機車如水流，行駛中無孔不入，可以在擁擠的雅加達交通中快速抵達目的地。在沒有警察的地方，機車騎士常常不戴安全帽，目睹到穿著小學、中學制服的學生單獨騎機車也是稀疏平常的事。當然，這些行為都是違法的。在印尼滿 17 歲就是成人，就可以領取身分證、考駕照、大選投票，但喝酒則是 21 歲以上才能喝。另外，由於印尼人多數為穆斯林，在教律的規範之下不允許喝酒，故印尼酒駕肇事的案件非常地稀少。但是在馬路上看到邊開車邊抽菸，或邊騎車邊抽菸的人是相當多的。

Saya tidak bisa mengendarai motor standar, saya hanya bisa mengendarai motor bébék. 我不會騎街車，我只會騎鴨型機車。

Tips 生活小常識：印尼的線上計程機車篇

上面的圖片裡是 ❶ ojol（ojék online 線上計程機車），騎士們都穿著綠色的制服，並帶著綠色安全帽，他們是今日印尼社會中已經不可或缺的線上叫車系統的騎士們。在印尼語中，ojék 是出租機車的總稱，從事 ojék 這個行業的騎士在早期都是隨性穿便服的。騎士們平時都會聚集在簡陋的 pangkalan ojék（ojék 站）裡等候乘客上門。但在這個網路普及的現代，傳統的 ojék 也隨著 Gojék、Grabbike 等線上計程機車公司的問世而逐漸遭到淘汰。

當要搭乘 ojol 時只需要下載 Gojék、Grab 等應用程式，在上面選擇目的地、接駁地、用網上付費或付現即可。

Naik **Gojék** lebih murah daripada naik taksi. Kalau macet, **Gojék** juga lebih cepat daripada taksi.
搭乘 Gojek 比搭計程車便宜。如果堵車的話，Gojek 也比計程車快。

02-05-12.MP3

機車的保養方式有哪些？

口 servis motor / 書 memperbaiki motor
ph. 修車

ganti oli
ph. 換機油

tambal ban
ph. 修補輪胎

cuci motor
ph. 洗車

isi angin
ph. 打氣

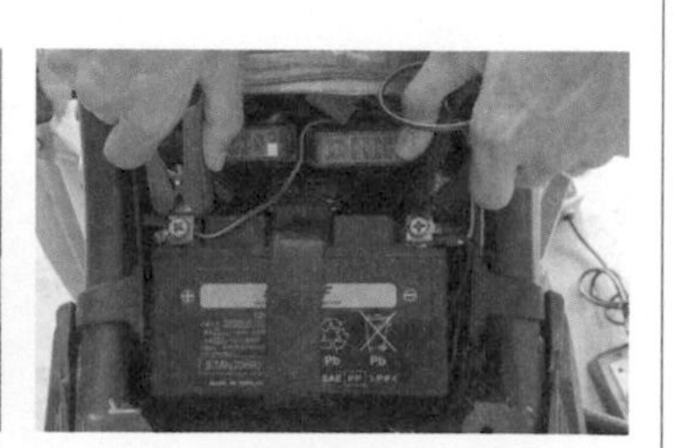

cas aki
ph. 充電瓶

在路上會碰到的東西與問題

02-05-13.MP3

kecelakaan n. 車禍

macet n. 塞車

lubang n. 坑洞

口 pom bensin /
書 SPBU [és-pé-bé-u]
n. 加油站

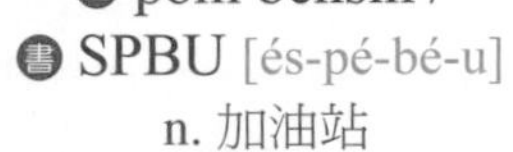

tempat parkir
n. 停車場

gerbang tol
n. 高速公路付費處

bénsin habis
ph. 沒油

ban bocor ph. 漏氣
ban kempés ph. 沒氣

ban tertusuk paku
ph. 輪胎被鐵釘插進去

腳踏車的基本配備有哪些？

02-05-14.MP3

● 基本配備

hélm n. 安全帽

外 clipless pédal n. 卡鞋

kacamata matahari n. 墨鏡

botol minum n. 水壺

gembok n. 大鎖

pompa ban n. 打氣筒

● 各項構造

02-05-15.MP3

1. jari-jari / 外 spoke n. 輪輻
2. sadel / tempat duduk n.（自行車、機車的）座墊
3. pélek / 外 rim n.（輪胎）鋼圈
4. roda depan n. 前輪
5. roda belakang n. 後輪
6. pedal n. 踏板
7. rém n. 煞車
8. setang n. 把手
9. réfléktor n. 反光板
10. 外 frame n. 車架；車框
11. as roda n. 輪殼
12. rak belakang n. 行李置物架
13. dudukan sadel / 外 seatpost n. 座管
14. tutup rantai sepeda n. 護鏈罩
15. chainring depan n. 大齒盤
16. standar n. 腳架
17. crank arm n. 轉動曲柄
18. kabel rém n. 煞車線
19. keranjang (sepeda) n.（自行車的）籃子
20. sepatbor depan n. 前方擋泥板
21. sepatbor belakang n. 後方擋泥板
22. péntil n. 輪胎汽嘴
23. ban n. 輪胎
24. rém depan n. 前剎車器

02-05-16.MP3

基本零件

ban dalam
n. 內胎

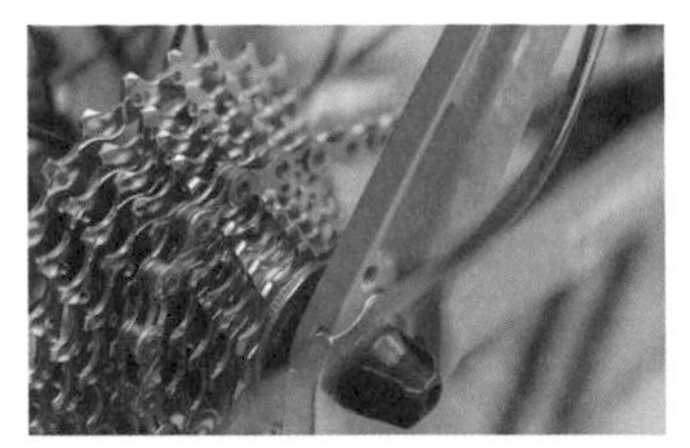
roda gigi
n. 齒輪

rantai
n. 鏈條

persneling / 外 gearbox
n. 變速器

pemindah gigi /
外 gear shifter
n. 變速調節器

bél sepéda
n. 車鈴

02-05-17.MP3

在路上會碰到的各類車種

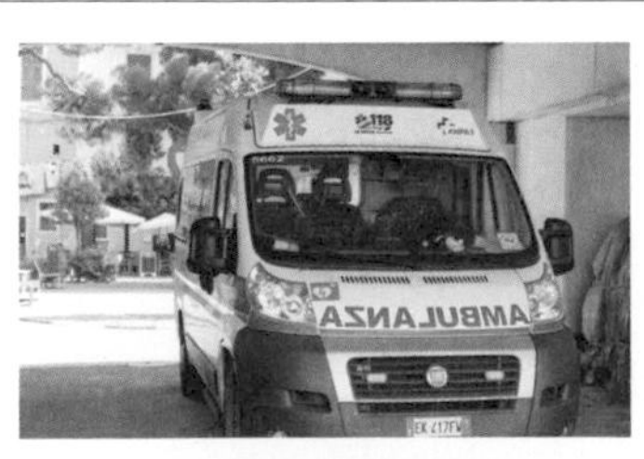

mobil ambulans
n. 救護車

mobil pemadam kebakaran
n. 消防車

mobil polisi
n. 警車

truk sampah
n. 垃圾車

mesin penggilas /
外 road roller
n. 壓路機

truk tangka
n. 油罐車

Tips 生活小常識：印尼的特色車種

除了 Bajaj 外，印尼也有 ❶ bécak（三輪腳踏車）。早期在雅加達有很多 bécak，但由於 bécak 的車速緩慢，嚴重造成雅加達的交通大亂，於是雅加達政府於西元 1970 年代禁止了 bécak 上街運行，並於在 1990 年代和 2007 年舉行大規模沒收行動。雖然如此，雅加達以外的許、多其他城市，如 Yogyakarta（日惹）、Surakarta / Solo（梭羅）等地區，bécak 仍能夠自由通行。其實 bécak 除了是零噪音、零空汙的交通工具之外，更是外國遊客值得體驗的文化遺產呢！

在棉蘭等蘇門答臘島城市，也常見 ❷ béntor（bécak motor，意即「三輪機車」），和一般 bécak 不同的是，顧名思義 béntor 裝有引擎，另外駕駛的座位是設置在乘客的旁邊。

02-05-18.MP3

Tips 生活小常識：交通號誌篇

印尼是荷蘭的前殖民地，故於西元 1970 年代的 rambu lalu lintas（交通號誌）和荷蘭非常像。現在的印尼交通號誌則吸取了荷蘭、德國、美國、紐西蘭和日本的號誌特色。交通號誌大致上分成：「警告標誌」、「禁制標誌」、「指示標誌」、「臨時控管標誌」。

- **Rambu peringatan**（警告標誌）：大多數的國家是以「白底紅邊、黑色圖形至中的等邊三角形」做為警告標誌，少數國家像是澳門、香港，則以「黃底黑邊」做為警示顏色；另外，也有一些國家會以「菱形」取代「三角形」做為警告標誌，像是美國、加拿大、泰國、日本、紐西蘭、印尼、墨西哥…等。

❶ dua arah n. 雙向道

❷ jalan bergelombang n. 路面顛簸

❸ hati-hati pejalan kaki / hati-hati penyeberangan zebra cross n. 當心行人／當心斑馬線

❹ perhatian n. 注意

- **Rambu larangan**（禁制標誌）：大多數國家是以「紅色圓形為底，黑色圖形至中」或是「紅邊白底、黑體字或黑色圖形的圓形圖」做為禁制標誌。

5 berhenti sesaat n. 停車再開

6 dilarang masuk (bagi semua kendaraan) n.（所有車種）禁止進入

7 sepéda motor dilarang masuk n. 機車禁止進入

8 pejalan kaki dilarang masuk n. 行人禁止進入

- **Rambu petunjuk**（指示標誌）：各國所用的顏色、形狀皆不同，但上方皆標示著「道路資訊」或「方向資訊」，供駕駛行車參考。

9 rambu petunjuk n. 道路指標

印尼的指示標誌多數只顯示印尼語，但有些旅遊景點（如峇里島）會顯示印尼語、英語雙語。前身為 Kesultanan Yogyakarta（日惹蘇丹國）的日惹特別行政區的路牌則是印尼語及以爪哇字母書寫的爪哇語。

- **Rambu peringatan sementara**（臨時性交通標誌）：大多國家是以「橘底方邊，黑色字」或「紅底方邊，白色字」做為臨時性交通標誌；凡是「交通事故」或「道路施工」時，會設置臨時性的交通標誌，以便駕駛和行人留意道路狀況。

10 pekerjaan konstruksi jalan n. 道路施工

10 Pekerjaan Konstruksi Jalan

本專欄所有交通號誌圖片取自 Peraturan Menteri Perhubungan Nomor PM 13 Tahun 2014 tentang Rambu Lalu Lintas（交通部法第 PM13 號 2014 年關於交通號誌）/ http://hubdat.dephub.go.id/km/tahun-2014/1626-peraturan-menteri-perhubungan-nomor-pm-13-tahun-2014-tentang-rambu-lalu-lintas

02-05-19.MP3

各種方向及方位

1. atas n. 上面
2. bawah n. 下面
3. kiri n. 左邊
4. kanan n. 右邊
5. samping n. 旁邊
6. depan n. 前面
7. belakang n. 後面
8. seberang n. 對面
9. antara n. 之間、中間
10. dalam n. 裡面
11. luar n. 外面
12. timur n. 東方
13. barat n. 西方
14. selatan n. 南方
15. utara n. 北方

Tips 印尼的道路文化

馬路是人走的，但在印尼，你可以真真確確地看見 ❶ 馬車在都市的道路上奔馳喲，不要不相信！雖然馬車已經漸漸被現代車種取代，但在雅加達等大都市，馬車則成為了旅客喜愛的旅遊工具。

印尼都市的街道上也常見 ❷ pedagang kaki lima（五腳攤販，即「攤販」的意思），這些小販常常會推著推車在路邊販賣食物。有些車是人力推的，有些裝載在改裝過的自行車上，有些則裝載在摩托車上。

在雅加達，堵車是家常便飯。但對於雅加達居民來說，堵車可是個不容錯過的絕佳商機。堵車時，你常常會看到小販走到車與車之間，對一排排汽機車叫賣。他們有些買雕刻品、紀念品、報紙、玩具、打火機等，每逢國慶日時還會加賣國旗。這些小販的行蹤無孔不入，就連長途公路或跨省高速公路上也不時可以見到販售各式飲料及零食的小販存在。

不過事實上因為 ❸ 小販常佔用人行道和道路，造成行人移動上的不便，進而擾亂交通，因此雅加達許多地方是不允許小販營業的。但即使如此，在警察看不到的地方，小販們還是一樣自由穿梭在街道上，造成交通的癱瘓。

Pelajaran 3

Sekolah 學校

Bab 1

Kampus 校園

03-01-01.MP3

這些應該怎麼說？

校園的配置

1 kelas n. 教室
2 kampus n. 校園
3 aula n. 禮堂
4 pohon n. 校樹
5 siswa n. 學生
6 guru n. 老師
7 kantin n. 福利社、販賣部
8 hamparan bunga n. 花圃

9 kerudung n. 頭巾
10 banner iklan n. 廣告旗
11 jalan aspal n. 柏油路
12 外 totebag n. 托特包
13 tower télékomunikasi n. 電波塔
14 sekolah n. 學校
15 nama sekolah n. 校名
16 logo sekolah n. 校徽
17 gerbang sekolah n. 校門
18 ruang sékuriti n. 警衛室
19 pagar besi n. 鋼鐵圍欄

＼你知道嗎？／

學校設施還有哪些呢？

Fasilitas sekolah（學校設施）除了上述提到的之外，其他的校內設施說法如下：toilét（洗手間）、usaha keséhatan sekolah (UKS[u-ka-és])（保健中心）、lapangan olahraga（操場）、kolam renang（游泳池）、ruang matéri pengajaran（教材室）、ruang peralatan olahraga（體育器材室）、ruang pembuangan sampah（資源回收室）、perpustakaan（圖書館）、asrama（宿舍）。

Semua mahasiswa baru sedang berkumpul di lapangan olahraga. 所有大一新生都在禮堂集合。

\ 你知道嗎？ /
學校辦公室有哪些呢？

Kantor sekolah（學校辦公室）大致上分成：ruang kepala sekolah（校長室）、kantor urusan akademis（教務處）、kantor urusan siswa（學務處）、kantor urusan umum（總務處）、ruang guru pembimbing（導師室）、ruang konseling（輔導室）、ruang sumber daya manusia (SDM [és-dé-ém])（人事室）、ruang akuntansi（會計室）、ruang guru pelatihan militer（教官室）、ruang sékuriti（警衛室）。

\ 你知道嗎？ /
學校教室有哪些呢？

Ruang kelas（教室）大致上分成：ruang kelas bahasa（語言教室）、ruang kelas audio visual（視聽教室）、ruang kelas komputer（電腦教室）、ruang kelas laboratorium（實驗室）。

Dia tidak dapat mengerjakan PR [pé-ér] di rumah, karena dia meninggalkan buku PRnya [pé-ér-nya] di ruang kelas. 他沒辦法在家做功課，因為他把作業簿忘在教室了。

03-01-02.MP3

在學校會用到什麼呢？

● 所需的裝備

tas sekolah n. 書包

buku cétak n. 教科書

buku tulis n. 筆記本

buku PR [pé-ér]
n. 作業本

sapu tangan
n. 手帕

botol minum
n. 水壺

baju seragam
n. 制服

seragam olahraga
n. 體育服

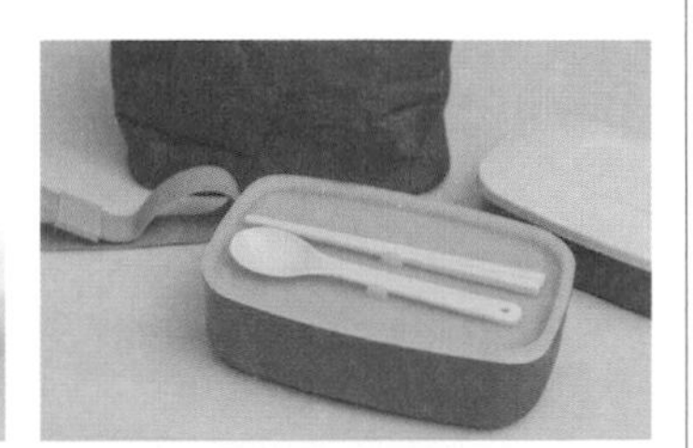

kotak makan
n. 便當盒

tas kotak makan
n. 便當袋

tas ransel
n. 後背包

kotak pénsil
n. 鉛筆盒

03-01-03.MP3

● 所需的文具用品

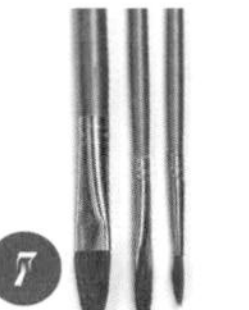

1. pembolong kertas n. 打洞機
2. busur n. 量角器
3. paku payung n. 大頭釘
4. pénsil n. 鉛筆
5. penggaris segitiga n. 三角尺
6. penjepit kertas / 外 paper clip n. 迴紋針
7. kuas cat air n. 水彩筆

8 pén mérah n. 紅筆

9 (書) selotip / (口) solatip n. 膠帶

10 buku tulis n. 筆記本

buku diari n. 記事本

11 penggaris n. 尺

12 kalkulator n. 計算機

13 penjepit kertas / (外) binder clip n. 長尾夾

14 lém n. 膠水

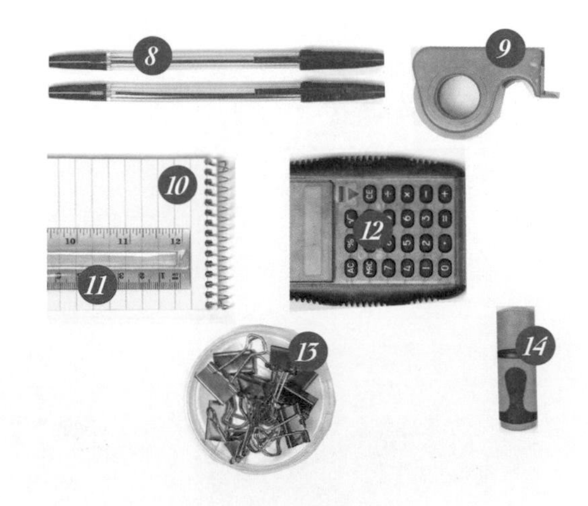

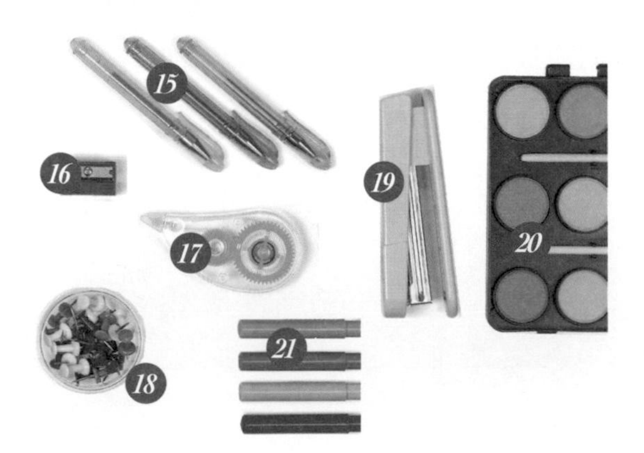

15 (書) péna / (書) bolpoin / (口) pén / (口) bolpén n. 原子筆

16 (口) serutan / (書) serutan pénsil n. 削鉛筆器、削鉛筆機

17 tip-éx kertas n. 修正帶

18 (外) push pin n. 圖釘

19 (書) stapler / (口) staples n. 釘書機

20 cat air n. 水彩

21 pénsil warna n. 彩色筆

---

22 lilin mainan n. 黏土

23 (書) karét penghapus / (口) penghapus n. 橡皮擦

24 (書) staples / (口) isi staples n. 釘書針

25 gunting n. 剪刀

26 (外) sticky notes / post it n. 便利貼

27 pénsil warna n. 有色鉛筆

28 (口) karét / (書) karét gelang n. 橡皮筋

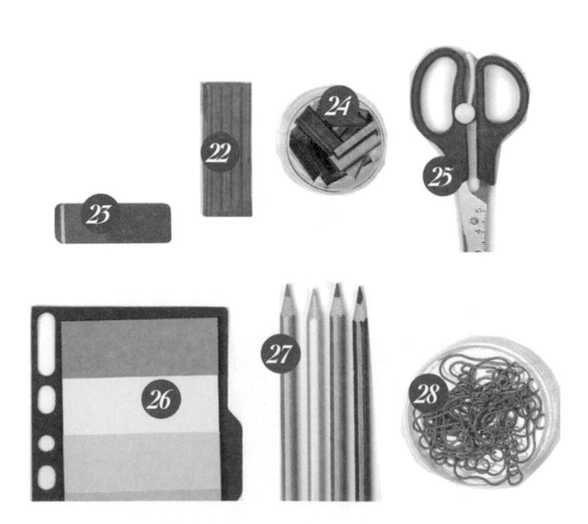

筆的種類有哪些呢？

03-01-04.MP3

注意：印尼語中的 pen 是鋼筆、圓珠筆等的統稱，但這個字不記載在 Kamus Besar Bahasa Indonesia（KBBI，印尼語大辭典）裡，故不是正確的書面印尼語。但是在印尼人實際的日常生活口語中，pén 卻比 péna 及 bolpoin 更加流通。

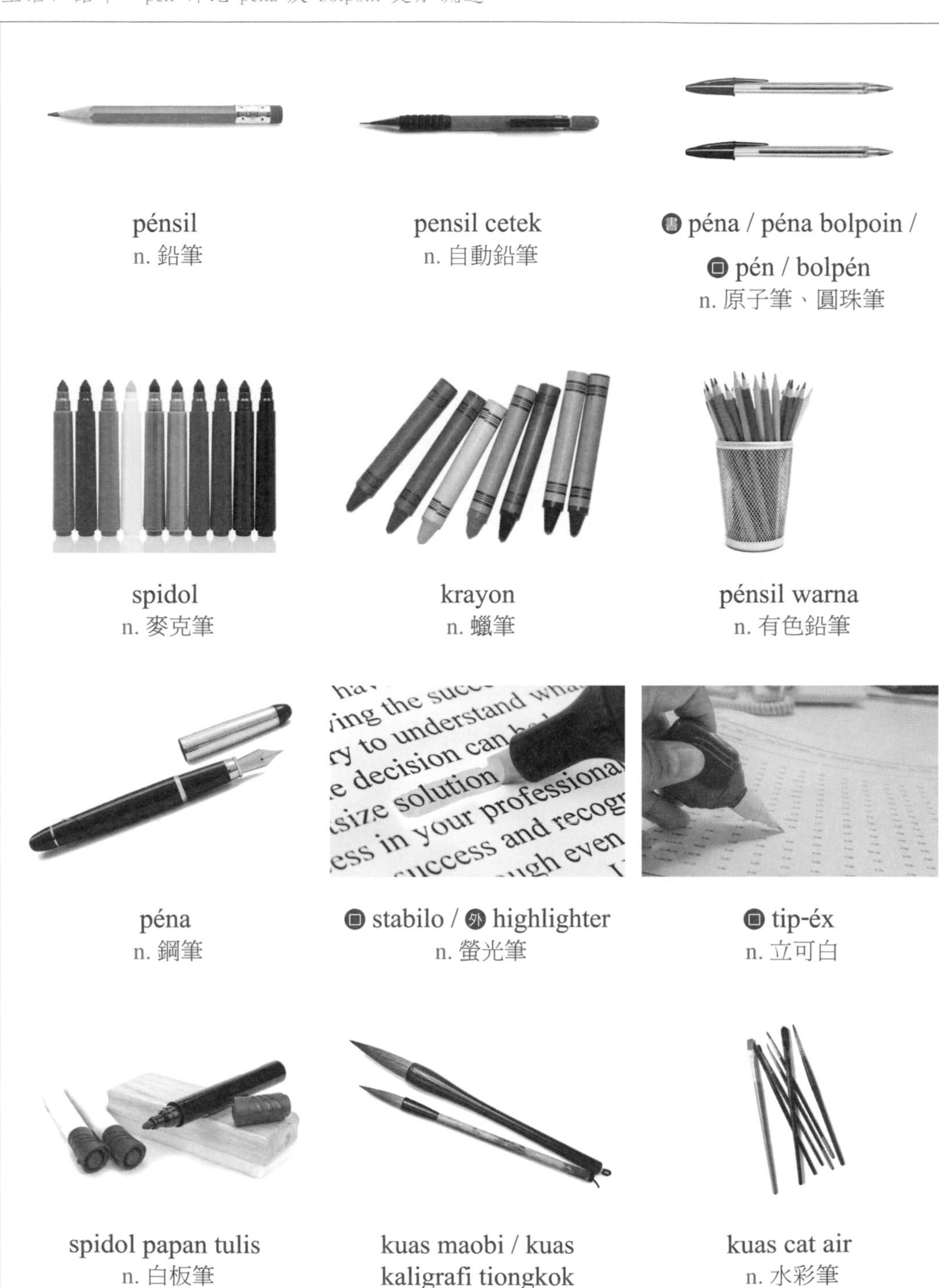

pénsil
n. 鉛筆

pensil cetek
n. 自動鉛筆

(書) péna / péna bolpoin / (口) pén / bolpén
n. 原子筆、圓珠筆

spidol
n. 麥克筆

krayon
n. 蠟筆

pénsil warna
n. 有色鉛筆

péna
n. 鋼筆

(口) stabilo / (外) highlighter
n. 螢光筆

(口) tip-éx
n. 立可白

spidol papan tulis
n. 白板筆

kuas maobi / kuas kaligrafi tiongkok
n. 毛筆

kuas cat air
n. 水彩筆

03-01-05.MP3

Tips 跟文具用品的慣用語

- **péna lebih tajam daripada pedang**：筆比刀劍更鋒利。比喻文字的殺傷力遠勝於刀劍，文字可以影響成千上萬人的思想，使他們勇於抗戰、奮鬥甚至殺戮。
  Begitu banyaknya orang yang turun ke jalan untuk démonstrasi karena satu artikel itu, péna memang lebih tajam daripada pedang. 因為那麼一篇文章就有那麼多人上街抗議，筆實在比刀劍更鋒利。

- **jam karét / ngarét**：橡皮筋時間。因為橡皮筋具有彈性，所以這個流行語是用來形容時間可以變來變去，即「不準時」的意思。
  Kalau janjian dengan orang Indonesia, harus janji satu jam lebih awal, karena orang Indonesia suka ngarét. 如果要和印尼人約時間，一定要約早一個小時，因為印尼人常遲到。

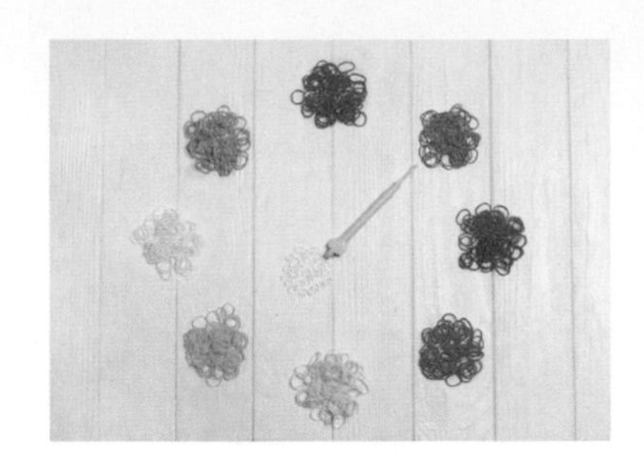

03-01-06.MP3

＼你知道嗎？／

校園裡，常見的教職員有哪些？

● **Universitas（大學）**

在大學的校園裡，常見的教職員有 dékan（系主任）、dosén（教授）、wakil dosén（副教授）、dosén pembimbing（指導教授）、asistén dosén（asdos，助教）、staf kantor（辦公室職員）、pembicara（講師）、pekerja paruh waktu（工讀生）。

● **Sekolah Dasar（SD[és-dé], 國小）、Sekolah Menengah Pertama（SMP[és-ém-pé], 國中）、Sekolah Menengah Akhir（SMA[és-ém-a], 高中）**

在國小、國中、高中的校園裡，常見的教職員有 kepala sekolah（校長）、guru bimbingan dan konseling（guru BK[bé-ka]，訓導主任）、wali kelas（班級導師）、guru pengganti（代課老師）、以及各科的 guru mata pelajaran（任課老師）。除了在學校上課，學生也常上 kursus / tempat lés（補習班），在補習班的老師叫做 guru lés（補習班老師）。

03-01-07.MP3

Tips 跟老師有關的慣用語

- **guru kencing berdiri, murid kencing berlari**：老師站著尿尿，學生跑著尿尿。比喻學生或下人總是效仿老師或上司的（不好的）行為。相似於中文的「上梁不正下梁歪」、「上行下效」。

Tips 老師與學生的稱呼

- 在印尼語中，老師稱為「guru」，但是稱呼老師時不會像中文那樣稱呼「王老師」或像日語稱呼「山田先生」這樣，以姓氏稱呼表示對師長的尊敬。印尼語的男老師稱為 bapak guru（bapak：先生），女老師叫 ibu guru（ibu：女士），所以稱呼老師時，通常是以「bapak（或 ibu）＋老師的名字」表達，如 Bapak Budi（布迪老師）, Ibu Susi（蘇西老師）等。注意，bapak 和 ibu 是置於人名之前，且第一個字母必須大寫。

Ayahku guru matématikaku, maka saya memanggilnya Bapak Budi di sekolah. 我爸爸是我的數學老師，所以我在學校叫他「布迪老師」。

02 各種學制

關於各學層的學生類別有哪些？

● 大學、研究所

印尼語「大學生」是 mahasiswa，maha 是來自梵文，有「大、偉大」的意思。學士班、碩士班、博士班依序是 Strata-1 (S1[és sa-tu]), Strata 2 (S2[és-du-a]), Strata-3 (S3[és-ti-ga])，學士學位生，碩士學位研究生，博士學位研究生分別是 mahasiswa S1[és sa-tu]、mahasiswa S2[és-du-a] 和 mahasiswa

S3[és-ti-ga]。在印尼，大學生通常不說自己就讀的年級（大一、大二等），而會說自己就讀的學期。如果你是大三生，就讀大三下學期的話，那你應該說自己就讀 seméster 6（第六學期＝三年級下學期）。在校園內也會見到 siswa internasional（國際生、外籍生）和 siswa pertukaran pelajar（交換生）。當有住在宿舍時，「室友」則稱為 teman sekamar。

印尼人相當熱情，在大學各個班上一下課，前後左右的 teman sekelas（同班同學）就會打成一片。lulus kuliah（大學畢業）後也不會忘記和 alumni（校友）保持聯繫，增進情誼。

● 幼稚園、國小、國中、高中

印尼的學前教育有 kelompok bermain (KB[ka-bé]) / playgroup（托兒所）和 taman kanak-kanak (TK[té-ka])（幼兒園）。印尼的義務教育為 9 年，即 sekolah dasar（SD[és-dé]，國小）6 年和 sekolah menengah pertama（SMP[és-ém-pé]，國中）3 年。印尼有些地區，如日惹特區的義務教育為 12 年，加上 sekolah menengah akhir（SMA[és-ém-a]，高中）三年。小學一至六年級是 kelas 1-kelas 6。國中一至三年級時 kelas 7-kelas 9。高中一至三年級是 kelas 10-kelas 12。

關於各種學科

印尼是個崇尚宗教的國家，從幼兒園到大學都會有 pelajaran agama（宗教課）。各校教授的宗教不同，sekolah negeri（國立學校）一般會教授印尼六大宗教的課，學生依自己信仰的宗教上課。除此之外，由於印尼是個多民族、宗教的國家，為提高國民的愛國情操，推崇國家的團結統一，印尼也有 pelajaran kewarganegaraan（PKN[pé-ka-én]，（印尼）公民課）。其他的課程有：bahasa Indonesia（國語（印尼語））、matématika（數學）、sejarah Indonesia（印尼歷史）、bahasa Inggris（英語）、seni budaya（文化藝術）、pendidikan jasmani dan keséhatan（penjaskes 體育與健康）、prakarya dan kewirausahaan（創意與創業）、peminatan akadémik（學術）。

高中有三個 kelompok peminatan（意願分科）的分項：kelompok alam（自然組）、kelompok sosial（社會組）和 kelompok bahasa dan budaya（語言文化組）。

Kelompok alam 的課程有：matématika（數學）、fisika（物理）、kimia（化學）和

biologi（生物學）。

Kelompok sosial 的課程有：sejarah（歷史）、géografi（地理）、ékonomi（經濟）、sosiologi（社會學）。有些學校 ekonomi 為 ekonomi dan akuntansi（經濟學及會計學）。Kelompok bahasa dan budaya 的課程有：bahasa dan sastra Indonesia（印尼語與印尼文學）、bahasa dan sastra Inggris（英語與英語文學）、bahasa daérah（方言）、bahasa asing（外語）和 antropologi（人類學）。

Bahasa Inggris Budi jelék sekali, tetapi matématikanya bagus. 布迪的英語很差，但數學很好。

Tips 關於印尼的吻手禮

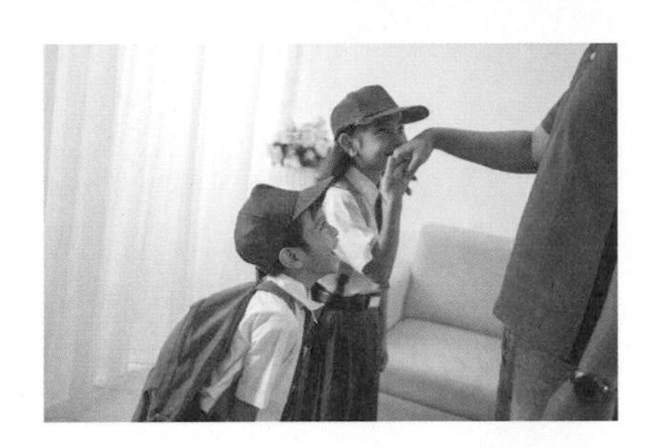

印尼的爪哇族的穆斯林，有分為 santri（嚴格遵循伊斯蘭教戒律的穆斯林）及 abangan（信仰熱枕較一般的穆斯林）。而 santri 特別有一種習俗，即「吻手禮」。所謂的「吻手禮」通常是由下位者對上位者行禮，例如：小孩對父母親行禮、學生對師長行禮、妻子對丈夫行禮、santri 對 kiai（宗教老師或領導）行禮或年輕人對長輩行禮。行禮的方法為親吻手背，然後行禮者將受禮者的手舉起貼向自己的前額以完成儀節。不過，這個禮俗並不是所有印尼人都有奉行的。

在學校，一般能看到學生對老師行吻手禮，但是 Santri 以外的人，包括非穆斯林通常以握手代替吻手禮。在印尼，握手是一項普遍的禮節，但是千萬要注意，在印尼只可以用右手握手，用左手被視為不禮貌的行為喔！

Tips 印尼的女權教育家

Raden Adjeng Kartini（卡蒂妮）是印尼女權運動的開拓者。她為了印尼女性的權益及教育的爭取竭盡心力。其短暫的一生卻對印尼後世的女權地位帶來了極大的變革，因此印尼的開國總統 Soekarno（蘇卡諾）於 1964 年將卡蒂妮女士的生日 4 月 21 日訂定為「卡蒂妮節」，以茲紀念。

Bab 2 Ruang Kelas 教室

這些應該怎麼說？

走廊的配置

1. koridor n. 走廊
2. jam n. 時鐘
3. loker n. 置物櫃
4. sistem PA [pé-a] n. 廣播器
5. 書 sungkup udara / 外 口 exhaust vent n. 通風口
6. petunjuk pintu keluar darurat n. 緊急出口指示
7. bél sekolah n. 學校鈴鐘
8. poster n. 海報
9. tong sampah n. 垃圾桶
10. bayangan n. 倒影
11. 書 lampu pendar / lampu néon n. 日光燈
12. batu bata n. 磁磚
13. papan pengumuman n. 公告欄

01 上課

03-02-02.MP3

1. papan tulis n. 白板
2. méja guru n. 教師桌
3. méja belajar n. 書桌
4. kursi n. 椅子
5. magnét n. 磁鐵
6. penghapus papan tulis n. 板擦
7. spidol n. 白板筆
8. jendéla n. 窗戶
9. papan pengumuman n. 公告欄
10. tabel PR [pé-ér] n. 功課表
11. proyéktor n. 投影機
12. dékorasi kelas n. 教室佈置

— kapur tulis n. 粉筆

03-02-03.MP3

上課時，常做的事有哪些？

belajar mandiri pagi
ph. 早自習

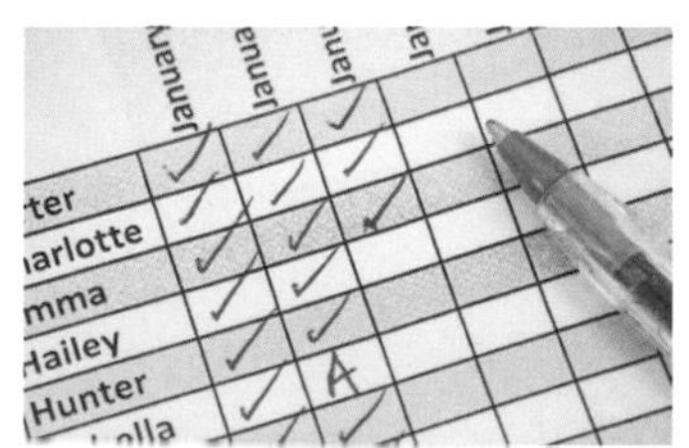

absén
n. 點名

keluarkan buku
ph. 把書拿出來

berdiri
v. 站起來

duduk
v. 坐下

書 tertidur di kelas /
口 ketiduran di kelas
ph. 打瞌睡

書 bertanya / 口 tanya
v. 提問

書 menjawab / 口 jawab
v. 回答

mengangkat tangan /
口 angkat tangan
ph. 舉手

書 mendengarkan /
口 dengarin
ph. 聆聽

書 berdiskusi / 口 diskusi
v. 討論

書 berdebat / 口 debat
v. 辯論

書 mengerjakan PS [pé-és] /
口 kerjain PS [pé-és]
ph. 做作業

review pelajaran
ph. 複習功課

書 mengumpulkan (PR[pé-ér])
/ 口 kumpulin (PR[pé-ér])
ph. 繳交（作業）

書 berpikir / 口 pikir
v. 思考

présentasi
n. 報告

書 menulis / 口 tulis
v. 寫

kegiatan belajar mengajar
(KBM [ka-bé-ém])
ph. 教學

書 menilai /
口 kasih nilai
v. 打分數

書 bertepuk tangan /
口 tepuk tangan
ph. 鼓掌

書 menulis di papan tulis /
口 tulis di papan tulis
ph. 寫黑板、寫白板

書 menghapus papan tulis /
口 hapus papan tulis
ph. 擦黑板、擦白板

書 menghafalkan (bacaan) /
口 hafalin (bacaan)
ph. 抽背（課文）

belajar
v. 學習

bolos sekolah / bolos kelas
ph. 翹課

dihukum
v. 被處罰
書 menghukum / 口 hukum
v. 處罰

upacara bendera
n. 升旗典禮
mengibarkan bendera
ph. 升旗

pulang sekolah
ph. 下課、放學

istirahat
ph. 下課休息

上課時常用的句子

1. **Kelas dimulai.** 上課了。
2. **Sekarang absén.** 現在點名。
3. **Keluarkan buku cétak.** 把課本拿出來。
4. **Tutup bukunya.** 把書合起來。
5. **Sekarang review pelajaran sebelumnya.** 現在先複習上一課。
6. **Buka halaman lima.** 翻到第 5 頁。
7. **Bapak/Ibu baca sekali, kalian baca sekali.** 老師念一遍，你們再跟著念一遍。
8. **Maaf, Pak/Bu. Boleh ulangi sekali lagi?** 對不起老師，可以再說一次嗎？
9. **Saya kurang mengerti.** 我不太懂。
10. **Saya masih ada pertanyaan.** 我還有問題。
11. **Apa bahasa Indonesianya…?** …印尼語怎麼說？

Tips 生活小常識：修課篇

在大學中，專業的「主修」印尼語稱之為 jurusan，例如：主修中文系，就要說成 jurusan Sastra dan Bahasa Tionghoa；有些大一生的上、下學期成績優異，在大二就可申請攻讀第二種不同的系所，這種稱之為 dua jurusan（雙主修）或 mata kuliah tambahan / minor（輔系）。雙主修與輔系兩種學歷機制不同的地方在於 mata kuliah wajib（必修）及 mata kuliah pilihan（選修）。

「必修」簡單的說就是「一定要修的課」，「選修」就是「可以隨著喜好，選擇想要上的課」；「雙主修」是指主修兩種系，也就是指兩邊系所的「必修」和「選修」課程都要上；「輔系」只要修完輔系的「必修」課程就好，雖然聽起來很簡單，但要在大學四年裡修完一、兩百多個學分，幾乎不可能，所以大多雙主修或輔系生很少準時 lulus kuliah（畢業），一般都會申請 terlambat lulus（延畢）。相反地，有些學生成績很差，可能 tidak lolos（不及格、被當掉），還需要再 ambil ulang（重修）。如果更慘就要被 dikeluarkan dari kuliah（退學）。

Dia sangat berbakat dalam bidang bahasa, bisa mengambil jurusan Sastra Inggris dan Sastra Spanyol dalam waktu bersamaan dan tidak merasakan strés sama sekali. 她在語言方面很有天分，可以同時雙主修英文系和西班牙文系，完全沒有任何壓力。

「學位」的印尼語該怎麼說？

大學畢業者可以取得 Sertifikat Kelulusan（畢業證書），這時的得到的學位則是 Gelar Sarjana (S1)（學士學位）；研究所畢業者則可取得 Gelar Magister (S2)（碩士學位）；博士班研究生畢業者可取得 Gelar Doktor (S3)（博士學位）。此外，如果是「正在就讀…學程」，可以用動詞片語 belajar dalam program S… 來表達；如果是「已獲得或完成…學位」時，則可以用 mendapatkan gelar... 來表達。

Dia baru mendapatkan gelar Magister dalam jurusan filsafat bulan lalu. Seméster depan dia akan belajar dalam program S3 Manajemen Bisnis. 他上個月剛拿到哲學碩士的學位。他下學期會讀企業管理博士班。

02 考試

各種考試的印尼語怎麼說？

Ulangan 和 ujian 都是「考試」，但用法有些許不同。

Ulangan 的字根是 ulang，有「重複」之意。Ulangan 一般指學期之間測試學生能力的考試。而 Ujian 的字根是 uji，有「測試」之意。Ujian 一般指期中或期末的總測驗。學習外語時經常會用 dikté（聽寫）的方式來背單字，有時候老師也會要求學生 menghafal bacaan（抽背課文）。有時候，為了測試學生有沒有複習功課，也會有 ulangan dadakan（隨堂考試）。到了期中會有 Ujian Tengah Seméster（UTS[u-té-és]，期中考），期末考各校稱呼不太一樣，常見的有 Ulangan Umum（大考）、Ujian Akhir Seméster（UAS[é-ha-bé]，期末考）、Évaluasi Hasil Belajar（EHB[u-a-és, u-as]，學習成果測驗）等。國小、國中、高中畢業前學生都會面對 Ujian Negara（UN[u-én]，國家考試）、Ujian Sekolah（US[u-és]，學校考試）和 Ujian Prakték（Uprak，實作考試）。如果要繼續升大學，私立大學要考 ujian masuk kuliah（入學考試），國立大學要考 Seléksi Bersama Masuk Perguruan Tinggi Negeri（SBMPTN，國立大專院校聯合入學甄選）或 Seléksi Nasional Masuk Perguruan Tinggi Negeri（SNMPTN，國立大專院校全國入學甄選）。如果要證明自己的語言能力，也可以參加 Ujian TOEFL[to-fel]（托福）、Ujian IELTS[ai-elts]（雅思）、Ujian HSK[ha-és-ka]（漢語水平考試）、Ujian TOCFL[ti-o-si-éf-él]（華語文能力測驗）等。印尼國家舉行的印尼語檢定是 Uji Kemahiran Bahasa Indonesia（UKBI[u-ka-bé-i] 印尼語能力考試）。

Siswa kelas 12 harus menghadapi Ujian Negara, Ujian Sekolah, dan Ujian Prakték.

高三學生要面對國家考試、學校考試和實作考試。

03-02-04.MP3

考試時，常見的狀況有哪些？

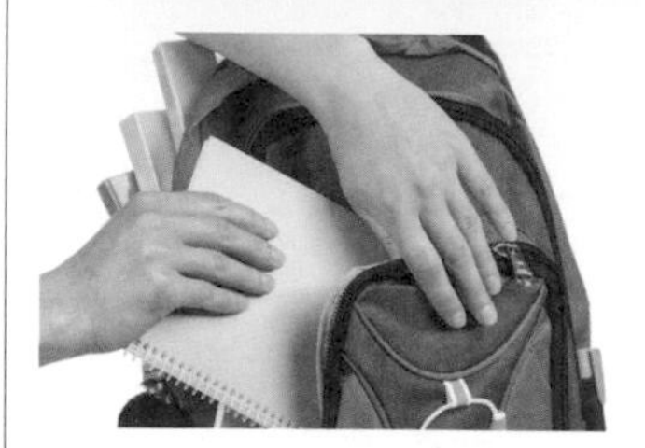

simpan bukunya
ph. 把書收起來

membagikan kertas ujian / 口 bagi kertas ujian
ph.（考前）發考卷

ulangan / ujian
n. 考試

書 menyonték / 口 nyonték
ph. 作弊

書 letakkan pén / 口 taruh pén
ph. 把筆放下

kumpulkan kertas ujian / 口 kumpulin kertas ujian
ph. 交考卷

書 membawa sontékan / 口 bawa contékan
ph. 帶小抄

書 mengembalikan kertas ujian (setelah ujian) / 口 balikin kertas ujian (habis ujian)
ph.（考後）發回考卷

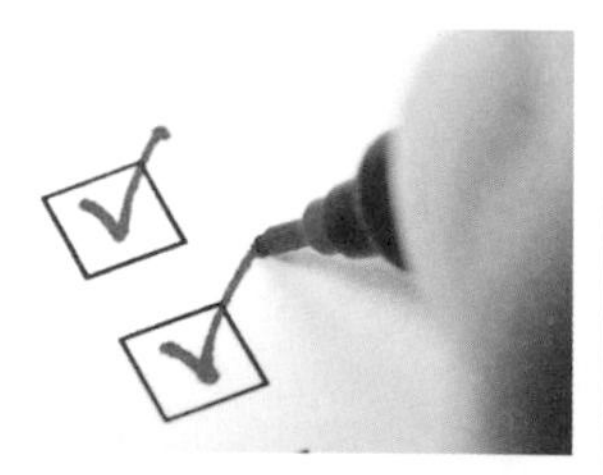

書 koreksi kertas ujian / 口 benarin kertas
ph. 改考卷

03-02-05.MP3

Tips 跟考試有關的慣用語

- **SKS** [és-ka-és]：原本是學分的意思（satuan krédit semester），但在考試上則是一天趕完所有課程學習的意思（sistem kebut semalam 直 一晚趕完系統）。近似中文的「臨時抱佛腳」。
  Dia terlalu malas biasanya. Satu hari sebelum ujian, dia terpaksa SKS. 他平常太懶惰了。考試前一天，他只好一個晚上臨時抱佛腳。
- **menyonték**：是「作弊」的意思，但這只能指一個人「偷看 書 snotékan / 口 contékan（小抄）」或「偷看別人答案卷」的行為。如果是兩個人以上合作的作弊行為一般會說 kerja sama（KS [ka-és]，聯手作弊）。
  Saya rasa mereka kerja sama saat ujian. 我覺得他們考試時聯手作弊。

與考試相關的句子

1. **Ulangan minggu depan bahannya bab tiga.** 下週的考試內容在第三課裡。
2. **Siapkan pensil 2B dan penghapus.** 請準備 2B 鉛筆和橡皮擦。
3. **Jangan lupa tulis nama, kelas, dan nomor urut.** 請別忘了寫上名字、班級和學號。
4. **Ulangan dimulai, semuanya harap tenang.** 考試開始，大家請安靜。
5. **Waktu ulangannya sisa lima belas menit lagi.** 考試時間剩下十五分鐘。
6. **Waktunya habis. Ayo kumpulkan soal dan lembar jawabannya.**
   時間到！來，把問卷和答案卷都交上來。
7. **Pak guru, nomor delapan tidak ada jawaban.** 老師，第八題沒有答案。

03-02-06.MP3

Tips 記錄學生成績的文件

- **buku rapor**（成績本）：這本是記錄學生在全年級的成績。學生畢業的時候才會收到這本本子。
- **rapor**（成績單）：大學生適用。如果學生需要他們的成績單的話，則隨時可以去教務處申請。

Bab **3**

Fasilitas Sekolah Lainnya
其他學校設施

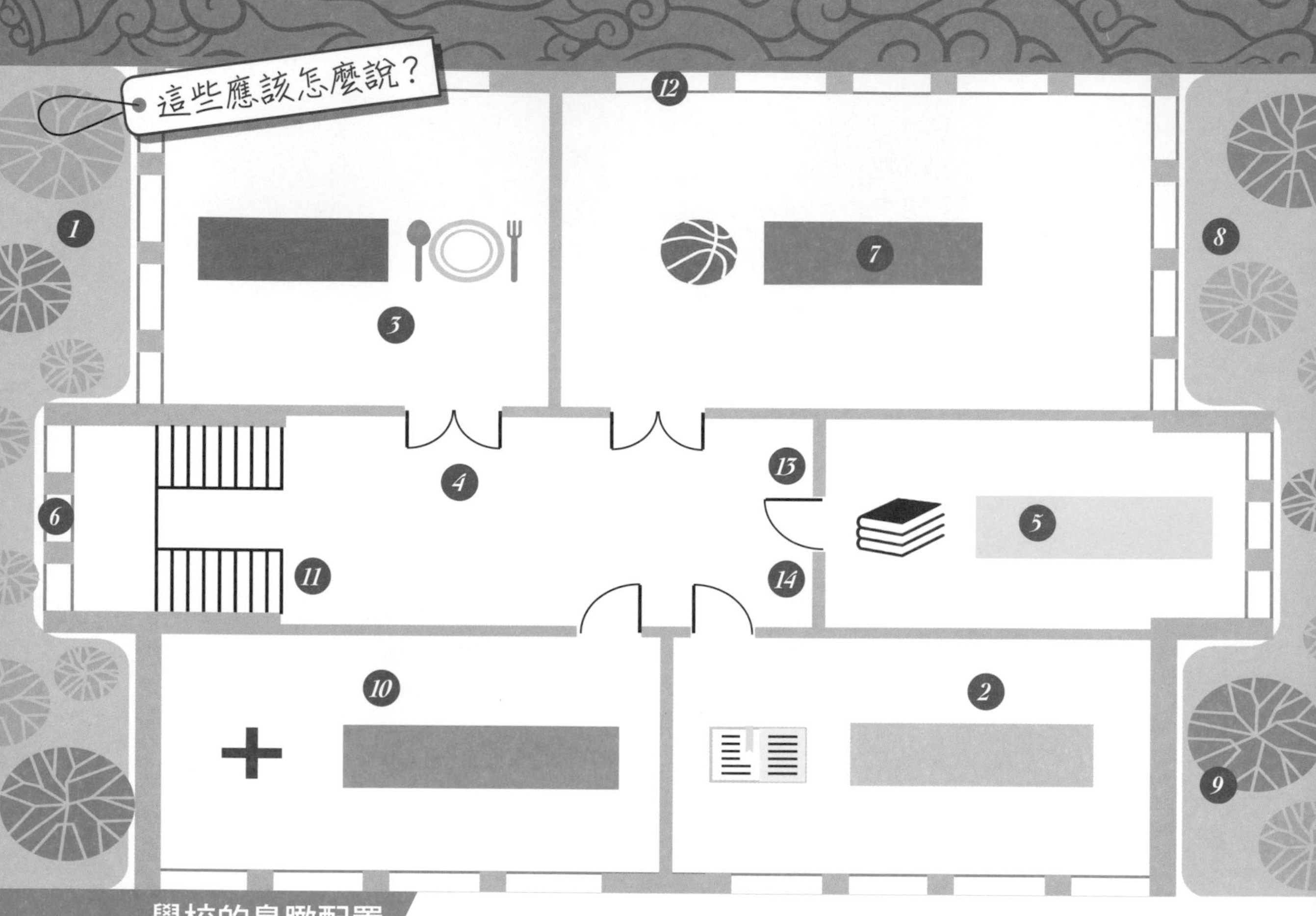

學校的鳥瞰配置

1. dénah kampus n. 校園平面圖
2. ruang kelas n. 教室
3. kantin siswa n. 學生餐廳、福利社
4. koridor n. 走廊
5. perpustakaan n. 圖書館
6. gerbang sekolah n. 校門
7. lapangan basket n. 籃球場
8. halaman n. 庭園
9. pohon n. 樹
10. usaha kesehatan sekolah (UKS [u-ka-és]) n. 保健室
11. tangga n. 樓梯
12. témbok n. 牆壁
13. pintu masuk n. 入口
14. pintu keluar n. 出口

- buka n.（圖書館）開門、開館
- tutup n.（圖書館）關閉、閉館

在保健室裡會遇到哪些狀況呢？

01 保健室

03-03-02.MP3

外傷的種類有哪些？

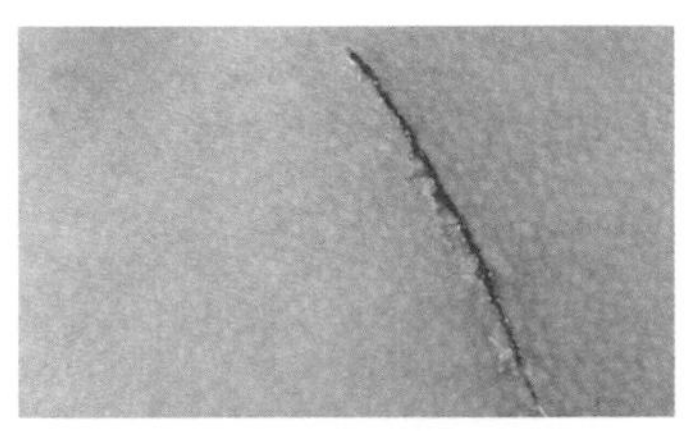

luka gorés
n. 割傷
書 tergorés / 口 kegorés
v. 被割傷

書 otot tertarik /
口 otot ketarik
ph. 拉傷

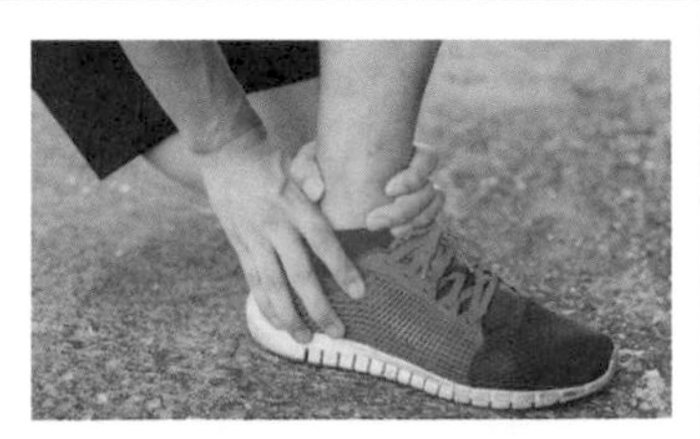

書 terkilir / 口 keseléo
v. 扭傷

dislokasi sendi
ph. 脫臼

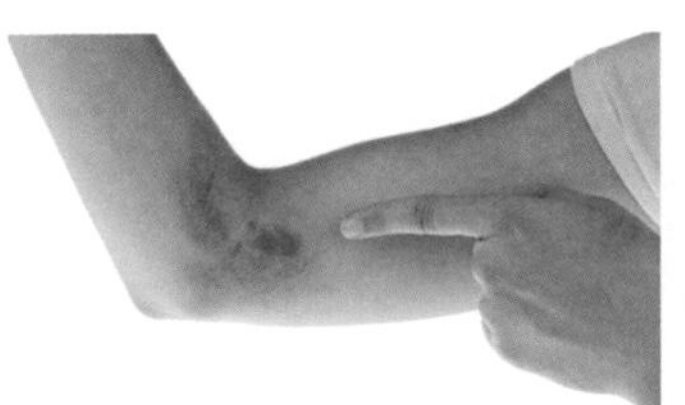

memar / lebam v. 挫傷
n. 瘀青

patah tulang
ph. 骨折

kram
adj. 抽筋

luka bakar
n. 燙傷、灼傷

書 tersengat lebah /
口 kena segatan lebah
ph. （被蜜蜂）螫傷

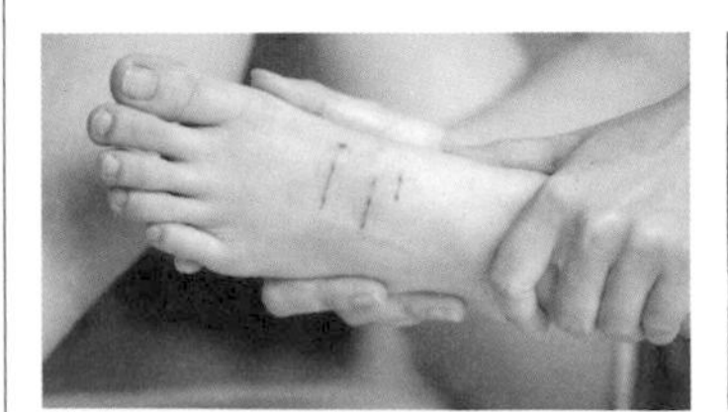

luka cakar
n. 抓傷

luka gigit
n. 咬傷

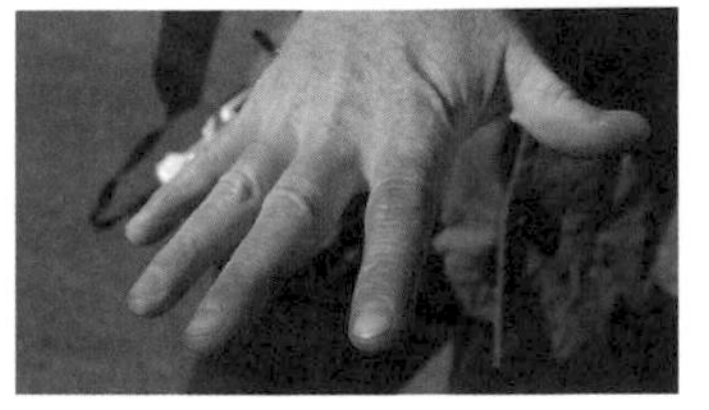

書 radang dingin /
外 frostbite
n. 凍傷

03-03-03.MP3

基本的醫療用具有哪些？

tandu
n. 擔架

tongkat
n. 拐杖

stétoskop
n. 聽診器

timbangan (berat badan)
n. 體重計

térmométer
n. 溫度計

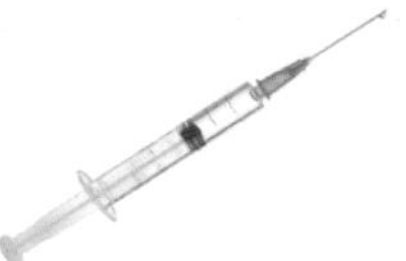

jarum suntik
n. 針筒

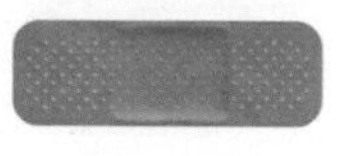

書 pléster / 口 hansaplast
n. OK 繃

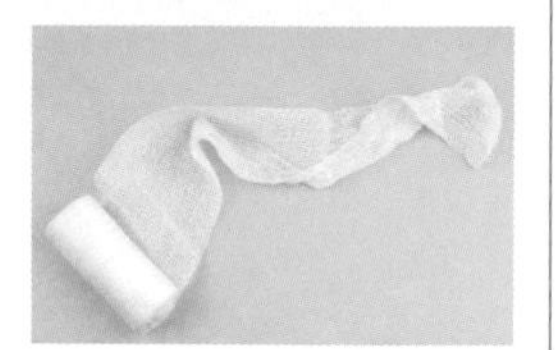

kain kasa
n. 紗布

bola kapas
n. 棉球

alkohol / éthanol
n. 酒精

larutan iodin
n. 碘酒

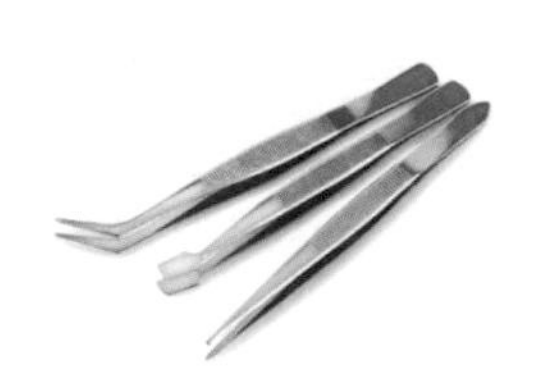

pinsét
n. 鑷子

03-03-04.MP3

在保健室，基本治療外傷的方式有哪些？

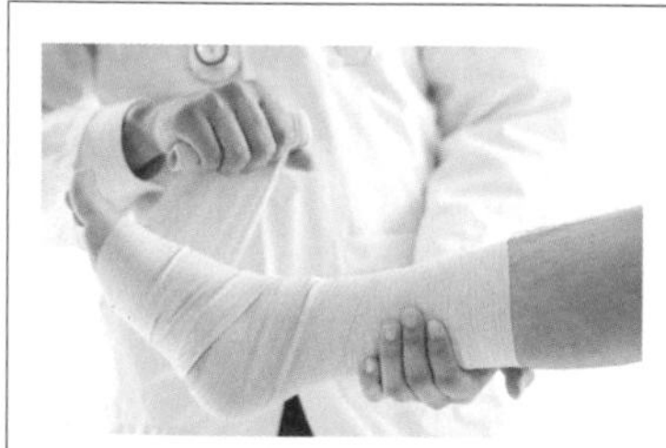

書 memerban / 口 perbanin
v. 用繃帶包紮

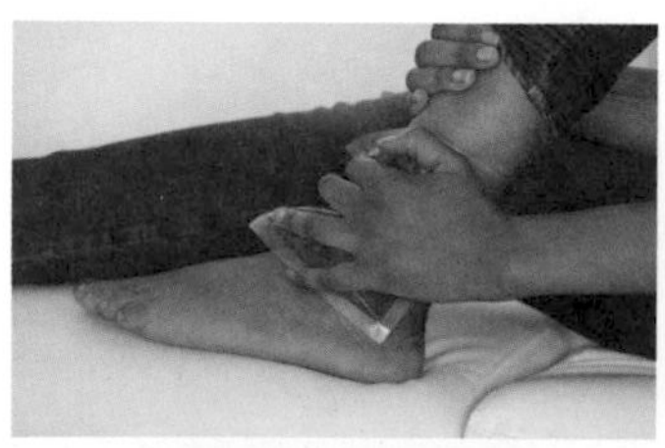

kompres dingin
ph. 冰敷

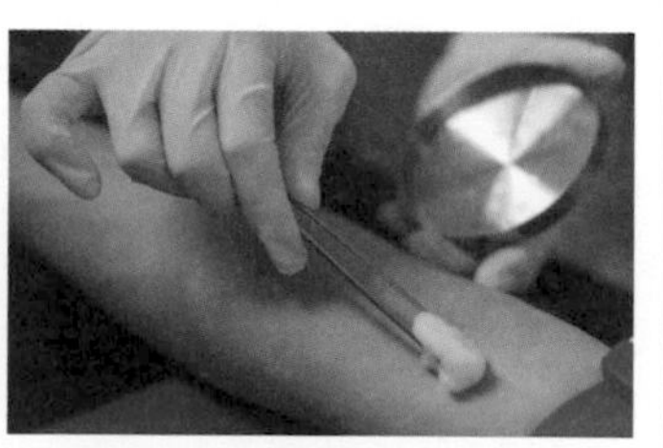

mendésinféksi dengan alkohol
ph. 用酒精消毒

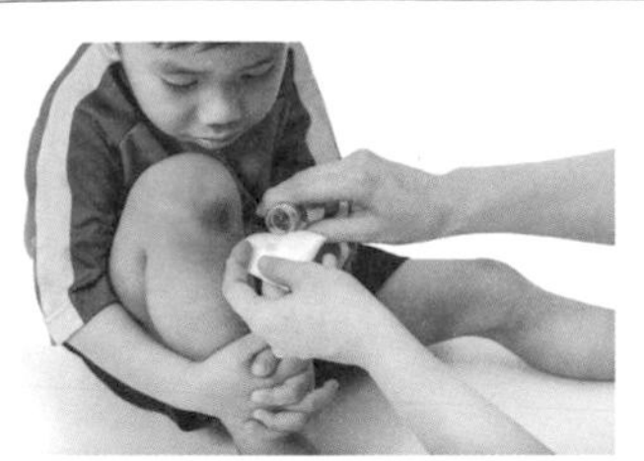

書 mengolési obat / 口 olésin obat
ph. 擦藥膏

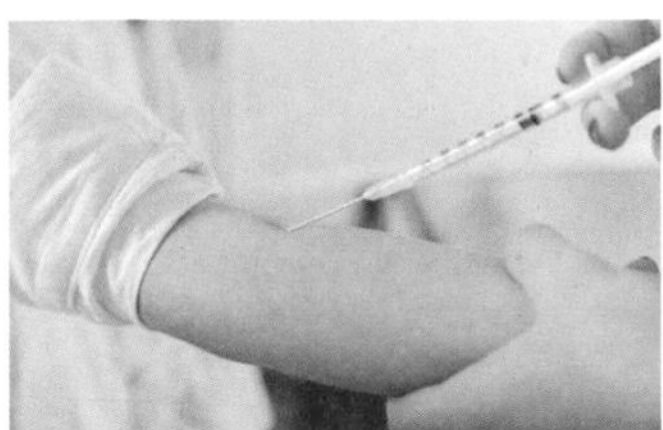

書 menyuntik / 口 suntik
n. 幫（某人）打針

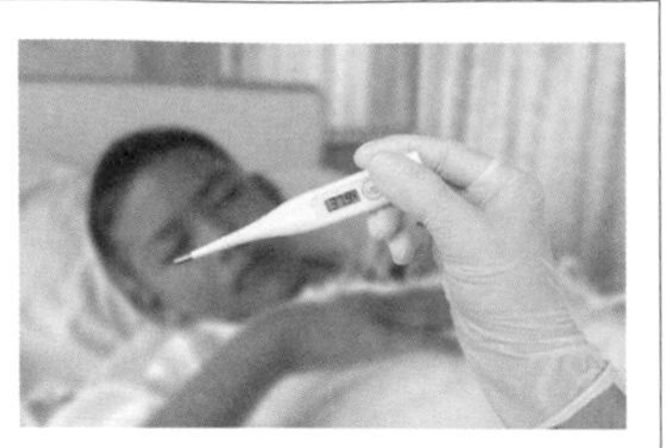

書 mengukur suhu tubuh / 口 ukur suhu tubuh
ph. 幫（某人）量體溫

minum obat
ph. 吃藥

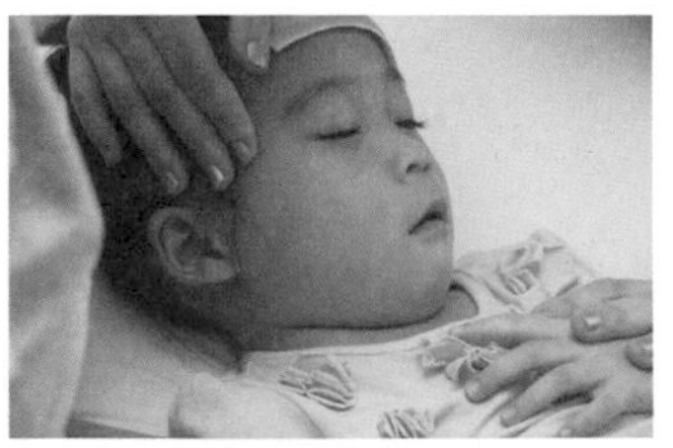

書 beristirahat / 口 instrahat
v. 休息

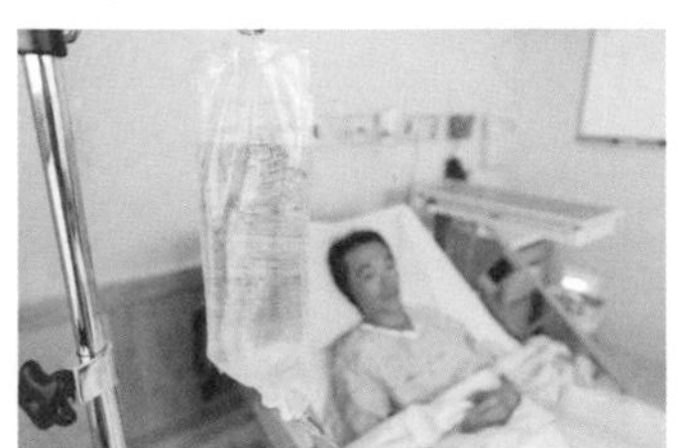

書 menginfus / 口 infus
v. 幫（某人）打點滴

03-03-05.MP3

常見的疾病及症狀有哪些呢？

sakit tenggorokan
ph. 喉嚨痛

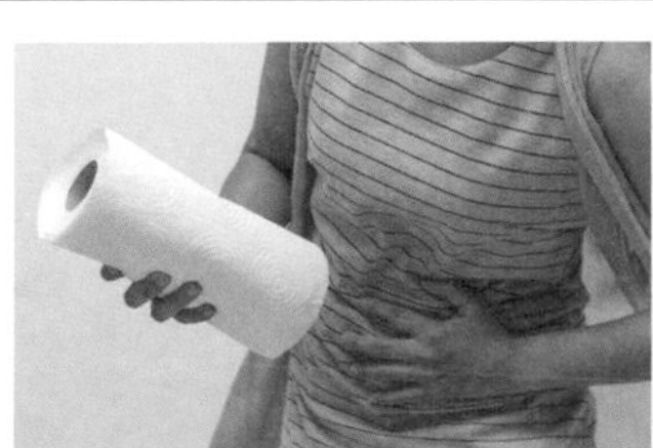

書 diaré / 口 méncerét
n. 腹瀉

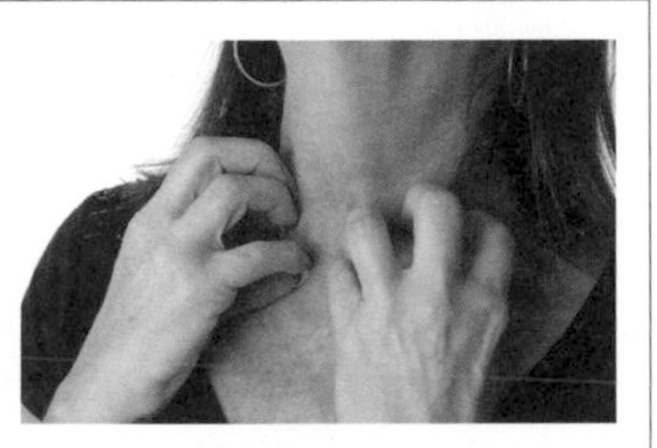

alergi
n. 過敏

muntah
v. 嘔吐

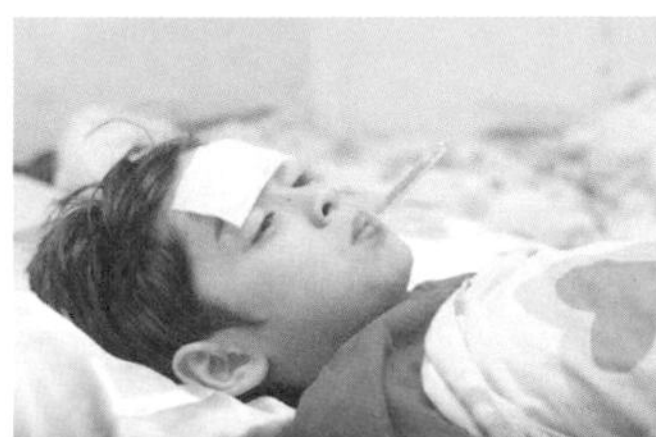

meriang
v. 發燒

flu / influenza
n. 流行性感冒

(口) ingusan / (書) beringus
v. 流鼻水

mimisan
v. 流鼻血

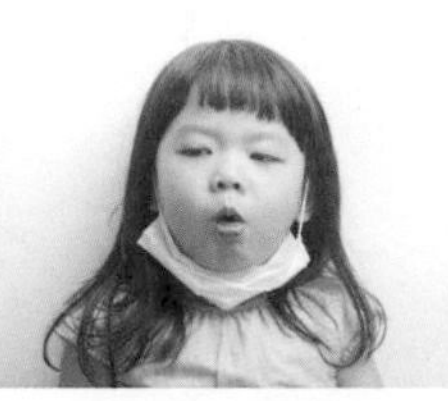

batuk
v. 咳嗽

sakit kepala
ph. 頭痛

pusing
a. 頭暈

pingsan
v. 暈倒

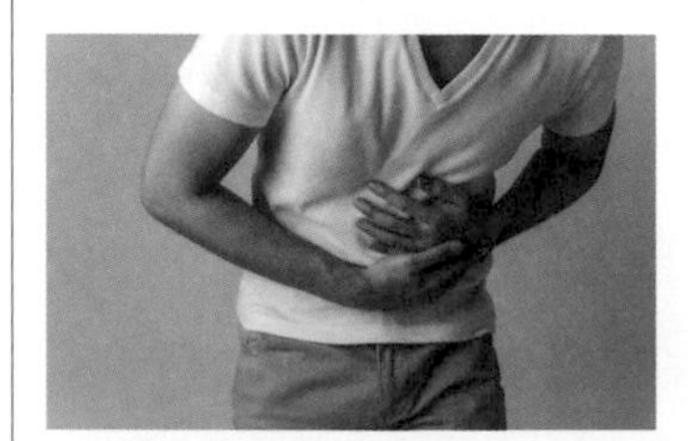

(sakit) mag
ph. 胃痛

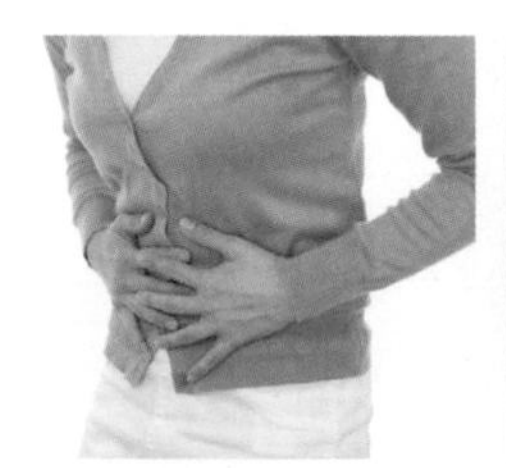

sakit perut
ph. 肚子痛

(外) heat stroke
ph. 中暑

03-03-06.MP3

Tips 跟常見的病有關的慣用語

- **ingusan**：原意為流鼻涕。但聊天時可以用來指某個人年紀還小，意思近似於中文的「乳臭未乾」。

  Dia masih anak ingusan, bisa apa dia? 他還是個乳臭未乾的孩子，他會什麼？

03-03-07.MP3

基本舒緩不適的藥物有哪些呢？

1. tablét n. 藥片
2. kapsul n. 膠囊
3. obat pereda nyeri n. 止痛劑
4. obat batuk sirup n. 咳嗽糖漿
5. aspirin n. 阿斯匹靈
6. obat penurun panas n. 退燒藥
7. obat flu n. 感冒藥
8. antibiotik n. 抗生素
9. obat mag n. 胃藥
10. obat diaré n. 止瀉藥
11. obat tétés mata n. 眼藥水
12. obat luka bakar n. 燙傷藥
13. énzim pencernaan n. 消化酵素

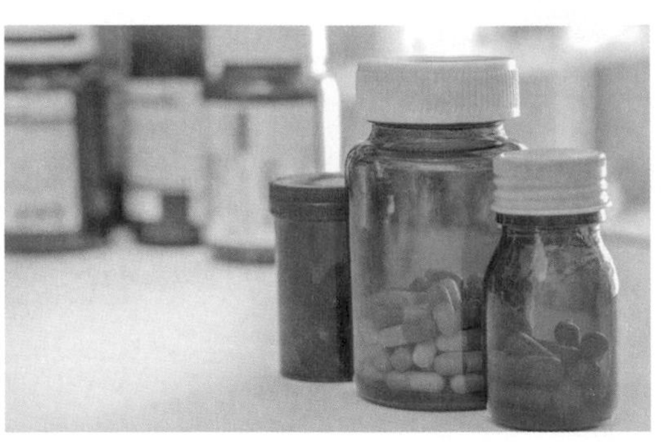
Jangan asal minum antibiotik, karena bisa mengakibatkan bakteri menjadi résistén terhadap obat. 不要亂吃抗生素，可能導致細菌產生抗藥性。

02 圖書館

03-03-08.MP3

這些應該怎麼說？

1. rak buku n. 書架
2. konter informasi n. 查資料台
3. méja baca n. 閱讀桌
4. peraturan perpustakaan n. 圖書館的規定
5. jam dinding n. 壁鐘

03-03-09.MP3

在圖書館常見的人及物品

pengurus perpustakaan
n. 圖書管理員

kartu perpustakaan
n. 圖書館卡

mesin fotokopi
n. 影印機

bahan pelajaran audio-visual
n. 視聽教材

ruang diskusi
n. 討論室

tempat pengembalian buku
n. 還書箱

03-03-10.MP3

在圖書館裡常會做些什麼呢？

(書) mencari buku (dengan komputer)
ph.（用電腦）找書

(書) meminjam buku / (口) pinjam buku
ph. 借書

(書) mengembalikan buku / (口) balikin buku
ph. 還書

(書) mencari data / (口) cari data
ph. 找資料

(書) membaca buku / (口) baca buku
ph. 看書

belajar
v. 研讀

03-03-11.MP3

在圖書館裡會令人不滿的行為

1. berisik n. 喧嘩、吵鬧
2. bertélépon / (口) télpon / (口) nélpon n. 講電話
3. menduduki tempat / (口) dudukin tempat n. 佔位子
4. tidur tengkurap v.（趴著）睡覺
5. makan v. 吃東西
6. berjalan dengan kencang v. 大聲走路

7 ⓑ memindahkan kursi / ⓞ pindahin kursi ph. 搬走椅子

8 ⓞ ⓦ PDA [pi-di-éi] v.（情侶）卿卿我我

9 ⓑ berlari-larian / ⓞ lari-lari v. 奔跑

10 mondar-mandir v. 不斷地走來走去

Tips 該怎麼跟圖書館借書呢？

想 meminjam buku（借書）時，你至少要知道關於書籍上的一些基本資訊，例如：nama buku（書名）、pengarang（作者）、penerbit（出版社）。首先，你可以到 kounter informasi（查資料台）去，以書名、作者等複數條件用電腦查詢。查出 kode buku（索書號）之後就可以按照索書號到 rak buku（書架）去找書。如果你想要的書被別人借走了，你可以先執行 pemesanan buku（預訂（借書）），這樣圖書館就會把書預留給你。要注意，有些書可以 dipinjam pulang（借回去），但有些只能在 dibaca di tempat（現場看）喲！所以如果想借回去時，要先跟圖書館確定可不可以外借喔！

找到想要的書時，就把書拿到 kounter pelayanan（服務台），填寫 formulir peminjaman buku（借書表）並把 kartu perpustakaan（圖書館卡）給 pengurus perpustakaan（圖書管理員）。現代的圖書館圖書管理員只要掃描書上面的 barcode（條碼）後，就可以記錄是誰借了什麼，學生們也不用填寫借書表。一般圖書管理員會提醒你書的 tanggal pengembalian buku（還書日期），你要記得準時還書不然可能會被 denda（罰款）哦！

如果到期了但你還沒看完那本書，你可以 mengundur pengembalian buku（延後還書）。還書的時候你可以直接到服務台還書或可以把書放進去 tempat pengembalian buku（還書箱）就可以了。

Jika perpustakaan tidak buka, kamu boléh memasukkan buku ke dalam tempat pengembalian buku di depan pintu perpustakaan. 如果圖書館沒有開的話，你可以把書放進放在圖書館門口的還書箱即可。

03-03-12.MP3

書類的分類有哪些？

1. buku téknologi n. 科技類用書
2. buku sastra n. 文學類用書
3. buku sejarah n. 歷史類用書
4. buku psikologi n. 心理類用書
5. buku filosofi n. 哲學類用書
6. buku politik n. 政治類用書
7. buku agama n. 宗教類用書
8. buku autobiografi n. 自傳類用書
9. buku kesenian n. 藝術類用書
10. buku ékonomi n. 經濟類用書
11. buku keterampilan hidup n. 生活技能類用書
12. buku resép makanan n. 食譜類用書
13. buku bahasa n. 語言類用書
14. buku pendidikan n. 教育類用書
15. buku anak-anak n. 兒童類用書
16. buku pelajaran n. 教科類用書
17. buku réferénsi n. 參考類用書
18. novél n. 小說
19. puisi n. 詩
20. komik n. 漫畫
21. majalah n. 雜誌
22. koran / surat kabar n. 報紙
23. kamus n. 詞典
24. atlas n. 地圖集
25. énsiklopédia n. 百科全書
26. makalah / tésis / disertasi n. 論文

03-03-13.MP3

書的結構有哪些？

1. sampul depan n. 封面
2. sampul belakang n. 書背
3. halaman buku n. 書頁
4. pita buku n. 書繩
5. judul buku n. 書名
6. nama pengarang n. 作者
7. penerbit n. 出版社
8. tahun terbitan n. 出版年

03-03-14.MP3

Tips 跟書有關的慣用語

- **Kutu buku**：書本上的跳蚤。書蟲，即特別愛讀書的人。

Joko itu kutu buku, dia suka membaca buku di mana saja. 佐科是個書蟲，他在哪裡都喜歡讀書。

Pelajaran 4

Tempat Kerja 工作場所

Bab 1

Kantor 辦公室

04-01-01.MP3

這些應該怎麼說？

辦公室的配置

1. méja kantor n. 辦公桌
2. kursi kantor n. 辦公椅
3. komputer desktop n. 桌上型電腦
4. télépon n. 電話
5. kaléndér meja n. 桌曆
6. kalkulator n. 計算機
7. berkas n. 文件
8. laci n. 抽屜
9. 外 binder n. 文件夾
10. alat tulis n. 文具用品
11. lemari berkas n. 檔案櫃
12. jendéla n. 窗戶
13. AC [a-sé] n. 冷氣
14. jam dinding n. 壁鐘

⑮ pendétéksi kebakaran n. 煙霧偵測器
⑯ gordén n. 窗簾
⑰ tumbuhan dalam ruangan n. 室內植物

04-01-02.MP3

Tips 生活小常識：公司篇

在印尼常見的公司類別如下：

- **Perséroan Terbatas**：正確縮寫為 PT [pé-té]，有時縮寫成 P.T. 或 PT.。有限責任公司。公司的資本由股份形成，公司擁有者擁有公司的一部分，其大小相等於股份的多少。PT 還分為：
  PT terbuka：開放有限責任公司，公司名字後面會加上 Tbk（例如：PT Bank Central Asia Tbk）。這種公司的股票在股市上開放民眾自由買賣。
  PT tertutup：不開放有限責任公司，股份不開放市場上自由買賣。
  PT kosong：空公司，已經有營業許可和其他許可但沒有實際運作的公司。
- **Persekutuan komanditer**：這個詞源自荷蘭語的 Commanditaire Vennootschap，正確縮寫為 CV。兩合公司，由 sekutu komplementer （無限責任股東）和 sekutu komanditer（有限責任股東）組成。
- **Firma**：正確縮寫為 Fa。指兩人以上合夥形成的公司。
- **Usaha Dagang**：正確縮寫為 UD。指一個人成立的公司。

04-01-03.MP3

接電話常做的動作有哪些？

書 mengangkat télépon / 口 angkat télpon
ph. 接電話

membuat panggilan
ph. 撥打電話

書 menélepon (kepada seseorang) / 口 télpon (orang)
ph. 打電話（給某人）

menélepon kembali
(kepada seseorang) /
télpon balik
ph. 回電（給某人）

menutup télépon
ph. 掛斷電話

meninggalkan pesan suara
ph. 留言

常用的電話禮儀與基本對話

● 問候＋表明身分

在打電話時，penélepon（撥電話者）親切、有禮貌地問候 penerima télépon（接聽電話者）是很重要的一環，所以在電話接通時，建議可以先說句問候語做為開場白，再開始介紹自己的名字。

Penerima télépon: “Halo?” （接聽電話者：「喂」）

Penélépon: “Halo, selamat siang, saya Dewi dari PT Astra.” （打電話者：「喂，午安，我是 Astra 公司的黛薇。」）

如果是接公司的電話，在說完 Halo 之後，接電話者可以講 dengan PT ABC（與 ABC 公司對話）。這樣讓打電話者知道他沒有打錯。如果接電話者沒有介紹公司名稱時，打電話這可以確認：「Dengan PT ABC, bukan? [pé-té a-bé-cé]（請問這裡是 ABC 公司嗎？）」

● 說明來電目的

▲介紹完自己的名字後，就可以直接說明你想找的人：

Penélépon: “Saya mencari Bapak Sulaiman.” / “Boleh berbicara dengan Bapak Sulaiman?” （撥電話者：「我找蘇萊曼先生。」/「我可以和蘇萊曼先生說話嗎？」）

Penerima télépon: “Saya Sulaiman.” / “Saya sendiri.”（接聽電話者：「我就是蘇萊曼。」/「是我本人。」）

▲如果對方不在，可以留言，再請對方回電：

Penerima télépon: “Maaf, Bapak Sulaiman sedang tidak ada. Ada pesan yang ingin ditinggal?”（接聽電話者：「不好意思，蘇萊曼先生現在不在。請問您需要留言給他嗎？」）

Penélépon: "Baik, tolong beritahu Bapak Sulaiman agar télépon saya kembali, ya. Nomor télépon saya 0818 7777 7777. Ada hal yang perlu dibicarakan dengannya."（撥電話者:「好的，請你告訴蘇萊曼先生讓他回電話給我。我的電話號碼是 0818 7777 7777。我有事要跟他談。」）

Penerima télépon: "Baik, saat dia kembali, saya akan minta agar dia télépon kembali secepatnya."（接聽電話者：「好的，當他回來時，我會請他儘快回電。」）

▲如果是撥打的是公司的電話號碼，總機通常會告知對方的分機號碼後，再幫忙轉機：

Penerima télépon: "Mohon ditunggu, nomor éksténsinya 515, saya oper ke sana, ya."（接聽電話者：「請稍等一下，他的分機號碼是 515。我轉接過去喔。」）

Penélépon: "Baik, terima kasih."（打電話者：「好的，謝謝。」）

▲如果遇到對方忙線中，可以稍後再播：

Penerima télépon: "Maaf, dia sedang bertélépon."（接聽電話者：「不好意思，她現在忙線中。」）

Penélépon: "Baik, terima kasih. Saya télépon lagi nanti."（打電話者：「好的，謝謝。我稍後再撥。」）

▲談話中，如果遇到收訊不良的時候，請不要直接掛斷電話，可以先告知對方收訊不良，然後再撥打一次：

Penélépon: "Maaf, sinyalnya tidak bagus. Saya telepon sekali lagi."（撥電話者：「抱歉電話收訊不良。我再重撥一次。」）

▲萬一不小心打錯電話時，請不要直接掛斷電話，必須先禮貌地說聲抱歉，然後再掛斷電話：

Penélépon: "Maaf, salah sambung."（撥電話者：「對不起，我打錯電話了。」）

▲如果對方打錯電話，你可以告訴對方他撥錯電話了，再掛電話。

Penerima télépon: "Maaf, salah sambung."（接電話者：「對不起，您打錯電話了。」）

● 結束電話

用印尼語通話時一般會用 selamat pagi, selamat siang, selamat sore 或 selamat malam 結束通話。如果是跟親友通話也可以用 dadah 或 bye-bye 結束對話。說完再掛電話。

02 寄電子郵件

印尼語的電子郵件怎麼寫呢？

電子郵件的印尼語是 surat elektronik / surel，但許多人習慣直接講英文 email 。請見下例並注意書寫各式。

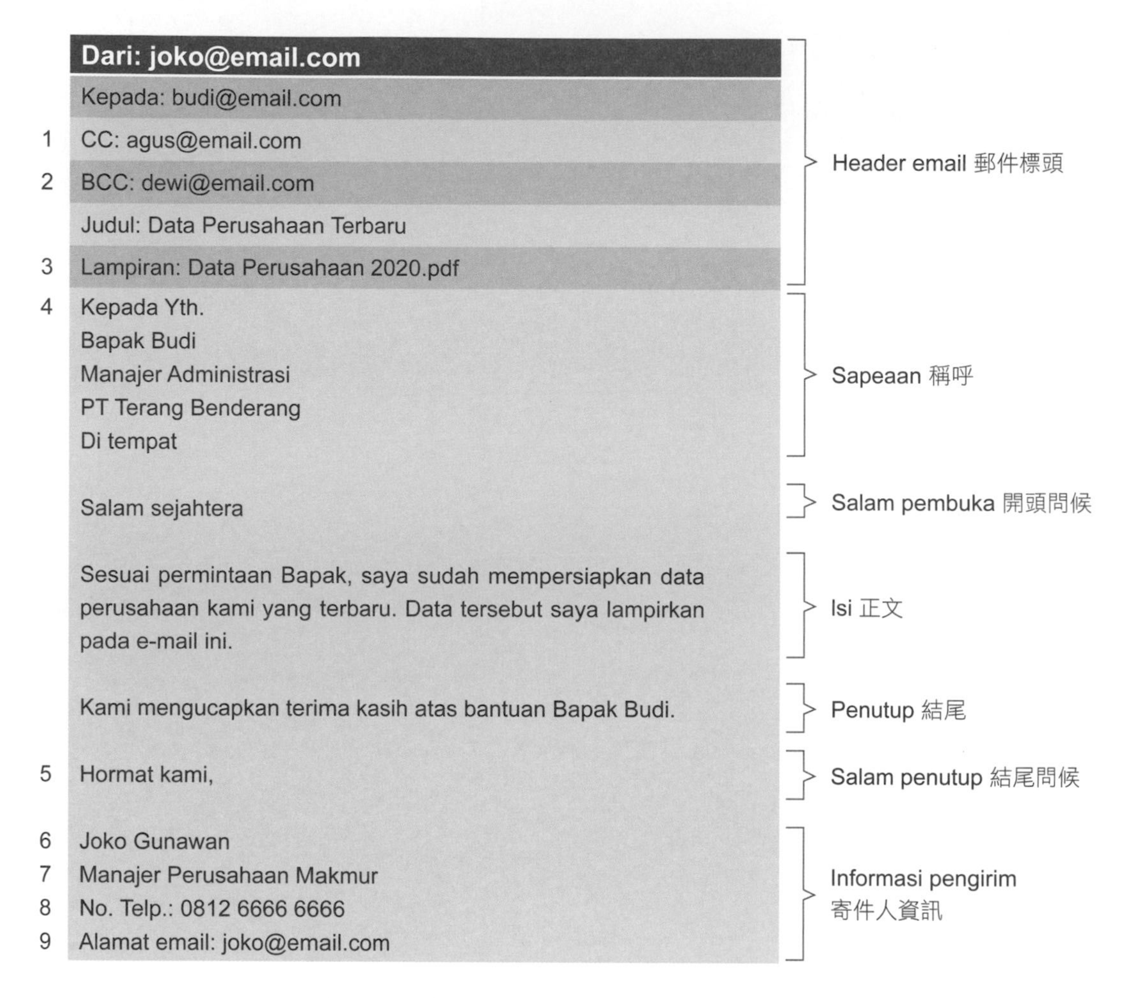

Dari: joko@email.com
Kepada: budi@email.com
1 CC: agus@email.com
2 BCC: dewi@email.com
Judul: Data Perusahaan Terbaru
3 Lampiran: Data Perusahaan 2020.pdf
（Header email 郵件標頭）

4 Kepada Yth.
Bapak Budi
Manajer Administrasi
PT Terang Benderang
Di tempat
（Sapeaan 稱呼）

Salam sejahtera
（Salam pembuka 開頭問候）

Sesuai permintaan Bapak, saya sudah mempersiapkan data perusahaan kami yang terbaru. Data tersebut saya lampirkan pada e-mail ini.
（Isi 正文）

Kami mengucapkan terima kasih atas bantuan Bapak Budi.
（Penutup 結尾）

5 Hormat kami,
（Salam penutup 結尾問候）

6 Joko Gunawan
7 Manajer Perusahaan Makmur
8 No. Telp.: 0812 6666 6666
9 Alamat email: joko@email.com
（Informasi pengirim 寄件人資訊）

● Header email（郵件標頭）

❶ CC （發音：[ce-ce]、[si-si] 或 [se-se]）是英文 carbon copy 的縮寫，意思是指「副本抄送」。如果一封信件也想讓其他人收到，可以在 CC 欄上打上他人的 alamat email（電子郵件），這樣在寄件的同時，除了主要收件人可以收到郵件以外，CC 欄上方記載的收件人也能收得到。

Saat mengirim email kepada manajer, tolong ingat untuk CC kepada sekretarisnya. 你寄 email 給經理時，請記得也抄送副本給他秘書。

❷ BCC（發音：[be-ce-ce]、[bi-si-si] 或 [be-se-se]）是英文 blind carbon copy 的縮寫，意思是「密件副本抄送」。BCC 和 CC 一樣都是額外寄送給其他的寄件人，但不同的是以 BCC 方式寄送的郵件只有 BCC 欄位上的收件人才能看得到其他收件者，其他收件者是看不到 BCC 收件者是誰的。

❸ Lampiran（Attachment 附件檔），由於 berkas（檔案）這個詞印尼人習慣直接講英文的 file（印尼語正確拼法：fail），所以 berkas lampiran 在口語中印尼人常常會講 file attachment。寄件人如果需要附加檔案，除了在 lampiran 欄位上附上檔案以外，也可以在 isi（內文）的最後一句註明 … saya lampirkan pada email ini.（我將…附在這封 email 的附件裡。）或 Mohon mengecek lampiran pada email ini.（請檢查這則 email 的附件。）等句子，提醒收信人點開附檔。

● Sapaan dan salam pembuka 稱呼語和開頭問候

信件的 ❹「開頭稱呼語」最常見的是 Kepada yang terhormat… (Kepada Yth.)（給尊敬的…）後面加上收件者名字。Yang terhormat 是「尊敬的」的意思，所以當把 yang terhormat 刪掉時，郵件的敬重度則會感覺減少一點。

名字的下面一般會加上收件人的職位和公司。最下面的 Di tempat 意思是「在地方」。一般來說，信件上這個欄位是寫上收件人地址的，但有時候因為不知道地址或不想書寫完整的地址，常常人會寫上 Di tempat。

稱呼結束後，要先加上 salam pembuka（開頭問候語）。一般印尼常見的 salam pembuka 有 Salam sejahtera（祝賀安康）、Bapak … yang terhormat（尊敬的…先生）、Ibu … yang terhormat（尊敬的…女士），也有一些特定用法，如穆斯林可用 Assalamualaikum（阿拉伯文：願真主拯救並賜你平安）、基督徒可用 Shalom（希伯來文：平安）、軍方可用 Salam perjuangan（祝賀奮鬥）或 Merdeka（獨立／自由）。

其寫法是：第一個字母要大寫，結尾以 koma（逗號）結束。

隨後便可以開始繕打 isi（內文）。內文的 penutup（結尾）一般是給收件人致謝。

● Salam penutup 結尾敬語

印尼語的 ❺ salam penutup（結尾敬語）就像是中文的「敬上」、「敬啟」一樣，有很多種用法；常見的用法是 Hormat kami（我們的敬意）、Hormat saya（我的敬意）或者特別用法如：穆斯林可用 Wassalamualaikum（也願真主拯救並賜你平安）。

● Informasi pengirim 寄件人資訊

記得最後在郵件的左下方，打上自己的 ❻ nama（姓名）、❼ jabatan（職位）和 nama perusahaan（公司名稱）、❽ nomor telepon（連絡電話）或 ❾ alamat email（電子信箱），以便收件人連絡。

03 處理文書資料

04-01-04.MP3

常見的文書處理用品有哪些呢？

mesin fotokopi
n. 影印機

mesin faks
n. 傳真機

書 pencétak / 外 口 printer
n. 印表機

書 pemindai / 外 口 scanner
n. 掃描機

書 mesin perobék kertas / 外 口 paper shredder
n. 碎紙機

外 口 USB [yu-és-bi] Flash Drive
n. 隨身碟

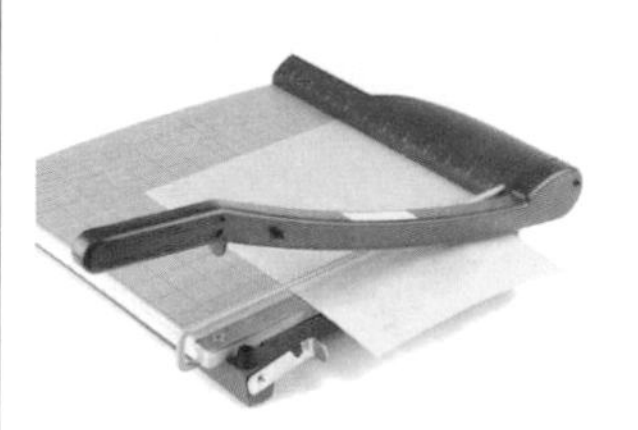

alat pemotong kertas
n. 裁紙機

kertas fotokopi
n. 影印紙

kertas karbon
n. 複寫紙

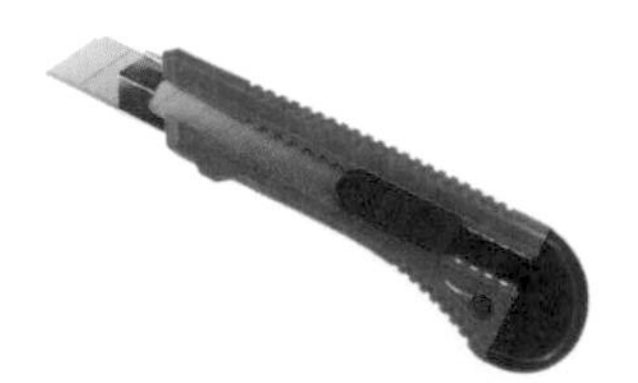

書 pisau cutter / 外 口 cutter
n. 美工刀

kartu nama
n. 名片

papan ujian
n.（直 考試用板）墊板夾

stémpel n. 印章

tinta n. （印泥的）墨水

bak stémpel
n. 印泥（盒）

amplop / amplop surat
n. 信封

pemberat kertas
n. 紙鎮

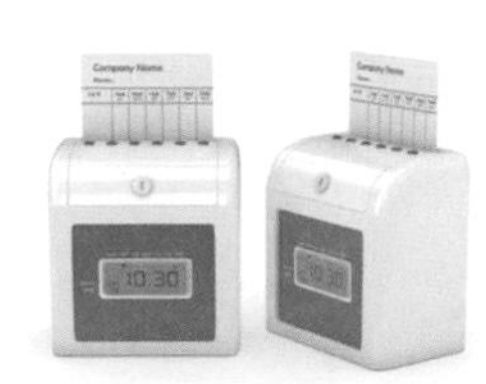

mesin absénsi
n. 打卡機

dispénser
n. 飲水機

mesin kopi
n. 咖啡機

04-01-05.MP3

在辦公室常做些什麼？

書 memfotokopi /
口 fotokopi
v. 複印

書 mengefaks / 外 口 fax
v. 傳真

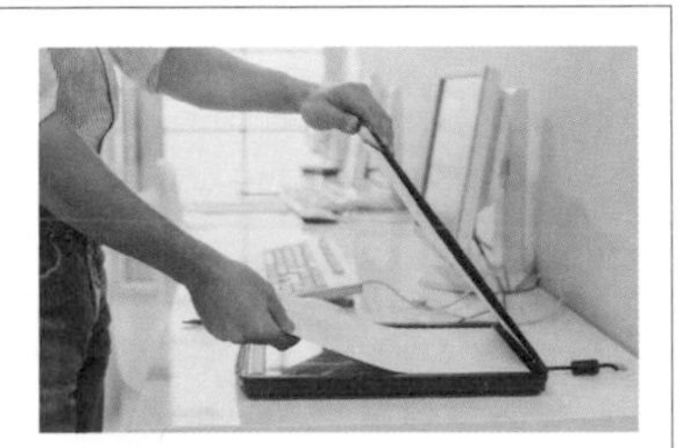

外 口 scan / 書 memindai
v. 掃描

書 mengelém / 口 ngelém
v. 貼

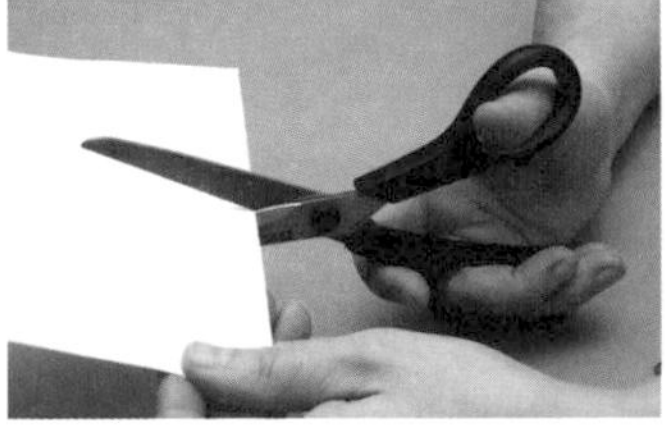

書 memotong / 口 potong
v. 剪

書 meminta atasan untuk menandatangani dokumen
ph. 給上司簽名

書 menulis laporan /
口 tulis laporan
ph. 寫報告

rapat
v. 開會

書 berdiskusi / 口 diskusi
v. 討論

書 menandatangani /
口 tanda tangan
v. 簽名

tanda tangan
n. 簽名

書 mengecap / 口 cap
v. 蓋章

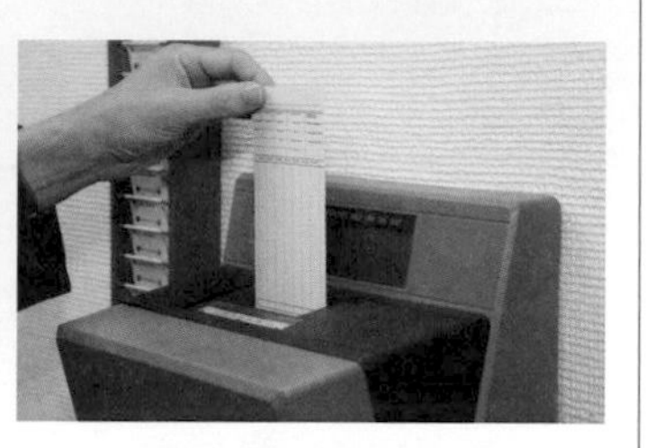

absén dengan mesin absénsi
ph. 用打卡機打卡

04 公司部門

04-01-06.MP3

1. diréksi n. 董事會
2. divisi pengawasan n. 理監事會
3. divisi akuntansi n. 會計部
4. divisi keuangan n. 財政部
5. divisi HRD [ha-ér-dé] n. 人事部
6. divisi administrasi n. 行政部
7. divisi penjualan n. 經銷部
8. divisi pemasaran / divisi marketing n. 行銷部
9. divisi IT [ai-ti] n. 電腦部
10. divisi R&D [ar-én-di] / divisi penelitian dan pengembangan n. 研發部

05 職等

04-01-07.MP3

1. diréktur n. 董事長
2. manajer n.（總）經理
3. sékretaris n. 秘書
4. wakil manajer n. 副（總）經理
5. 外 supervisor / 書 pengawas n. 主管
6. wakil supervisor / wakil pengawas n. 副主管
7. kepala tim n. 組長
8. staf n. 人員、職員
9. staf kebersihan / 外 cleaning service n. 清潔人員
10. satpam / petugas keamanan n. 警衛

Tips 生活小常識：炒魷魚編

工作的時候，每個人為了求得升職 promosi（升職）機會，都會勤奮工作好好表現。不過總有些人工作表現不太好，可能就會遭老闆炒魷魚了。炒魷魚的印尼語有 dipecat, di-PHK [pé-ha-ka] 這些說法。此外，也有些人因不喜歡這份工作所以主動辭職。辭職在印尼語裡是 mengundurkan diri。而一般在辭職之前，都必須要先繳交 surat pengunduran diri（離職信）才行。

Dengar-dengar Bayu dipecat karena tidak mencapai target penjualan tiga bulan berturut-turut. Setelah di-PHK [pé-ha-ka], dia menganggur lama sekali sebelum akhirnya mendapat pekerjaan baru. 聽說巴渝因為連續三個月未達銷售目標而被炒了魷魚。被革職後，他有一段很長的時間沒有工作，最後才找到新工作。

04-01-08.MP3

常見的職業有哪些？

petugas pemadam kebakaran
n. 消防員

polisi
n. 警察

tentara
n. 軍人

pegawai negeri / PNS
[pé-én-és] n. 公務人員

nelayan
n. 漁夫

petani
n. 農夫

insinyur
n. 工程師

arsiték
n. 建築師

pekerja pabrik
n.（工廠的）工人、工廠作業員

pekerja bangunan
n. 建築工人

staf kantor
n. 辦公室職員

akuntan
n. 會計

sékretaris
n. 秘書

pengusaha
n. 商人

penerjemah lisan
n. 口譯人員

pengacara
n. 律師

wartawan
n. 記者

model
n. 模特兒、Model

penyanyi
n. 歌手
musisi
n. 音樂家

pemeran / aktor / aktris
n. 演員

supir
n. 司機

(書) pramuwisata /
(外)(口) tour guide
n. 導遊

pelukis
n. 畫家

staf kebersihan /
(口) cleaning service
n. 清潔人員

pelayan / (外)(口) waiter /
(外)(口) waitress
n. 服務生

pedagang kaki lima
n. 路邊攤販

koki
n. 廚師

ahli rias rambut
n. 理髮師

penjahit
n. 裁縫師

ibu rumah tangga
n. 家庭主婦

06 電腦

常用的電腦零件有哪些？

04-01-09.MP3

1. 外 monitor n. 螢幕
2. 外 keyboard n. 鍵盤
3. 外 mouse n. 滑鼠
4. 書 pengeras suara / 外 loudspeaker n. 喇叭
5. kasing komputer n. 機殼

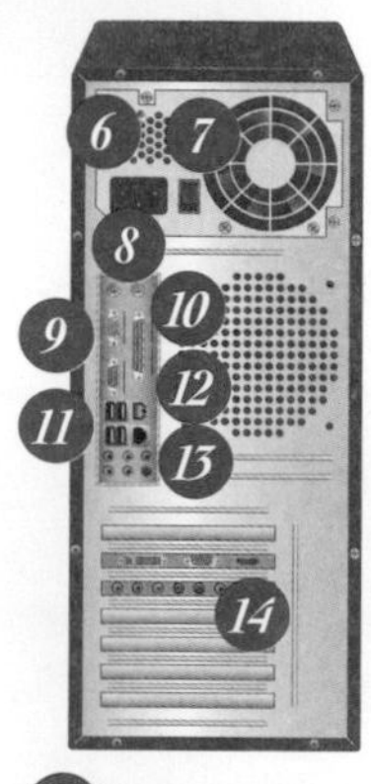
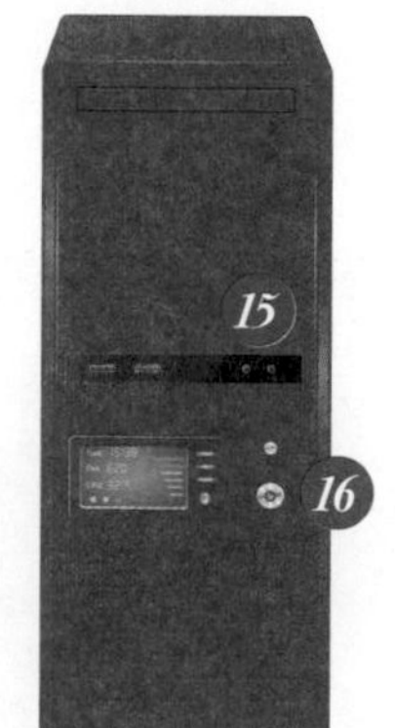
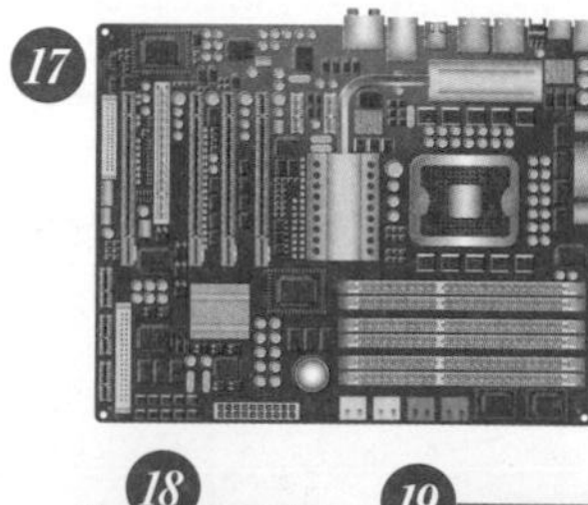

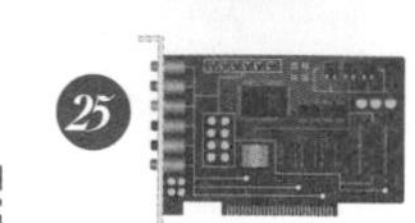
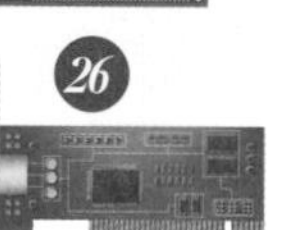

6. 外 port power supply n. 電源插孔
7. tombol power supply n. 電源開關
8. 外 port PS/2 [pé-és du-a] n. PS/2 埠
9. 外 port VGA [fé-gé-a] n. VGA 埠
10. port paralel n. 並列埠
11. 外 port USB [yu-és-bi] n. USB 埠
12. 外 port USB type B [yu-és-bi toip bi] n. USB B 型埠
13. 外 port éternét n. 網路埠
14. 外 port HDMI [ha-dé-ém-i] n. HDMI 埠
15. colokan earphone n. 耳機插孔
16. tombol power n. 電源按鈕
17. 外 motherboard n. 主機板
18. 外 power supply n. 電源供應器
19. kipas komputer n. 散熱電扇
20. 外 video card n. 顯示卡
21. 外 CPU [si-pi-yu] n. 中央處理器
22. 外 HDD [ha-dé-dé] / hard disk n. HDD 硬碟
23. 外 SSD [és-és-de] n. SSD 硬碟
24. 外 RAM [ram] n. 記憶體
25. 外 sound card n. 音效卡
26. 外 NIC [én-ai-si] / network card n. 網路卡
27. 外 DVD drive [di-fi-di draif] n. 光碟機

04-01-10.MP3

在辦公室使用電腦時常會做些什麼？

書 menyalakan / 口 nyalain
ph. 開機
書 mematikan / 口 matiin
ph. 關機

書 menggunakan internet /
口 surfing internet
ph. 上網

書 mencolok USB [yu-és-bi]
/ 口 colok USB [yu-és-bi]
ph. 插入隨身碟
書 mencabut USB [yu-és-bi]
/ 口 cabut USB [yu-és-bi]
ph. 拔出隨身碟

書 memasukkan data /
口 input data
ph. 輸入資料

masuk ke server
ph. 進入伺服器

menyambung ke internét
ph. 連上網路

書 mengetik / 口 ketik
v. 打字

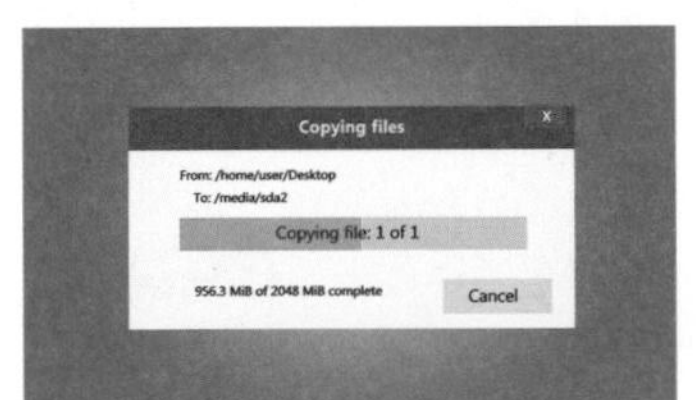

書 salin data /
外 口 copy data
ph. 拷貝資料

口 外 save /
書 menyimpan data
ph. 儲存

外 口 download /
書 mengunduh
v. 下載
外 口 upload /
書 mengunggah
v. 上傳

書 mencetak / 外 口 print
ph. 列印

mengirim surél /
口 kirim email
ph. 發送電子郵件
menerima surél /
口 terima email
ph. 收電子郵件

口 外 login / 書 masuk
v. 登入
口 外 logout / 書 keluar
v. 登出

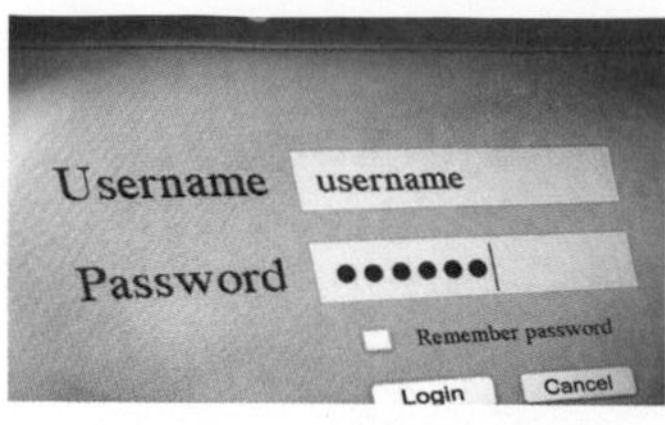

書 memasukkan sandi /
口 ketik password
ph. 輸入密碼

書 memasang aplikasi /
外 口 install app
ph. 安裝軟體

klik kiri
ph. 點滑鼠左鍵

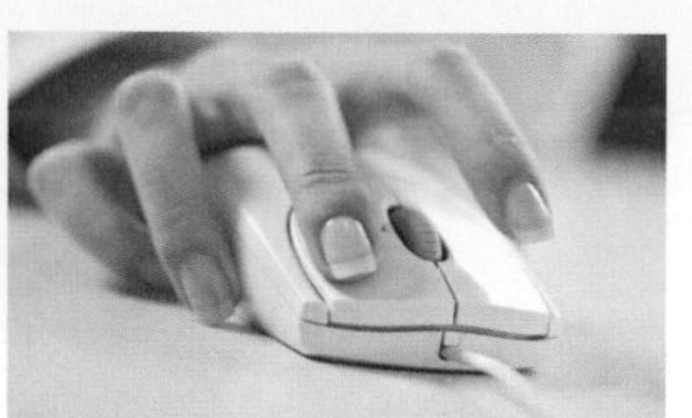

klik kanan
ph. 點滑鼠右鍵

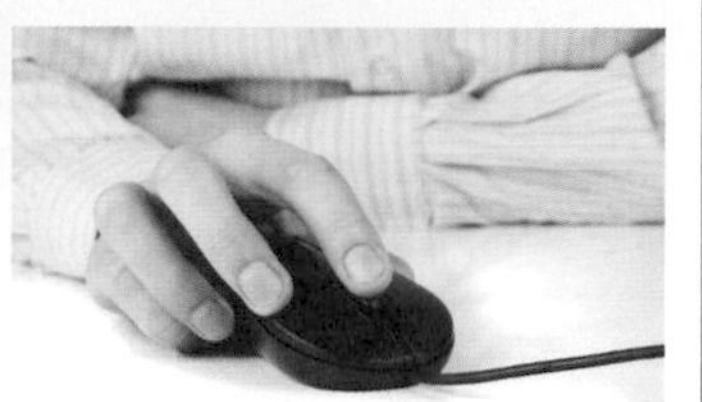

roll ke atas
ph. 滾輪滑上
roll ke bawah
ph. 滾輪滑下

外 口 double click /
書 klik dua kali
ph. 雙擊

外 口 scan virus /
書 memindai virus
ph. 掃毒

burn disc
ph. 燒錄光碟

Tips 電腦的種類

印尼語中，komputer 是電腦的意思。電腦有很多種，如果要分清楚的話，有 komputer desktop（桌上型電腦）、有 komputer laptop 或直接說 laptop（筆記型電腦），還有最近越來越常見的 komputer tablet 或直接說 tablet 或 tab（平板型電腦）。

04-01-11.MP3

鍵盤上的特別符號

1. tanda seru n. 驚嘆號
2. a kéong / at n. 小老鼠
3. tanda pagar n. 井號
4. dolar n. 美元符號
5. persén n. 百分比符號
6. tanda sisipan n. 脫字符號、插入符號
7. tanda dan n. and 符號
8. tanda bintang n. 星號、乘號
9. tanda kurung n. 括號
10. garis bawah n. 底線
11. tanda hubung / tanda kurang n. 連字號、減號
12. tanda tambah n. 加號
13. tanda sama dengan n. 等號
14. kurung kurawal n. 大括號
15. kurung siku n. 中括號
16. 外 vertical bar n. 垂直線
17. garis miring terbalik n. 反斜線
18. titik dua n. 冒號
18. titik koma n. 分號
20. petik dua n. 雙引號
21. petik satu n. 單引號
22. kurang dari n. 小於符號
23. lebih dari n. 大於符號
24. tanda tanya n. 問號
25. garis miring n. 斜線、除號
26. titik n. 句號
27. koma n. 逗號

Tips 生活小常識：電腦當機篇

電腦當機一般分為兩種：因網速緩慢或電腦處理速度不足造成的電腦動作不流暢，另一種時電腦卡死無法動彈。這兩者印尼語都借用英語的說法。前者是 口 lag 或 口 ngelag，後者時 口 hang 或 口 ngehang。

Saat Agus membuat laporan, komputernya ngehang. Akibatnya, semua datanya hilang. 當艾古斯在做報告時，他的電腦當機了。於是他所有的資料都沒有了。

Bab 2

Ruang Rapat 會議室

04-02-01.MP3

會議室的配置

1. 書 ruang rapat / 口 ruang meeting n. 會議室
2. layar proyéktor n. 投影布幕
3. bagan n. 圖表
4. papan tulis n. 白板
5. perlengkapan konferénsi video n. 視訊設備
6. véndor n. 廠商
7. 外 口 customer / 書 pelanggan n. 客戶
8. laptop n. 筆記型電腦
9. komputer tablet n. 平板電腦
10. meja rapat n. 會議桌
11. dokumén n. 文件
12. peserta rapat n. 出席者

04-02-02.MP3

會議室裡，常見的設備有哪些？

proyéktor
n. 投影機

laser pointer untuk présentasi
n. 雷射簡報筆

(口) mik / (書) mikrofon
n. 麥克風

(書) alat pengeras suara / (口) (外) loudspeaker
n. 喇叭

alat perekam suara
n. 錄音筆

stopkontak
n. 插座

01 開會

04-02-03.MP3

會議室裡，常見的會議種類有哪些？

rapat diréksi
ph. 董事會議

rapat umum pemegang saham
n. 股東大會

rapat pelanggan
n. 客戶會議

rapat penjualan
n.（大型的）銷售會議

présentasi
v. 簡報

rapat kemajuan proyék
ph. 專案進度會議

rapat divisi
ph. 部門會議

rapat kelompok
ph. 小組會議

konferénsi video
n. 視訊會議

konferénsi audio panggilan
n. 多方通話會議

seminar
n. 專題研討會

konferénsi pérs
ph. 記者會

04-02-04.MP3

＼你知道嗎？／

印尼特有的會議種類！

除了上面提到在辦公室可見的會議種類，在印尼還可以見到：

- **Rapat paripurna**：所有成員與領導人都參加的會議，是執行（國家）權威與行事的最高論壇。一般是由 Déwan Perwakilan Rakyat（簡稱：DPR [dé-pé-ér]；人民代表會議、印尼人民代表機構）主導舉行的會議。

- **Rapat pléno**：此會議也稱為「rapat lengkap」，是一種常見於 partai politik（政黨）和 instansi pemerintah（政府機關）所舉行，是各機構的領導人、分部幹部及所有成員都會參加的會議型態。於黨舉行時，類似部分國家的「黨代表大會」。

- **Rapat raksasa**：巨型會議，也稱為 rapat samudra（海洋會議）。指開放給大眾參與，通常在廣場上舉行的會議。下圖為印尼開國總統 Soekarno（蘇卡諾）於西元 1945 年 9 月 19 日在 Lapangan Ikada（雅加達運動聯盟廣場）舉行的 Rapat Raksasa Lapangan Ikada（雅加達運動聯盟廣場巨型會議），慶祝印度尼西亞共和國已獨立一個月。

04-02-05.MP3

開會時常做的事有哪些呢？

berdebat
v. 爭論

berkomunikasi
v. 溝通

membujuk
v. 說服

mempraktikkan
v. 示範

memikirkan
v. 構思

brainstorm
v. 集體討論；腦力激盪

bernégosiasi
v. 協商

書 membuat notula rapat /
口 buat notulen rapat
ph. 做會議記錄

外 voting
v. 表決

書 membalas dengan argumén
ph. 反辯

mengangkat tangan untuk berbicara
ph. 舉手發言

(rapat) berakhir / 口 (rapat) kelar
ph. （會議）結束

02 接待客戶

04-02-06.MP3

接待客戶基本流程有哪些呢？

書 menjemput di bandara
ph. 接機

書 mengurusi akomodasi / mengurusi tempat tinggal
ph. 安排住宿

書 memperkenalkan / 口 kenalin
v. 介紹
perkenalan n. 介紹

bersalaman / berjabat tangan
v. 握手

salam siku
n. 擊肘

書 membawa ... untuk melihat-lihat
ph. 帶～參觀

書 bertukar kartu nama
ph. 交換名片

mengatur jadwal tamasya
ph. 安排觀光

menjamu
v. 招待吃飯

書 membicarakan tentang bisnis
ph. 談生意

menandatangani perjanjian
ph. 簽合約

mendiskusikan perjanjian
ph. 討論合約

招待客戶時常用的句子

1. **Apakah Bapak / Ibu sudah booking?** 請問您（先生／女士）有預約嗎？
2. **Senang sekali bertemu dengan Bapak / Ibu.** 很高興認識您（先生／女士）。
3. **Boleh tahu nama Bapak / Ibu?** 請問您（先生／女士）尊姓大名？
4. **Saya perkenalkan, ini Bapak Wahyu, manajer perusahaan kami.**
   我來介紹，這位是瓦佑先生，我們公司的經理。
5. **Mohon ikut saya.** 麻煩請跟著我走。
6. **Terima kasih sudah sabar menunggu.** 感謝您的耐心等候。
7. **Silakan duduk.** 請坐。
8. **Apakah ada kartu nama?** 您有名片嗎？
9. **Ini kartu nama saya.** 這是我的名片
10. **Mau minum apa, Pak / Bu?** 您（先生／女士）想喝點什麼嗎？
11. **Ini perjanjiannya, silakan dilihat.** 這是合約，請過目。
12. **Apakah ada pertanyaan?** 有什麼問題嗎？
13. **Menurut saya tidak ada masalah.** 我認為沒有什麼問題。
14. **Saya berharap saya sudah menjawab semua pertanyaan Bapak / Ibu.**
    希望我已回答您（先生／女士）所有的問題了。
15. **Jika tidak ada masalah apapun, mohon tanda tangan di sini.**
    如果沒有任何問題的話，請在這簽名。
16. **Senang bekerja sama dengan Bapak / Ibu.** 很高興能和您（先生／女士）合作。
17. **Terima kasih atas kehadiran Bapak / Ibu di tengah segala kesibukan.**
    感謝您（先生／女士）百忙之中撥空參與。

Bab 3 Bank 銀行

銀行的配置

1. konter pelayanan n. 服務台
2. konter transaksi n. 交易櫃台
3. tempat menunggu n. 等候區
4. papan informasi digital n. 數位看板
5. nasabah n. 客戶
6. staf bank n. 銀行人員
7. teller bank n. 銀行出納員
8. kamera CCTV [si-si-ti-fi] n. 監視器
9. AC [a-sé] sentral n. 中央空調
10. pendeteksi kebakaran n. 煙霧偵測器
11. kursi tunggu n. 等候座椅
12. tiang antréan n. 紅絨柱、排隊引導線

04-03-02.MP3

其他銀行常見的東西，還有哪些呢？

brankas
n. 保險箱

alarm
n. 警鈴

safe deposit box / SDB
[és-dé-bé, és-di-bi]
n. 保險櫃

buku tabungan
n. 存摺

kartu ATM [a-té-ém]
n. 提款卡

mesin EDC [é-dé-sé]
n. 刷卡機

mesin hitung uang
n. 驗鈔機

mesin antréan
n. 抽號碼機

uang logam
n. 硬幣

uang kertas
n. 紙鈔

uang récéh
n. 零錢

mobil pengangkut uang
n. 運鈔車

valuta asing n. 外幣
rupiah n. 印尼盾
dolar Taiwan n. 台幣
dolar Amérika n. 美金
yén Jepang n. 日幣
won Korea n. 韓圜
éuro n. 歐元
yuan Tiongkok / RMB
[ér-ém-bé] n. 人民幣
baht Thailand n. 泰銖

01 開戶、存款、提款

04-03-03.MP3

＼你知道嗎？／

臨櫃有哪些服務作業？

● 開戶（membuka rekening）

開立帳戶時，帳戶的總類分成：rékening pribadi（個人帳戶）和 joint account（聯名帳戶）；rekening pribadi 是指單一個人的帳戶，所以稱之為「個人帳戶」，而 joint account 是指兩位或兩位以上的客戶共同開立同一個帳戶，稱之為「聯名帳戶」，它需要所有開戶者的證件才能開戶。相對的，提款時也需要所有開戶者的證明文件才能提款，減少盜領的風險。此外，無論是個人帳戶，還是聯名帳戶都可分成：活期帳戶與定存帳戶。Rekening tabungan（活期帳戶）的 bunga（利率）較低，但便於隨時存、取款；déposito（定存帳戶）利率比活期帳戶較高，但是不可以隨時提款，等到到期才可以提出來。Déposito 會有 jangka waktu（期限），期限不同時，利率也不一樣。

Saya mau buka rékening déposito. Boléh tanya berapa bunganya sebulan? 我想開定存帳戶。請問一個月的利率是多少？

開戶的時候要填寫開戶單。開戶單上面會有這些資料：

formulir pembukaan rékening n. 開戶單

Saya mau membuka rékening. 我要開戶。

Bapak / Ibu mau buka rékening apa, tabungan atau deposito? 您（先生／女士）想要開哪種類的帳戶呢？活期帳戶，還是定存帳戶呢？

印尼語的開戶單，該怎麼填寫呢？

1. nama lengkap n. 全名
2. tempat, tanggal lahir n. 出生地，出生日期
3. jenis kelamin n. 性別
   -- laki-laki n. 男
   -- perempuan n. 女
4. kewarganegaraan n. 國籍
5. nomor paspor n. 護照號碼
6. nomor KTP [ka-té-pé] / nomor kartu tanda penduduk n. 身分證號碼
7. tanggal pengeluaran paspor n. 發證日期
8. tempat pengeluaran paspor n. 發證地點
9. status perkawinan / status pernikahan n. 婚姻狀況
   -- sudah kawin / sudah menikah ph. 已婚
   -- belum kawin / belum menikah ph. 未婚
   -- cerai ph. 離婚
   -- lainnya adj. 其他

10. alamat n. 住址
    -- kode pos n. 郵遞區號
11. nomor télépon rumah n. 住家電話
12. nomor télépon kantor n. 公司電話
13. nomor HP [ha-pé] / nomor handphone / (書) nomor télépon seluler n. 手機號碼
14. (外) fax / (書) nomor faksimili n. 傳真號碼
15. (口) alamat email / (書) alamat surél n. 電子郵件信箱
16. pendidikan n. 教育程度
    -- universitas n. 大學
    -- akadémi n. 專科院校
    -- SMA [és-ém-a] n. 高中
    -- SMP [és-ém-pé] n. 國中
    -- SD [és-dé] n. 小學（含）以下
    -- lainnya n. 其他
17. status pekerjaan n. 工作情況
    -- sedang bersekolah n. 就學中
    -- sedang menunggu pekerjaan n. 待業中
    -- sedang bekerja n. 工作中
18. jabatan n. 職位
19. nama perusahaan n. 服務機關名稱
20. pekerjaan n. 職業
    -- pegawai negeri n. 公務員
    -- wiraswasta n. 生意
    -- produksi n. 製造、營造業
    -- téknologi informasi / TI [ai-ti] / IT [té-i] n. 資訊業
    -- pelayanan n. 服務業
    -- asuransi n. 金融保險業
    -- pendidikan n. 教育
    -- medis n. 醫療
    -- kesenian n. 藝術
    -- logistik n. 運輸業
    -- pertanian n. 農業
    -- pekerjaan rumah tangga n. 家管
    -- lainnya n. 其他

● 存款（Penyetoran）

04-03-04.MP3

如果想要存款，除了利用 mesin ATM [a-té-ém]（自動櫃員機，俗稱「提款機」）之外，也可至臨櫃辦理存款，但辦理前需先填寫一張「存款單」。

formulir penyetoran / slip penyetoran n. 存款單

Saya mau menyetor.
我想要存款。

Mohon mengisi formulir penyetoran.
請填寫存款單。

印尼語的存款單，該怎麼填寫呢？

1. tanggal n. 日期
2. nomor rékening n. 帳號
3. nama pemilik rékening n. 戶名
4. jumlah n. 金額

-- angka ph. 數字

-- terbilang ph. 文字

5. cék n. 支票

6. total n. 總計

7. nama penyetor n. 存款人

8. berita / keterangan n. 存款理由

9. tanda tangan penyetor / T. T. [té-té] penyetor ph. 存款人簽名

● 提款（Penarikan）

04-03-05.MP3

如果想要提款，除了利用 mesin ATM [a-té-ém]（自動櫃員機）外，也可至臨櫃辦理提款，但辦理前需先填寫一張「提款單」。

formulir penarikan / slip penarikan n. 提款單

Saya mau menarik 20 juta rupiah dari rekening saya.

我想要從我戶頭領 2000 萬盾。

Mohon mengisi formulir penarikan.

請填寫提款單。

印尼語的提款單，該怎麼填寫呢？

1. tanggal n. 日期
2. nomor rékening n. 帳號
3. nama pemilik rékening n. 戶名
4. tanda tangan n. 簽名
5. jumlah penarikan n. 總額

   -- angka ph. 數字

   -- terbilang ph. 文字

04-03-06.MP3

● 填單轉帳（Transfer）

除了可利用 mesin ATM [a-té-ém] 轉賬之外，也可至臨櫃辦理轉帳，但辦理前需先填寫一些資料。在印尼想轉帳的話也可以用 aplikasi transfer（存款單）。只要在單子上填上你想轉出的帳號及帳戶資料即可。另外，如果要匯款到國外去的話，就要填寫「匯款單」。

aplikasi transfer n. 匯款單

Saya mau mengirim uang ke Kanada.

我想要匯款到加拿大。

Mohon mengisi aplikasi transfer.

請您填寫匯款單。

印尼語的匯款單，該怎麼填寫呢？

1. jumlah n. 金額
   -- angka ph. 數字
   -- terbilang ph. 文字
2. informasi pengirim n. 匯款人資料
   -- nama pengirim n. 匯款人姓名
   -- nomor télépon n. 電話
   -- alamat n. 地址
3. informasi penerima n. 收款人資料
   -- nomor rékening n. 帳號
   -- nama penerima n. 收款人姓名
4. bank penerima n. 受款銀行
   -- kode bank n. 銀行代碼
   -- kode SWIFT [swift] n. SWIFT 代碼
   -- nama bank n. 銀行名稱
   -- alamat bank n. 銀行地址
5. bank perantara n. 中間銀行

Tips 生活小常識：換錢篇

在印尼兌換外幣時，除了可以在銀行換以外，也可以在 money changer / tempat penukaran mata uang asing（外幣兌換店）兌換。一般來說，銀行的匯率會比較高，所以人會選擇去 money changer。注意在 money changer 換錢時，一般工作人員會向你要電話號碼作為資料存底。

04-03-07.MP3

Tips 跟金錢有關的慣用語

- **ada uang ada barang**：有錢有貨。意思是只要付得起更多的錢就能獲得更好的貨。部分釋義下相近於中文的「有錢好辦事」。

  Bapak jangan khawatir, jika Bapak bayar sekarang, bésok pasti barangnya sampai. Ada uang ada barang. 先生別擔心，如果你現在付錢的話，明天貨一定到。有錢好辦事。

- **setali tiga uang**：西元 1950 年代，也就是印尼建國初期，印尼的貨幣面額比現在小很多很多。當時面額最小的硬幣是 1 sén（一分錢）。那時候民間流通 seuang 和 setali 這兩個名稱，分別是指 25 sén 和 75 sén 的面額。故 Setali tiga uang 這個成語的意思是：setali 和 tiga uang 是一樣金額。即相當於中文的「一模一樣」；由於此成語不含貶義，故與「半斤八兩」略有不同。

  Mobil Joko dan mobil Budi setali tiga uang, bahkan saya pun tidak tahu bédanya di mana. 佐科的汽車和布迪的汽車看起來沒什麼兩樣，連我也不知道差別在哪裡。

- **uang kagét**：uang 是指「錢」，而 kaget 是驚嚇的意思，被驚嚇到的錢（財）。意即意料之外獲得的錢。相當於中文的「意外之財」。

  Karena banjir, saya mendapatkan uang kagét dari asuransi bangunan. 因為淹水的關係，我從建築保險獲得了一筆意外之財。

＼你知道嗎？／

如何操作印尼文的 ATM 介面？

04-03-08.MP3

各銀行都有各銀行的 ATM [a-té-ém]，在印尼也不例外。如果你在 A 銀行的 ATM 使用 B 銀行的 kartu ATM [a-té-ém]（金融卡），一般你會被徵收 biaya administrasi（跨行手續費）。如果你輸入 PIN [pin]（密碼）時輸入錯誤三次，你的金融卡將被 blokir（封鎖）。以下是操作印尼語 ATM [a-té-ém] 常見的短句。

1. Silakan pilih bahasa. 請選擇語言。
2. lanjutkan 繼續
3. Mohon masukkan kode PIN [pin] Anda. 請輸入您的密碼。

4. Tekan Enter untuk lanjut, tekan Clear untuk mengisi kembali.
   按 Enter 鍵繼續，按 Clear 鍵重新輸入。
5. cék saldo 餘額查詢
6. penarikan tunai 領取現金
7. setor tunai 存入現金
8. Mesin ini menerima tunai dengan denominasi: 此機器接受以下面額的現金：
   Rp50.000,00 五萬印尼盾
   Rp100.000,00 十萬印尼盾
9. Silakan masukkan uang yang akan disetor. 請放入欲存入的金額。
10. transfer 轉帳
11. transfer antar-bank 跨行轉帳
12. pilih bank tujuan transfer 選擇受款銀行
13. masukkan kode bank dan nomor rékening tujuan 輸入銀行代碼和銀行帳號
14. daftar kode bank 銀行代碼表
15. masukkan jumlah transfer
    輸入欲轉帳的金額
16. mengubah PIN [pin] 更換密碼
17. transaksi lain 其他交易
18. pelayanan lainnya 其他服務
19. tekan cancel untuk batal
    按 cancel 鍵取消
20. Mohon menunggu, transaksi Anda sedang diprosés.
    請稍等，您的交易處理中。
21. Transaksi berhasil. 交易成功
22. Apakah ingin melakukan transaksi lain? 是否繼續交易？
    Ya 是
    Tidak 否

Tips 生活小常識：銀行卡篇

銀行的卡片有兩種，分別是 kartu ATM [a-té-ém]（金融卡）和 kartu krédit（信用卡）。

Kartu krédit 是可以先刷後付款，但信用卡都有信用額度，你不能用超過這個信用額。通常 kartu krédit 都可以在國外付款。反之，kartu ATM [a-té-ém] 的話只能支付卡片裡的金額，刷完了沒有了就是沒有了。

有些 Kartu ATM [a-té-ém] 可以在國外提款，只要卡片上有 VISA [fi-sa], Mastercard, Plus, Prima 或 Cirrus 的標誌就可以在國外提款。

Saya akan pergi bekerja di Taiwan. Kartu krédit bank mana yang lebih baik, ya?
我將要去台灣工作。哪家銀行的信用卡比較好呢？

Bab 4 Kantor Pos 郵局

04-04-01.MP3

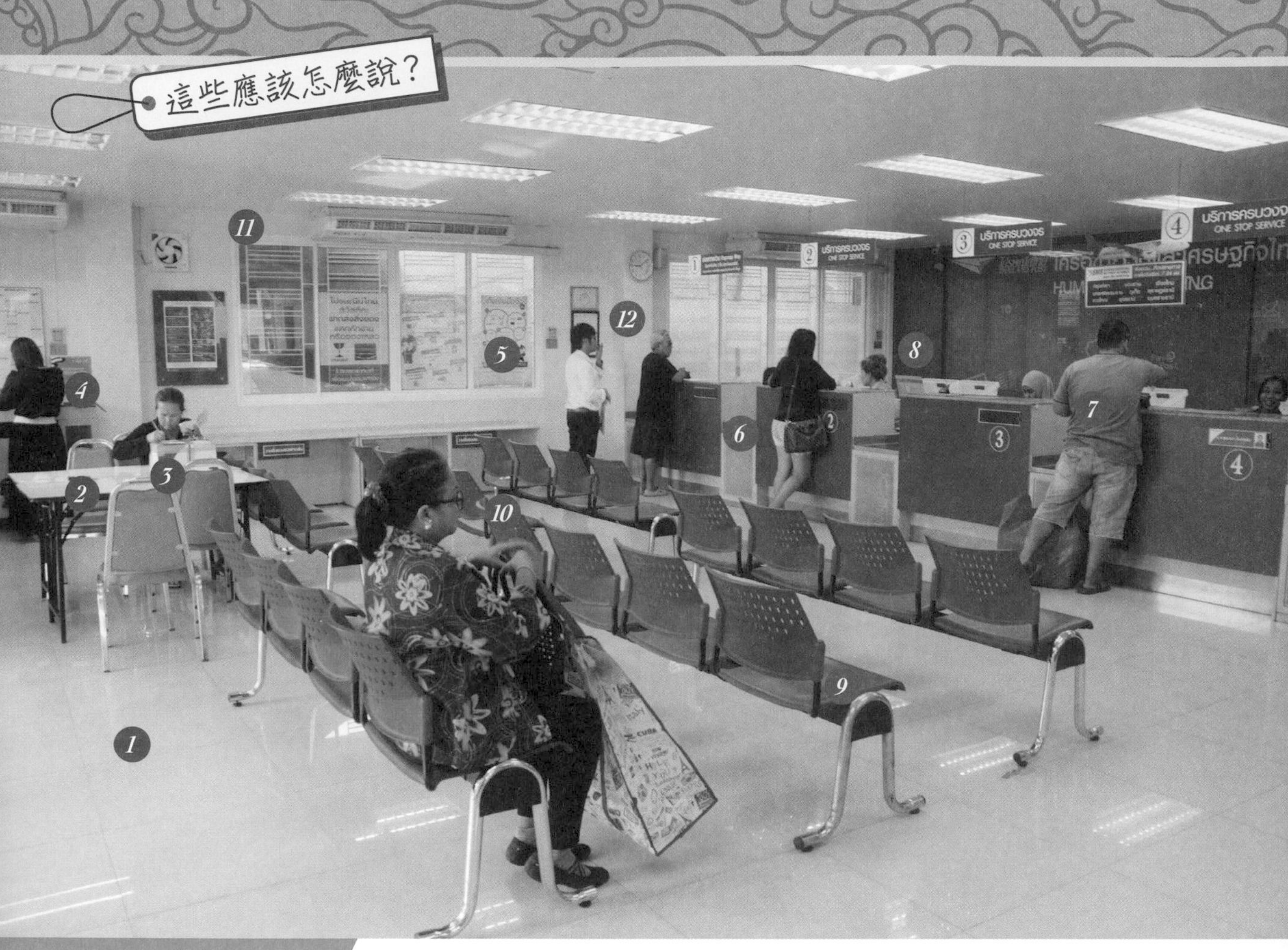

郵局的配置

1. kantor pos n. 郵局
2. tempat pembungkusan pakét n. 包裹封裝區
3. pakét n. 包裹
4. méja tulis n. 填寫桌
5. poster n. 海報
6. lokét n. 服務窗口
7. customer n. 客戶
8. staf kantor pos n. 郵局人員
9. kursi tunggu n. 等候座位
10. 書 menunggu / 口 tunggu v. 等候、等候
11. jendéla kaca n. 玻璃窗
12. 書 mengantré / 口 antre / 口 antri v. 排隊

包裹封裝區裡常見的東西有哪些？

04-04-02.MP3

 tali n. 繩子	 lem n. 膠水	 spidol permanén n. 麥克筆
gunting n. 剪刀	 書 selotip / 口 solatip n.（小型）膠帶 lakban n.（大型）膠帶	 kacamata baca / kacamata plus n. 老花眼鏡

01 郵寄／領取信件、包裹

寄件及取件常做的事有哪些？

04-04-03.MP3

 書 menerima pakét ph. 領包裹	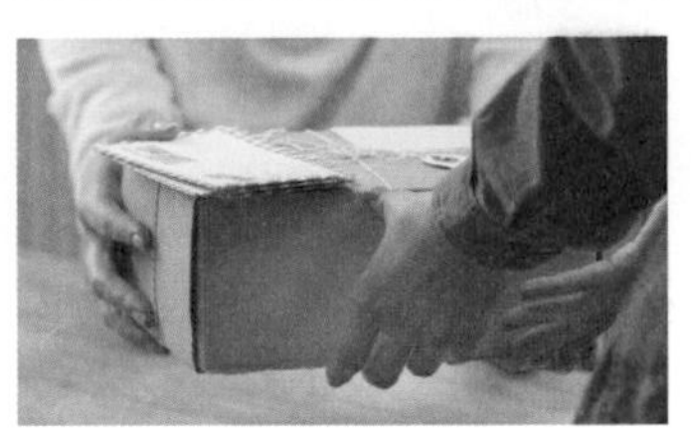 書 mengirim pakét ph. 郵寄包裹	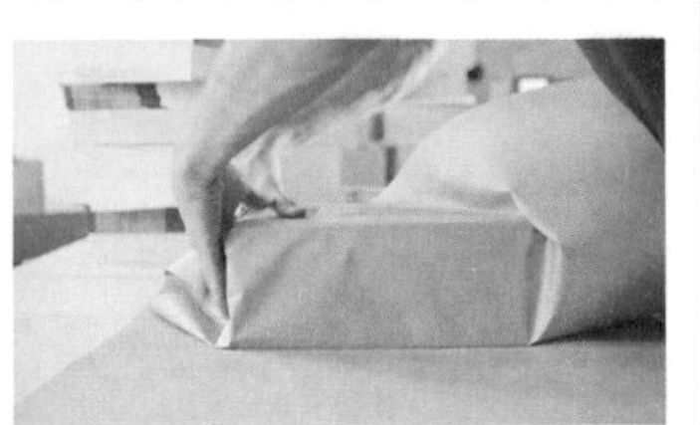 書 membungkus pakét ph. 打包包裹
 書 mengirim surat tercatat ph. 寄掛號郵件	 書 menerima surat tercatat ph. 領掛號郵件	 書 menyégel surat ph. 密封信件

郵件的種類

Pos Indonesia（印尼郵政）提供 pengiriman doméstik（國內寄件）和 pengiriman internasional（國際寄件）服務。Pengiriman domestik 又有分 Pos Éksprés（快遞郵件），Pos Kilat Khusus（特別快遞），Pos Jumbo Ékonomi（經濟大型郵件），Layanan Standar（標準服務）, Q9 Sameday Service（九小時同日服務）和 QComm（兩天到件快遞服務）。Pengiriman internasional 則是分為 Layanan Prioritas（優先服務）和 Layanan Standar（標準服務）。Layanan Standar 又分為 Pos Udara Internasional（國際空運）和 Paket Pos Biasa Internasional（一般國際包裹）。Layanan Prioritas 又分為 EMS [é-ém-és]（3-5 天到件服務）、Pos Ékspor（出口郵件）、Pakét Pos Cepat Internasional（國際包裹快遞）、Pos Tercatat Internasional（國際掛號）和 E-Packet。

Berapa lama untuk mengirim Pos Ékspres dari Jakarta ke Bandung?

從雅加達寄快遞到萬隆需要花多久時間呢？

02 購買信封／明信片／郵票

04-04-04.MP3

在郵局還可以看到哪些東西呢？

amplop
n. 信封

kartu pos
n. 明信片

karton
n. 紙箱

timbangan
n. 磅秤

kotak surat
n. 信箱

bis surat
n. 郵筒

04-04-05.MP3

信封上面會看到什麼

1. informasi pengirim n. 寄件者資訊
2. informasi penerima n. 收件者資訊
3. prangko n. 郵票
4. stémpel kantor pos n. 郵局印章
5. kode pos n. 郵遞區號

在郵局常用的句子

1. **Perlu perangko berapa untuk mengirim surat ke Médan?** 寄信到棉蘭需要多少？
2. **Berapa ongkos kirim Pakét Pos Laut ke Taiwan?** 寄海運包裹到台灣費用多少？
3. **Mau kirim pos biasa atau pos tercatat?** 你想一般郵寄還是掛號的呢？
4. **Mau kirim pos biasa atau pos éksprés?** 你想一般郵寄還是快遞的呢？
5. **Mau kirim léwat laut atau lewat udara?** 你想海運還是空運呢？
6. **Berapa lama sampainya pos udara?** 空運多久到？
7. **Berat pakét maksimal 20 kilogram, ini kelebihan berat.**
   包裹重量最高是 20 公斤，這個超重了。
8. **Adakah barang mudah pecah di dalam?** 請問裡面有易碎的東西嗎？
9. **Ada barang mudah pecah di dalam, mohon berhati-hati saat membungkus. Terima kasih.** 裡面有易碎的東西，麻煩妳包裝時要小心。謝謝。
10. **Boleh pinjam KTP** [ka-té-pé] **nya?** 可以借您的身分證嗎？
11. **Tolong tanda tangan di sini.** 請你在此簽名。
12. **Maaf, barang ini tidak boleh dikirim, harus melampirkan sertifikat produk.**
    抱歉，這個東西不能寄。你要附有產品的證明書。

04-04-06.MP3

在印尼與郵差相似的外送員服務有哪些？

1. kurir n. 外送員
2. kirim barang ph. 送貨
3. kirim makanan ph. 送餐
4. terima barang di rumah ph. 到府取件
5. kirim barang ke rumah ph. 宅配到府
6. mengangkut penumpang /
   ⓐ tarik penumpang ph. 載客
7. COD [cé-o-dé] ph. 到府付費
8. pengiriman instan ph. 快捷送件

讀寫地址時一定要認得的印尼行政區域劃分

中文書寫地址時，一般是從最大的行政單位寫到最小的行政單位。印尼語則是和英語一樣，從最小的行政單位寫起。我們看看以下地址：

Jalan Médan Merdeka Selatan No. 8-9, Kelurahan Gambir, Kecamatan Gambir, Kota Jakarta Pusat, Provinsi Daérah Khusus Ibukota Jakarta, 11010

這是 Balai Kota DKI Jakarta（雅加達首都特區市政廳）的地址。我們來一一剖析地址中的書寫順序：

Jalan 路名 ➡ No. (nomor) 號碼 ➡ Kelurahan / Désa 社區／村 ➡ Kecamatan / Distrik 區 ➡ Kota / Kabupatén 市／縣 ➡ Provinsi 省 ➡ Kode Pos 郵遞區號

如果要翻成中文，即：「11010 雅加達首都特區中雅加達行政市甘密埔區甘密埔社區獨立廣場南路 8-9 號」。

有時候，地址的書寫會省略一些部分，信件也一樣可以抵達目的地，例如：Jl. Médan Merdéka Selatan No. 8-9, Gambir, Jakarta Pusat, DKI Jakarta, 11010 我們可以看到 Jalan 省略成 Jl.（亦可以做 Jln.），Kelurahan Gambir 和 Kecamatan Gambir 省略行政單位直接寫地名，並省略掉其中一個，Daerah Khusus Ibukota 省略成 DKI [dé-ka-i]。

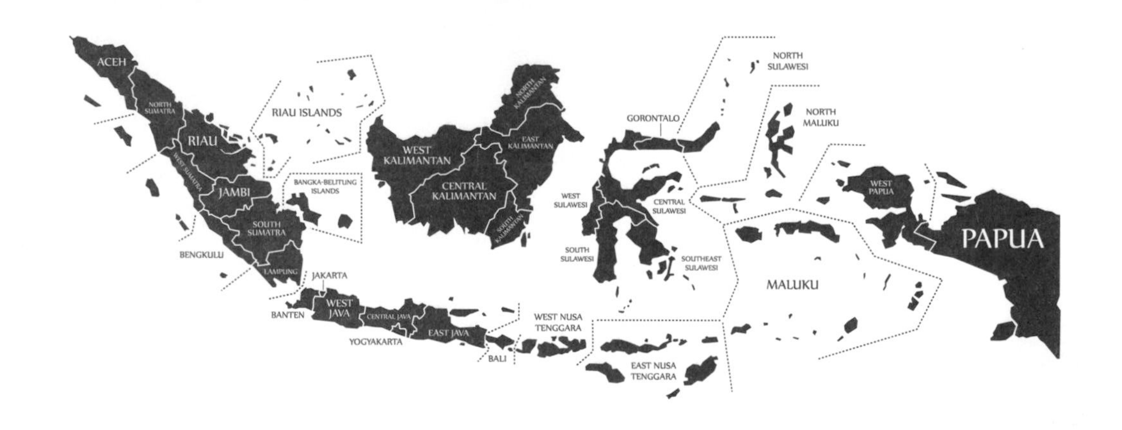

Républik Indonésia（印度尼西亞共和國）由 1 個 DKI [dé-ka-i]（首都特區）、2 個 D.I. [dé-i]（特區）及 31 個 Provinsi（省）組成，首都位在 DKI [dé-ka-i] Jakarta（雅加達首都特區）。本文上方為印尼全國領土的狀況，從下一頁起則依地區位置放大並列出所有行政單位及其首府與省會：

Sumatra（蘇門答臘島）

Danau Toba（多峇湖）－北蘇門答臘

04-04-07.MP3

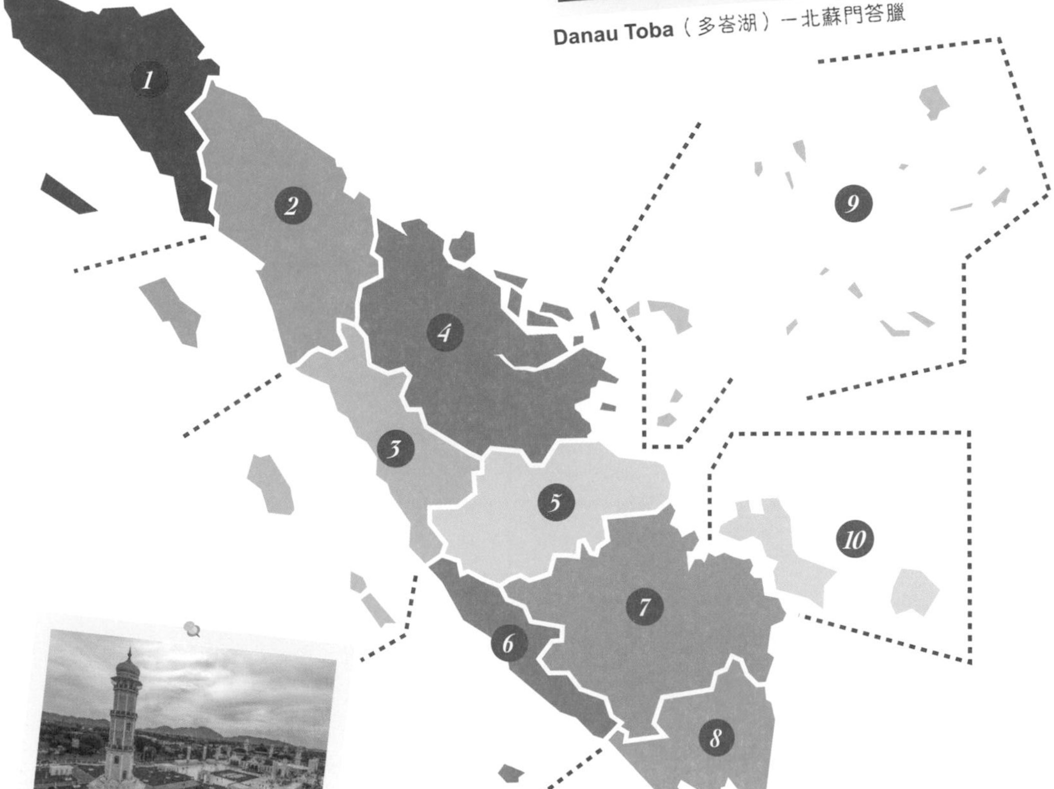

Masjid Raya Baiturrahman
（拜圖拉赫曼大清真寺）－亞齊

1. D.I.[dé-i] Acéh 亞齊（特別行政區） 首府 Banda Acéh 班達亞齊
2. Sumatra Utara 北蘇門答臘（省） 省會 Médan 棉蘭
3. Sumatra Barat 西蘇門答臘（省） 省會 Padang 巴東
4. Riau 廖內（省） 省會 Pekanbaru 北乾巴魯
5. Jambi 占碑（省） 省會 Jambi 占碑
6. Bengkulu 明古魯（省） 省會 Bengkulu 明古魯
7. Sumatra Selatan 南蘇門答臘（省） 省會 Palémbang 巨港
8. Lampung 楠榜（省） 省會 Bandar Lampung 楠榜港
9. Kepulauan Riau 廖內群島（省） 省會 Tanjungpinang 丹戎檳榔
10. Bangka Belitung 邦加－勿里洞（省） 省會 Pangkal Pinang 濱港

Pulau Lengkuas（冷夸斯島）－邦加－勿里洞

Kalimantan（加里曼丹島）

04-04-08.MP3

Taman Nasional Tanjung Puting
（丹戎布丁國家公園）➡ 中加里曼丹

⑪ Kalimantan Barat 西加里曼丹（省）

省會 Pontianak 坤甸

⑫ Kalimantan Tengah 中加里曼丹（省）

省會 Palangka Raya 帕朗卡拉亞

⑬ Kalimantan Selatan 南加里曼丹（省）

省會 Banjarmasin 馬辰

⑭ Kalimantan Timur 東加里曼丹（省）

省會 Samarinda 沙馬林達

⑮ Kalimantan Utara 北加里曼丹（省）

省會 Tanjung Sélor 丹戎施樂

Pasar Terapung Muara Kuin
（古音河口水上市場）➡ 南加里曼丹

Jawa（爪哇島）

04-04-09.MP3

⑯ Banten 萬丹（省） 省會 Sérang 西冷

⑰ DKI [dé-ka-i] Jakarta 雅加達（首都特別行政區） 首府 Jakarta 雅加達

⑱ Jawa Barat 西爪哇（省）
省會 Bandung 萬隆

Monumen Nasional / Monas
（國家紀念塔）➡ 雅加達

Candi Prambanan
（普蘭巴南寺廟）➡ 日惹

⑲ Jawa Tengah 中爪哇（省）
省會 Semarang 三寶瓏

⑳ D.I. [dé-i] Yogyakarta 日惹（特別行政區）
首府 Yogyakarta 日惹

㉑ Jawa Timur 東爪哇（省）
省會 Surabaya 泗水

Candi Borobudur
（婆羅浮屠佛塔）➡ 中爪哇

Gunung Bromo
（布羅莫山）➡ 東爪哇

Nusa Tenggara（小巽他群島）

04-04-10.MP3

22 Bali 峇里（省）

省會 Dénpasar 登帕薩

23 Nusa Tenggara Barat 西努沙登加拉（省）

省會 Mataram 馬塔蘭

24 Nusa Tenggara Timur 東努沙登加拉（省）

省會 Kupang 庫旁

Pura Ulun Danu Bratan（布拉坦水神廟）➡ 峇里

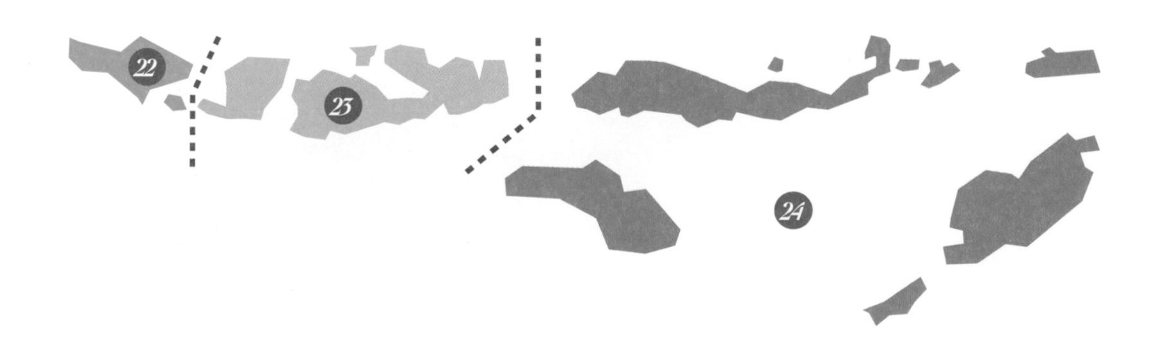

Pulau Gili Kedis
吉里哥迪島 ➡ 西努沙登加拉

Kampung Adat Raténggaro
（拉藤珈羅・松巴傳統村落）➡ 東努沙登加拉

Sulawési（蘇拉威西）

04-04-11.MP3

㉕ Sulawési Barat 西蘇拉威西（省） 省會 Mamuju 馬穆朱
㉖ Sulawési Selatan 南蘇拉威西（省） 省會 Makassar 錫江
㉗ Sulawési Tenggara 東南蘇拉威西（省） 省會 Kendari 肯達里

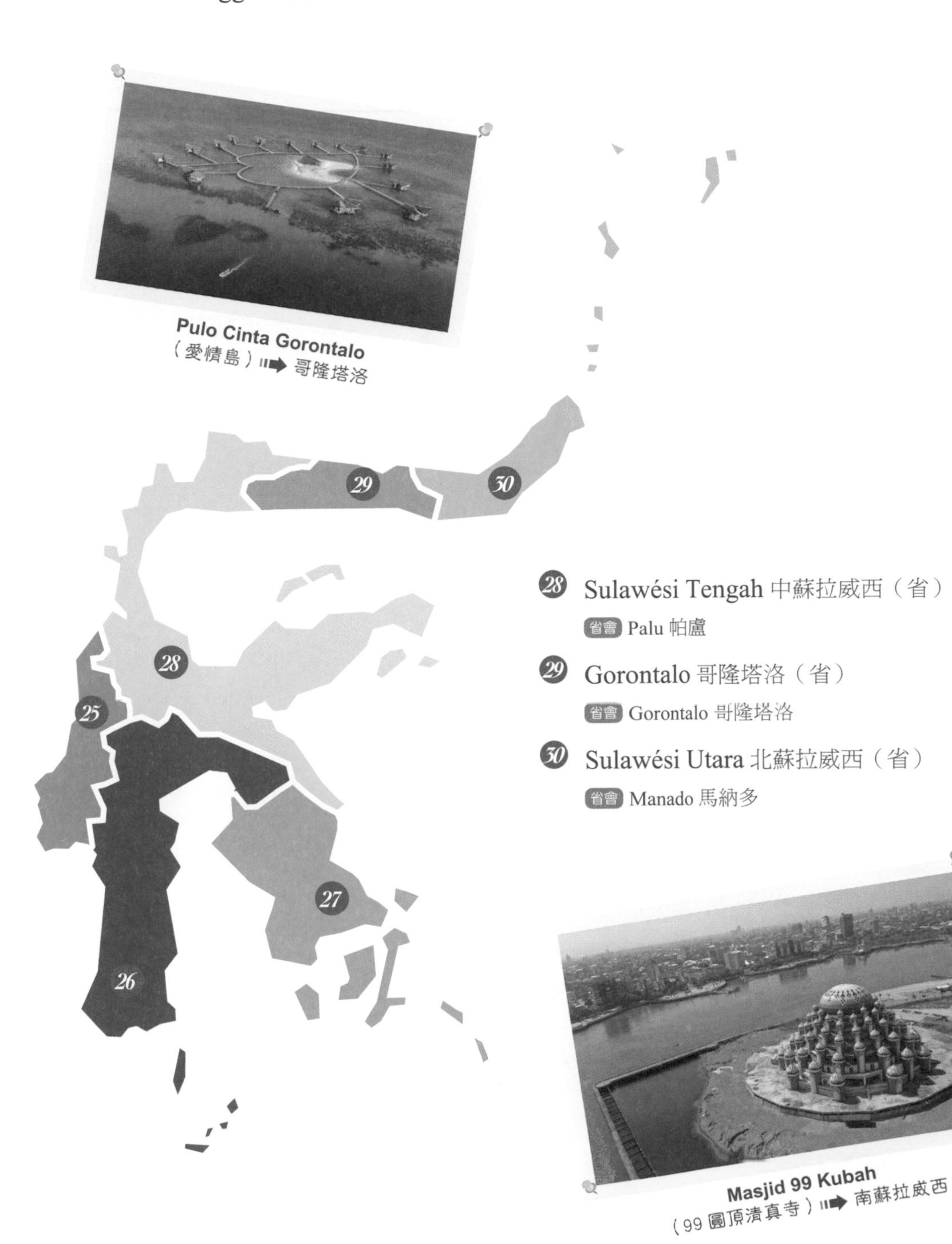

Pulo Cinta Gorontalo
（愛情島）➡ 哥隆塔洛

㉘ Sulawési Tengah 中蘇拉威西（省）
省會 Palu 帕盧

㉙ Gorontalo 哥隆塔洛（省）
省會 Gorontalo 哥隆塔洛

㉚ Sulawési Utara 北蘇拉威西（省）
省會 Manado 馬納多

Masjid 99 Kubah
（99圓頂清真寺）➡ 南蘇拉威西

Maluku（馬魯古群島）

04-04-12.MP3

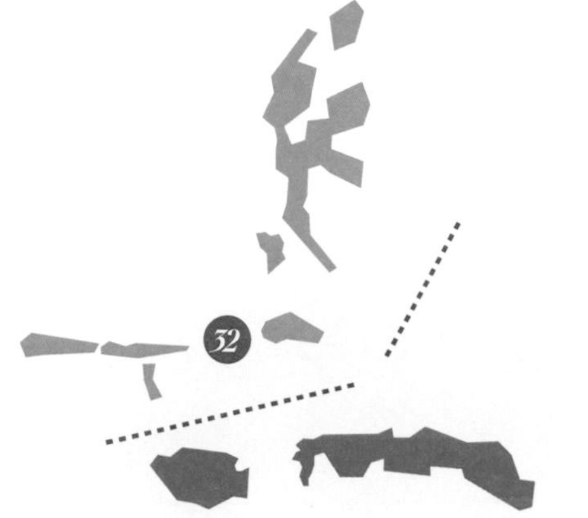

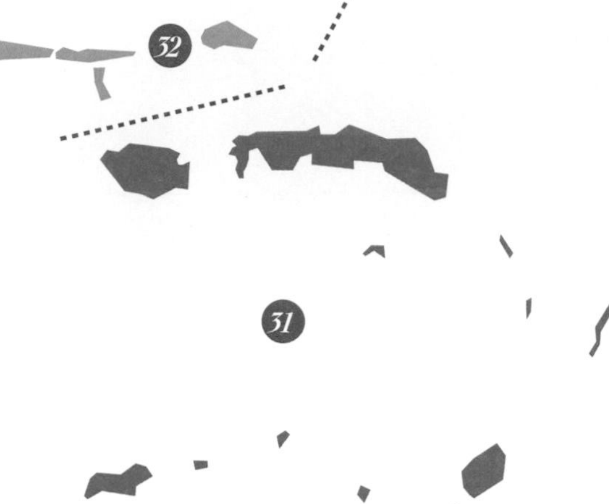

31 Maluku 馬魯古（省）

省會 Ambon 安汶

32 Maluku Utara 北馬魯古（省）

省會 Sofifi 索菲菲

Jembatan Mérah Putih
（紅白大橋）➡ 馬魯古

Papua（巴布亞）

04-04-13.MP3

Puncak Jaya
（加雅峰）➡ 巴布亞

Raja Ampat
（四王群島）➡ 西巴布亞

33 Papua Barat 西巴布亞（省）

省會 Manokwari 馬諾夸里

34 Papua 巴布亞（省）

省會 Jayapura 加雅普拉

Pelajaran 5

Berbelanja 購物

Bab 1

Minimart 便利商店

05-01-01.MP3

便利商店的配置

1. mesin kasir n. 收銀台
2. rak minimarket n. 產品架
3. konsumén n. 消費者
4. struk n. 發票
5. pelayan toko n. 店員
6. 書 layar sentuh / 口 layar touchscreen n. 觸碰式螢幕
7. papan iklan n. 廣告牌
8. barang diskon n. 優惠商品
9. rokok n. 香菸
10. korek api gas / pemantik n. 打火機
11. permén karét n. 口香糖
12. sedotan n. 吸管
13. mi instan n. 泡麵
14. baterai n. 電池

01 商品架、貨架

貨架上的常見的商品有哪些呢？

05-01-02.MP3

● 零食架

biskuit
n. 餅乾

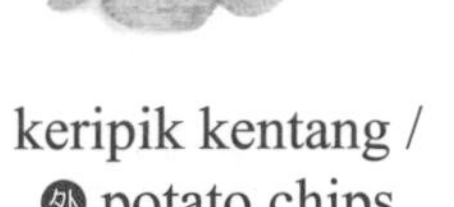
keripik kentang / 外 potato chips
n. 洋芋片

permén
n. 糖果

permén lolipop
n. 棒棒糖

permén gummy
n. 軟糖

cokelat
n. 巧克力

manisan buah
n. 水果乾

kacang
n. 花生

juhi
n. 魷魚絲

sosis
n. 香腸

telur pindang
n. 茶葉蛋

roti manis
n. 甜麵包

05-01-03.MP3

● 冷藏及冷凍櫃

air mineral
n. 礦泉水

air soda
n. 氣泡水

minuman berkarbonasi
n. 汽水

minuman olahraga
n. 運動飲料

minuman énérgi
n. 能量飲料

téh
n. 茶

susu
n. 牛奶

jus
n. 果汁

susu kacang
n. 豆漿

téh susu
n. 奶茶

kopi
n. 咖啡

bir
n. 啤酒

anggur
n. 酒

yoghurt
n. 優格

és krim
n. 冰淇淋

és krim stik / és krim batang / és krim lilin
n. 冰棒

puding
n. 布丁

és batu
n. 冰塊

Tips 生活小常識：飲料篇

印尼的飲料一般偏甜。在各處除了常見的 téh hangat（熱茶）和 és téh（冰茶）之外，還會獨特印尼特色的 téh manis hangat（熱甜茶）和 és téh manis（冰甜茶）。印尼人的喝茶習慣也是由華人從帶進印尼的，而其中因印尼華人大多來自閩南，因此印尼語中的 the（茶），其實就是源自於閩南語中的「tê（茶）」。

提到印尼的茶，特別值得一提就是普遍於中、西爪哇被飲用的 ❶ wedang jahé（印尼薑茶）。印尼薑茶是用 jahé（薑）、❷ gula jawa（爪哇糖）和 gula batu（冰糖）放入熱水沖泡而成的。有時候也會在這飲料裡加上 daun pandan（七葉蘭葉）、batang serai / batang seréh（檸檬草莖）、cengkih/cengkéh（紫丁香）和 kayu manis（西蘭肉桂）等香料以添加香味。原文中的 wedang 是爪哇語，有「熱飲」的意思。

印尼人飲用 wedang jahé 不但是為了取暖之外，一般人們也相信 wedang jahé 有消除發炎、通暢呼吸道、舒緩胃部不適、改善血液循環等良好保健療效。

05-01-04.MP3

● 日常用品

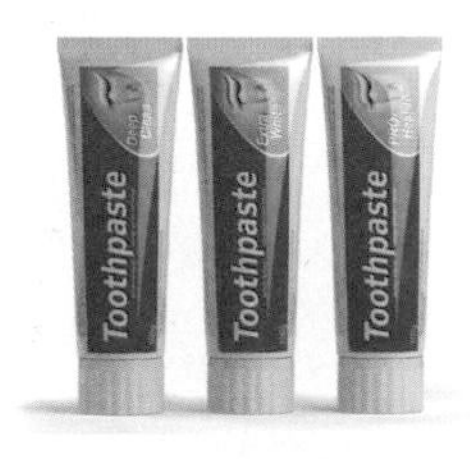

書 pasta gigi / 口 odol
n. 牙膏

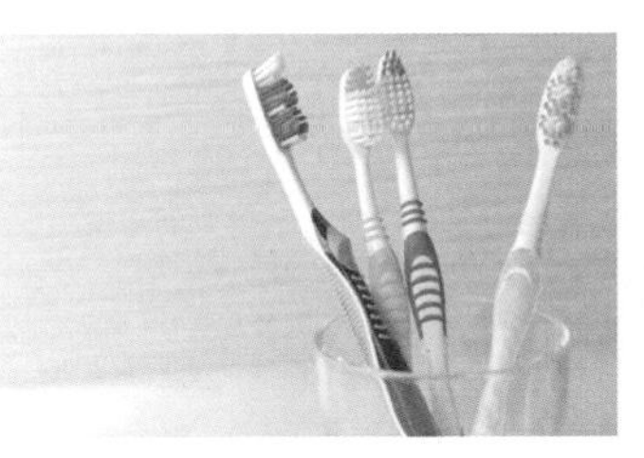

sikat gigi
n. 牙刷

sampo
n. 洗髮精

sabun cuci muka
n. 洗面乳

pisau cukur
n. 刮鬍刀

tampon
n. 衛生棉

tisu n. 衛生紙

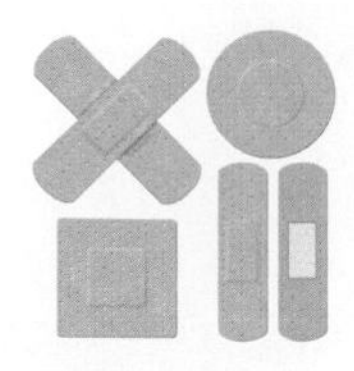

pléster n. OK 繃

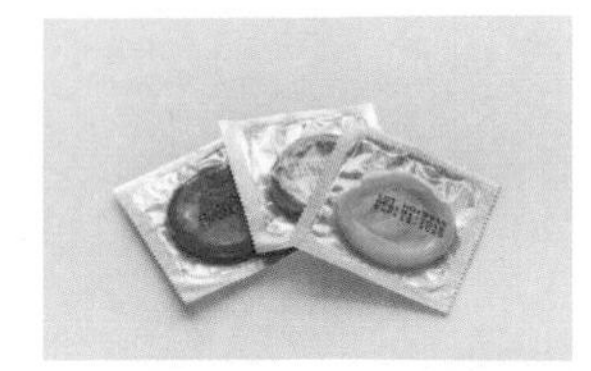

kondom n. 保險套

05-01-05.MP3

常見的冰櫃有哪些呢？

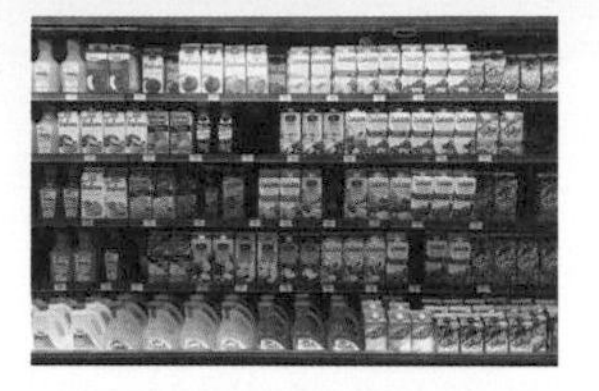

lemari rak pendingin minuman n. 開放性冰櫃

lemari pendingin minuman n. 冷藏櫃

freezer és krim n. 冰淇淋冷凍櫃

02 結帳

05-01-06.MP3

結帳時，常做的事有哪些？

書 membeli kopi / 口 beli kopi
ph. 買咖啡

書 memanaskan dengan microwave
ph. 微波加熱

書 mengisi saldo / 口 isi saldo
ph. 加值

membayar iuran (air, listrik, gas, dll)
ph.（水、電、瓦斯等的）帳單繳費

書 mengambil barang
ph. 取貨

書 mengirim barang
ph. 寄貨

書 membayar / 口 bayar
ph. 結帳

便利商店中常用的句子

1. **Mau dipanaskan?** 要加熱嗎？
2. **Boléh tolong dipanaskan?** 可以幫我加熱嗎？
3. **Saya mau segelas cokelat panas / hot chocolate.** 我想要一杯熱巧克力。
4. **Ini kopi Bapak / Ibu.** 這是您（先生／女士）的咖啡。
5. **Boléh bayar di sini.** 這邊可以幫您結帳。
6. **Ini uang kembalian dan struknya.** 這是找給您的零錢和收據。
7. **Mau dibungkus pakai kantong plastik atau kantong kertas?**
   你要用塑膠袋裝，還是用紙袋裝？
8. **Maaf, barangnya kosong / barangnya habis!** 對不起，我們缺貨囉！
9. **Yang ini kalau beli dua, yang kedua dapat diskon 50%. Mau beli?**
   這個第二個打五折。你需要買嗎？
10. **Saya mau ambil barang.** 我要取貨。
11. **Saya mau mengirim paket.** 我要寄包裹。

Tips 生活小常識：小店篇

在印尼，不論是大城市或小鄉村都可以看到許多傳統的 ❶ warung（雜貨店）。這類小小的雜貨店有分成很多種，一般是用簡單的木材建造。販賣物品以零售為主，有的賣飲料、有的賣餐飲、有的賣 warung rokok（香菸）。你可能會萬萬都想不到，這種小雜貨店，甚至連香菸最小的販賣單位是連一根一根的賣都可以喔！

另外還有一種店家名為「Warteg」，它是 ❷ warung Tegal（直葛雜貨店）的縮寫。Warteg 販賣來自直葛市的餐飲，有點像台灣簡易的自助餐。由於價格實惠，因此是印尼經濟中、下階層的民眾經常光顧的小店。Warteg 的店家數量不可勝數，光是大雅加達地區就高達了 34,000 家之多。雖然這類的雜貨店稱做 Warung Tegal，但是經營 Warteg 的並不一定是直葛市的人。裡面販賣的食物一般是簡單的餐飲，例如：nasi goreng（炒飯）和 mi instan（泡麵）等等一般都有販售，有時也會販賣 pisang goreng（炸香蕉）等零食。

Bab 2 Supermarket 超級市場

05-02-01.MP3

這些應該怎麼說？

超級市場的配置

1. kasir n. 收銀員
2. kasa / kassa n. 收銀台
3. mesin penghitung uang n. 數鈔機
4. barang diskon n. 優惠商品
5. conveyor belt supermarket n. 輸送帶
6. tas belanja n. 購物袋
7. rak produk n. 商品架
8. gerbang swing supermarket n. 入口矮推門

你知道嗎？

印尼超市的防竊措施

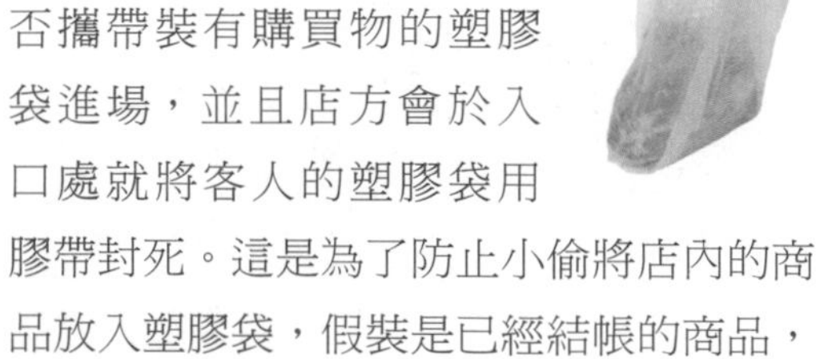

印尼的超市為了防止宵小盜竊，會注意客人是否攜帶裝有購買物的塑膠袋進場，並且店方會於入口處就將客人的塑膠袋用膠帶封死。這是為了防止小偷將店內的商品放入塑膠袋，假裝是已經結帳的商品，並偷偷帶出超商外之故。

05-02-02.MP3

超市裡常見的東西還有哪些？

troli
n. 購物車

keranjang
n. 購物籃

kartu mémber
n. 會員卡

barcode
n. 條碼
scanner barcode
n. 條碼掃描器

kupon diskon
n. 折價券

struk
n. 收據

01 蔬果區

05-02-03.MP3

1. lada hijau n. 青胡椒
2. 閩 kucai n. 韭菜
3. daun bawang n. 蔥
4. selédri n. 芹菜
5. jagung n. 玉米
6. daun ketumbar n. 香菜
7. kol n. 高麗菜
8. paprika n. 彩椒
9. bit n. 甜菜根
10. jamur kuping n. 木耳

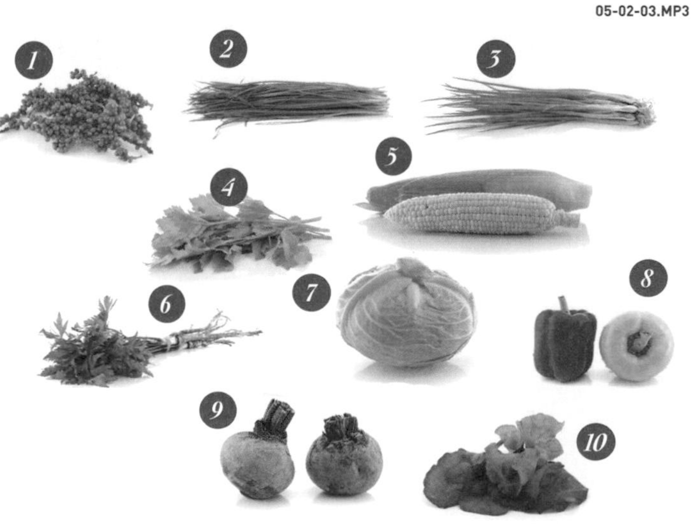

11 bawang merah n. 紅蔥

12 ubi n. 地瓜

13 béndi / okra n. 秋葵

14 labu n. 南瓜

15 粵 pakcoy n. 青江菜

16 ubi ungu n. 紫山藥

17 bawang putih n. 蒜頭

18 tomat n. 番茄

19 閩 taogé n. 豆芽

20 buncis n. 四季豆

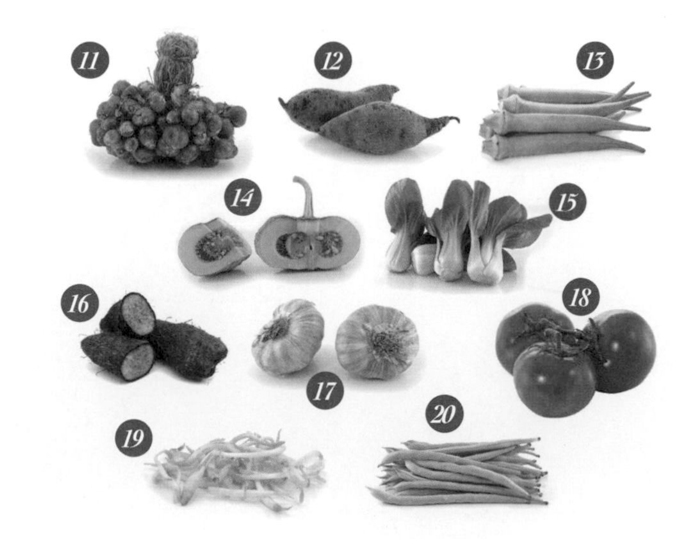

21 térong n. 茄子

22 wortel n. 紅蘿蔔

23 zukini n. 夏南瓜（西葫蘆）

24 paré / peria n. 苦瓜

25 kentang n. 馬鈴薯

26 lémon / limau n. 檸檬

27 rebung n. 竹筍

28 selada n. 萵苣

29 kundur n. 冬瓜

30 talas n. 芋頭

31 kacang polong n. 豌豆莢

32 mentimun / ketimun / timun n. 小黃瓜

33 mint n. 薄荷

34 labu siam n. 佛手瓜

35 bawang bombai n. 洋蔥

36 cabai n. 辣椒

37 sawi putih n. 白菜

38 粵 lobak n. 白蘿蔔

39 turi n. 田菁花

40 kacang hijau n. 綠豆

41 kecipir n. 翼豆
42 kacang mérah n. 紅豆
43 adas n. 茴香
44 bayam Selandia Baru n. 甜菠菜
45 bunga tongkéng n. 夜香花
46 asam jawa n. 羅望子
47 daun kesum / daun laksa n. 叻沙葉、越南香菜
48 lembayung malabar n. 皇宮菜
49 blustru / ketola / petola n. 絲瓜
50 外 édamamé n. 毛豆莢

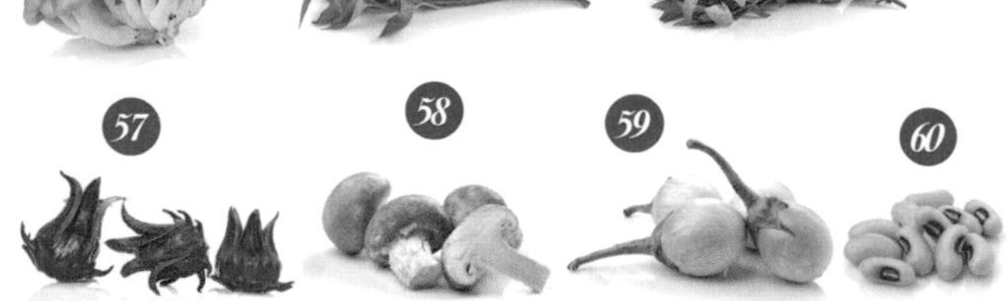

51 amis-amisan n. 魚腥菜
52 akar teratai n. 蓮藕
53 kedelai hitam n. 黑豆
54 jamur shiméji n. 鴻喜菇
55 kangkung n. 空心菜
56 selasih n. 紅梗九層塔
57 roséla n. 洛神花
58 jamur shitaké n. 香菇
59 térong engkol n. 小茄子
60 kacang tunggak n. 白豆

61 sesawi India n. 莧菜
62 brokoli n. 綠色花椰菜
63 jagung muda n. 玉米筍
64 kembang kol n. 白色花椰菜
65 serai / seréh n. 香茅
66 ércis n. 豆薯
67 kol ungu n. 紫高麗
68 jahé n. 生薑
69 asparagus n. 蘆筍
70 kunyit n. 黃薑
71 lengkuas n. 南薑
72 ketumbar Jawa n. 刺芹

05-02-04.MP3

Tips 跟蔬菜有關的慣用語

- **seperti sayur dengan rumput**：如菜與草。比喻兩者之間有許多不同之處。相近於中文的「大不相同」、「天壤之別」。

Walaupun meréka berdua kakak beradik, tetapi sifatnya seperti sayur dengan rumput. 雖然他們兩個是兄弟／姊妹，但是性格上卻大不相同。

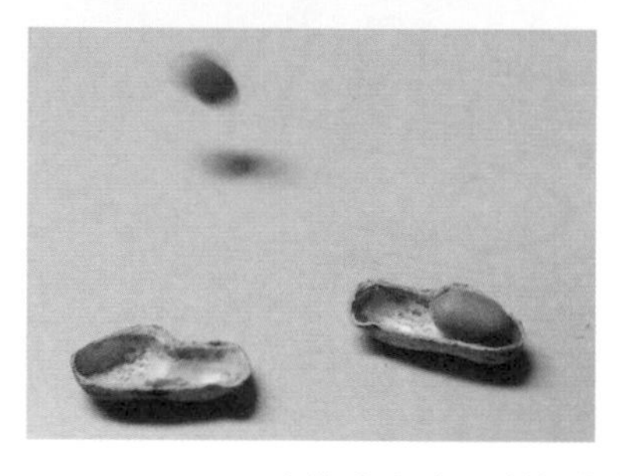

- **bila panas hari, lupa kacang akan kulitnya**：如果天氣熱的話，花生將忘記它的殼。如果花生被放在太陽底下曝曬個好幾天，花生殼便會破裂，花生仁有可能從殼中脫出。在此 Panas hari（熱天）比喻「有益的事」，而 kulit kacang（花生殼）比喻「施恩者」，biji kacang（花生仁）則比喻「受恩者」。比喻因為利益忘記他人恩惠的人。

Jangan mendambakan balas budi dari orang yang kau bantu, karena bila panas hari, lupa kacang akan kulitnya. 不要期望你幫助的人會知恩圖報，因為一有好康，他就會忘了你。

- **seperti mentimun dengan durian**：如黃瓜與榴槤。榴槤皮硬而帶刺，黃瓜皮又薄又軟，如果將榴槤和黃瓜放在一起，黃瓜可能被榴蓮的刺刮傷。黃瓜被比喻為「不聰明且沒能力的弱者」、榴槤則比喻「聰明且有能力的強者」。意為「若弱者與強者互相敵對，贏家定是強者」。相似於中文的「以卵擊石」。

Dia orang kaya yang mempunyai kekuasaan besar, sedangkan kamu punya apa? Jika kamu bertengkar dengannya, pastinya seperti mentimun dengan durian. 他財大勢大，而你有什麼？如果你和他起爭執，想必是以卵擊石。

- **ada ubi ada talas, ada budi ada balas**：有蕃薯有芋頭，有恩有報。這個成語相似於中文的「好心有好報」。（這是採印尼語諧音進行的成語）

Jangan lupa berbuat baik kepada semua orang. Ada ubi ada talas, ada budi ada balas. 別忘了對所有人做好事。好心必有好報。

● 水果類

05-02-05.MP3

1. kelapa n. 椰子
2. jeruk Bali n. 柚子
3. apel hijau n. 青蘋果
4. pisang n. 香蕉
5. anggur n. 葡萄
6. kiwi n. 奇異果
7. mélon n. 哈蜜瓜

8. léngkéng / keléngkéng / longan n. 龍眼
9. belimbing n. 楊桃
10. salak n. 蛇皮果
11. pepaya n. 木瓜
12. delima n. 石榴
13. nanas n. 鳳梨
14. kesemek / persimmon n. 柿子

15. alpukat n. 酪梨
16. srikaya n. 釋迦
17. biwa / 粵 loquat n. 枇杷
18. semangka n. 西瓜
19. jambu air n. 蓮霧
20. buah naga n. 火龍果
21. mangga n. 芒果

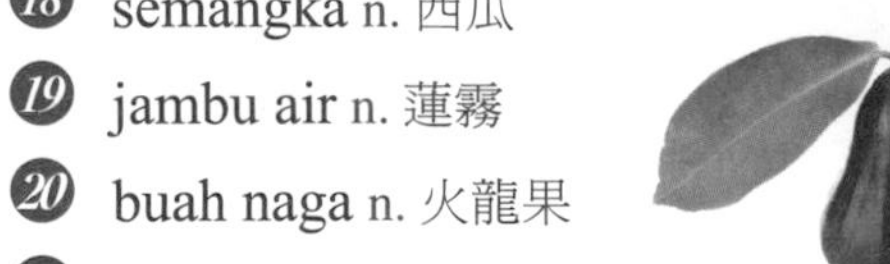

22. markisa n. 百香果
23. pir n. 梨子、水梨
24. jeruk manis / jeruk sunkist n. 柳丁
25. limau gedang / 外 grapefruit n. 葡萄柚
26. jeruk n. 橘子
27. apel n. 蘋果

28 外 blueberry n. 藍莓
29 murbéi / buah bebesaran n. 桑椹
30 céri n. 櫻桃
31 persik n. 桃子
32 rasbéri n. 覆盆子
33 strobéri n. 草莓
34 plum n. 李子

05-02-06.MP3

其他在印尼常見的水果還有哪些？

durian n. 榴槤

manggis n. 山竹

rambutan n. 紅毛丹

duku / langsat n. 龍宮果

nangka n. 菠蘿蜜

sawo durén n. 牛奶果

sirsak / durian Belanda
n. 紅毛榴槤

kedondong
n. 番橄欖

jambu biji
n. 芭樂

acerola [a-se-ro-la] /
céri barbados
n. 西印度櫻桃

閩 léci
n. 荔枝

sawo
n. 仁心果

05-02-07.MP3

Tips 跟水果有關的慣用語

- **buah jatuh tak jauh dari pohonnya**：果實掉下來離樹不遠。以樹比喻父母，果實比喻孩子。意指孩子的性格不會和父母差太遠，相當於中文的「有其父必有其子」、「龍生龍、鳳生鳳（，老鼠生的兒子會打洞）。

  Kedua orang tua Agus adalah guru. Sekarang Agus sudah lulus S3 dan menjadi dosén di universitas ternama. Memang buah jatuh tak jauh dari pohonnya. 阿古斯的雙親都是老師。現在阿古斯已經博士畢業並成為知名大學的教授。真的是龍生龍、鳳生鳳。

- **bagai makan buah simalakama, dimakan mati ibu, tak dimakan mati bapak**：宛如吃厄運之果，吃了死母親，不吃死父親。Simalakama 或 malakama 這種果實只會出現在這個成語中，是由 mala（災難）和 karma（業障）結合而成的，意思是「厄運之果」。比喻一個人需要做出選擇，但是任何選擇都不利，難以決定。相似於中文的「進退兩難」。

- **buah péna**：筆的果實。意指文章等文學作品。

  Tak tersangka buah péna saya dapat dibaca oléh banyak orang. 想不到我的文章竟然可以被廣大的群眾閱讀。

- **buah tangan**：手的果實。意指藝術作品。

  Lukisan ini adalah buah tangan Leonardo da Vinci. 這幅畫是達文西的作品。

- **orang makan nangka, awak kena getahnya**：別人吃波羅蜜，我沾黏到枝液。比喻別人做的事，但卻由自己來揹黑鍋或被連累。相近於中文的「代罪羔羊」。

  Saya tidak pernah berbicara di kelas, tetapi kelas ini sangat berisik. Bapak guru marah dan menghukum kita agar menulis ésai lima ratus kata. Orang makan nangka, awak kena getahnya. 這個班裡非常吵鬧，但是我沒有說話。老師生氣了，卻罰我們寫 500 字的文章。連帶受罰，真是倒霉。

- **Seperti pinang dibelah dua**：宛如一分為二的檳榔。比喻兩個極度相似的人事物。相似於中文的「如出一轍」、「相差無幾」。

  Anak kembar itu mirip sekali, seperti pinang dibelah dua. 那對雙胞胎長得真像，幾乎一模一樣。

- **buah manis berulat di dalamnya**：甜甜的水果裡面有蟲。比喻甜言蜜語背後通常含有不好的用意。相似於中文的「笑裡藏刀」。

  Jangan asal percaya dengan iming-iming orang, karena buah manis berulat di dalamnya. 不要輕易相信別人的誘惑，因為笑裡往往都是藏著刀子。

02 生鮮區

05-02-08.MP3

daging sapi
n. 牛肉

daging babi
n. 豬肉

(口) daging bébék /
(書) daging itik
n. 鴨肉

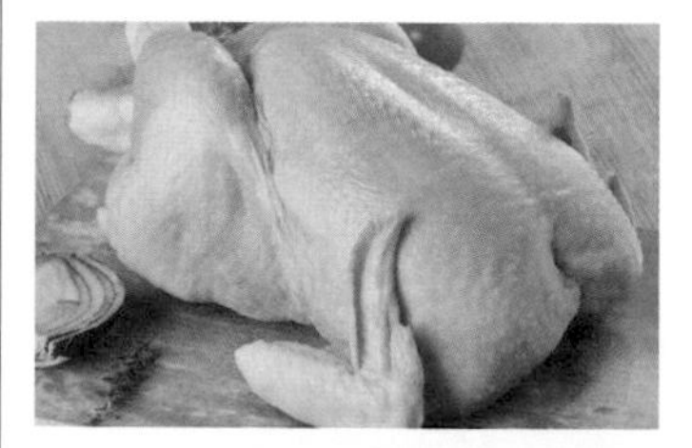

daging ayam
n. 雞肉

daging kambing
n. 羊肉

daging kalkun / daging ayam Belanda
n. 火雞肉

daging katak / daging kodok
n. 田雞肉

iga
n. 肋排

pork loin
n. 豬里肌

daging samcan
n. 五花肉

stéik sapi / steak sapi
n. 牛排

stéik babi / steak babi
n. 豬排

書 daging bahu babi /
外 pork shoulder /
外 boston butt
n. 梅花肉

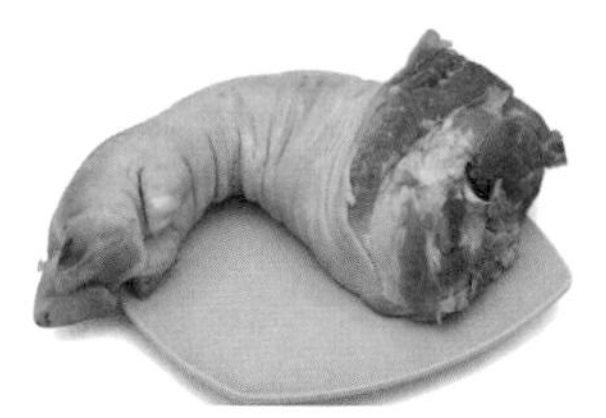

kaki babi / 客 cukiok /
閩 te kha / 閩 tu kha
n. 豬腳

jeroan babi
n. 豬內臟

外 bacon
n. 培根

ham
n. 火腿

sosis
n. 香腸

粵 lapchiong / sosis
Tionghoa
n. 臘腸

sayap ayam
n. 雞翅

paha ayam
n. 雞腿

dada ayam
n. 雞胸肉

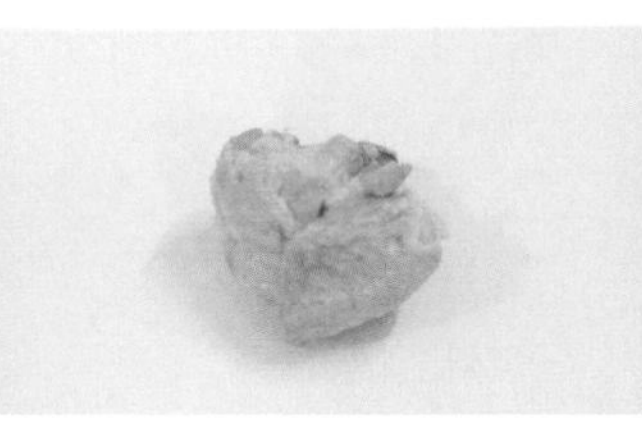

pantat ayam
n. 雞屁股

daging cincang
n. 絞肉

abon
n. 肉鬆

déndéng
n. 肉乾

telur ayam
n. 雞蛋

05-02-09.MP3

Tips 跟經濟動物有關的慣用語

- **ibarat ayam, tiada mengais tiada makan**：像雞一樣，不翻找就沒得吃。Mengais 是抓土、翻垃圾等動作，一般是動物（如雞、貓等）覓食的行為。這個成語比喻一個人沒有穩定收入，窮到沒有工作就沒有食物吃。

  Banyak sekali orang miskin di Indonesia. Mereka ibarat ayam, tiada mengais tiada makan.
  印尼有很多窮人。他們都是有一餐沒一餐的，要有做才有得吃。

- **seperti ayam bertelur di atas padi**：像在稻米上生蛋的雞。這個成語指的是一個生活無憂無慮，幸福富裕的人。

  Anak Pak Dermawan seperti ayam bertelur di atas padi, semua yang dia mau pasti terpenuhi. 德馬萬先生的孩子生活衣食無缺，所想要的都會被滿足。

- **Seékor ayam tak berkokok, hari tak siangkah?**：一隻雞不啼叫，難道天就不會亮嗎？；指一直雞不啼叫，天一樣會亮，比喻某項工程不會因為區區某個人不繼續工作而停滯。還有很多人可以替代他。近似於中文的「（某人）可有可無」、「不差他一個」。

  Biarkanlah dia pergi, masih banyak orang yang mencari pekerjaan di Jakarta. Seékor ayam tak berkokok, hari tak siangkah? 隨他去吧，雅加達還有很多人在找工作呢！不差他一個！

- **Masuk kandang kambing mengembik, masuk kandang kerbau menguak**：進入羊籠學羊叫，進入牛籠學牛叫。比喻到了另一個國家或地區就應該融入當地的習俗、習慣。相當於中文的「入境隨俗」。

  Jadi orang jangan terlalu kaku, apalagi saat bepergian ke negeri orang. Sebaiknya masuk kandang kambing mengembik, masuk kandang kerbau menguak. 做人不要太死板，特別是到別人的國家時，就應該入境隨俗。

03 海鮮區

05-02-10.MP3

ikan makerél n. 鯖魚	ikan tuna n. 鮪魚	ikan salmon n. 鮭魚	ikan cobia n. 海鱺

ikan kerapu
n. 石斑魚

ikan kerisi emas
n. 金線鰱

ikan pari
n. 魟魚

ikan layang
n. 四破魚、藍圓鰺

shishamo
n. 柳葉魚

ikan gobi
n. 蝦虎魚

ikan bandeng
n. 虱目魚

ikan tilapia
n. 吳郭魚

ikan nila mérah
n. 紅尼羅魚、紅吳郭魚

ikan basa
n. 巴沙魚

ikan karper / ikan mas
n. 鯉魚

ikan fugu / ikan buntal
n. 河豚

ikan gabus
n. 泰國鱧、魚虎

ikan lélé
n. 鯰魚

ikan lélé Jawa
n. 土虱

belut sawah / ikan mua / ikan lindung
n. 鱔魚

udang windu
n. 草蝦

udang kaki putih
n. 白蝦

udang galah
n. 泰國蝦

lobster
n. 龍蝦

udang mantis
n. 蝦蛄

kepiting
n. 螃蟹

kepiting bakau besar n. 青蟹

cumi-cumi
n. 魷魚

gurita
n. 章魚

landak laut / bulu babi
n. 海膽

teripang / timun laut
n. 海參

tiram
n. 蚵仔、牡蠣

tiram
n. 生蠔

kerang
n. 蛤蜊

kerang
n. 蜊仔、蜆

kerang abalon / kerang mata tujuh
n. 鮑魚

kerang kapis
n. 扇貝

kerang hijau
n. 孔雀蛤

kéong macan
n. 風螺

kerang darah
n. 血蛤

05-02-11.MP3

Tips 跟經濟海鮮有關的慣用語

- **Ada udang di balik batu**：石頭後面有蝦子。比喻有可疑之處的或隱藏著什麼。相似於中文的「形跡可疑」、「另有隱情」。

A: Kenapa dia keluar malam-malam? 他怎麼這麼晚了還出門啊？

B: Katanya jalan-jalan saja. 他說要出去走走而已。

A: Tidak mungkin, pasti ada udang di balik batu. Ayo kita ikut dia.
不可能，他一定在隱瞞什麼，我們跟蹤他看看吧！

04 醬料品區

05-02-12.MP3

 kécap asin n. 醬油	 kécap ikan / petis n. 魚露	 sambal n. 辣椒醬	 saus tomat n. 番茄醬
 saus hoisin / saus haixian n. 海鮮醬	 kécap manis n.（印尼式）甜醬油	  書 moster / 口 mustar n. 黃芥末醬	 mayonés n. 美乃滋
 saus tiram n. 蠔油	 garam n. 鹽巴	 sauce shacha n. 沙茶醬	 lada n. 胡椒鹽

05-02-13.MP3

Tips 跟調味料有關的慣用語

- **Garam di laut asam di gunung berjumpa dalam belanga**：海裡的鹽和山上的羅望子在土鍋子裡相遇。鹽和羅望子比喻兩個來自不同國家、地區、背景的人。這個成語比喻兩個國家、地區、文化背景不同的人因為緣分而相遇或結婚。相似於中文的「異國情緣」。
- **Sayangkan garam secercah, busuk kerbau seékor**：因為過度愛惜一撮鹽，卻糟蹋了一頭水牛。這句話源自做水牛肉乾時要加鹽醃製，不然肉會腐壞。比喻害怕小損失，結果釀成大損失。相當於中文的「因小失大」。

05 其他用品區域

05-02-14.MP3

口 bagian freezer / 書 bagian makanan beku
n. 冷藏區

bagian roti
n. 麵包區

bagian produk olahan susu
n. 乳製品區

bagian makanan ringan
n. 零食區

bagian minuman
n. 飲料區

bagian makanan panas
n. 熟食區

bagian makanan kaléng
n. 罐頭食品區

bagian anéka barang
n. 雜貨區

bagian sabun dan sampo
n. 香皂、洗髮精區

bagian barang keperluan ibu dan anak
n. 婦幼用品區

bagian alat tulis
n. 文具區

bagian pakaian
n. 衣物區

bagian barang keperluan binatang piaraan
n. 寵物用品區

bagian éléktronik
n. 家電區

bagian keperluan pribadi
n. 個人用品區

bagian alat pembersih
n. 清潔用品區

06 服務櫃檯

05-02-15.MP3

在服務櫃檯會做什麼？

書 membungkus kado /
口 bungkus kado
ph. 包裝禮物

mendaftar kartu mémber
ph. 申請會員卡

membeli gift card
ph. 買禮券

書 menukar barang /
口 tukar barang
ph. 退換貨

書 mengambil hadiah /
口 ambil hadiah
ph. 領贈品

pelayanan pengiriman barang
ph. 送貨服務

05-02-16.MP3

\ 你知道嗎？ /

印尼有許多型態的傳統市場

印尼語傳統菜市場叫做 pasar，因此新加坡、馬來西亞和印尼的華人一般都將「市場」稱作「巴剎」。為了和 pasar modérn（現代市場。即超級市場、便利商店等新型行業）區分，傳統市場也稱為 pasar tradisional。

一般在城市裡，pasar modern 和 pasar tradisional都會共存的。Pasar modérn 的價錢是明碼標價的，但是在 pasar tradisional 裡，可以 tawar menawar（討價還價）才是市井小民們的生活常態。在巴剎買到的生鮮、蔬菜、海鮮等一般比較便宜，甚至有些巴剎還提供活生生的雞鴨，現賣現宰。

由於 pasar 的賣家是一攤一攤的小攤子，不像 supermarket 那樣一家全包了所有的商品，所以你可以到不同的攤子裡去看看蔬菜、肉類，並比較其商品的新鮮度，也可以比比哪家價格最便宜。如果你和店家很熟，店家也可能免費送你一些東西，如橘子葉等等。或是有時候你付了一樣的價格，他會給你多過原價能買到的東西，比如你買了一公斤的蒜頭，店家可能會給你多一兩百公克。

Biasanya harga barang di pasar tradisional lebih murah daripada supermarket.

一般傳統市場的物價比超市便宜。

● 除了傳統市場，印尼還有些很有特色的市場

Pasar Malam **（夜市）**：印尼一樣有入夜後開始熱鬧喧囂的夜市。印尼的夜市除了可以買小吃、衣服等日常生活用品之外，有時候也能看到帶著像小型摩天輪、旋轉木馬等供孩童娛樂設備的攤商參差其中。

Pasar Terapung **（水上市場）**：雖然數量不多，但是以加里曼丹島的 Martapura（馬塔普拉）河為例，還是可見少數的水上市場。一般在水上市場都是販賣青菜、水果等農作物，販賣的時間不長，船隻集市只有三、四個小時。特別值得一提的是，在這裡買東西不但是可以使用貨幣交易，甚至於還能夠「以物易物」喲！

Pasar Extreme Tomohon **（托莫洪極端市場）**：這個很特別的市場位於北蘇拉威西省，裡面販賣著蛇肉、蝙蝠肉、狗肉、貓肉等各種一般的市場不會出現或讓一部分的人感到驚嚇的野味。但雖然有此一市場，但一般對印尼人民來說，會食用的肉類一般還是雞肉、牛肉和羊肉；非穆斯林的人們，如華人族群也會食用豬肉。蛇肉、蝙蝠肉等野味說起來一般很少人食用，但總能滿足相當少數有此需求的人們。

05-02-17.MP3

Tips 跟市場有關的慣用語

- **harga pasaran**：市面價格。意即行情。

  Sebelum membeli barang, sebaiknya kita tahu dulu harga pasarannya.
  在買東西之前，應該先了解行情。

- **pasar gelap**：黑市。不合法的市場。

  Senjata api itu ilégal di Indonésia, tetapi kadang bisa ditemukan di pasar gelap. 槍械在印尼是違法的，但是有時可以在黑市裡找到。

在市場中常用的句子

1. **Ini hitungnya gimana?** 這個怎麼算？
2. **Daging ayam sekilo berapa?** 雞肉一公斤多少錢？
3. **Saya mau buat steak, baiknya pakai daging yang mana, ya?**
   我想做牛排，用哪一種肉比較好？
4. **Jual kaki babi, tidak?** 有賣豬腳嗎？
5. **Kemahalan, Pak/Bu. Bisa murahan?** 老闆／老闆娘，太貴了。能便宜一點嗎？
6. **Boléh lebih murah?** 可以算便宜一點嗎？
7. **Sudah murah sekali!** 已經很便宜了。
8. **Numpang tanya, hari ini ada kerang, tidak?** 請問今天有蛤蜊嗎？
9. **Kalau beli banyakan bisa potong harga?** 買多一點可以打折嗎？
10. **Harga saya masuk akal semua, saya tidak asal kasih harga. Tenang saja!**
    我的價格都是合理的，我不會亂喊價。你放心吧！
11. **Boléh dicoba?** 可以試（吃）嗎？
12. **Boléh tukar uang kecil dua ribuan?** 可以換（面額）2.000 盾的零錢嗎？
13. **Mau beli apa lagi?** 還想要買什麼嗎？
14. **Perlu kantong plastik?** 需要袋子嗎？
15. **Maaf, kembaliannya belum.**
    不好意思，您還沒找我錢。

Bab **3**

Mal 百貨公司

05-03-01.MP3

百貨公司的配置

1. staf toko n.（專櫃）店員
2. pelanggan / 外 customer n. 顧客
3. bagian pakaian wanita n. 女裝部
4. bagian pakaian pria n. 男裝部
5. bagian kosmétik n. 化妝品區
6. bagian perhiasan n. 珠寶區
7. bagian parfum n. 香水區
8. bagian sepatu n. 鞋類區
9. bagian barang kulit n. 皮件部
10. lemari produk n. 展示櫃
11. manekén n. 假人模特兒

- menghabiskan waktu n. 殺時間
- berteduh dari hujan n. 躲雨
- 口 nge-AC [a-sé] n. 吹冷氣
- mahal n. 貴
- murah n. 便宜

05-03-02.MP3

還有哪些常見的地方呢？

konter informasi
n. 服務台

外 food court
n. 美食街

éskalator
n. 手扶梯

書 élévator / 口 lift
n. 電梯

parkir basement
n. 地下停車場

bagian pakaian anak-anak
n. 童裝部

bagian mainan
n. 玩具部

tempat game /
外 game arcade
n. 遊戲區

toko buku
n. 書店

01 參加折扣活動

逛百貨公司時，最常看到的除了人和商品以外，就是各式各樣五顏六色的打折招牌。這些招牌無論是 hari raya（節日）或 hari biasa（平日）都能看到。在印尼，一般接近 hari kemerdékaan（國慶日）、lebaran（開齋節）、tahun baru（新年）等節日，會有更多的店家提供打折優惠。

一般來說，這種招牌上的標語會出現的字眼是：Diskon（打折）、Promo（促銷）、Sale（促銷）。如果你在看板上看到 diskon 25% 的字眼，表示打7.5折，但是如果你看到 Sale 80%，意思不是打2折，而是打8折。這是因為 Sale 的本意是「販賣」，Sale 80% 表示賣百分之80 的價格，而 diskon 是「少算」的意思，diskon 25% 表示少算百分之25 的價格。

有時候你也可以看到 promo beli 2 gratis 1，這就是買二送一促銷的意思。有時候還有 diskon 30%+10%，這不是打六折的意思喔，是照原價打七折，打了七折的價格再打九折的意思。

有些店家因為生意不好或者年終換季，有時會貼上 cuci gudang（清洗倉庫，即清倉）的招牌。

Hari ini Carrefour lagi diskon cuci gudang, ayo kita belanja ke sana!

今天家樂福正在清倉打折，我們過去買東西吧！

Tips 關於購物血拼時「禮券」！

有時候我們會在報紙、雜誌或宣傳單上可以看到 voucher（優惠券）。Voucher 所提供的優惠一般分為購物時的 diskon（打折）和 beli__ gratis__（買__ 送 __）兩種。但到了現在，一些較大如星巴克等店家已經不再推出 voucher，而是會從 Line 等軟體推出 kode promo（優惠碼），向店員出示 kode promo 就可以獲得優惠。一般來說，voucher 和 kode promo 上都會有 tanggal kadaluwarsa / expiry date（截止日期）和 syarat dan ketentuan / terms and conditions（兌換規定），使用前要先看清楚，以免過期等原因無法再使用喔！

Voucher beli 2 gratis 1 ini sudah mau kadaluwarsa, ayo dipakai! 這個買二送一的優惠券要過期了，快點使用吧！

Pelajaran 6

Makanan dan Minuman 飲食

Bab 1

Café 咖啡廳

06-01-01.MP3

咖啡廳的配置

1. konter pemesanan n. 點餐櫃台
2. papan ménu n. 菜單看板
3. lemari pendingin kué n. 冷藏展示櫃
4. gelas suvenir n. 紀念杯
5. tempat pengembalian alat makan n. 餐盤回收區
6. jus n. 果汁
7. kué n. 蛋糕
8. kopi n. 咖啡
9. 外 sandwich n. 三明治
10. makanan ringan n. 輕食
11. kué-kuéan n. 糕點
12. pelanggan n. 消費者
13. tempat duduk n. 座位
14. majalah n. 雜誌
15. harga n. 價格

說明 本課主題的大標「café」為直接引用法語之外來語詞彙，故字元中的「é」並非發音標示，而是單字完整的樣貌。

01 挑選咖啡

咖啡的釀製方法和種類有哪些？

06-01-02.MP3

● 釀製方法

kopi instan
n. 即溶咖啡

(外) hanging ear drip coffee
n. 掛耳式咖啡

(外) brewed coffee / (口) kopi seduh
n. 手沖咖啡

(外) manual brew
n. 手沖

(外) cold drip
n. 冰滴咖啡

(外) cold brew
n. 冰釀冷泡咖啡

(外) syphon coffee
n. 虹吸式咖啡

06-01-03.MP3

● 種類

(外) iced americano
n. 冰美式黑咖啡

es kopi susu
n. 煉乳咖啡

(外) espresso
n. 義式濃縮咖啡

外 cappuccino
n. 卡布奇諾

外 americano
n. 美式咖啡

外 caramel macchiato
n. 焦糖瑪奇朵

外 café latte
n. 咖啡拿鐵

外 mocha
n. 摩卡咖啡

外 frappucino
n. 星冰樂

說明 「café」為法語之外來語，詳細說明請見 204 頁。

06-01-04.MP3

● 飲用咖啡的添加品

susu segar
n. 鮮奶

susu kental manis
n. 煉乳

gula
n. 糖

es batu
n. 冰塊

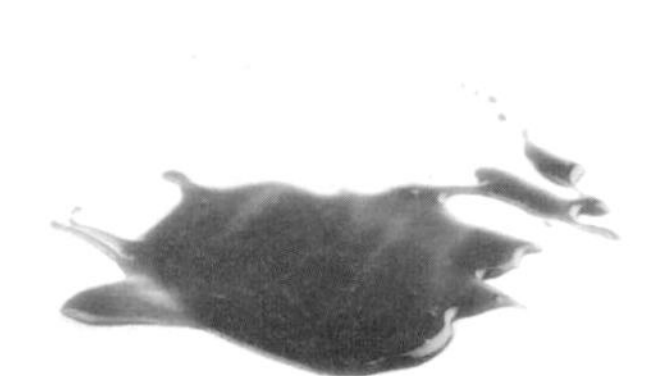

karamél
n. 焦糖

sirup
n. 糖漿

外 froth milk / 外 milk foam
n. 奶泡

外 whipped cream
n. 鮮奶油

bubuk cokelat
n. 碎巧克力

02 挑選麵包、挑選蛋糕

常見的輕食有哪些呢？

喝咖啡一定要來點輕食小點心了；印尼語的 makanan ringan 是「輕食」的意思；那麼，咖啡廳最常見的 makanan ringan 有哪些呢？

06-01-05.MP3

● 鹹食

外 pizza
n. 披薩

外 sandwich
n. 三明治

外 hamburger
n. 漢堡

外 chicken popcorn
n. 雞米花

外 bagel
n. 貝果

外 tortilla
n. 墨西哥薄餅

omelét
n. 美式蛋捲、歐姆蛋

外 spaghetti
n. 義大利麵

sosis
n. 香腸

外 french fries / kentang goreng
n. 薯條

lumpia goreng
n. 炸春捲

外 cheese stick / stik keju
n. 起司棒

06-01-06.MP3

● 甜點

kué muffin
n. 馬芬

kué cupcake
n. 杯子蛋糕

外 cheese cake
n. 起司蛋糕

kué tiramisu
n. 提拉米蘇

kué brownie
n. 布朗尼

donat
n. 甜甜圈

外 crêpes
n. 可麗餅

外 waffle
n. 鬆餅

外 pancake
n. 薄烤餅

kué tart
n. 甜派

roti croissant
n. 可頌

salad buah
n. 水果沙拉

外 yoghurt
n. 優格

puding karamél
n. 焦糖布丁

es krim
n. 冰淇淋

＼你知道嗎？／

印尼的土產咖啡一樣香醇可口！

1

巴西和越南的咖啡豆享譽國際，其生產量世界上數一數二的，眾所皆知。但是你知道嗎？❶ 印尼出產的咖啡豆也是不容小覷！雖然目前印尼本土咖啡豆的知名度尚不及前兩者，但是在國際市場上也是倍受青睞的優質產品。

接下來簡單介紹印尼常見的三款咖啡：Kopi luwak（麝香貓咖啡）、Kopi Gayo（迦佑咖啡）、Kopi Jawa（爪哇咖啡）。

首先是麝香貓咖啡，其製作過程是讓 ❷ 印尼椰子狸（麝香貓的一種）吃下咖啡豆，然後讓咖啡豆在牠們的肚子裡發酵，最後經由糞便排出所形成的獨特咖啡豆，這種咖啡豆味道厚實，餘韻猶存。由於生產過程不易，產量偏少，所以價格相對昂貴。

迦佑咖啡出產於亞齊省Gayo（迦佑）高原，迦佑咖啡豆的口味較重，味道偏不苦不酸，屬阿拉比卡咖啡的一種，受到世界各國咖啡愛好者的喜愛。這款咖啡之所以問世，一部分必須歸功於荷蘭人的功勞。因為原本迦佑高原沒有咖啡豆，但荷蘭人於西元1918年引進並開始種植。

2

此外，「爪哇咖啡」顧名思義就是爪哇島產的咖啡豆。這種咖啡豆的味道濃郁又帶有一點點微甜的感覺，歷史上一樣是由荷蘭人引進，至今成為印尼人重要的農業資產之一。

在咖啡館裡點咖啡的常用對話

Barista: **Selamat datang, boléh pesan di sini. Mau minum apa, Pak?**
咖啡師：歡迎光臨，可以在這裡點餐。先生您想喝什麼呢？

Pelanggan: **Saya mau satu matcha frappucino.** 客人：我要一杯抹茶星冰樂。

Barista: **Mau yang sedang atau yang besar?** 咖啡師：要中杯還是大杯呢？

Pelanggan: **Yang besar.** 客人：大杯的。

Barista: **Dessertnya mau?** 咖啡師：請問你要甜點嗎？

Pelanggan: **Saya mau satu tiramisu.** 客人：我要一份提拉米蘇。

Barista: **Diulang ya pesanannya, satu matcha frappucino besar, satu tiramisu, totalnya Rp150.000,00. Mau makan di sini atau take away?** 咖啡師：我重複一下您點的餐點，一杯大的抹茶星冰樂、一份提拉米蘇。這樣總共是 15 萬印尼盾，要內用還是外帶呢？

Pelanggan: **Makan di sini.** 客人：內用。

Barista: **Boléh tahu nama Bapak?** 咖啡師：請問先生貴姓大名。

elanggan: **Joko.** 客人：佐料。

Barista: **Ini struknya, Pak Joko. Minumannya mohon ditunggu, bisa di ambil di sebelah kiri.** 咖啡師：佐科先生，這是您的發票。飲料請稍等，可以在左邊拿取。

Bab **2**

Restoran 餐廳

06-02-01.MP3

餐廳的擺設

1. (口) **réstoran western** / (書) **réstoran masakan barat** n. 西式餐廳
2. **tempat duduk** n. 座位
3. **kursi** n. 椅子
4. **sofa** n. 沙發
5. **méja** n. 桌子
6. **garpu** n. 叉子
7. **pisau** n. 刀子
8. **séndok** n. 湯匙
9. **gelas** n. 杯子
10. **piring** n. 盤子
11. **serbét makan** n. 餐巾

⑫ botol lada n. 胡椒罐
⑬ botol garam n. 鹽罐
⑭ rak alkohol n. 酒櫃
⑮ méja bar n. 吧台
⑯ lukisan di dinding n. 壁畫
⑰ karpét n. 地毯
⑱ tirai jendéla n. 窗簾
⑲ taplak méja n. 桌布
⑳ gelas air n. 水杯
㉑ gelas alkohol n. 酒杯
㉒ menu n. 菜單
㉓ 外 coffee grinder / mesin penggiling kopi n. 咖啡研磨器

㉔ 書 réstoran Tionghoa / 口 réstoran Chinese n. 中式餐廳
㉕ dimsum n. 港式（點心）飲茶
㉖ réstoran Yum Cha ala Hong Kong n. 港式飲茶茶樓
㉗ dapur n. 廚房
㉘ 閩 téko n. 茶壺
㉙ pelanggan n. 客人
㉚ sumpit n. 筷子
㉛ kukusan bambu n. 竹籠
㉜ troli Yum Cha ala Hong Kong n. 港式飲茶推車
㉝ kain lap n. 抹布
㉞ pelayan n. 服務生

01 點餐

想在印尼點對餐大快朵頤，就必須要得這些字

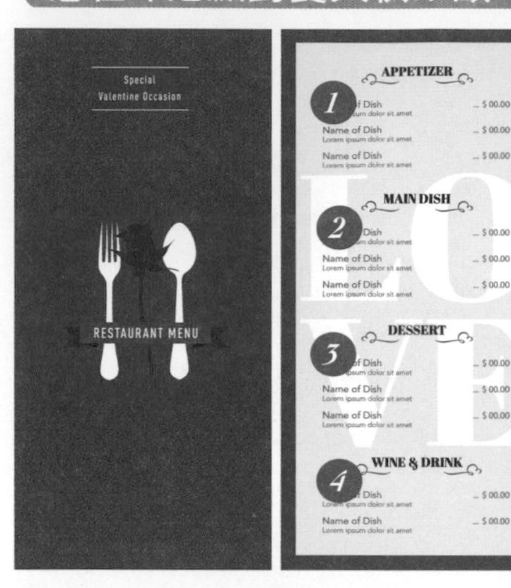

印尼許多國際餐廳或外國連鎖餐廳的 menu（菜單）都寫著英印雙語，甚至有些高檔次的中式餐廳也有寫入中文。然而，大部分餐廳則是只有印尼語。在這種場合，了解內容才能確保你點對餐點。

Ménu 裡的食物一般可以分為四大類：hidangan pembuka / appetizer（開胃菜）、hidangan utama / main course（主餐）、hidangan penutup / dessert （甜點）和 minuman（飲料）。

❶ hidangan pembuka / appetizer 就是「開胃菜」或「前菜」。常見的開胃菜有哪些呢？

06-02-02.MP3

gado-gado n. 加多加多、印尼沙拉	salad n. 沙拉	sup n. 羹、湯	lumpia goreng n. 炸春捲

❷ hidangan utama / main course 則是「主菜」，各家餐廳的主菜皆不同。

06-02-03.MP3

● 肉類

	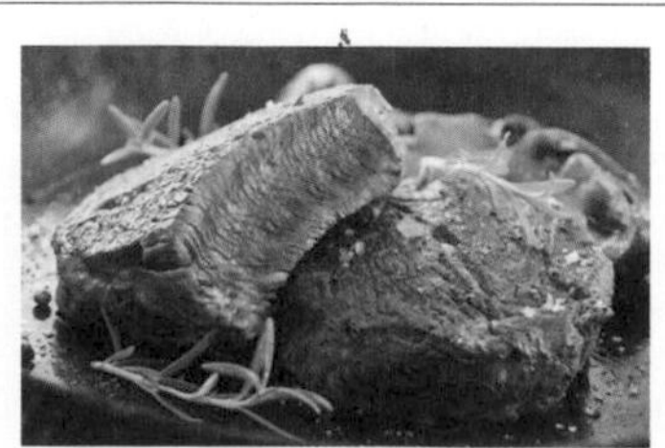	
ikan n. 魚	daging sapi n. 牛肉	daging babi n. 豬肉

daging ayam
n. 雞肉

daging kambing
n. 羊肉

daging itik / daging bébék
n. 鴨肉

seafood
n. 海鮮

daging panggang
n. 烤肉

jeroan
n. 內臟

06-02-04.MP3

● 麵、飯類

mi
n. 麵

soto mi
n. 索多麵

nasi putih
n. 白米飯

nasi goréng
n. 炒飯

06-02-05.MP3

3 makanan penutup / dessert 則是「甜點」，常見的餐後點心有哪些呢？

és céndol
n. 冰珍多

buah-buahan
n. 水果

外 jélly
n. 果凍

és krim
n. 冰淇淋

4 minuman 則是「飲料」，常見的 minuman 大致上可分成兩種，minuman ringan / minuman non alkohol（非酒精飲料）和 minuman keras / minuman beralkohol（酒精飲料）。

06-02-06.MP3

● 非酒精飲料

kopi
n. 咖啡

téh
n. 茶

jus buah
n. 果汁

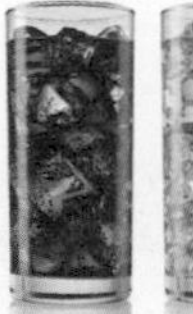

minuman bersoda
n. 汽水
cola
n. 可樂

06-02-07.MP3

● 酒精飲料

bir
n. 啤酒

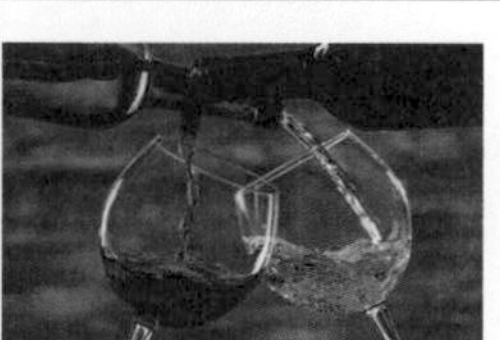
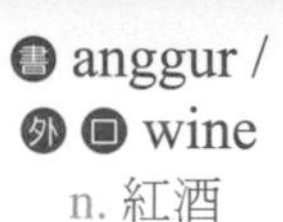
書 anggur /
外 口 wine
n. 紅酒

書 sampanye /
外 口 champagne
n. 香檳

外 cocktail
n. 雞尾酒

印尼的飲食一般是清真的（由伊斯蘭的律法所規範的飲食）。如果要確認的話，可以注意 ménu 上或餐廳牆上是否有右圖這個標誌。若有的話，代表餐廳內提供的飲食是由 Majelis Ulama Indonesia（印尼烏理瑪委員會）所正式認證的，穆斯林可以在伊斯蘭的戒律下，可以安全無虞地享用。

如果你是茹素者的話，可以跟店員說：Saya végétarian.（我是素食者。）／Saya tidak makan daging dan bawang.（我不吃肉和蔥蒜。）

Saya végétarian, jadi saya tidak bisa makan ini. 我是素食者，所以我不能吃這個。

\ 你知道嗎？ /

牛排的「幾分熟」，印尼語應該怎麼說呢？

06-02-08.MP3

依個人的喜好不同，牛排的熟度也可以不同，但是要如何用印尼語表達牛排的「幾分熟」呢？牛排生、熟程度主要是由「級數」來區分，可區分成：

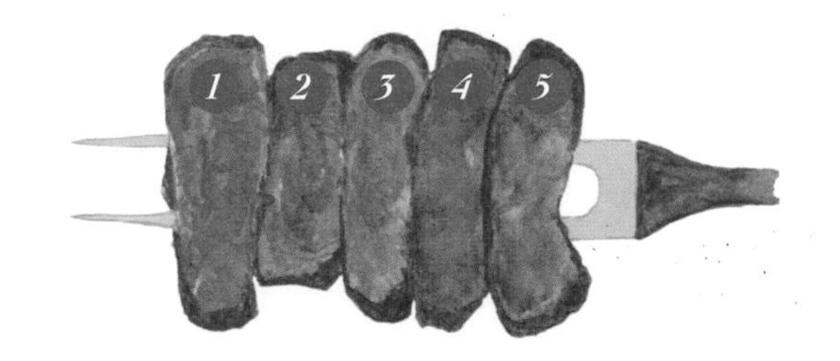

<table>
<tr><td rowspan="2">1 外 rare
「一分熟」</td><td colspan="2">rare 的表層是完全煎熟，但裡面還是生的，會滲出血水。</td></tr>
<tr><td>依牛排內層肉的溫度界定
52～55度C</td><td>依煎烤時間界定
每面約1分鐘</td></tr>
<tr><td rowspan="2">2 外 medium rare
「三分熟」</td><td colspan="2">medium rare 的表層呈褐色、外層呈灰色、內層呈血紅色。</td></tr>
<tr><td>依牛排內層肉的溫度界定
55～60度C</td><td>依煎烤時間界定
每面約1分半～2分鐘</td></tr>
<tr><td rowspan="2">3 外 medium
「五分熟」</td><td colspan="2">medium 的表層呈褐色、中間層呈灰色、最內層呈粉紅色。</td></tr>
<tr><td>依牛排內層肉的溫度界定
60～65度C</td><td>依煎烤時間界定
每面約2分半～3分鐘</td></tr>
<tr><td rowspan="2">4 外 medium well
「七分熟」</td><td colspan="2">medium well 的表層呈暗褐色、中間層呈灰色、最內層呈微微、淡淡的粉紅色。</td></tr>
<tr><td>依牛排內層肉的溫度界定
65～69度C</td><td>依煎烤時間界定
每面約3分半～4分鐘</td></tr>
<tr><td rowspan="2">5 外 well done
「全熟」</td><td colspan="2">well done的表層呈暗褐色、內層呈灰色。</td></tr>
<tr><td>依牛排內層肉的溫度界定
71～100度C</td><td>依煎烤時間界定
每面約4分半～5分鐘</td></tr>
</table>

貼心小提醒 煎牛排時，要注意火候，小心別把牛排外層一下子就煎到偏黑，這樣牛排就 gosong（燒焦）囉！

常用的點菜對話句

1. **Apa pesanannya, Pak / Bu?** 您（先生／女士）想要點什麼？
2. **Mohon tunggu sebentar, saya panggil lagi pas saya sudah tahu.**
   請妳等一下，我想好了就會叫妳。
3. **Permisi, saya mau pesan.** 不好意思，我想要點餐。
4. **Apa makanan yang paling dirékomendasi di réstoran ini?**
   這家餐廳最推薦的菜是什麼？
5. **Saya mau satu steak.** 我要一份牛排。
6. **Mau yang setengah matang atau matang?** 要半熟的還是熟的呢？
7. **Saya mau satu steak yang medium well.** 我要一份七分熟的牛排。
8. **Saya mau pesan ini.** 我要點這個。

02 用餐

06-02-09.MP3

用餐時會用到的餐具有哪些呢？

1. garpu n. 叉子
2. pisau n. 刀子
3. cangkir n. 茶杯
4. 閩 téko n. 茶壺
5. gelas anggur n. 紅酒杯
6. piring n. 盤子
7. piring sup n. 深盤、湯盤
8. taplak méja n. 桌布

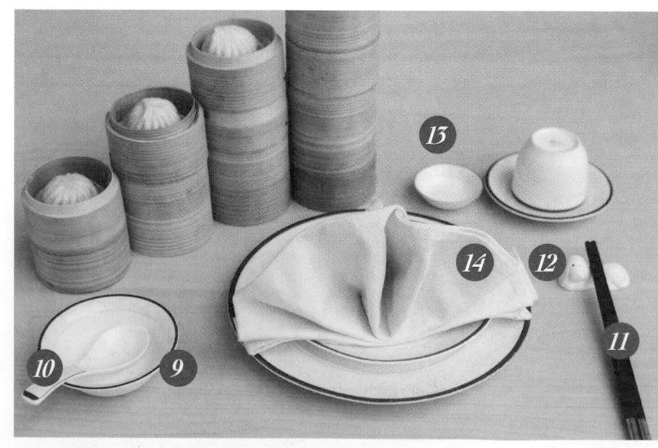

9. mangkuk n. 碗
10. séndok n. 湯匙
11. sumpit n. 筷子
12. tatakan sumpit n. 筷架
13. piring sambal n. 醬碟
14. 外 table napkin n. 餐巾

- tisu n. 面紙
- sedotan n. 吸管
- tusuk gigi n. 牙籤

＼你知道嗎？／

各種杯子在印尼語裡，有什麼樣細微的不同呢？

06-02-10.MP3

名稱	說明	圖案
gelas anggur	字面意思是「紅酒的杯子」。	
gelas	字面意思是「杯子」。 不論有沒有把手的杯子皆屬之，可用來喝一般的飲料。一般都是用玻璃或塑膠製作的。	
gelas mug / mug	字面意思是「馬克杯」。	
cangkir	有把手的小杯子。用來喝茶或咖啡。與英文的 cup 相似。	
gelas ocha / mug ocha	字面意思是「日本茶的杯子」或「日本茶的馬克杯」。	
gayung	字面意思是「瓢子」。	

用餐時常用到的句子

1. **Pesanannya sudah datang semua? / Pesanannya sudah lengkap?** 菜都到齊了嗎？
2. **Maaf, hot-potnya belum datang. Saya sudah tunggu lama.**
   不好意思，火鍋還沒上。我等很久了。
3. **Maaf. Mohon menunggu sebentar, berhubung pelanggannya banyak, jadi kami masih memasak.** 不好意思。請您再稍候一下，因為客人比較多，所以我們還在煮。
4. **Tolong kasih saya sambal.** 麻煩給我辣椒醬。
5. **Maaf, saya tidak pesan ini.** 不好意思，我沒有點這道菜。
6. **Maaf, boleh dibungkus?** 不好意思，可以幫我打包嗎？

03 結帳

06-02-11.MP3

常見的東西有哪些？

tip
n. 小費

struk
n. 發票；收據

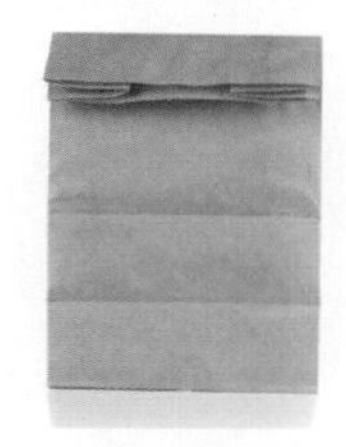

kantong take-away
n. 打包袋

06-02-12.MP3

常見的付款方式有哪些呢？

bayar di kasir
ph. 櫃檯結帳

bayar dengan kartu
ph. 刷卡支付

bayar dengan uang tunai
ph. 付現

Tips 生活小常識：印尼結帳的習慣

一般來說，印尼年輕人在餐廳聚餐結帳時會 bayar masing-masing（各付各的），如果在中式餐廳或其他非定食類的餐廳裡吃飯的話，一般沒辦法各付各的。這種情況下他們一般會 patungan（平分）。年紀稍長的人會比較客氣，結帳時有時會看到 rebutan bayar（搶著結帳）的情形。有時候如果在餐廳遇到熟人，有些人還會偷偷走到櫃檯幫熟人那桌結帳。「請客」在印尼語叫做 traktir。想請客的人可以說：Kali ini saya traktir.（這一頓算我的。）

Kali ini kita bayar masing-masing, ya? 這頓咱們各付各的，好嗎？

結帳時常用的對話

Pelanggan: **Bayar.** 客人：結帳。

Pelayan: **Boléh tanya birnya diminum berapa botol?** 服務員：請問你喝了幾瓶啤酒呢？

Pelanggan: **Lima botol.** 客人：5 瓶。

Pelayan: **Otak-otaknya dimakan tidak?** 服務生：有吃烏打嗎？

Pelanggan: **Makan tiga.** 客人：吃了 3 個。

Pelayan: **Baik, totalnya 480 ribu.** 服務員：好的，總共 48 萬印尼盾。

Pelanggan: **Bisa pakai kartu?** 客人：可以刷卡嗎？

Pelayan: **Maaf, di sini tunai saja.** 不好意思，這裡只收現金。

Pelanggan: **(membayar) Tidak usah kembalian.** 客人：（給錢）不用找了。

Pelayan: **Terima kasih.** 服務生：謝謝。

04 印尼佳餚

常見的印尼料理有哪些呢？

印尼地大人多，是由一萬多個島嶼、六百多個族群組成。因此，各地的飲食當然都會有些許差別，而且也會因為各族群的文化差異或資源分佈有所不同。

然而有些食物是印尼全國都常見的；西元 2014 年印尼 Kementerian Pariwisata dan Ékonomi Kréatif（觀光及創意經濟部）將 tumpeng（圓錐形薑黃飯）列為國菜，而後在 2018 年再追加 soto、rendang、saté、nasi goreng 和 gado-gado 等為代表印尼的美食珍饌。

這些菜之所以列為國菜，是因為在印尼全國都能看到。當然，即使同一道菜會有不同的做法，例如 soto 在穆斯林居多的爪哇島一般是配雞肉、牛肉或羊肉，而在印度教徒居多的峇里島，牛肉 soto 則比較少見（因為印度教徒不吃牛肉），較多見的則是豬肉 soto。

06-02-13.MP3

● 六道印尼國菜

nasi tumpeng
n. 圓錐形薑黃飯

soto
n. 索多

rendang
n. 仁當牛肉

saté
n. 沙爹

nasi goréng
n. 炒飯

gado-gado
n. 加多加多、印尼沙拉

一般來說，印尼的主食是米飯。但是除了 nasi putih（白米飯）以外，印尼也有 nasi uduk（椰漿飯）、nasi kuning（薑黃飯）、ketupat（印尼粽。馬來西亞華人稱馬來粽）、lontong（隆東）、rengginang（米餅）、閩 bihun（米粉）、kwétiau（粿條）和眾所週知的 nasi goreng（炒飯）。

06-02-14.MP3

● 印尼飯食

nasi uduk
n. 椰漿飯

nasi kuning
n. 薑黃飯

ketupat
n. 印尼粽

lontong
n. 隆東

rengginang
n. 米餅

閩 bihun (goréng)
n.（炒）米粉

閩 kwétiau (goréng)
n.（炒）粿條

nasi putih
n. 白米飯

nasi goréng
n. 炒飯

印尼最早時並沒有食用麵食，麵是之後由荷蘭人和華人引進的。後來麵類主食也在印尼生根，發展成了印尼當地的特色佳餚。西元1970年代，印尼泡麵產業蓬勃發展，其中最著名的品牌是 Indomie。問世不久後，「Indomie」這個名稱就逐漸代替 mi instan（速食麵）這個名詞，成為印尼速食麵的總稱。Indomie 是印尼每家每戶都會吃的食物，可以在 ❶ 米飯當主餐的情況下，與青菜、雞蛋、肉類，甚至於起司一樣，成為套餐中的一項配菜，也可以當零食或點心吃。此外，飄洋過海到國外留學或工作的印尼人如果想家時，一般都會買幾包 Indomie 來解解鄉愁。許多印尼人吃麵會和飯一起吃，以飯當主食，把麵、粿條、米粉或 Indomie 當作配菜，或是反過來，❷ 以 Indomie 為主餐，再蓋上一些飯做為配菜。

● 印尼麵食

06-02-15.MP3

mi goreng ayam
n. 雞肉炒麵

閩 bakmi
n. 肉麵、印式雲吞麵

Indomie
n.（品牌）營多麵、印尼泡麵

● 其他印尼地方美食

06-02-16.MP3

kerak telor
n.（雅加達巴達維亞族）雅加達蛋餅

mi kocok
n.（西爪哇巽他族）搖搖麵

pecel
n.（中爪哇）爪哇沙拉

rawon
n.（西爪哇）爪哇式黑牛肉湯

saté Madura
n.（西爪哇省馬都拉島）馬都拉式沙爹

ayam betutu
n.（峇里島）貝嘟嘟雞

saksang
n.（北蘇門答臘巴塔克族）豬血燉豬肉、狗血燉狗肉

gulai daun singkong
n.（西蘇門答臘米南／巴東人）印尼式咖哩木薯葉

otak-otak
n.（南蘇門答臘巨港市）烏打

sop saudara
n.（南蘇拉威西錫江市）兄弟湯

sé'i
n.（東努沙登加拉省帝汶島）古邦煙燻肉

papéda
n.（巴布亞）西米粥

06-02-17.MP3

常見的其他印尼路邊小吃

kué apé
n. 什麼糕

粵 ci cong fan
n. 豬腸粉

粵 siomay
n. 燒賣

pisang goréng
n. 炸香蕉

singkong kéju
n. 木薯起司

lemper
n. 糯米雞飯糰

閩 bakpao
n. 包子

és céndol
n. 珍多冰

kué sus
n. 印尼泡芙

martabak telur / martabak asin
n. 蛋煎餅

kué lékker / lékker crepes
n. 印尼可麗餅

batagor
n. 炸豆腐、餃子

pémpék
n. 炸魚糕

tahu sumedang
n. （西爪哇蘇梅丹）炸豆腐

wedang tahu / kembang tahu
n. 熱薑紅糖豆花湯

（雅加達、萬隆）martabak manis / martabak Bangka
（泗水、錫江）terang bulan
（三寶瓏）kué Bandung
（坤甸）apam pinang
（印尼東部）kue bulan
（邦加島華人）客 hok lo pan
n. 曼煎粿、（邦加島華人亦稱）福佬粄

Bab 3 Toko Minuman

飲料店

06-03-01.MP3

這些應該怎麼說？

10

11

飲料的種類

● 茶類

1. téh mint n. 薄荷茶
2. téh chamomile n. 甘菊茶
3. téh lavender n. 薰衣草茶
4. téh hitam n. 紅茶
5. téh rosélla n. 洛神花茶
6. téh hijau n. 綠茶
7. téh oolong n. 烏龍茶
8. téh herbal 草本茶
9. téh susu n. 奶茶

● 果汁類

10. jus n. 果汁
11. 外 smoothie n. 冰沙

Tips 生活小常識：印尼果汁

印尼是一個熱帶國家，因此水果盛產也相當豐富。在印尼除了生吃水果之外，也常用水果製作成 jus（果汁），有些餐廳或飲料店也會提供 smoothie（冰沙）。要點果汁或冰沙時，就直接將水果名放在 jus 或 smoothie 的後面就可以了。

01 點飲料

06-03-02.MP3

杯型大小

Toko minuman（飲料店）的杯型可分成❶ besar（大）、❷ sedang（中）、❸ kecil（小）三種，依據消費者點購的飲料冷熱而不同，店員也會用不同的杯子盛裝飲料，如果消費者點的是 minuman panas（熱飲），店員會貼心地用熱飲杯盛裝，並加上 tutupan（蓋子），消費者握杯時，才不易燙手；反之，消費者點購 minuman dingin（冷飲）時，店員則會使用冷飲杯盛裝，並且提供 sedotan（吸管），方便消費者飲用。另外，店員一般也會提供 kantong plastik（塑料袋）方便客人手提外帶。

06-03-03.MP3

飲料甜度

台灣的 toko minuman（飲料店）販賣的飲料甜度都分成五種：

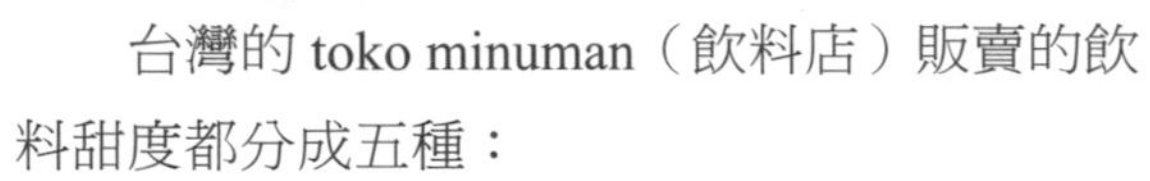

❶ gula normal 正常糖
❷ gula tiga perempat 少糖（3/4 糖）
❸ gula setengah 半糖（1/2 糖）
❹ gula sedikit / gula seperempat 微糖（1/4 糖）
❺ tanpa gula 無糖

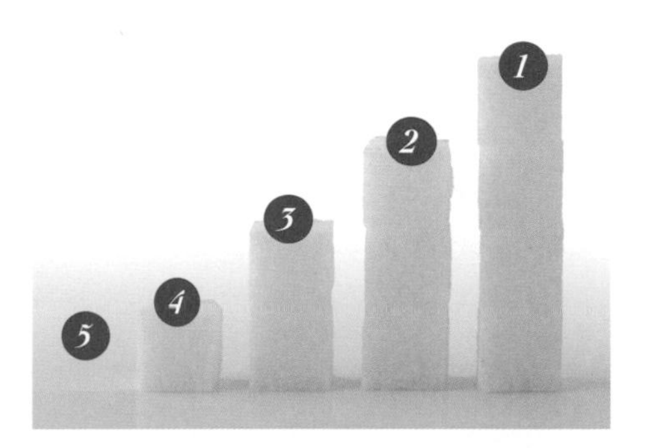

06-03-04.MP3

冰塊量

台灣的 toko minuman（飲料店）販賣的飲料冰塊量可分成四種：

❶ és normal 正常冰塊量
❷ és dikurangi 少冰
❸ és setengah 半冰
❹ és sedikit 微冰
❺ tanpa és 去冰
❻ tambah és 加冰

Gula dan esnya berapa, Pak/Bu? – Saya mau gula seperempat és normal. 您（先生 / 女士）要多少糖和冰？ －我要微糖正常冰。

06-03-05.MP3

飲料裡的配料有哪些呢？

(外) nata de coco n. 椰果	puding n. 布丁	(外) boba / (外) bubbles n. 粉圓（珍珠）

(閩) cincau n. 仙草	kacang mérah n. 紅豆	(外) jélly n. 果凍、寒天

(外) jélly aiyu n. 愛玉	lidah buaya / (外) aloe vera n. 蘆薈	bola taro n. 芋圓

Tips 生活小常識：印尼的路邊飲料

印尼各大小餐廳一般都有 téh（茶），基本上有四種，價格都不一樣：téh manis hangat（溫甜茶）、téh tawar hangat（溫淡茶）、és téh manis（冰甜茶）和 és téh tawar（冰淡茶）。

印尼人喜歡喝甜的飲料，所以路邊常會看到 ❶ gerobak air tebu（甘蔗汁餐車）或 gerobak liang téh（涼茶餐車）。許多 warung（小店）裡會賣 ❷ minuman sachét（小包沖飲，請見左圖五顏六色懸掛的貨物）。一般這種飲料已經有糖，但有時候店家還會多加糖或煉乳。這種飲料不宜多喝。

Pelajaran 7

Kehidupan dan Kesèhatan 生活保健

Bab 1 Rumah Sakit 醫院

07-01-01.MP3

這些應該怎麼說？

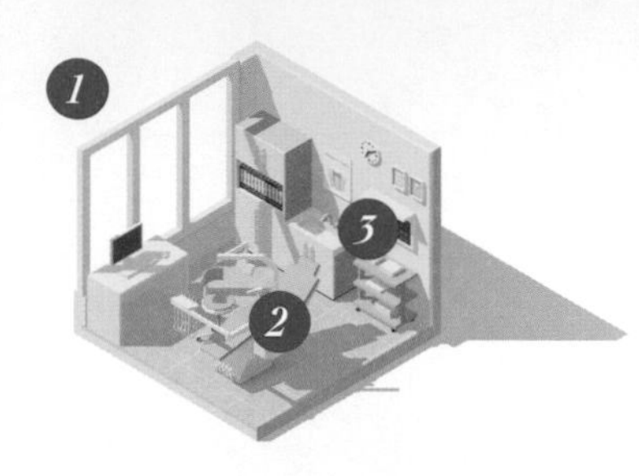

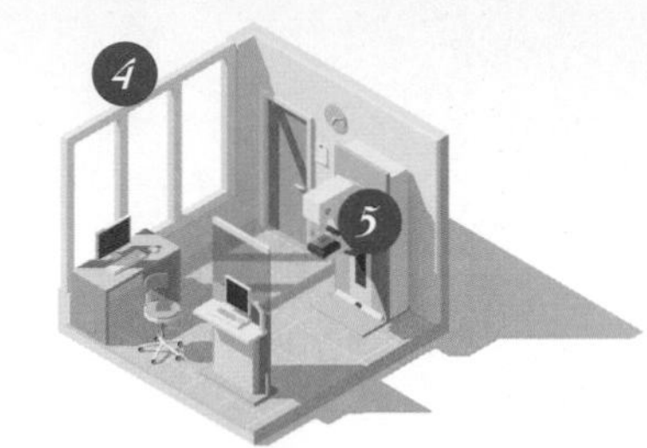

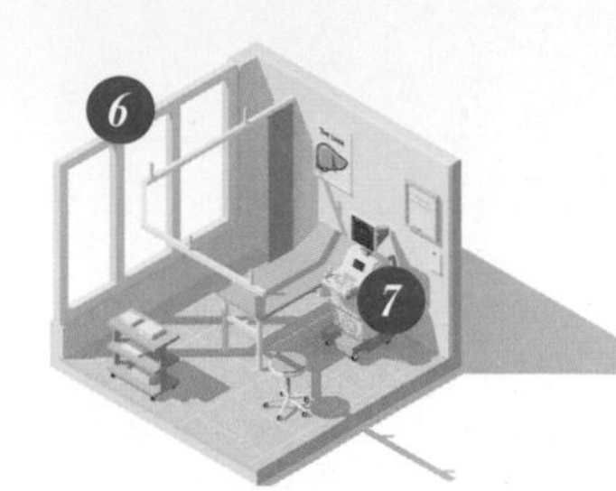

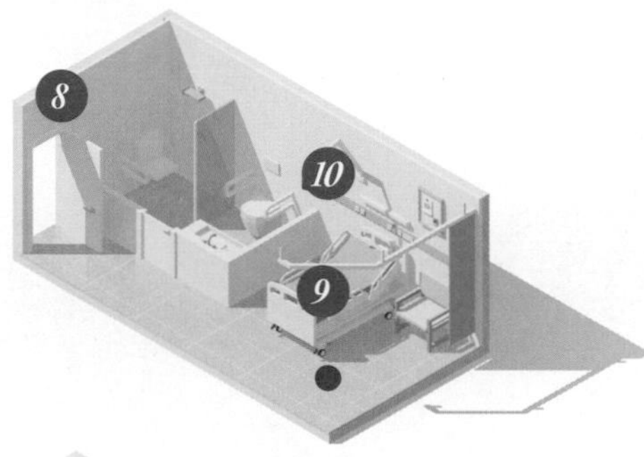

醫院各科的擺設

● Gigi 牙科

1. ruang pemeriksaan gigi n. 牙科診間
2. kursi dokter gigi n. 牙科躺椅
3. 外 X-ray [éks-réi] viewer n. X 光觀片箱

● Bedah Payudara 乳房外科

4. ruang mammografi n. 乳房攝影室
5. alat mammografi n. 乳房攝影儀器

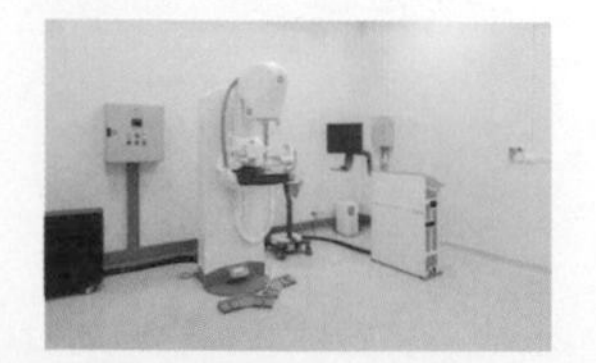

● Kebidanan dan Kandungan 婦產科

6. ruang USG [u-és-gé] / ruang ultrasonografi n. 超音波室
7. alat USG [u-és-gé] / alat ultrasonografi n. 超音波儀器

● Jantung dan Pembuluh Darah 心臟血管科

8. ruang pasién n. 病房
9. ranjang pasién n. 病床
10. bedside monitor n. 生理監測器

● Bedah Umum 一般外科

⑪ ruang operasi n. 手術室

⑫ méja operasi n. 手術台

⑬ mesin sinar X [si-nar éks] / mesin X-Ray [éks-réi] / mesin sinar rontgen n. X 光掃描器

⑭ mesin anéstési n. 麻醉器

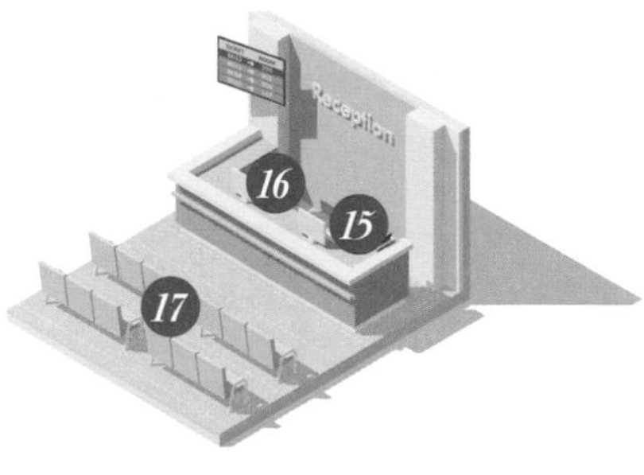

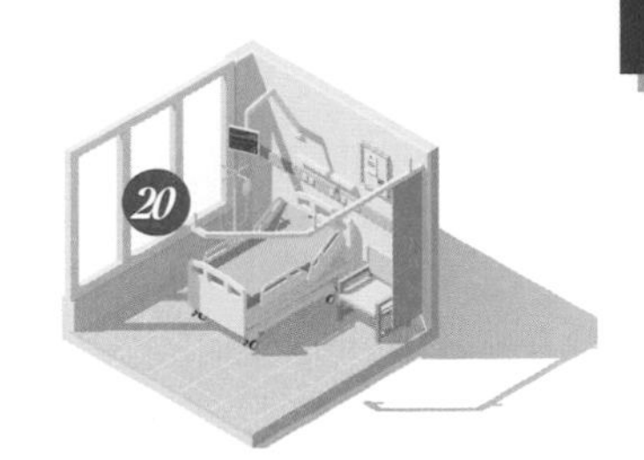

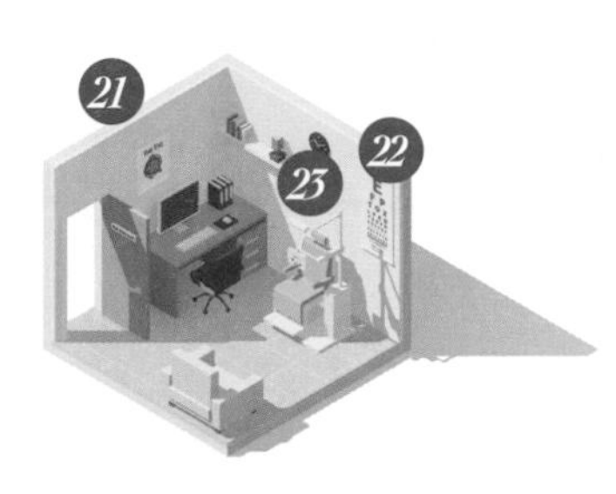

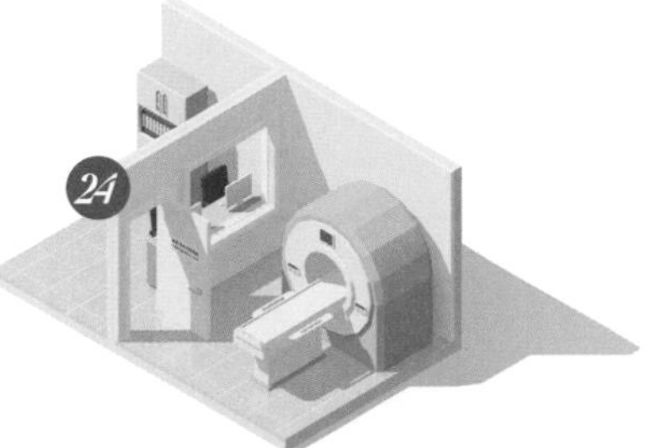

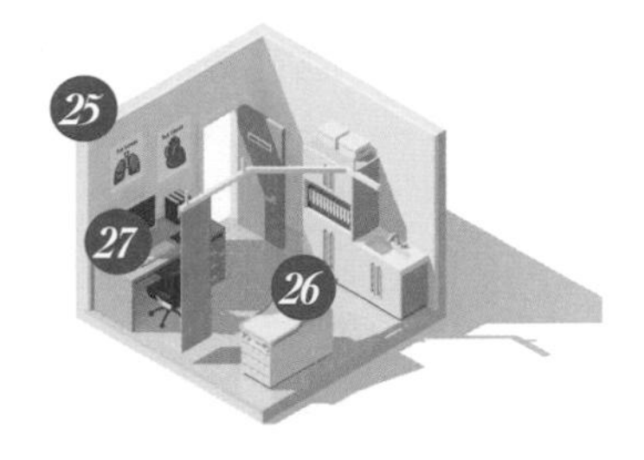

● Resépsi櫃檯

⑮ kounter kasir n. 出納櫃檯

⑯ kounter pendaftaran n. 掛號櫃檯

⑰ tempat menunggu n. 等候區

● Radiologi 放射科

⑱ ruang radiologi n. 放射室

⑲ mesin sinar X [si-nar éks] n. X 光攝影儀器

● ICU [ai-si-yu] 加護病房

⑳ ruang ICU [ai-si-yu] n. 加護病房

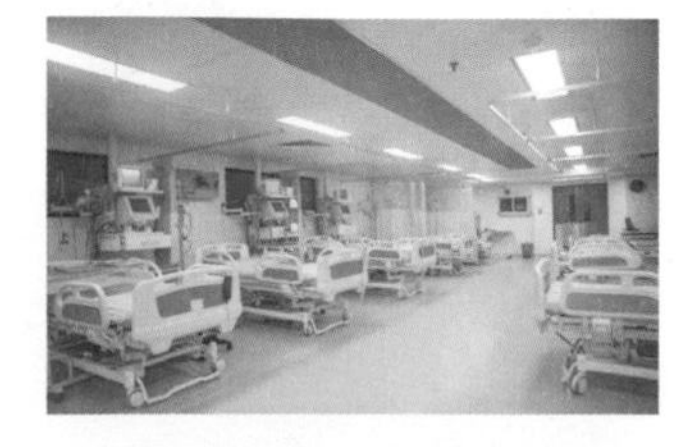

● Mata 眼科

㉑ ruang pemeriksaan mata n. 眼科診間

㉒ 外 Snellen chart / chart alat tés mata n. 視力表

㉓ mesin autorefractor n. 驗光儀器

● Ruang MRI [ém-ar-ai, ém-ér-i] 核磁共振造影室

㉔ ruang MRI [ém-ar-ai, ém-ér-i] n. 核磁共振造影室

● Penyakit Dalam Umum 一般內科

㉕ ruang pemeriksaan n. 診間

㉖ méja periksa pasién n. 診療台

㉗ méja kerja n. 工作桌

01 健康檢查

07-01-02.MP3

醫院裡常出現的人物

dokter
n. 醫師

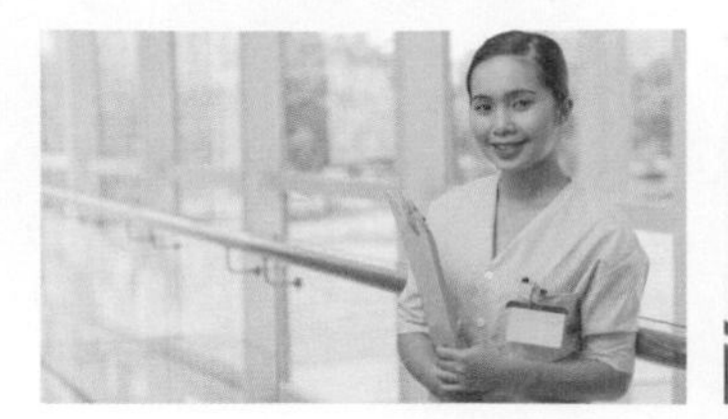

suster / perawat
n. 護士、護理師

staf ambulans
n.（救護車的）救護人員

dokter pemeriksa laboratorium
n. 醫檢師

dokter radiologi
n. 放射師

apotéker
n. 藥師

07-01-03.MP3

一般健檢項目有哪些呢？

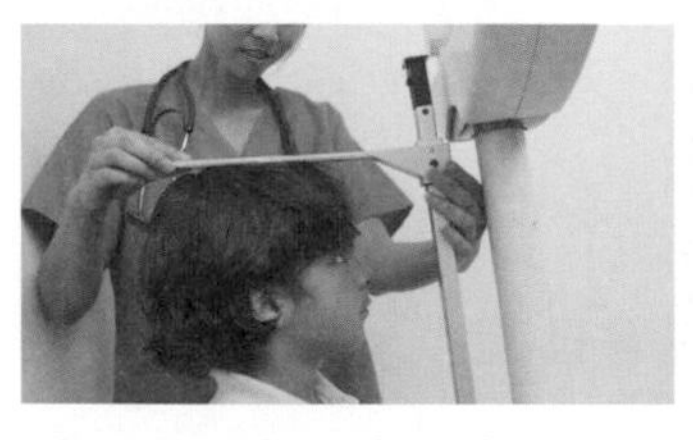

書 mengukur tinggi badan
ph. 量身高

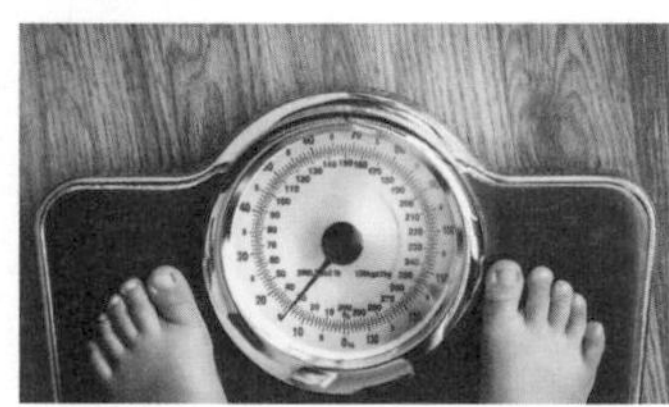

書 menimbang berat badan
ph. 量體重

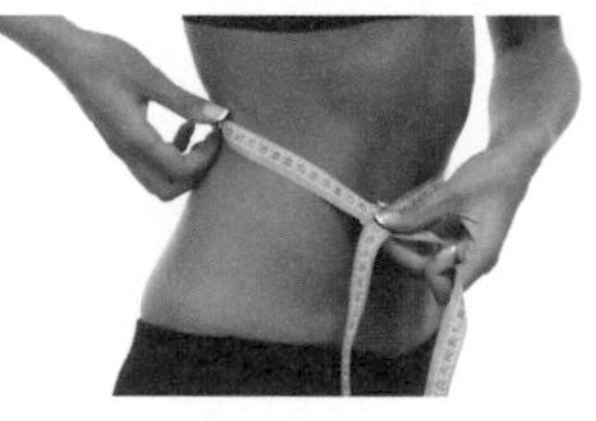

書 mengukur lingkar pinggang
ph. 量腰圍

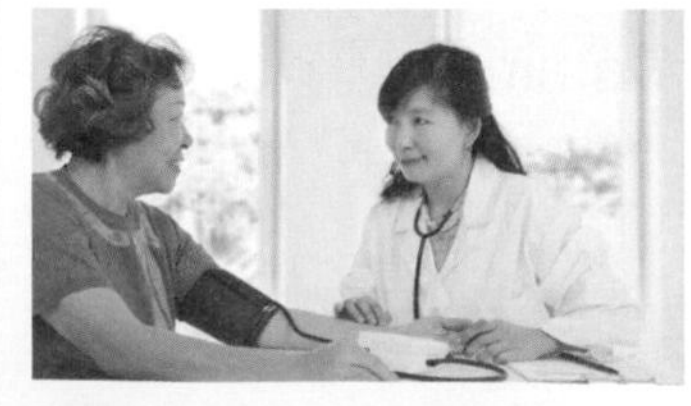

書 mengukur ténsi darah / mengukur tekanan darah
ph. 量血壓

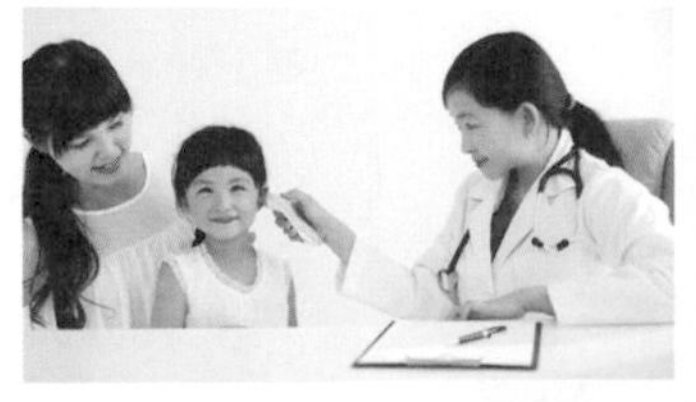

書 mengukur suhu tubuh / 口 ukur suhu tubuh
ph. 量體溫

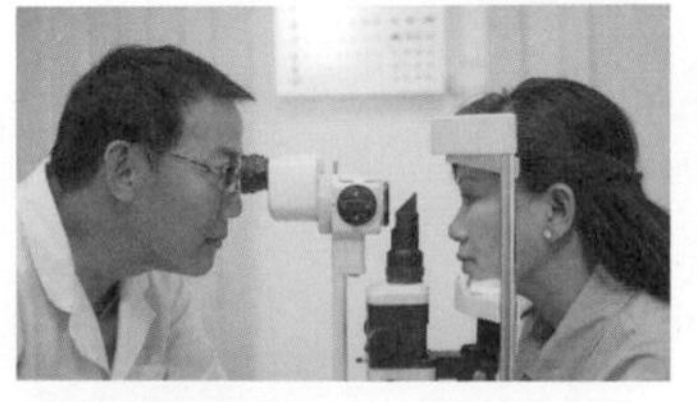

書 mengecék penglihatan / 口 cék mata
ph. 檢查視力

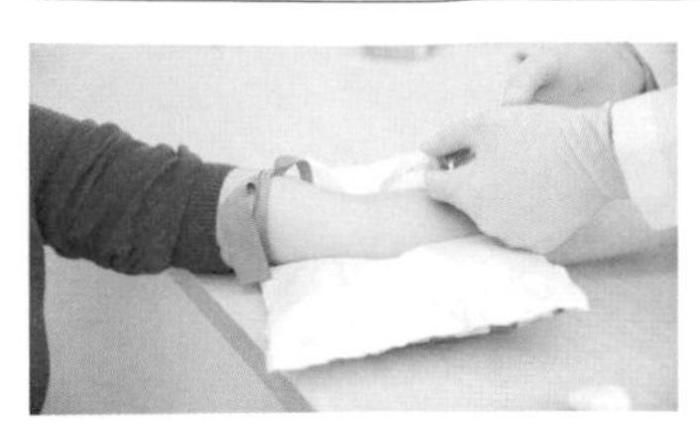

mengambil darah /
◙ ambil darah
ph. 抽血

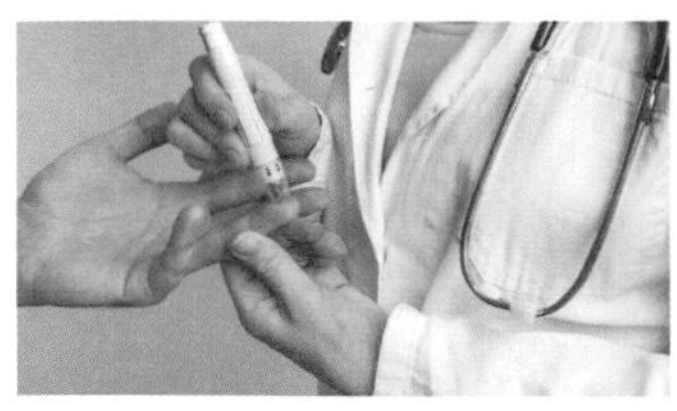

mengecék gula darah /
◙ cék gula darah
ph. 驗測血糖

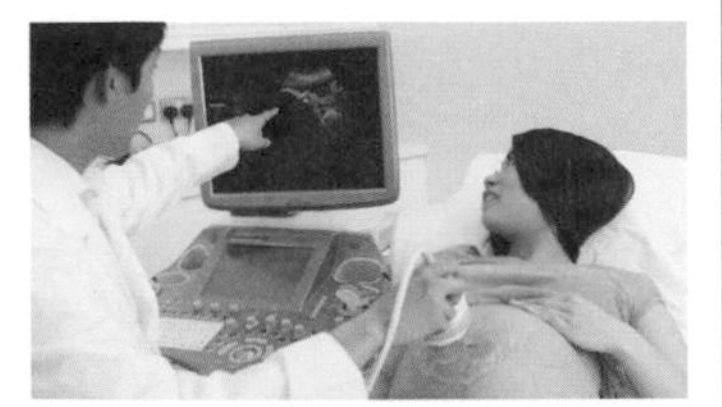

melakukan USG [u-és-gé] /
◙ USG [u-és-gé]
ph. 超音波檢查

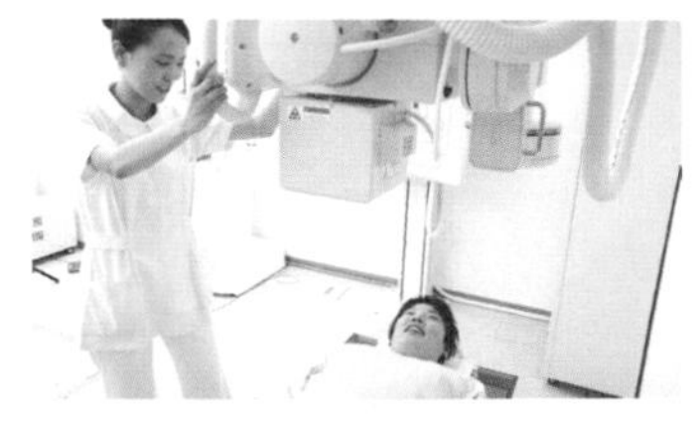

merekam foto sinar-X
[si-nar éks] /
◙ foto sinar-X [si-nar éks]
ph. X光檢查

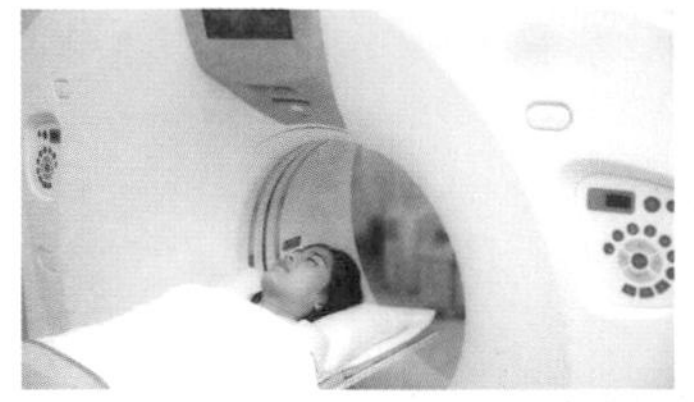

melakukan CT-Scan
[si-ti skén] /
◙ CT-Scan [si-ti skén]
ph. 電腦斷層掃描

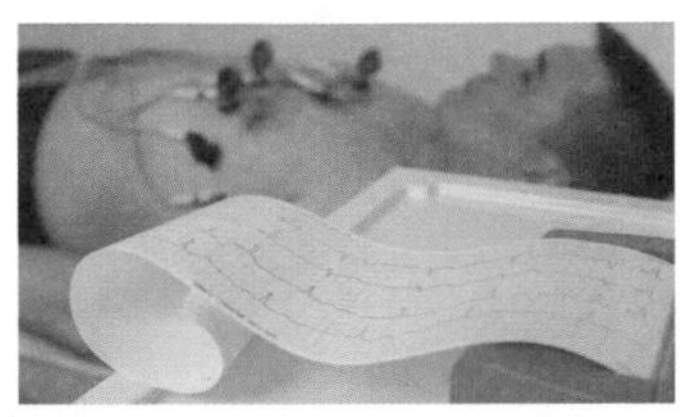

membuat ECG [é-cé-gé] /
membuat éléktrokardiogram
/ ◙ ECG [é-cé-gé]
ph. 照心電圖

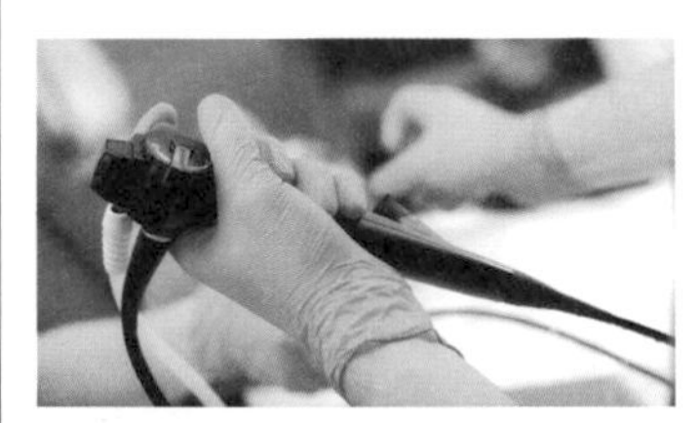

melakukan éndoskopi /
◙ éndoskopi
ph. 做內視鏡

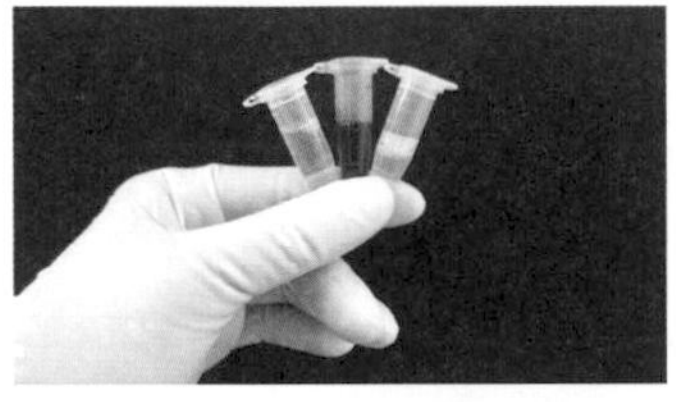

mengecék fésés dan urin /
◙ cék kotoran dan kencing
ph. 檢驗糞便和小便檢體

biopsi
n. 活體組織切片檢查

Tips 生活小常識：看病篇

在印尼去醫院 berobat（看病）要先 daftar（報名／掛號），如果是第一次到該醫院看診的話，就要填寫 Formulir Data Pribadi（個人資料表）。印尼並非所有人都有 asuransi kesehatan（健保），所以掛號時櫃檯人員會問你有沒有健保。掛號時要跟櫃檯人員說你要掛的科目，櫃檯人員就會幫你掛號。掛完號，

櫃檯人員會請你到體檢室量 tensi（血壓）、detak jantung（心跳）及 kadar oksigen darah（血氧飽和度）。驗完後，護士會請你到 ruang pemeriksaan（診間） 前面等叫號。叫號後，進入診間，便告訴醫生你的 gejala-gejala（症狀）。醫生檢查後如果直接查出病情，就會直接請你到 kasir（櫃檯）結帳，並且在 apotek（藥局）領藥；如果需要進一步檢查，可能會請你 cek darah（驗血）、foto sinar X（照 X 光）等。等醫生拿到 laporan（報告）後，就可以診斷出你是否需要 rawat inap（住院），或者該給你開什麼藥。印尼有些醫院的櫃檯和藥局是連一起的，所以結完帳後等藥出來就可以領藥了；但有些醫院兩處是分開的，所以在櫃檯結完帳後（門診費的部分），還需要把 resep dokter（處方）拿到藥局去，再掏錢出來買藥。

Jika sakit parah, langsung saja **berobat** ke rumah sakit. 如果病得很嚴重，直接去醫院看病吧。

02 醫院各科及相關疾病

THT [té-ha-té] 耳鼻喉科

07-01-04.MP3

1. (口) ingusan / (書) beringus n. 流鼻涕
2. sinusitis / radang sinus n. 鼻竇炎
3. alérgi hidung n. 鼻子過敏
4. tulang hidung béngkok / déviasi séptum nasal n. 鼻中膈彎曲
5. kanker nasofaring n. 鼻咽癌
6. radang amandel / tonsillitis n. 扁桃腺炎
7. trakéitis n. 氣管炎
8. radang telinga tengah / otitis média n. 中耳炎
9. telinga berdenging / tinnitus n. 耳鳴
10. tuli / sulit mendengar n. 重聽
11. indra penciuman abnormal n. 嗅覺異常
12. kelumpuhan otot wajah n. 顏面神經麻痺
13. radang telinga luar n. 外耳炎

07-01-05.MP3

● Mata 眼科

1. miopi / rabun jauh n. 近視
2. hipermétropi / rabun dekat n. 遠視
3. astigmatisme / silinder n. 亂視、散光
4. présbiopi / mata tua n. 老花眼
5. mata kering n. 乾眼症
6. konjungtivitis n. 結膜炎
7. glaukoma n. 青光眼
8. katarak n. 白內障

07-01-06.MP3

● Pulmonologi / Paru-paru dan Pernapasan 胸腔內科

1. pilek n. 感冒
2. batuk n. 咳嗽
3. sesak napas n. 氣喘
4. bronkitis n. 支氣管炎
5. pnéumonia / radang paru-paru n. 肺炎
6. kanker paru-paru n. 肺癌

07-01-07.MP3

● Jantung dan Pembuluh Darah 心臟血管科

1. serangan jantung / penyumbatan otot jatung n. 心肌梗塞
2. gagal jantung / 外 heart failure n. 心臟衰竭
3. hiperténsi / tekanan darah tinggi n. 高血壓
4. penyakit jantung iskémik n. 缺血性心臟病
5. penyempitan katup mitral n. 二尖瓣狹窄
6. régurgitasi katup mitral n. 二尖瓣閉鎖不全
7. atérosklérosis n. 動脈硬化
8. 外 stroke n. 中風

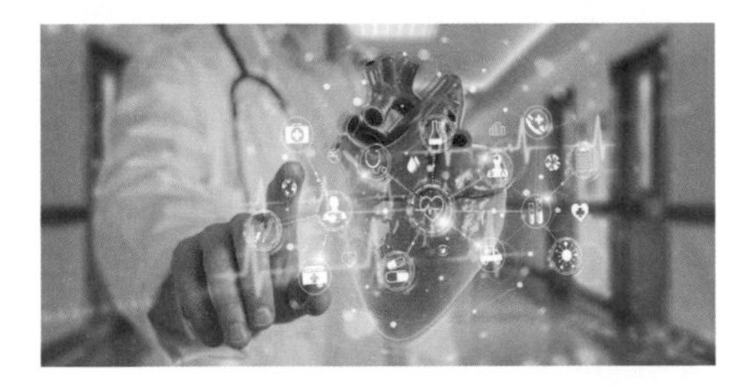

07-01-08.MP3

● Lambung dan Sistem Pencernaan 腸胃科

1. sirosis hati n. 肝硬化
2. kanker hati n. 肝癌
3. sakit lambung n. 胃痛
4. tukak lambung / ulkus lambung n. 胃潰瘍
5. kanker lambung n. 胃癌
6. pankreatitis n. 胰腺炎
7. radang usus buntu / apendisitis n. 盲腸炎
8. radang usus besar n. 大腸炎
9. asam lambung / réfluks gastroésofagus n. 胃食道逆流
10. dispépsia n. 消化不良
11. heartburn n. 胃灼熱
12. mual n. 反胃
13. diaré n. 腹瀉
14. sembelit / konstıpasi n. 便秘
15. ambéien / wasir / bawasir n. 痔瘡

07-01-09.MP3

● Sistem Perkemihan & Réproduksi (Urologi) 泌尿科

1. batu ginjal n. 腎結石
2. gagal ginjal n. 腎功能衰竭
3. batu empedu n. 膽結石
4. susah buang air kecil n. 排尿困難
5. sistitis / infeksi kandung kemih n. 膀胱炎
6. prostatitis n. 前列腺炎
7. kanker prostat n. 前列腺癌
8. orkitis / radang téstis n. 睪丸炎
9. kanker téstis n. 睪丸癌
10. mimpi basah n. 夢遺
11. éjakulasi dini n. 早洩
12. disfungsi séksual n. 性功能障礙
13. impoténsi / disfungsi éréksi n. 陽痿
14. fimosis n. 包莖、包皮過長

07-01-10.MP3

● Éndokrinologi 內分泌科

1. kencing manis / diabétes n. 糖尿病
2. hipotiroidisme n. 甲狀腺機能低下症
3. hipertiroidisme n. 甲狀腺機能亢進症
4. insufisiensi adrénal n. 腎上腺機能不足
5. hipopituitarisme n. 垂體低能症

07-01-11.MP3

● Tulang (Ortopedi) 骨科

1. retak tulang / patah tulang n. 骨折
2. ostéoporosis n. 骨質疏鬆
3. spondilosis sérvikal n. 頸椎病
4. artritis n. 關節炎
5. rematik n. 風濕
6. pirai / gout n. 痛風
7. saraf kejepit n. 椎間盤突出
8. skiatika / 外 sciatica n. 坐骨神經痛

07-01-12.MP3

● Kulit (Dérmatologi) 皮膚科

1. kulit terkena benda panas ph. 燙到
2. radang kulit / dérmatitis n. 皮膚炎
3. jerawat n. 痘痘

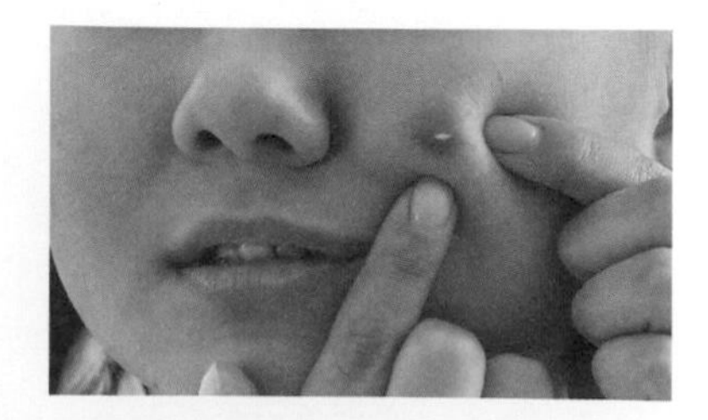

4. kurap n. 皮癬菌
5. kanker kulit n. 皮膚癌
6. alérgi n. 過敏
7. urtikaria / biduran / gatal-gatal n. 蕁麻疹
8. psoriarsis n. 牛皮癬
9. kudis / skabiés n. 疥瘡
10. jamur kuku n. 灰指甲

07-01-13.MP3

Saraf 神經內科

1. sakit kepala n. 頭痛
2. migrain n. 偏頭痛
3. cedera otak traumatik n. 創傷性腦損傷
4. néuropati n. 神經病變
5. skizofrénia n. 精神分裂症
6. déprési n. 憂鬱症
7. autisme n. 自閉症
8. penyakit alzheimer n. 老年癡呆症、阿茲海默症
9. penyakit parkinson n. 帕金森氏症
10. épilépsi n. 癲癇
11. penyakit meniere n. 梅尼爾氏症
12. hiperhidrosis n. 多汗症

07-01-14.MP3

Kebidanan dan Kandungan 婦產科

1. fibroid n. 子宮肌瘤
2. kanker éndométrium n. 子宮癌
3. kista ovarium n. 卵巢囊腫
4. vaginitis / radang vagina n. 陰道炎
5. sérvisitis / radang sérviks n. 子宮頸炎
6. kanker sérviks n. 子宮頸癌
7. ménstruasi tidak teratur n. 月經失調
8. ménoragia / ménstruasi berlebihan n. 月經過多
9. infértilitas n. 不孕症
10. mastitis / radang jaringan payudara n. 乳腺炎
11. kanker payudara n. 乳癌

07-01-15.MP3

Anak 小兒科

1. campak / 外 measles n. 麻疹
2. biang keringat / miliaria n. 痱子
3. rubéla / campak Jerman n. 德國麻疹
4. cacar air n. 水痘
5. flu Singapura / HFMD [ha-éf-ém-dé] n. 手足口病
6. beguk / gondong / parotitis n. 流行性腮腺炎
7. méningitis / radang selaput otak n. 腦膜炎
8. polio n. 小兒麻痺
9. batuk rejan / batuk seratus hari / pertusis n. 百日咳
10. cacing kremi n. 蟯蟲
11. malnutrisi n. 營養不良
12. demam berdarah / demam dengue n. 登革熱

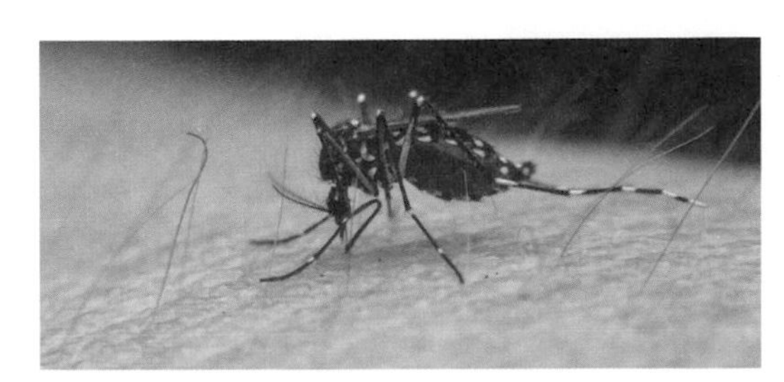

● Penyakit Menular 傳染病科

07-01-16.MP3

1. AIDS [éids] / HIV [ha-i-fé] n. 愛滋病
2. sifilis n. 梅毒
3. kutil kelamin / HPV [ha-pé-fé] n. 尖銳濕疣、菜花
4. kencing nanah / gonoré n. 淋病
5. variola / cacar n. 天花
6. koléra n. 霍亂
7. demam tifoid / tipes n. 傷寒
8. tétanus n. 破傷風
9. rabiés n. 狂犬病
10. pés / sampar n. 鼠疫
11. tuberkulosis [tu-ber-ku-lo-sis, tu-bér-ku-lo-sis] / TB [té-bé] / TBC [té-bé-sé] n. 結核病
12. influénza / flu n. 流感
13. malaria n. 瘧疾
14. roséola n. 玫瑰疹
15. hépatitis B [hé-pa-ti-tis bé] n. B 型肝炎

● Nutrisi 營養科

07-01-17.MP3

1. obésitas n. 肥胖症
2. kolésterol tinggi / hiperlipidémia n. 血脂高

● Fisioterapi 物理治療科

● Anestesiologi 麻醉科

● Gawat Darurat 急診

● Imunologi 免疫學科

Tips 小提醒：生病的說法

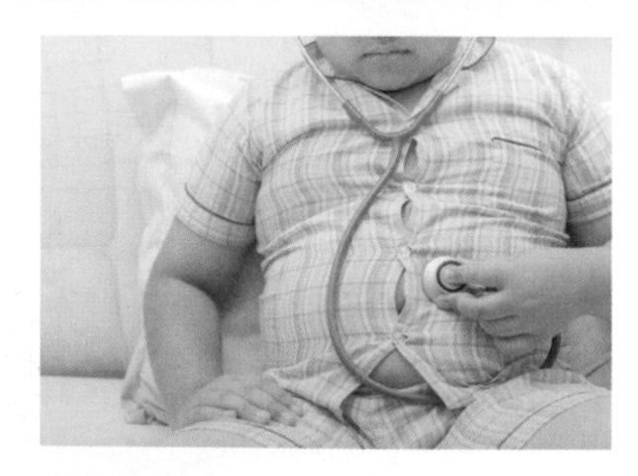

如果要用印尼語口語表達「得」了一種病，可以說 kena，後面再加上病或症狀的名稱。書面語則可以說 terkena，嚴重的病也可以說 terjangkit，一樣是在後面加上病或症狀的名稱就可以了。

Saya baru berobat, kata dokter saya **kena** obesitas, maka saya harus diet. 我剛看病，醫生說我得了肥胖症，所以我必須減肥。

03 人體外觀

07-01-18.MP3

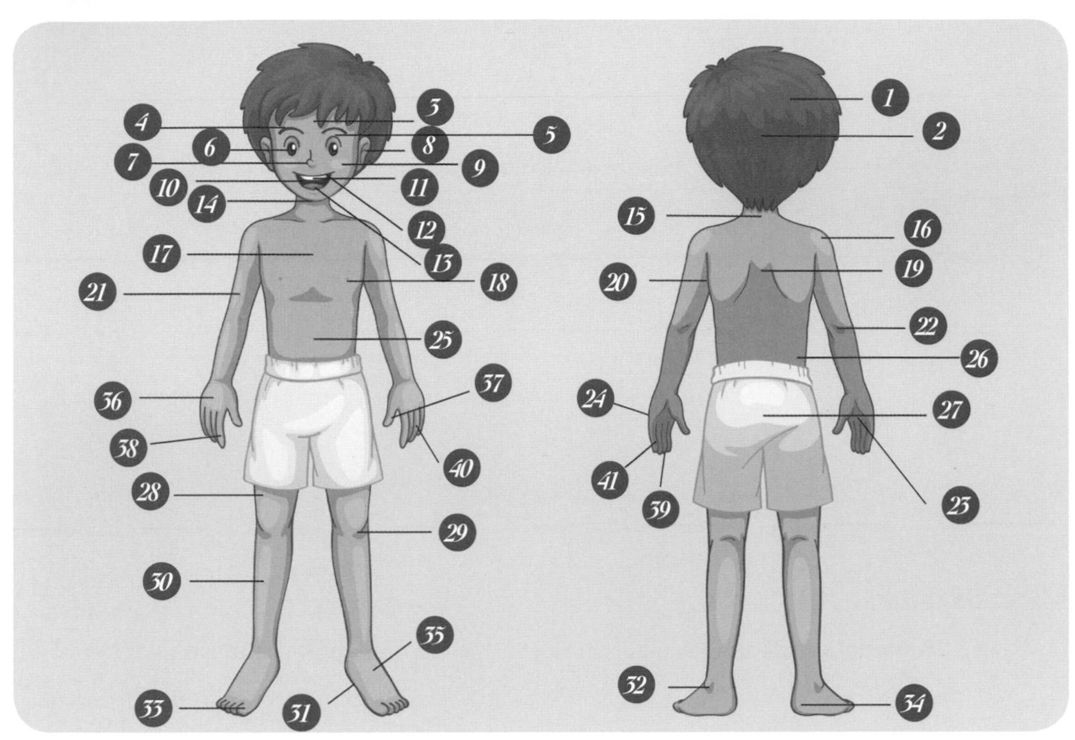

1. kepala n. 頭
2. rambut n. 頭髮
3. 書 dahi / 口 jidat n. 前額
4. alis n. 眉毛
5. bulu mata n. 睫毛
6. mata n. 眼睛
7. hidung n. 鼻子
8. 書 telinga / 口 kuping n. 耳朵
9. pipi n. 臉頰
10. mulut n. 嘴巴
11. gigi n. 牙齒
12. bibir n. 嘴唇
13. lidah n. 舌頭
14. dagu n. 下巴
15. léhér n. 脖子
16. 書 bahu / 口 pundak n. 肩膀
17. dada n. 胸部
18. 口 pentil / 書 puting susu n. 乳頭
19. punggung n. 背
20. ketiak n. 腋窩
21. lengan n. 手臂
22. siku n. 手肘
23. telapak tangan n. 手掌
24. jari tangan n. 手指
25. perut n. 肚子
26. pinggang n. 腰
27. 書 bokong / 口 pantat n. 屁股
28. paha atas n. 大腿
29. kaki n. 腳
30. lutut n. 膝蓋
31. telapak kaki n. 腳掌
32. pergelangan kaki n. 腳踝
33. tumit n. 腳跟
34. jari kaki n. 腳趾
35. punggung kaki n. 腳背
36. punggung tangan n. 手背
37. ibu jari n. 拇指
38. jari telunjuk n. 食指
39. jari tengah n. 中指
40. jari manis n. 無名指
41. jari kelingking n. 小指

07-01-19.MP3

Tips 跟身體上的部分有關的慣用語

- **jangan mengukur baju orang di badan sendiri**：不要在自己身上量別人的衣服。比喻不要把自己的價值觀加諸在他人身上；不要認為別人的需要、喜好和判斷方式一定要和自己一樣才行。

  Mémang dia tidak ingin kembali ke Indonésia, ya sudahlah, tidak perlu dipaksa. Kan pikiran orang béda-béda, maka **jangan mengukur baju orang di badan sendiri**. 他不想回印尼就算了，不用逼他。每個人的想法本來就不同，所以不要在自己身上量別人的衣服。

- **memikul di bahu, menjunjung di kepala**：用肩膀扛，用頭頂。Pikul 是用肩膀扛東西的動作，junjung 是把東西放在頭上頂的動作。比喻規規矩矩地辦事，因為用肩膀「頂」，用頭「扛」是不合常理的。

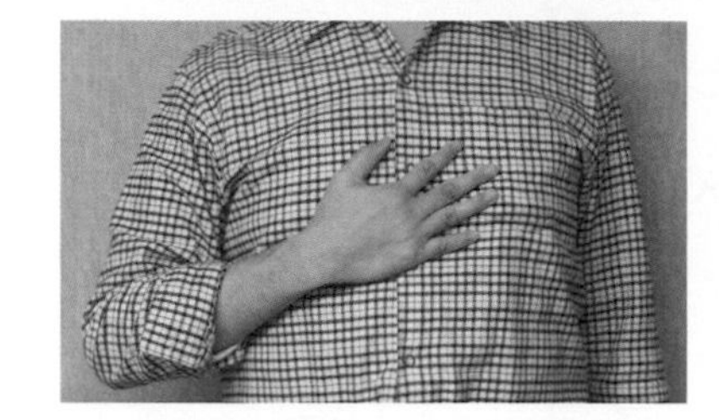

- **menepuk dada**：拍胸口。相當於中文的「驕傲自大」。
- **mengurut dada**：按壓胸口。指「很有耐心地忍受傷痛」。
- **dada lapang**：寬闊的胸。指「有耐心」。

  Pak Budi **mengurut dada** melihat anaknya yang selalu **menepuk dada** dan tidak pernah mendengarkan nasihatnya. Walaupun demikian, Pak Budi selalu ber**dada lapang** terhadap anaknya. 布迪先生看著他那驕傲自大又不停勸的孩子，只好默默地忍住傷痛。雖然如此，布迪先生對待孩子仍然很有耐心。

- **berjalan peliharakan kaki, berkata peliharakan lidah**：走路時要留意腳下，說話時要留意舌頭。指做任何事，說任何話都要小心謹慎。相當於中文的「如履薄冰」、「小心翼翼」。

- **cepat kaki ringan tangan**：足快手輕。指「勤快」的意思。

  Pekerja yang **cepat kaki ringan tangan** sangat langka. Bila ditemukan, hendaklah dinaikkan gajinya. 勤快的員工得來不易。如果找到了，應該要給予加薪。

- **ringan tangan**：手輕。指「動不動就動手打人」、「隨意動粗」的意思。

  Orang yang **ringan tangan** tidak pantas menjadi kepala keluarga. 動不動就動手打人的人不配成為一家之主。

- **berat siku**：手肘沈重。指「懶惰」的意思。

- **bagai terikat kaki tangan**：宛如被綁住了手腳。指「不自由」的意思。

  Rakyat negara itu tidak bisa meninggalkan negaranya sendiri, hidupnya **bagai terikat kaki tangan**. 該國人民無法離開自己的國家，生活就像被綁住了手腳。

- **kepala sama berbulu, pikiran lain-lain**：頭上長著一樣的毛髮，想法卻相互不同。指每個人之間都不會有想法是一模一樣的。相似於中文的「各持己見」。
- **diberi di bahu, hendak ke kepala**：讓（小孩）（坐）在肩膀上，他就想要（坐）在頭上。指人被寵壞，每當滿足他一次要求後他就會繼續索求。相似於中文「得寸進尺」。
- **diberi sejengkal mau sehasta**：Jengkal 是從拇指到小指頭的長度，hasta 是從手肘到中指的長度。比喻給了一些後又要更多。近似於中文的「得寸進尺」。
- **diberi betis mau paha**：給了小腿要大腿。近似於中文的「得寸進尺」。
- **mencekik léhér**：掐住脖子。比喻價格昂貴。

Akibat wabah virus, semua orang memborong sembako, dan harga sembako pun naik hingga mencekik léhér. 因為病毒暴發之故，人人都大量搶購基本食材，食材的基本價格也就漲得非常昂貴。

- **mata duitan**：眼裡都是錢。指著重金錢，不在乎錢以外的事物的意思。近似於中文的「視財如命」。
- **menutup mata**：閉上眼睛。假裝看不見。相當於中文的「睜一隻眼、閉一隻眼行」。
- **menutup sebelah mata**：閉上一邊的眼睛。亦為假裝看不見。相當於中文的「睜一隻眼、閉一隻眼行」。

PNS [pé-én-és] itu sangat mata duitan, dia hanya mengerjakan proyék-proyék yang menghasilkan uang untuk dirinya sendiri dan menutup sebelah mata saat diberikan proyék lain, walaupun proyék lain tersebut bisa menguntungkan rakyat dan negara. 那名公務員視財如命，他只做能為自己賺錢的工作業務，當收到別的工作業務時，縱使該工作能對人民和國家帶來好處，他也是睜一隻眼，閉一隻眼，假裝沒看見。

- **hanya di mulut**：嘴上說說而已。指一個人說話不算數。近似於中文的「言而無信」。
- **besar mulut**：嘴巴大。指一個人很會吹牛。

Jangan percaya sama dia. Dia orangnya besar mulut dan berkata bahwa dia kaya raya dan dermawan. Buktinya saat diminta bantuan, dia hanya mengiyakan di mulut dan bésoknya pura-pura lupa. 別相信他。他是個很會吹牛的人，還說自己很有錢、很愛施捨。結果請他幫忙的時候，他只是嘴上答應了，隔天就假裝忘了。

04 內臟

07-01-20.MP3

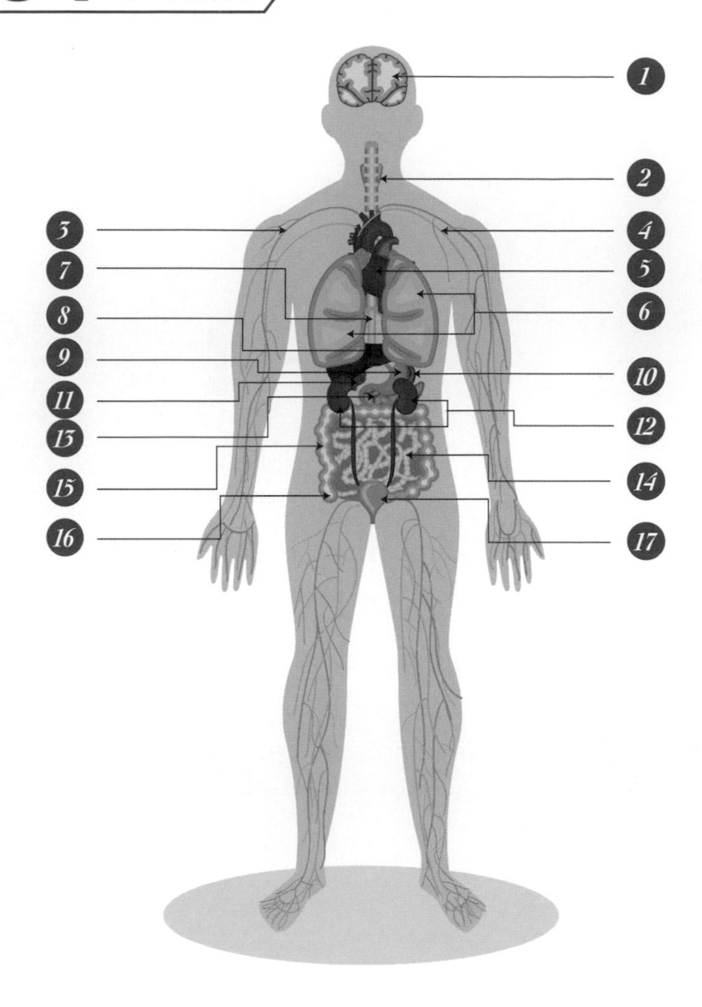

1. otak n. 腦
2. tenggorokan n. 喉嚨
3. artéri / pembuluh nadi n. 動脈
4. véna / pembuluh balik n. 靜脈
5. jantung n. 心臟
6. paru-paru n. 肺臟
7. kerongkongan n. 食道
8. hati n. 肝臟
9. lambung n. 胃
10. limpa n. 脾臟
11. kantung empedu / kandung empedu n. 膽
12. ginjal n. 腎臟
13. pankréas n. 胰臟
14. usus kecil / usus halus n. 小腸
15. usus besar / kolon n. 大腸
16. usus buntu n. 盲腸
17. kandung kemih n. 膀胱

07-01-21.MP3

Tips 跟體內的部分有關的慣用語

- **otak miring**：腦子歪掉。指「發瘋」。

  Hanya orang yang **otaknya miring** bisa menulis karangan seperti ini. 只有瘋掉的人才會寫出這種作文。

- **otak udang**：蝦子腦。指「笨蛋」。

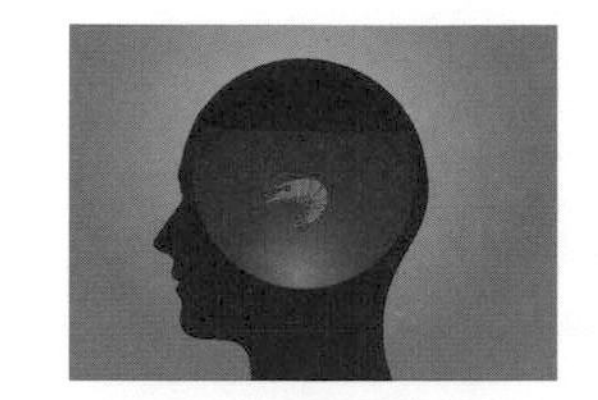

  Otaknya mémang **otak udang**, tapi kita harus sabar mengajarnya.
  他的腦子的確很差，但我們得耐心教他。

- **hati bagai pelepah, jantung bagai jantung pisang**：

  肝如葉中肋，心如香蕉心。這裡印尼語中的香蕉心別稱香蕉花。這個成語用植物的部位和人類內臟相互比喻。指「情感冷淡，無法感受別人的痛苦的人或被人辱罵也不會感到生氣的人」。依情況不同分別相似於中文的「冷血無情」及「神經大條」。

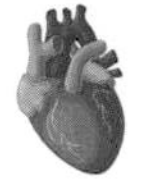

- **berkecil hati**：心小。指「失望」。

  Walaupun kalah, janganlah **berkecil hati**. 雖然輸了也不要失望。

- **Maksud hati memeluk gunung, apa daya tangan tak sampai**：心有意想擁抱山，但力量不足，手也搆不著。相當於中文的「心有餘力不足」。

- **Diberi hati mau jantung**：給了肝臟要心臟。相當於中文的「得寸進尺」。

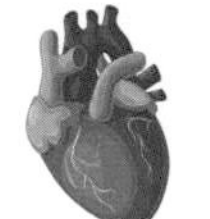

- **naik darah**：血液飆高。指「生氣」的意思。

- **darah mendidih**：血液沸騰。指「生氣」的意思。

  Melihat perbuatan anak Pak Budi, jangankan kau **naik darah**, darahku pun **mendidih**. 看著布迪先生他孩子的行為，別說是你生氣了，我也跟著火大。

- **sampai tétés darah yang penghabisan**：直到最後一滴血。相當於中文的「死拼到底」。

  Para mahasiswa bersumpah untuk menjaga démokrasi **sampai tétés darah yang penghabisan**. 大學生們發誓，拼死到底都要維護民主。

＼你知道嗎？／

「Hati」好混亂！到底是「心」還是「肝」？

在印尼，如果醫生說你的 hati 有問題，這時他指的是「肝臟」。而在印尼語的情歌中常常聽到的 sakit hati（心痛）、hati terluka（受傷的心）等，這些 hati 卻是指「心」而不是肝臟。要是得了心臟病，醫生會說的則是 sakit jantung。由於 hati 有一字多義的問題，所以印尼的醫生診斷時索性就用英文的 léver 來代表肝臟，避免混淆。

05 手術房

07-01-22.MP3

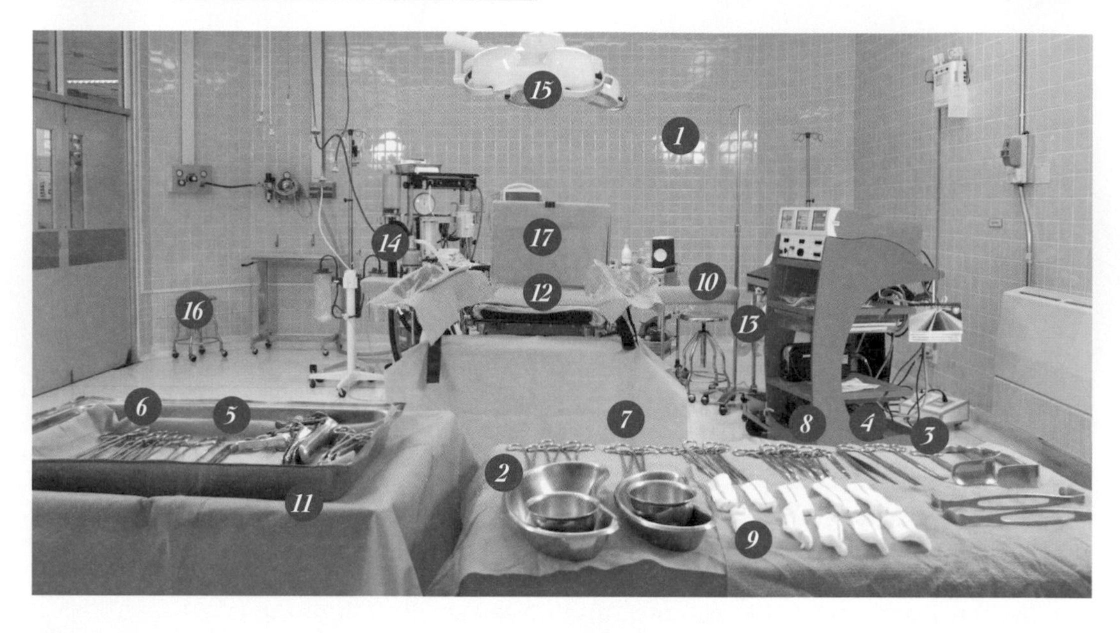

1. ruang operasi n. 開刀房
2. alat bedah n. 手術器械組
3. forsép hémostatik / tang hémostatik n. 止血鑷
4. gunting jahitan n. 縫合剪刀
5. pisau bedah n. 手術刀
6. gunting bedah n. 手術剪
7. pinsét n. 手術鑷
8. 外 towel clamp n. 布巾鉗
9. kain kasa n. 紗布
10. rak alat bedah n. 器械架
11. tray alat bedah n. 器械盤
12. méja operasi n. 手術台
13. défibrilator n. 心臟電擊器
14. mesin bius / mesin operasi n. 麻醉器
15. lampu operasi / lampu bedah n. 手術燈
16. kursi operasi / kursi bedah n. 手術圓凳
17. handuk bedah n. 手術用消毒巾

07-01-23.MP3

進手術房需換上哪些裝備？

1. topi bedah n. 手術帽
2. sarung tangan bedah n. 手術用手套
3. masker n. 口罩
4. baju bedah / baju operasi n. 手術衣

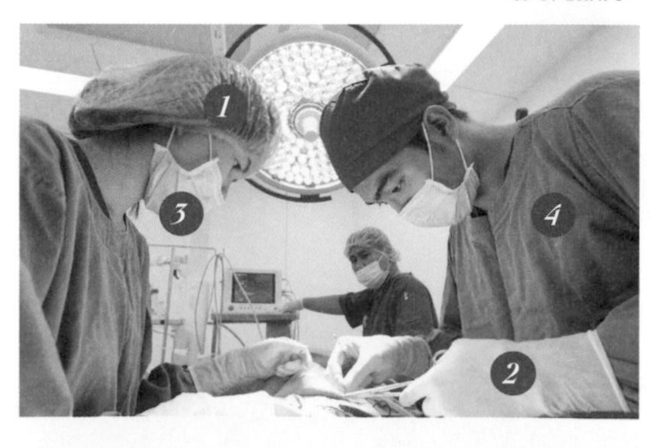

06 術後

07-01-24.MP3

手術後，住院的設施及設備有哪些？

1. ruang pemulihan / 外 post anesthesia care unit n. 恢復室
2. 外 nurse station n. 護理站
3. ruang n. 病房
4. ranjang pasién n. 病床
5. ranjang pasién éléktrik n. 電動病床
6. siderail ranjang pasién n. 病床護欄
7. tombol panggil perawat / 外 nurse call system n. 護理師緊急呼叫鈴
8. tabung oksigén n. 氧氣管
9. tiang infus n. 點滴架
10. infus n. 點滴
11. kursi pendamping n.（家屬）陪伴椅
12. pendamping pasién n. 陪病者
13. dispénser air n. 飲水機
14. baju pasién n. 病患服
15. pengaruh bius hilang ph. 麻醉消退

07 中醫

07-01-25.MP3

源自中國的治療方式有哪些？

akupuntur
v. 針灸

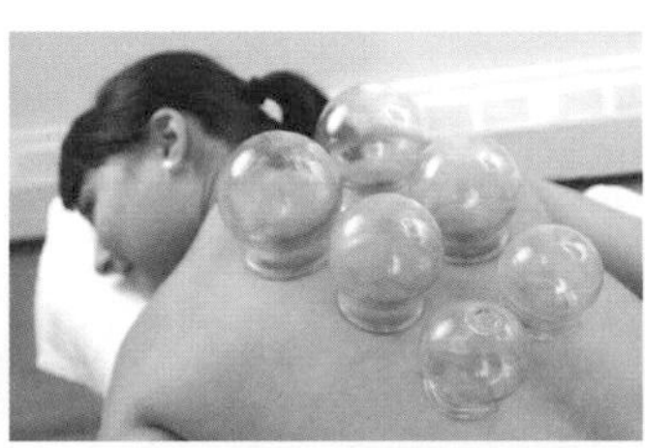

térapi kop / térapi bekam
v. 拔罐

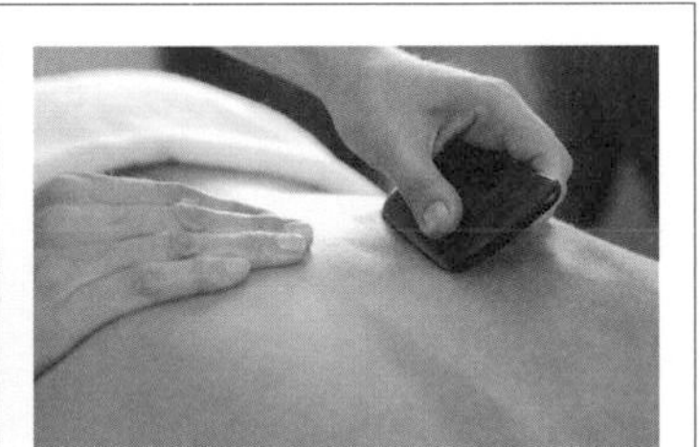

kerik
v. 刮痧

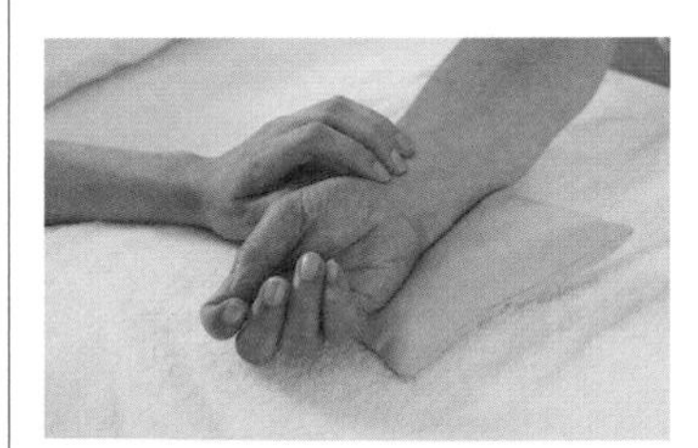

palpasi / merasakan denyut nadi
ph. 把脈

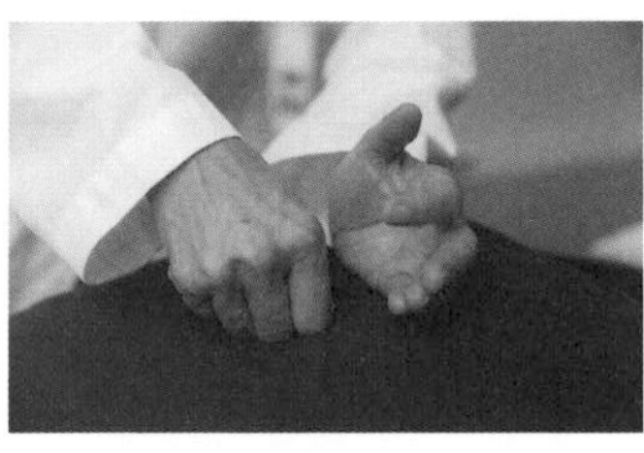

memijat titik akupuntur / memijat titik akupresur
ph. 按摩穴道

memijat
v. 按摩

＼你知道嗎？／

印尼人專有的病：Masuk Angin（進風）

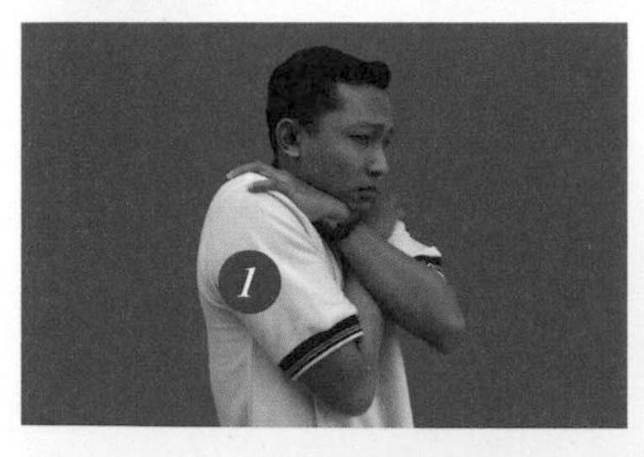

當你感到腹脹、發燒、肌肉痠痛、發抖、食慾不振時，印尼人就會把這種情況叫做 ❶ masuk angin。其字面上的意思，讀起來像是風進入你的身體裡。這是因為腹脹的時候肚子會有脹脹不舒服的感覺，致使許多印尼人就認為這是因為吹到太多風或淋到雨，使風寒「進入肚子裡」所造成的緣故。

Masuk angin 無法翻成中文或英文，因為這兩種語言裡根本沒這種概念。醫學界也普遍認為 masuk angin 只是個傳說，並不是真的存在這種病。這種現象就像是中醫有「氣」的概念，西醫卻沒有一樣。

但如果這種病不存在的話，為什麼這麼多印尼人都會說自己 masuk angin 呢？因為 masuk angin 並不是一種病，對印尼人而言是某種病或某些病的一些症狀同時出現的總稱。一般而言，當一個人出現了上呼吸道感染（普通感冒、流行性感冒、鼻咽炎、扁桃腺炎、喉炎等）或消化不良，或更嚴重一點的登革熱、瘧疾或心臟病時，這些在西醫的領域中都是不同的疾病，但對印尼人的傳統認知來說，這些就是罹患「masuk angin」了。

印尼人遇到 masuk angin 時有幾種療法，嚴重的話當然是去看醫生，但如果只是輕微的病症，印尼人會用 kerok（刮痧）、喝熱水或喝 jamu（印尼傳統草藥）來治療。印尼人還會買成份都是用傳統印尼草藥製造，並由印尼的國家官方機構所認證核準 ❷ Tolak Angin（商標直譯：驅離風）或 Antangin（商標直譯：反抗風）這些「驅風藥」服用，以求達到治療 masuk angin 的效果。

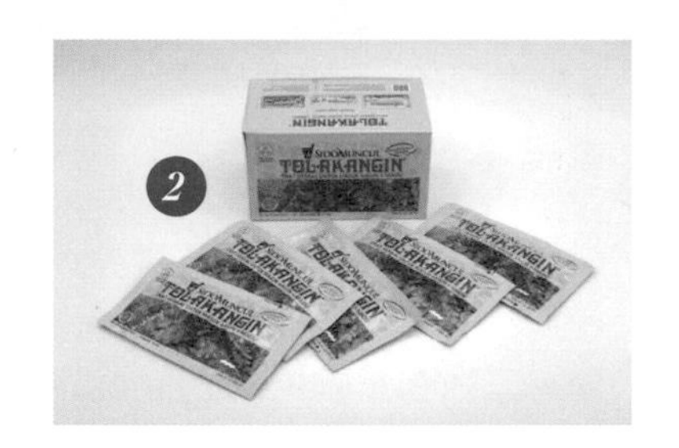

在醫院裡常用的句子

Di Kounter Resépsi 在服務台

Suster: Selamat pagi, apakah sudah réservasi online?
醫護人員：中午好，請問有網上預約嗎？

Pasién: Sudah, saya réservasi jam sepuluh pagi. 病患：有，我約了早上十點。

Suster: Boléh tahu nama Ibu? 醫護人員：請問女士您的名字？

Pasién: Saya Rika Sulistyo. 病患：我叫麗卡．蘇里斯蒂歐。

Suster: Punya kartu asuransi keséhatan? 醫護人員：請問您有健保卡嗎？

Pasién: Ada, ini dia. 病患：有，在這。

Suster: Mohon duduk sebentar, saya panggil saat giliran Ibu, ya.
醫護人員：請您稍坐一下，輪到您時我就會通知您。

(Beberapa menit kemudian 數分鐘後）

Suster: Ibu Rika Sulistyo, silakan ke ruang dua.
醫護人員：麗卡・蘇里斯蒂歐女士，請到第二診間。

Di ruang periksa dua 在第二診間

Dokter: Selamat pagi, Bu, ada keluhan apa? 醫生：早安，女士，您哪裡不舒服？

Pasién: Saya batuk-batuk terus, lalu ada dahak. 病患：我一直咳嗽，而且有痰。

Dokter: Sejak kapan? 醫生：什麼時候開始的？

Pasién: Dua hari yang lalu. 病患：兩天前。

Dokter: Tolong buka mulutnya. 醫生：請張開您的嘴。

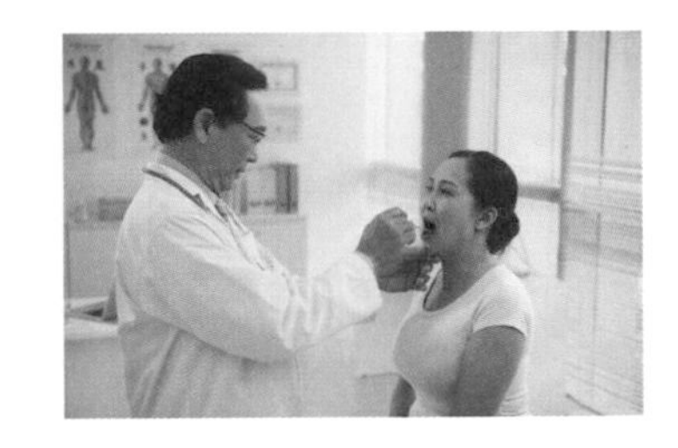

(Dalam pemeriksaan tenggorokan...)（檢查喉嚨中～）

Dokter: Tarik napas yang dalam, lalu keluarkan.
醫生：深呼吸，再吐氣。

(Mendengarkan dada pasien...)（聽病患的胸腔～）

Dokter: Ada keluhan lain? 醫生：還有其他症狀嗎？

Pasién: Tidak ada, Dok. 病患：沒有，醫生。

Dokter: Ada alergi obat? 醫生：吃藥會過敏嗎？

Pasién: Saya alérgi aspirin. Saya kena penyakit apa, ya Dok?
病患：我對阿斯匹靈過敏。我得了什麼病呢，醫生？

Dokter: Jangan khawatir, Ibu cuma radang tenggorokan. Saya kasih obat saja, ya.
醫生：別擔心，女士您是喉嚨發炎而已。我給您開藥就行了。

Pasién: Saya tidak boleh makan apa, ya? 病患：我有什麼東西不能吃嗎？

Dokter: Ibu kurangi minum és dan jangan makan pedas. Sering-sering minum air, ya.
醫生：您要少喝冰的，也別吃辣的食物。記得多喝水喔。

Pasién: Baik. 病患：好的。

Dokter: Bawa resép obat ini ke apoték untuk membeli obat. Diminum tiga kali sehari sesudah makan. 醫生：你拿著藥單去藥局買藥。每天三餐飯後服用。

Pasién: Baik, terima kasih, Dokter. 病患：好的，謝謝醫生。

08 新冠肺炎

07-01-26.MP3

Pandemi COVID-19 新冠疫情

1. Penyakit koronavirus 2019 n. 新冠肺炎
2. virus n. 病毒
3. virus COVID-19 [kofid-sembilan-belas] n. 新冠病毒
4. mutasi (virus) n.（病毒）變異
5. masa inkubasi n. 潛伏期
6. pencegahan épidémi n. 防疫
7. rajin mencuci tangan ph. 勤洗手
8. alkohol n. 酒精
9. disinféksi v. 消毒
10. cairan disinféktan n. 消毒液
11. terinféksi / terjangkit v. 感染
12. jumlah kasus yang dikonfirmasi ph. 確診人數
13. (virus) menyebar v.（病毒）擴散
14. kasus lokal n. 本土病例
15. kasus dari luar negeri n. 境外移入病例
16. vaksin n. 疫苗
17. dosis n. …劑（數）
18. pengénceran n. 稀釋
19. divaksin v.（接受）接種疫苗
20. memvaksinkan v.（實施）接種疫苗
21. tempat tés COVID [kofid] n. 篩檢站
22. inféksi kerumunan n. 群聚感染
23. 外 herd immunity / kekebalan kelompok n. 群體免疫

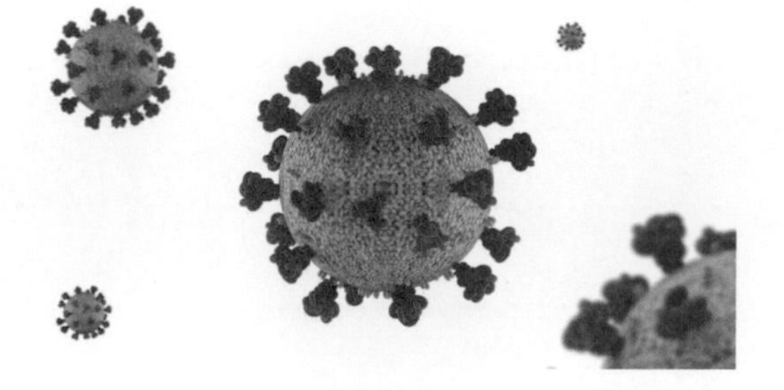

24. tes PCR [pi-si-ar] n. 核酸檢測
25. 外 rapid test n. 快篩
26. 外 rapid test kit n. 快篩試劑
27. négatif n. 陰性
28. positif n. 陽性
29. negatif palsu n. 偽陰性
30. positif palsu n. 偽陽性
31. melakukan social distancing / melakukan physical distancing n. 保持社交距離
32. isolasi mandiri / isoman n. 自主隔離
33. karantina n. 隔離
34. dilepaskan dari karantina ph. 解除隔離
35. 外 lockdown n. 封城
36. lockdown diberhentikan ph. 解除封城
37. menutup perbatasan ph. 封鎖邊境
38. 書 belajar daring / belajar online n. 遠距教學
39. 外 work from home / WFH [wé-éf-ha] ph. 居家辦公
40. menstimulasi ékonomi ph. 振興經濟
41. pandémi n. 疫情
42. scan Peduli Lindungi ph.（印尼實名制）掃描 Peduli lindungi（防疫軟體）

＼你知道嗎？／

印尼的防疫措施

防疫期間，印尼政府頒布了多次行動管制令，但印尼實質上未曾實施過全面封城的政令。隨著疫情的擴大，印尼政府開始實施的行動管制令，名為 PSBB [pé-és-bé-bé]（Pembatasan Sosial Berskala Besar，大規模社交管制），後又隨著疫情的日新月異，則又更名為 PPKM [pé-pé-ka-ém]（Pemberlakuan Pembatasan Kegiatan Masyarakat，群眾活動管制實施）。

在印尼的行動管制令中，疫情期間，政府規定在公眾場合必須 pakai masker（戴口罩），並且要求 ❶ 使用兩層口罩：裡面要有一層 masker sekali pakai（一次性口罩），而外面則必須要加上一層 masker kain（布料口罩）。當確診人數多的時候，政府會規定所有學校和各公司實施 belajar daring （遠距教學）和 work from home（居家工作）。等到確診人數變少時，則開始開放學校實施 PTMT [pé-té-ém-té]（Pembelajaran Tatap Muka Terbatas，有限度的面對面教學），也允許各公司 30% 的職員 kerja di kantor（到辦公室工作），為了減輕家長的負擔，政府也曾經允許或規定 sekolah nasional（公民學校）必須實施 PTM（Pembelajaran Tatap Muka，面對面教學）。

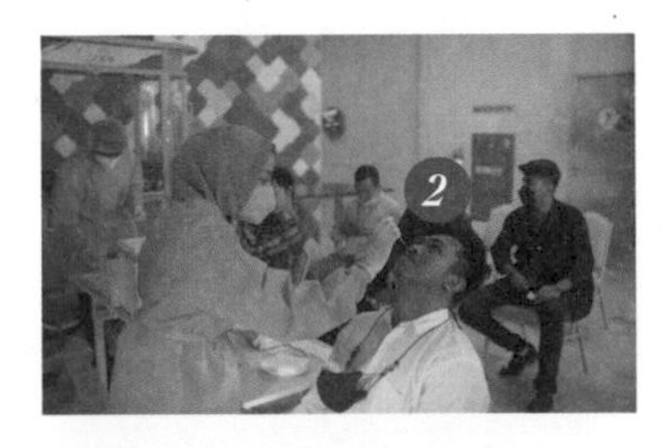

疫情期間，人民的行動受到管制，要出城的人都必須 sudah divaksin dua kali（接種兩劑疫苗），並在出發前24小時事先做好 ❷ rapid test（快篩）或在72小時前實現做 tes PCR（核酸檢測），且結果為陰性方可出發。印尼各地也開設了許多大大小小的 tempat tés COVID （篩檢站），好讓便於需要到外地去的旅客能夠便於做移動前的確認。

娛樂場所有很長一段時間不能營業了，但後來由於民生需求，政府放寬了規定。以電影院為例，原本電影院不能營業，後來放寬後允許觀眾看電影，但禁止 makan atau minum di dalam téater（在電影院內飲食），並且必須限制開放的座位，觀眾席開放為梅花座，兩旁不能坐人，因疫情的慢慢紓解，後來又放寬至兩人可以同坐。有些中小企業則沒那麼幸運，如許多例如 salon（理髮店）由於無法克服疫情的重創，紛紛關門大吉。

印尼在管理疫情方面曾經受到世界各國的讚揚，prosés vaksinasi （施打疫苗的流程）也相對快，lonjakan（確診病例大幅提升）後可以連續多個月將疫情控制在 di bawah seribu kasus baru dalam satu hari（一天內少於1000個新增病例）。因此，印尼在西元 2021 年的 ❸ 經濟狀況也在這波疫情中出現了突破，創下了過去16年來的新高。

Bab **2**

Kedokteran Gigi
牙科

07-02-01.MP3

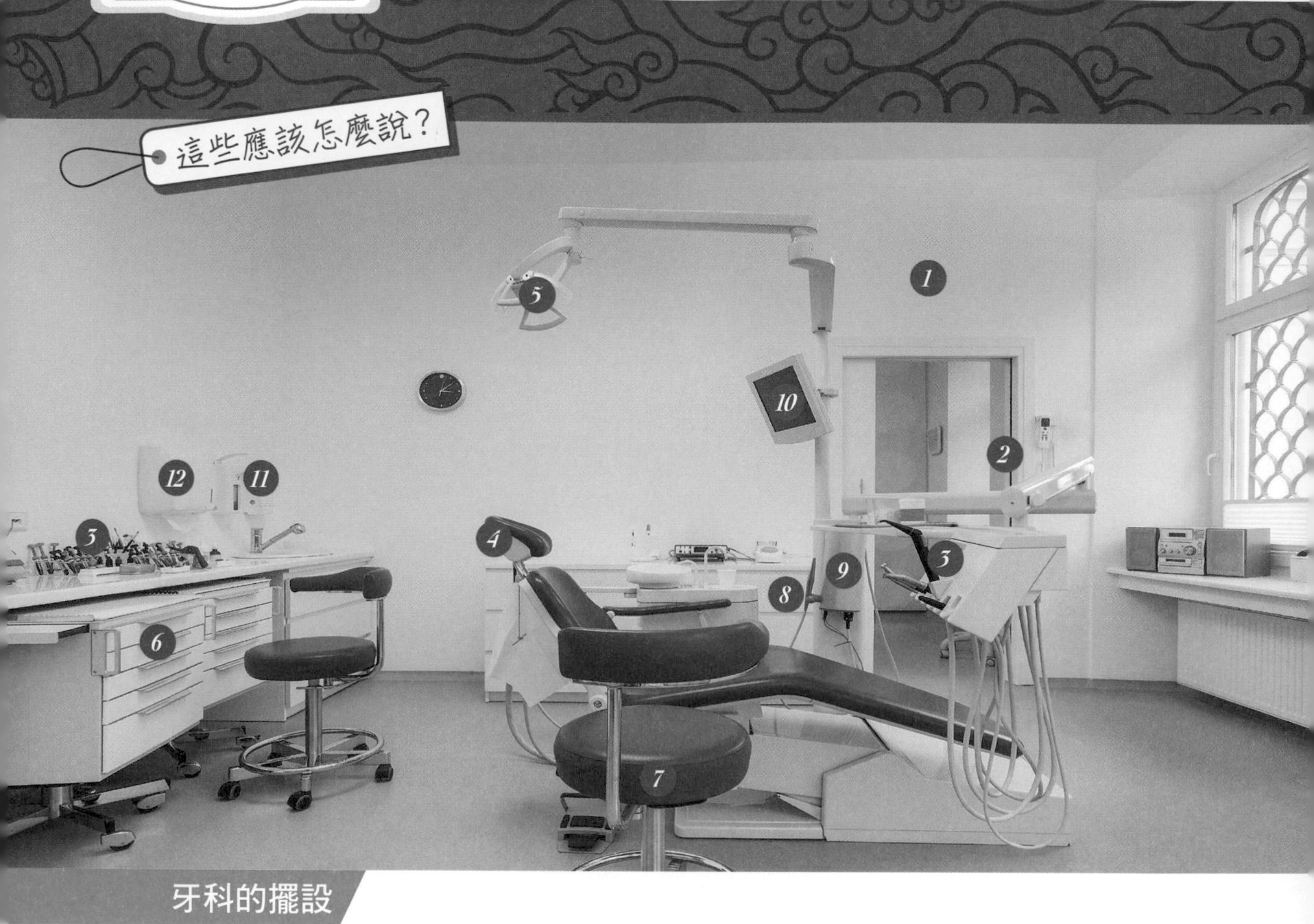

牙科的擺設

1. ruang periksa dokter gigi n. 牙醫診療間
2. alat diagnosa dan pengobatan dokter gigi n. 牙醫診療設備
3. bor gigi n. 牙科手機
4. kursi periksa gigi / 外 dental chair n. 牙醫躺椅
5. lampu dental unit n. 牙醫照明燈
6. laci dokter gigi n. 牙醫櫃
7. kursi dokter gigi putar n. 牙醫圓凳
8. scanner gigi n. 牙醫掃描器
9. 外 saliva ejector / penyedot ludah n. 牙醫真空吸唾器
10. monitor n. 螢幕
11. dispénser hand sanitizer n. 酒精消毒機
12. tisu n. 擦手紙

01 牙齒檢查、洗牙

常見的潔牙等相關用的工具有哪些呢？

07-02-02.MP3

sikat gigi
n. 牙刷

sikat gigi éléktrik
n. 電動牙刷

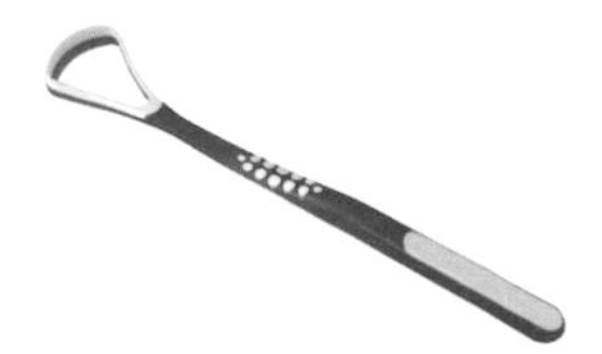

pembersih lidah
n. 刮舌器

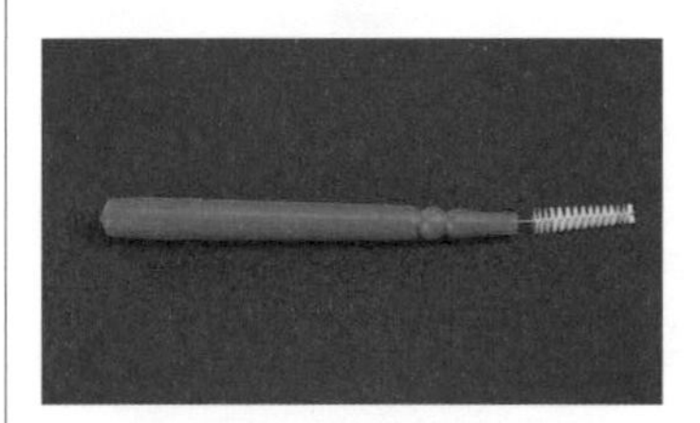

sikat interdéntal
n. 牙間刷

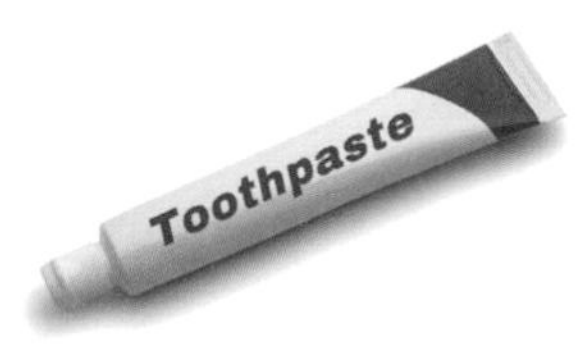

書 pasta gigi / 口 odol
n. 牙膏

obat kumur
n. 漱口水

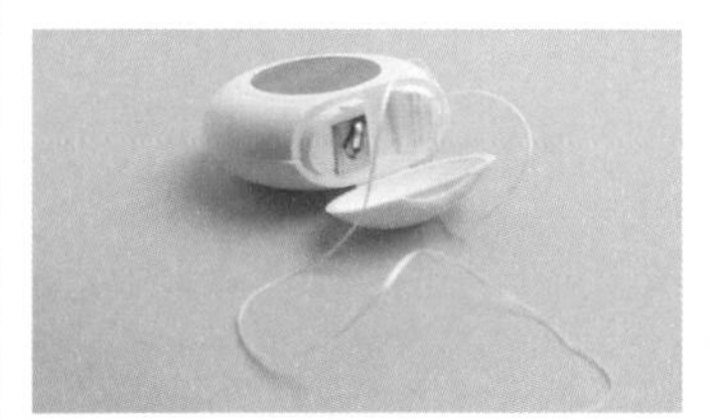

benang gigi
n. 牙線

tusuk gigi benang
n. 牙線棒

tusuk gigi
n. 牙籤

water pik
n. 沖牙機

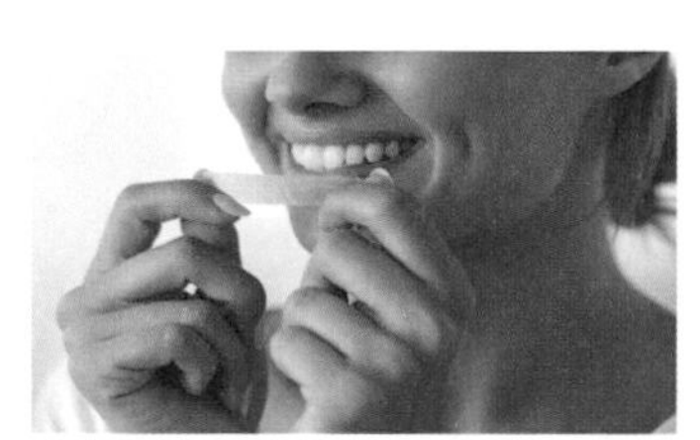

pasta pemutih gigi
n. 美白牙貼

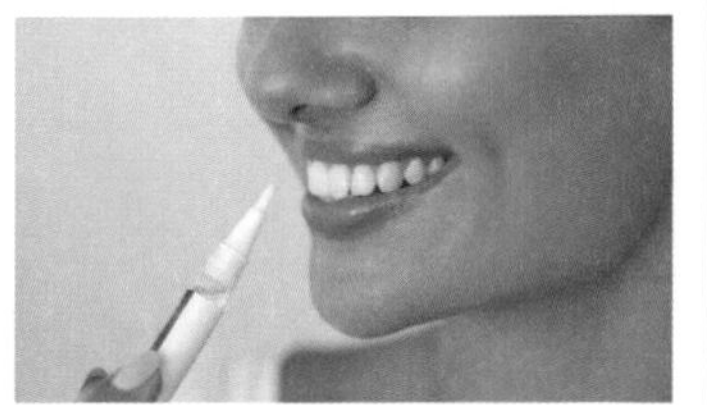

pén pemutih gigi
n. 牙齒美白筆

Tips 生活小常識：牙齒篇

人的一生中會長兩次牙，分別是長出 gigi susu（乳牙）和 gigi permanen（恆牙）。嬰兒在出生約 6 個月時，開始長出來的牙齒，稱之為 gigi susu（乳牙），在乳牙階段時，gigi atas（上排牙）會長出 10 顆，gigi bawah（下排牙）也會長出 10 顆。大約 6 歲之後，gigi susu 會逐漸脫落，脫落之後再長出來的牙齒，就稱之為 gigi permanén（恆牙），permanén 是指「固定的、永久性的」的意思。完整的 gigi permanén（恆牙）加上 gigi bungsu （智齒）則上、下排牙齡都會各有 16 顆，所以全口總共會是 32 顆牙。

● gigi susu（乳牙）

● gigi permanen（恆牙）

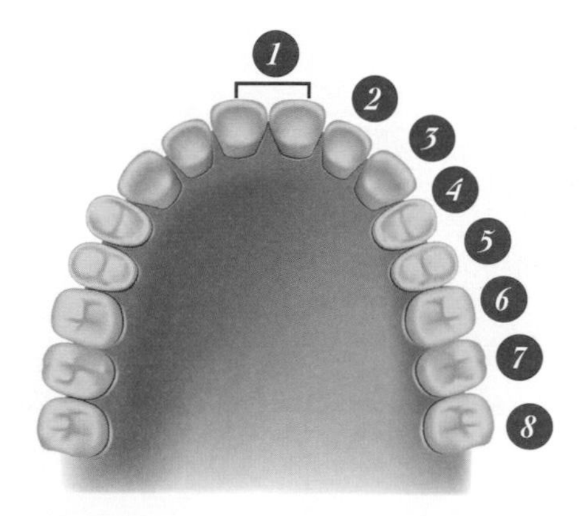

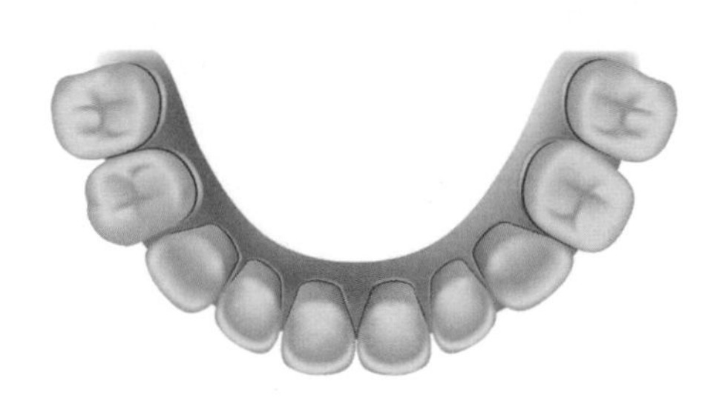

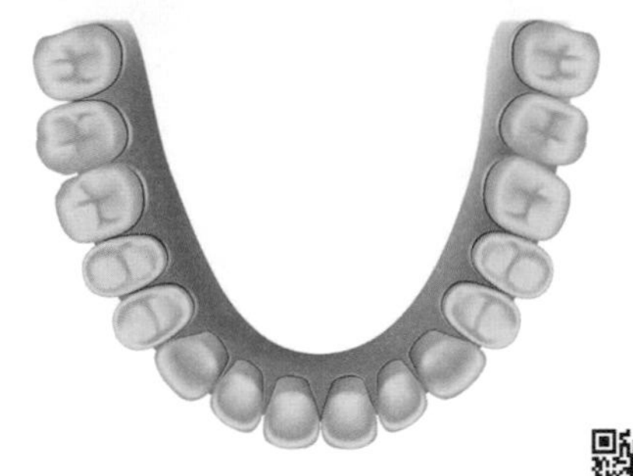

07-02-03.MP3

1 gigi séri tengah n. 門牙
2 gigi séri samping n. 側門齒
3 gigi taring n. 犬齒
4 gigi geraham kecil pertama n. 第一小臼齒
5 gigi geraham kecil kedua n. 第二小臼齒
6 gigi geraham pertama n. 第一大臼齒
7 gigi geraham kedua n. 第二大臼齒
8 gigi geraham ketiga n. 第三大臼齒
gigi bungsu n. 智齒

Tips 生活小常識：看病篇

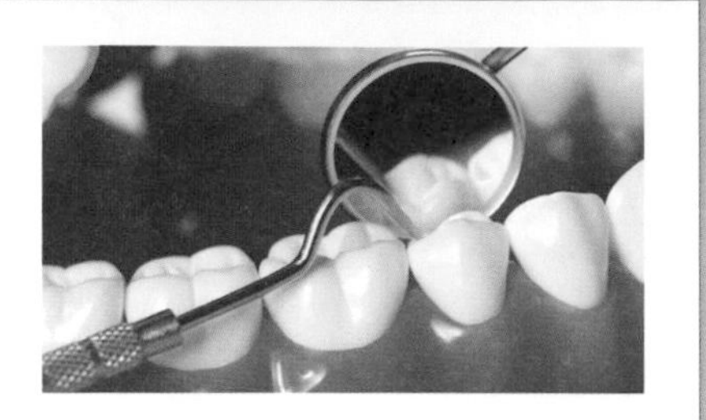

如果想擁有一口漂亮又健康的牙齒，除了需養成正確的刷牙習慣以外，每半年至牙科診所做 periksa gigi rutin （定期口腔檢查）也是非常重要的；為患者檢查牙齒的同時，牙醫師會透過 rontgen gigi / X-Ray [éks-réi] gigi 徹底了解患者的牙齒狀況後，再開始為患者進行 pembersihan karang gigi（清潔牙垢），甚至有些貼心的牙醫師還會為患者的牙齒表層塗上 fluor（氟化物），其功能為加強防護牙齒對酸性的侵蝕，同時也能降低蛀牙的發生率。

Dia **periksa gigi rutin** setengah tahun sekali. 他每半年做一次口腔檢查。

02 治療牙齒疾病

07-02-04.MP3

常見的牙齒疾病有哪些？

kariés gigi
n. 蛀牙

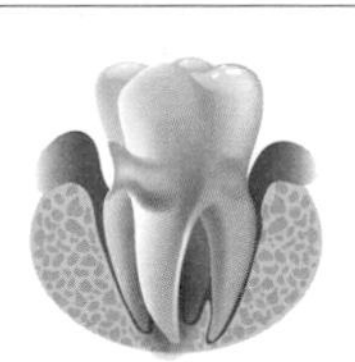

penyakit périodontal / penyakit gusi
n. 牙周病

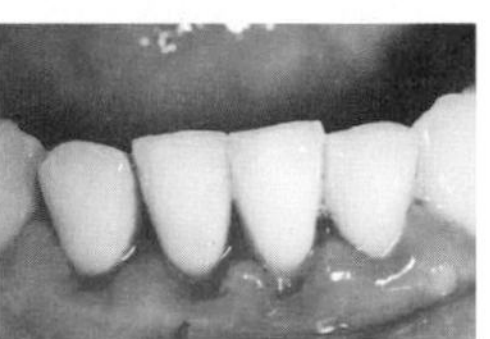

gusi berdarah
n. 牙齦出血

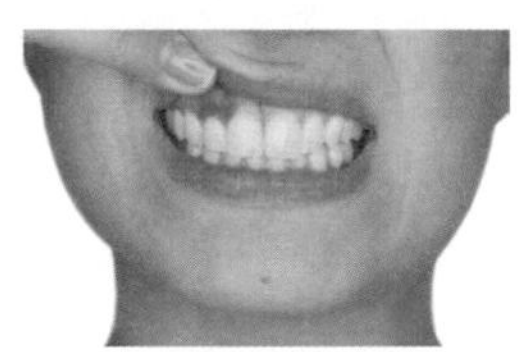

radang gusi / gingivitis
n. 牙齦炎

07-02-05.MP3

牙套的種類有哪些？

béhel / kawat gigi
n. 牙齒矯正器、牙套

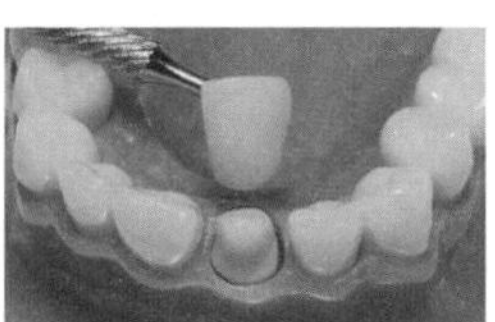

crown gigi / 外 dental crown
n. 人造牙冠

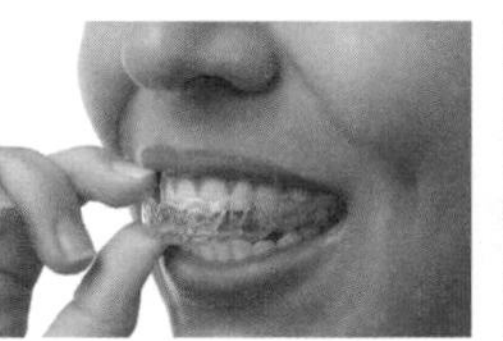

perapi gigi / 外 orthodontic silicone trainer
n. 隱形牙套

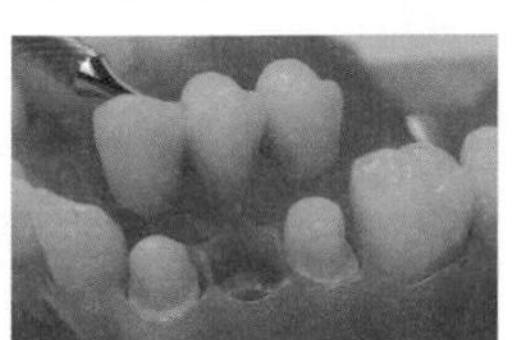

jembatan gigi / 外 dental bridge
n. 牙橋

07-02-06.MP3

牙科診所會提供的服務還有哪些呢？

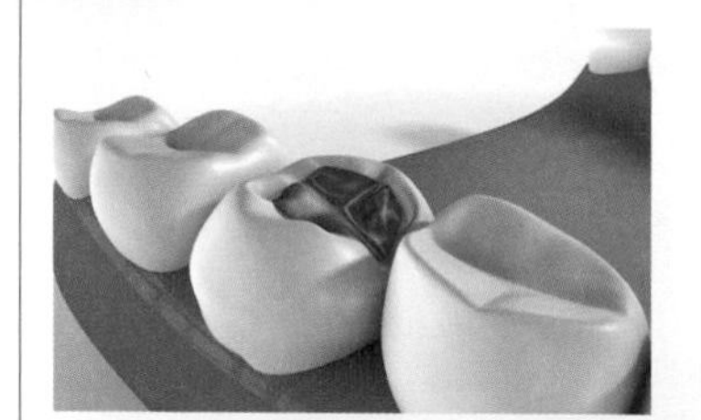

menambal gigi
ph. 補牙

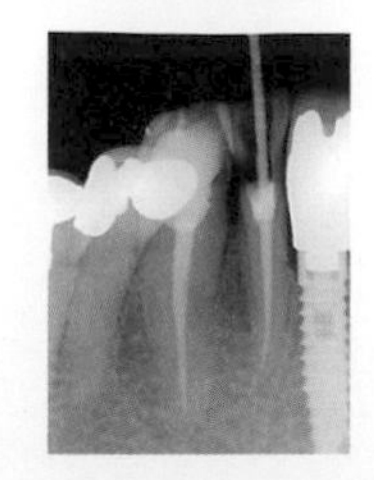

perawatan root canal
ph. 根管治療

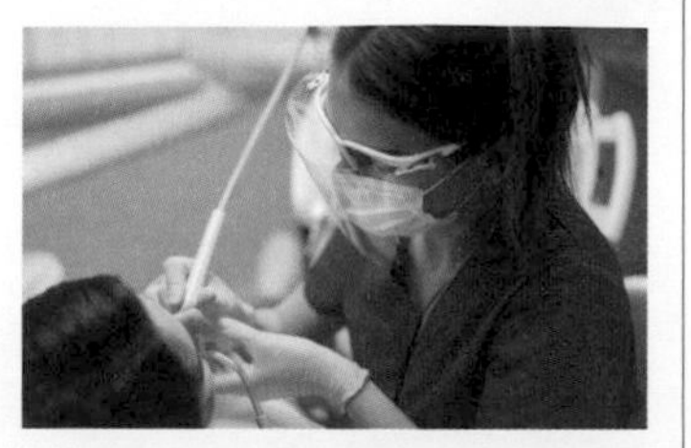

membersihkan karang gigi
ph. 清潔牙垢

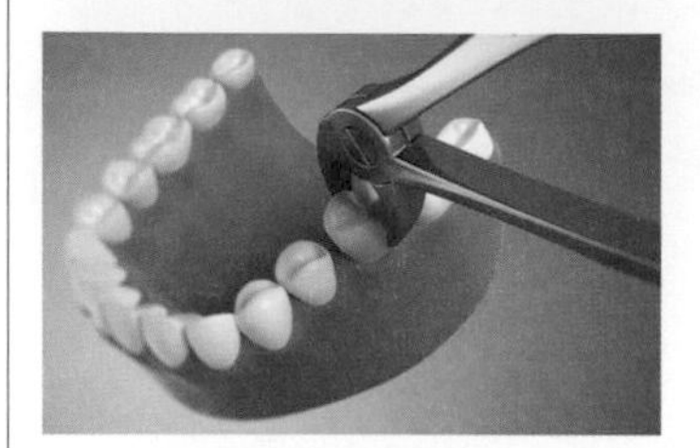

mencabut gigi
ph. 拔牙

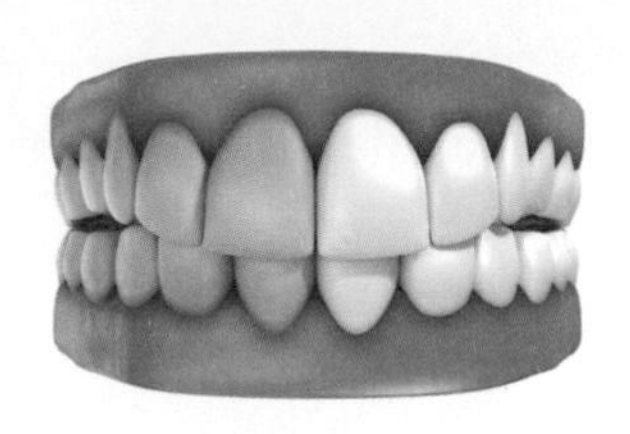

pemutihan gigi
ph. 牙齒美白

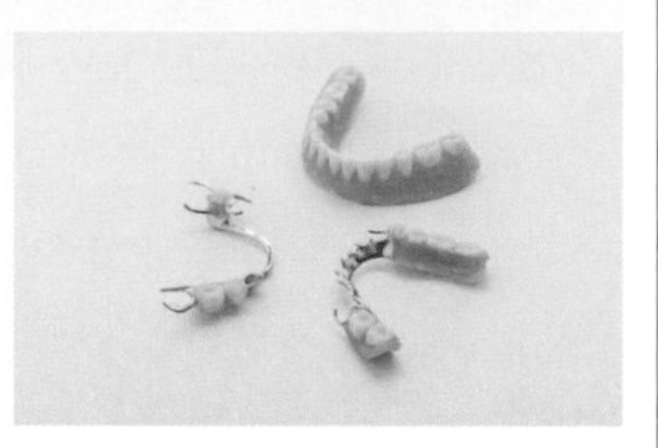

gigi palsu lepasan
n. 活動式假牙

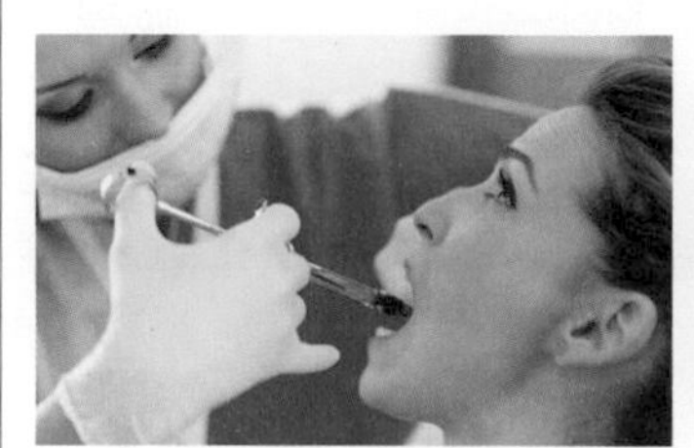

bius lokal
ph. 局部麻醉

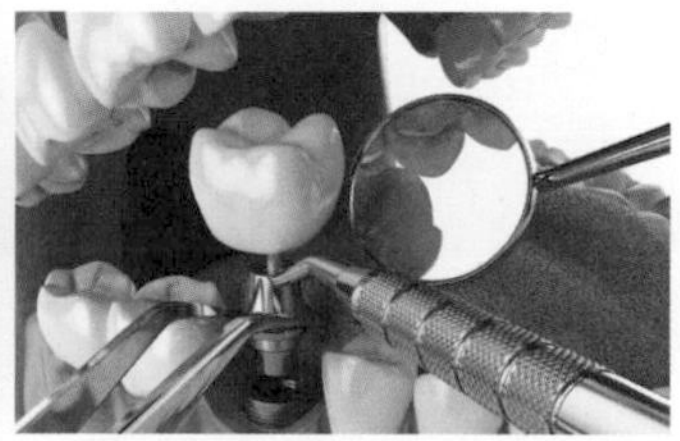

implan gigi
ph. 植牙

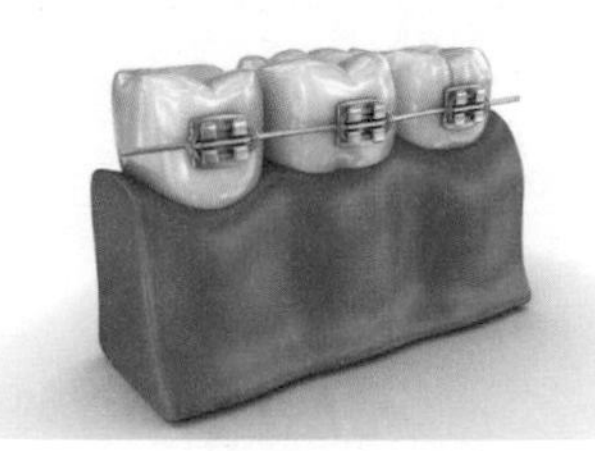

memasang kawat gigi / memasang béhel
ph. 戴牙套

07-02-07.MP3

Tips 跟牙齒有關的慣用語

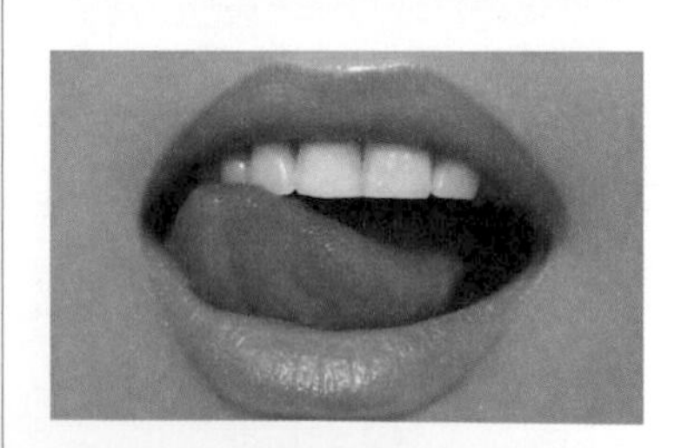

- **Gigi dengan lidah ada kalanya tergigit juga**：牙齒和舌頭很親近，但舌頭也有被咬到的時候。牙齒和舌頭本是互相合作的，但有時後舌頭也會不小心被牙齒咬到。這個成語比喻兩個非常親近或要好的人有時後也會有爭執的時候。

A: Tumbén meréka berantem, biasanya meréka akur sekali. 看到他們吵架好意外，他們一般很要好的。

B: Gigi dengan lidah ada kalanya tergigit juga. Justru meréka berantem karena saling mencintai. 感情再好的人也會有發生摩擦的時候，就是因為他們相愛所以才會吵架的。

看牙醫時常會用到的會話

1. **Saat saya makan és, gigi saya rasanya ngilu.** 我吃冰的東西時，牙齒會感覺到很酸。
2. **Ada beberapa gigi kariés, saya tambalkan, ya.** 有幾顆蛀牙，我幫你補一下。
3. **Habis makan harus bersihkan gigi dengan benang gigi.** 吃完飯後要用牙線清理。
4. **Gusi saya sering berdarah.** 我的牙齦常常會流血。
5. **Gigi bungsunya miring, ini bisa mempengaruhi gigi di samping. Sebaiknya dicabut saja.** 你的智齒長歪了，會影響到旁邊的牙齒。你該把它拔掉。
6. **Setelah makan, sisa makanan sering tersangkut di tengah-tengah gigi, rasanya tidak nyaman.** 吃完飯後菜渣常卡在牙縫裡，很不舒服。
7. **Sebaiknya gosok gigi minimal dua kali sehari.** 每天應至少刷牙兩次。
8. **Mungkin sedikit sakit saat membersihkan karang gigi, tolong ditahan, ya.** 清潔牙垢時會有一點痛，請你稍微忍耐一下。
9. **Mulutnya tolong dibuka lebih besar untuk diperiksa.** 你嘴巴張大一點讓我檢查。
10. **Sudah, kumur-kumur dulu.** 好了，先漱個口。

07-02-08.MP3

❶ dokter gigi n. 牙醫師

❷ asistén dokter gigi n. 牙科助理

❸ pasién n. 患者

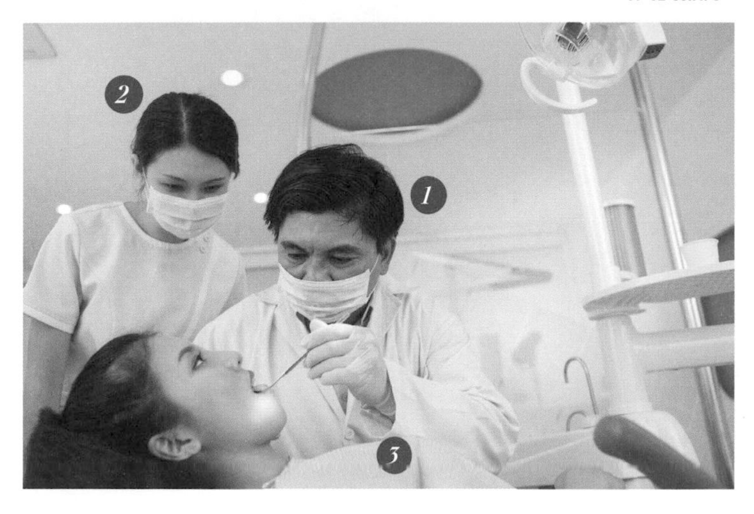

Bab 3

Apoték 藥局

07-03-01.MP3

藥局的擺設

1. apoték n. 藥局
2. apotéker n. 藥劑師
3. kasir n. 櫃台
4. rak obat n. 藥櫃
5. obat-obatan n. 藥物
6. makanan keséhatan n. 保健食品
7. koyok n. 藥膏
8. antiséptik / disinféktan v. 消毒液
9. perlengkapan réhabilitasi v. 復健用品
10. penumbuh rambut v. 生髮水
11. hand cream / krim tangan v. 護手霜
12. mesin EDC [é-dé-sé] v. 刷卡機

01 處方箋

07-03-02.MP3

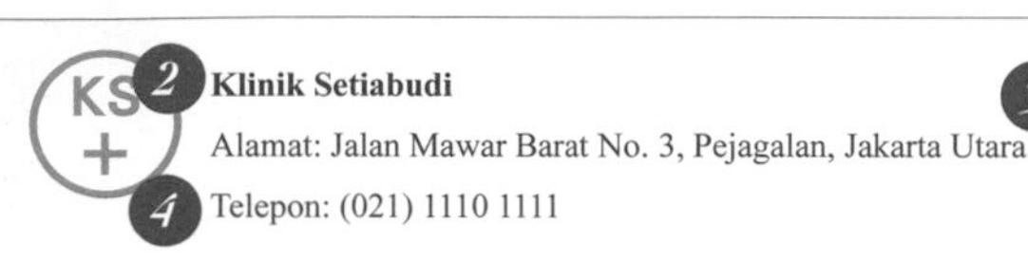

(2) **Klinik Setiabudi**
(3) Alamat: Jalan Mawar Barat No. 3, Pejagalan, Jakarta Utara
(4) Telepon: (021) 1110 1111

(1) **RESEP OBAT**

(5) Nama Pasien: Rudi Salim
Tanggal lahir: 15 April 1997 (6)
(7) Alamat: Jalan Melati Timur No. 59, Pejagalan, Jakarta Utara
Nomor BPJS: - (8)
(9) Diagnosa: Radang tenggorokan

---

(10) **1. Amoxicillin 500mg** — **15 tablet**
(11) *3 kali sehari, satu tablet (sesudah makan)*
2. Aspirin — **5 tablet**
1 kali sehari, satu tablet (pagi hari sesudah makan)
3. Sirup batuk OBH 100ml — **1 botol**
3 kali sehari, satu sendok makan (sesudah makan)

---

(12) **Perhatian:** Minumlah obat sesuai petunjuk. Hindari makanan gorengan pedas. Banyak makan buah dan minum air.

(13) **Pemeriksaan ulang:** Kamis, 5 Maret 2020

(14) Kamis, 27 Februari 2020

(15) Dokter Budi Kurniawan

1. resép obat n. 處方箋
2. nama klinik n. 診所名稱
3. alamat klinik n. 診所地址
4. nomor télépon klinik n. 診所電話
5. nama pasién n. 病患姓名
6. tanggal lahir pasién n.（病患）出生日期
7. alamat (pasién) n.（病患）地址
8. nomor asuransi keséhatan / nomor BPJS [bé-pé-jé-és] n. 健保編號
9. diagnosa n. 診斷
10. nama obat n. 藥名
11. dosis n. 劑量；服用方法
12. perhatian n. 注意事項
13. tanggal pemeriksaan ulang n. 回診日期
14. tanggal n. 日期
15. tanda tangan dokter n. 處方醫師簽名

07-03-03.MP3

Tips 跟藥有關的慣用語

- **Obat jauh penyakit hampir**：藥猶遠病已至。指在苦難當中卻很難獲得救援。相似於中文的「遠水救不了近火」。
- **Tiada sakit, makan obat**：無病服藥。指沒事找事，讓自己更麻煩。相似於中文的「庸人自擾」、「自尋煩惱」、「自找麻煩」。

02 購買成藥

07-03-04.MP3

常見的成藥有哪些？

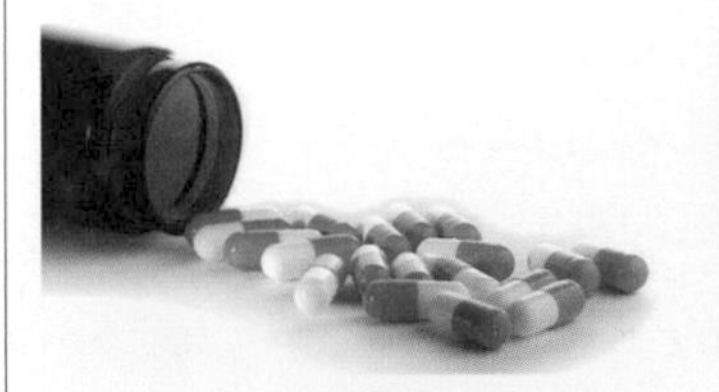

obat flu
n. 感冒藥

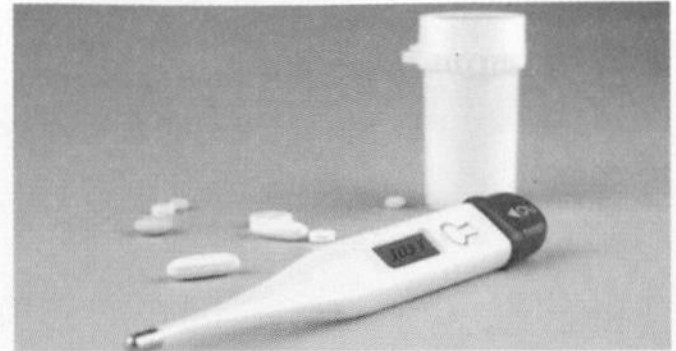

obat demam
n. 退燒藥

obat penghilang rasa sakit
n. 止痛藥

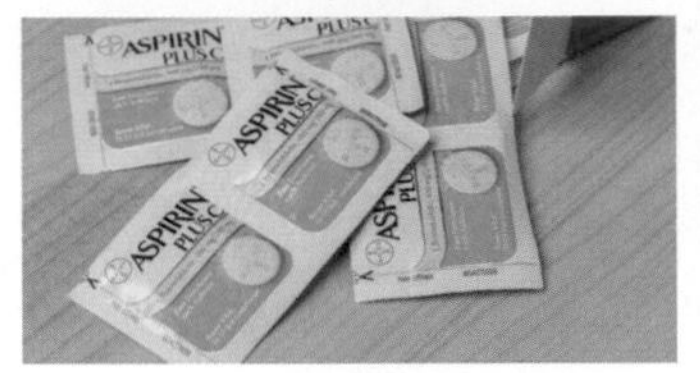

aspirin
n. 阿斯匹靈

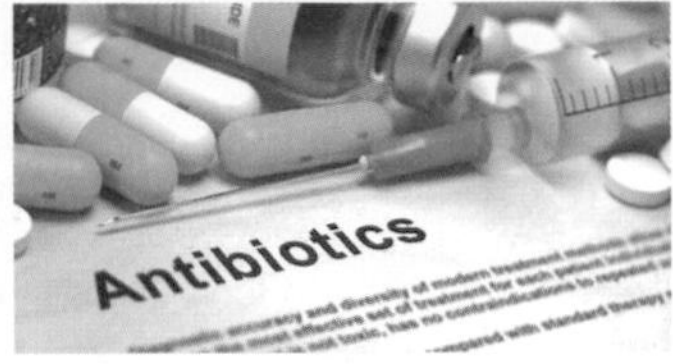

antibiotik
n. 抗生素

permén tenggorokan
n. 喉糖

obat sirup batuk
n. 咳嗽糖漿

obat mag
n. 制酸劑；胃藥

obat tidur
n. 安眠藥

obat diaré
n. 止瀉藥

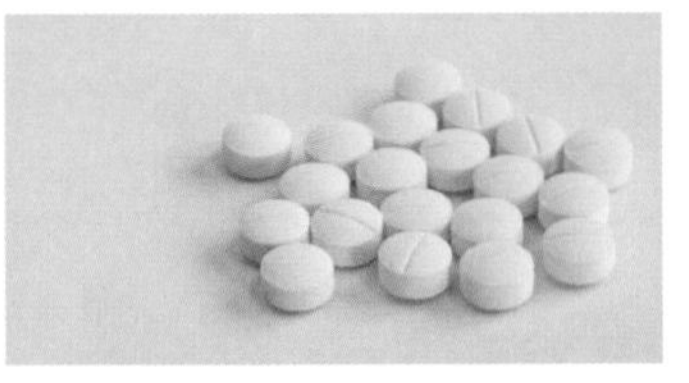

obat mabuk darat
n. 暈車藥

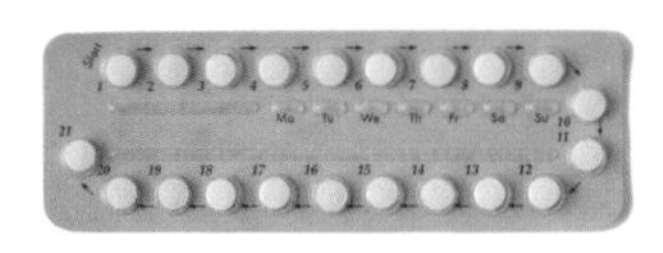

pil KB [ka-bé]
n. 避孕藥

obat cacingan
n. 驅蟲藥

書 antiséptik / 書 iodin /
口 betadine
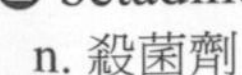
n. 殺菌劑

salep luka bakar
n. 燙傷藥

03 購買醫療保健用品

07-03-05.MP3

常見的醫療用品和保健食品有哪些？

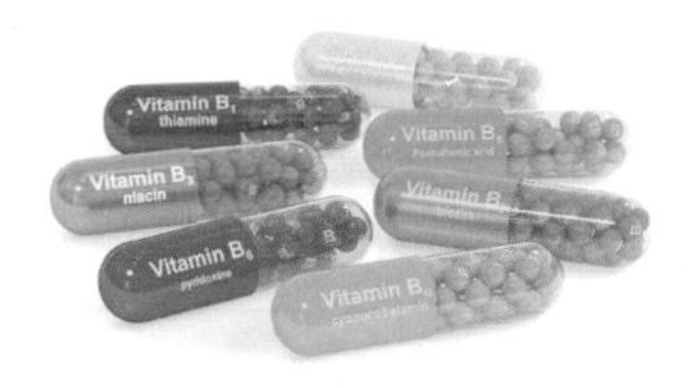

vitamin
n. 維他命

gél minyak ikan
n. 魚油膠囊

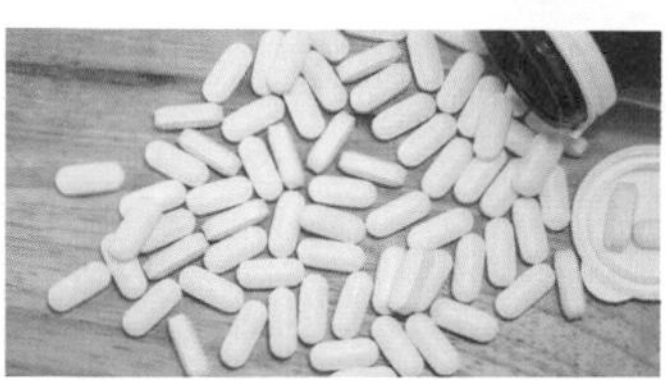

kalsium
n. 鈣片

tablét effervescent
n. 發泡錠

saripati ayam
n. 雞精

larutan garam fisiologis
n. 生理食鹽水

obat tétés mata
n. 眼藥水

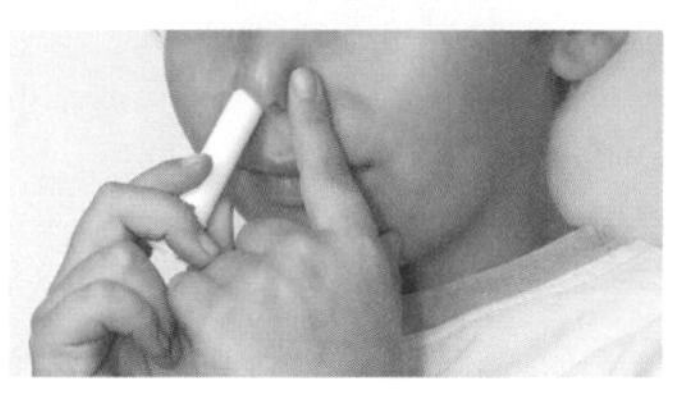

pelega hidung tersumbat
n. 鼻通劑

salep
n. 藥膏

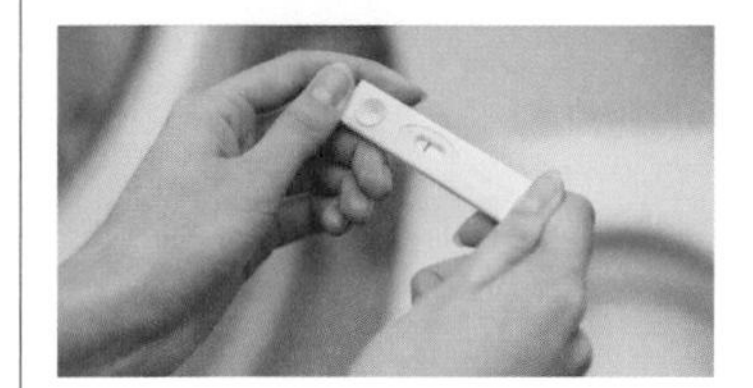

alat uji kehamilan
n. 驗孕棒

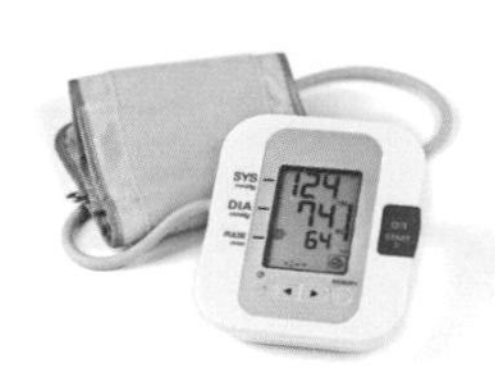

ténsimetér
n. 血壓計

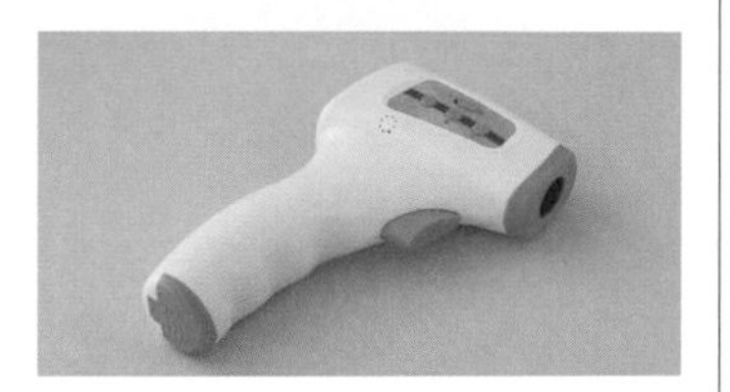

térmométer témbak
n. 額溫槍

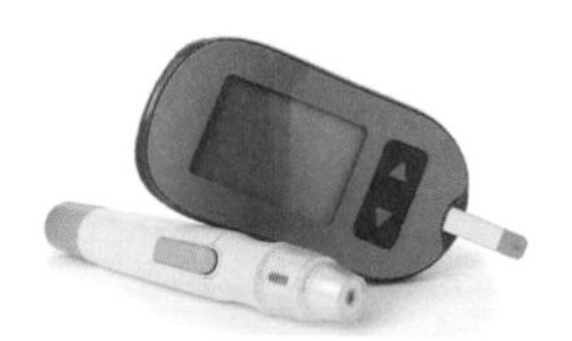

glukométer / alat cék gula darah
n. 血糖機

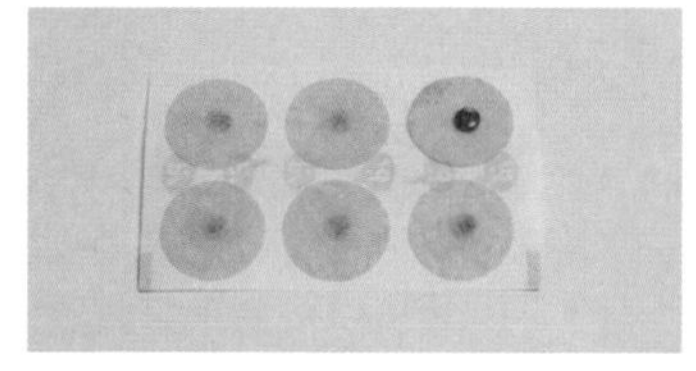

koyo magnét
n. 磁力貼

dispénser hand sanitizer otomatis
n. 自動洗手酒精噴霧機

Bab **4**

Dokter Héwan 獸醫

07-04-01.MP3

獸醫院的配置

1. dokter héwan n. 獸醫
2. asistén dokter héwan n. 獸醫助理
3. stétoskop n. 聽診器
4. binatang piaraan n. 寵物
5. pemilik (binatang piaraan) n.（寵物）主人
6. surat izin prakték doktér héwan n. 獸醫證明
7. bonéka kain n. 布娃娃
8. kucing n. 貓
9. kumis n. 鬚
10. kaki depan n. 前腳
11. kaki belakang n. 後腳
12. 外 paw / bantalan kaki n. 肉球
13. cakar n. 爪子
14. 口 bulu / 書 rambut n. 毛
15. ékor n. 尾巴

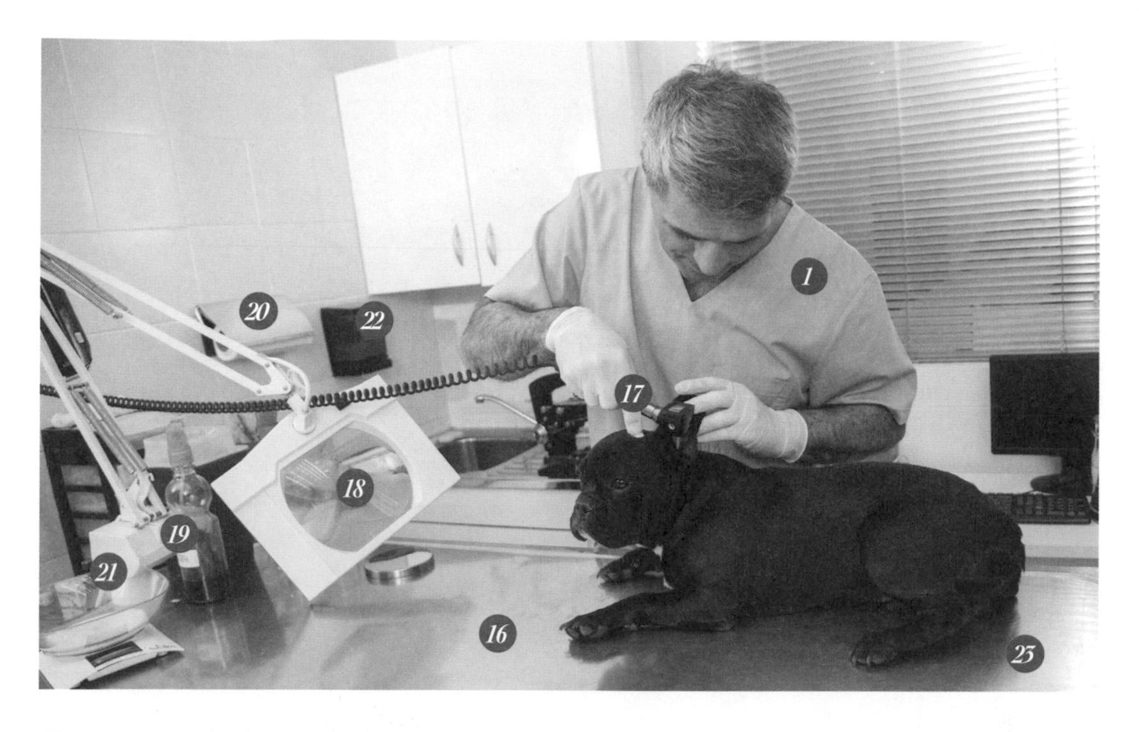

- 16 méja periksa héwan n. 診療台
- 17 otoskop n. 耳鏡
- 18 kaca pembesar / lup n. 放大鏡
- 19 alkohol antiséptik n. 酒精消毒劑
- 20 tisu n. 擦手紙巾
- 21 timbangan héwan piaraan n. 寵物體重計
- 22 sabun cuci tangan n. 洗手乳
- 23 外 stainless steel / baja tahan karat n. 不鏽鋼

01 帶寵物去做檢查／打預防針

07-04-02.MP3

常見的檢查有哪些？

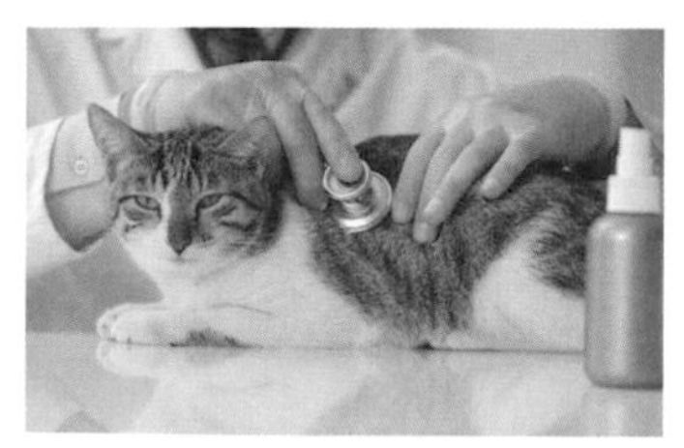

melakukan pemeriksaan keséhatan
ph. 做健康檢查

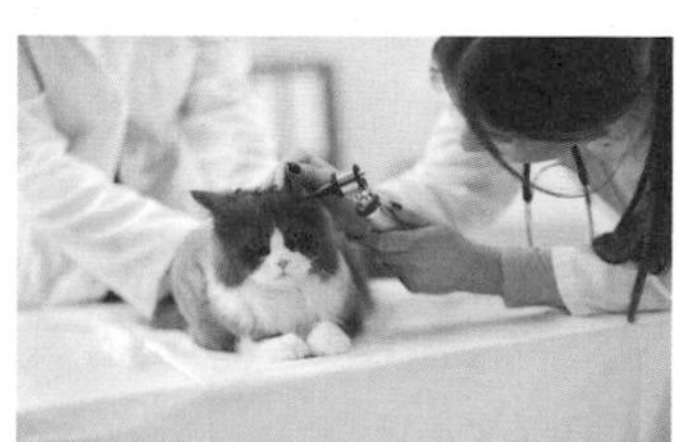

memeriksa telinga
ph. 檢查耳朵

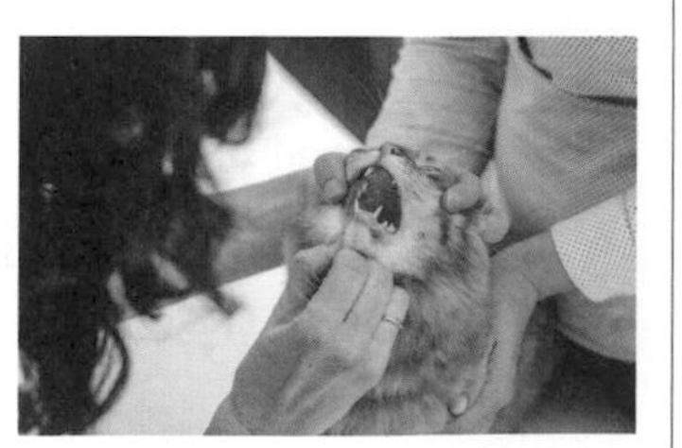

memeriksa gigi
ph. 檢查牙齒

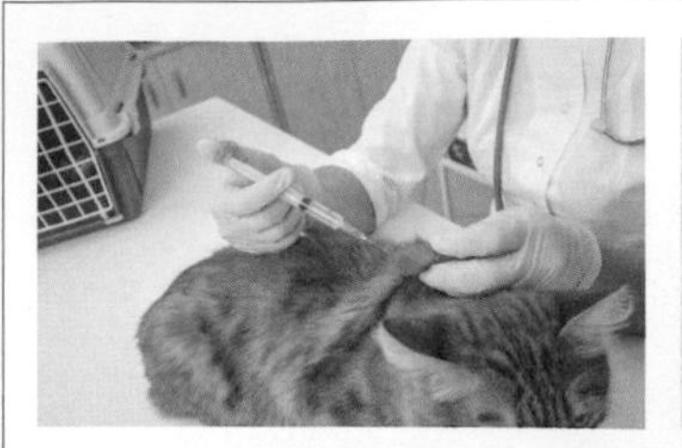

書 divaksinasi / 口 divaksin
v. 接種疫苗

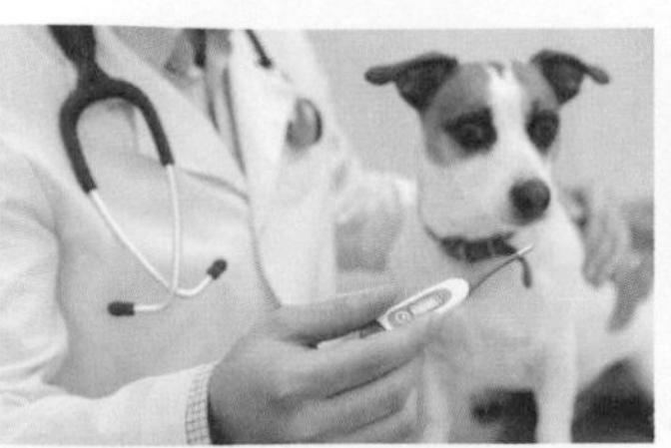

mengukur suhu tubuh /
口 ukur suhu tubuh
ph. 量體溫

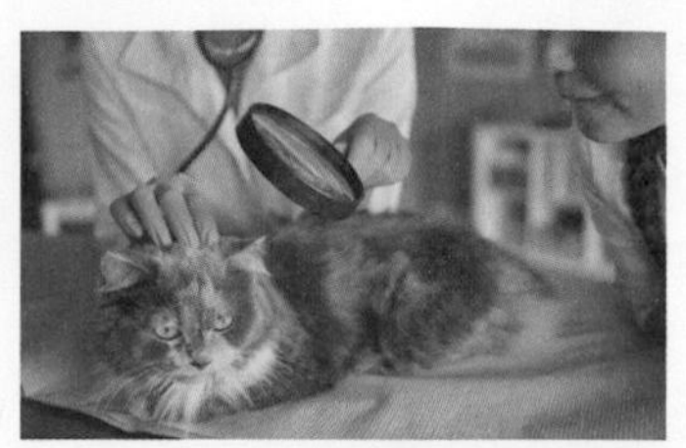

memeriksa bulu dan kulit /
口 periksa bulu dan kulit
ph. 檢查毛和皮膚

Tips 生活小常識：寵物美容篇

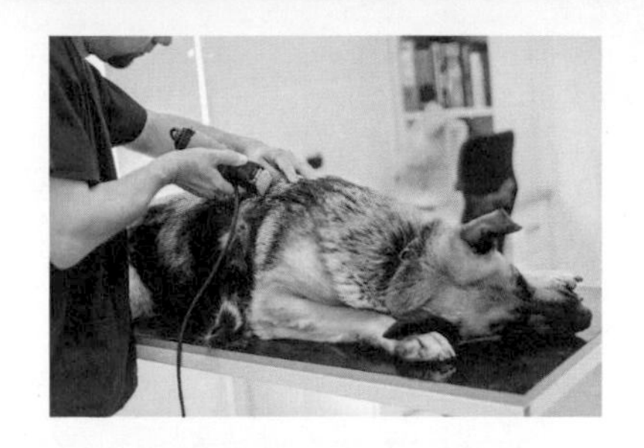

大多數的獸醫院裡，除了幫寵物看診以外，也額外提供了 pet grooming （寵物美容）的服務，像是 mandi（洗澡）、cukur bulu（剪毛）、kebersihan telinga（耳朵清潔）和 potong kuku（指甲修剪）等，方便寵物在看診之餘，也能有光鮮亮麗、煥然一新的外在。

Pet grooming secara teratur tidak hanya dapat membuat binatang piaraanmu lebih nyaman dan bersih, juga dapat menjaga kesébatannya. 定期的（寵物）美容不僅能讓你的寵物舒服又乾淨，而且還能保持健康。

02 治療寵物

07-04-03.MP3

常見的治療有哪些？

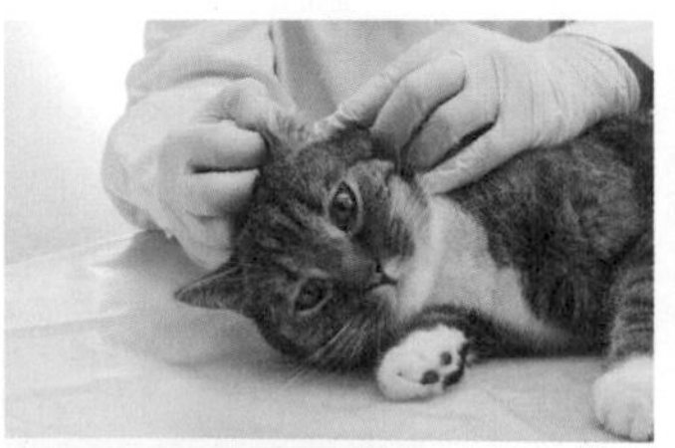

書 mengobati heartworm /
口 obatin heartworm
ph. 治療心絲蟲

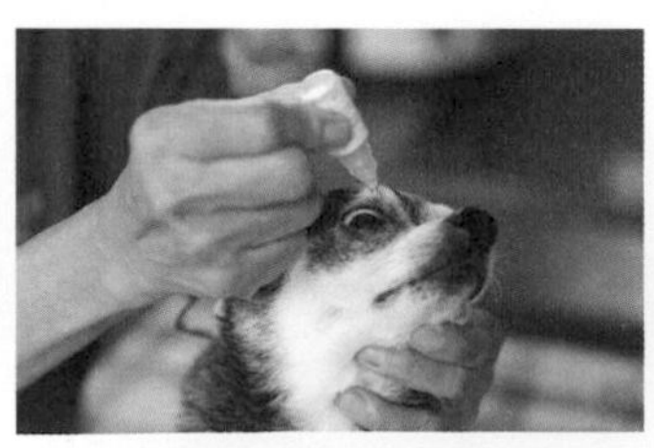

書 memberikan obat tétés mata antibiotik / kasih obat tétés mata antibiotik
ph. 使用抗菌眼藥水

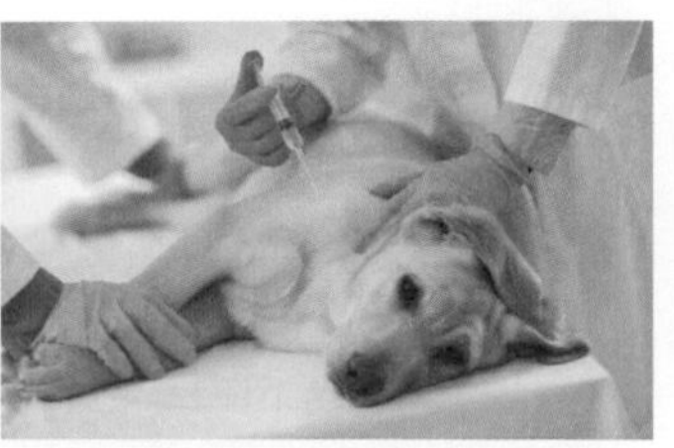

書 mengoperasi /
口 operasi
v. 做手術

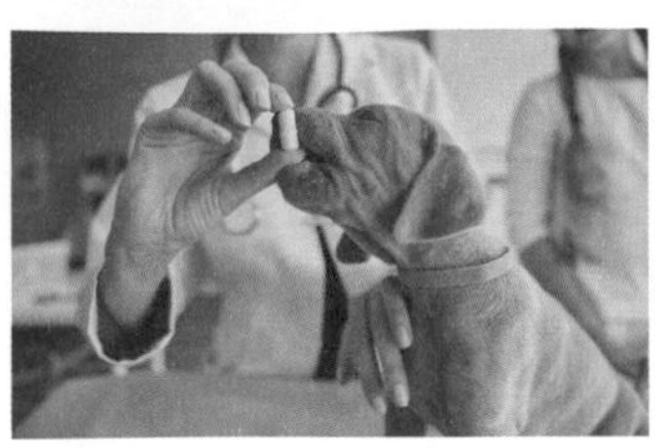

㊕ memberi makan suplemen nutrisi / ㊐ kasih makan suplemen
ph. 服用營養品

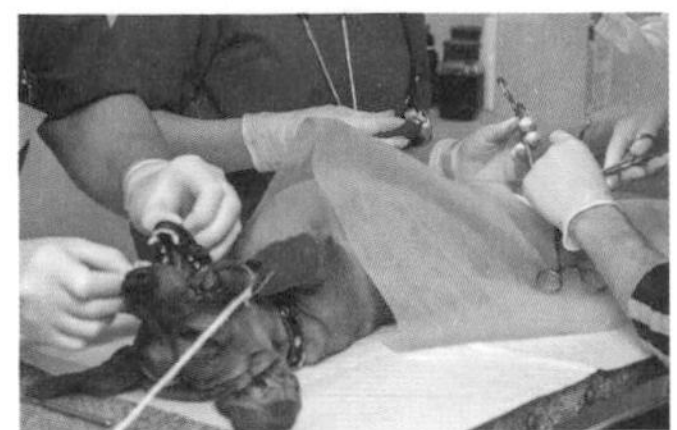

vaséktomi ph.（公）結紮
tubéktomi ph.（母）結紮

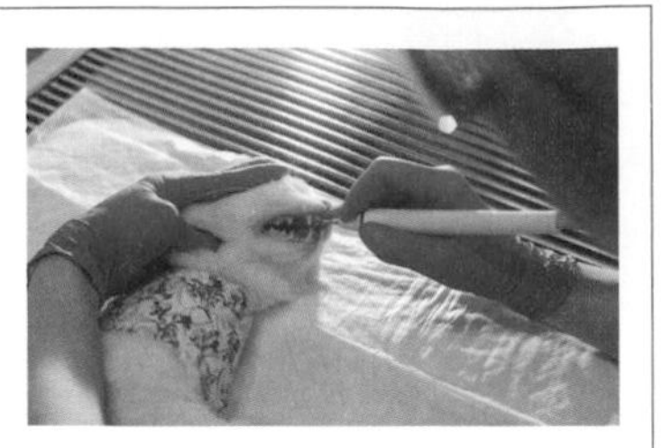

cuci gigi
ph. 洗牙

07-04-04.MP3

常見的治療用具有哪些？

corong penutup / ㊥ collar / pelindung léhér anjing
n. 頸護罩

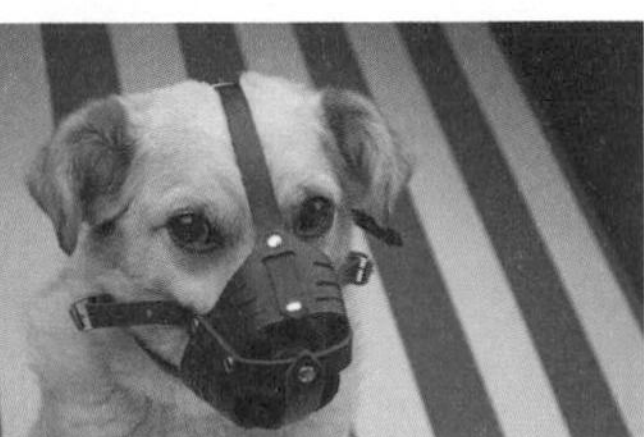

penutup mulut anjing
n. 狗嘴套

kandang
n. 籠子

tali anjing
n. 狗鍊

obat cacing n. 體內驅蟲藥
obat kutu n. 體外驅蟲藥

obat hairball
n. 化毛藥

去獸醫院時常常會說到的會話句

1. **Anjing saya muntah-muntah dan méncrét-méncrét.** 我的小狗又吐又拉的。
2. **Binatang piaraanku tidak nafsu makan.** 我的寵物沒有食慾。
3. **Bawalah anjingmu jalan jalan setiap hari, supaya séhat badannya.**
   每天都帶你的狗狗散步，好讓牠身體健康。
4. **Kucingmu perlu pakai corong penutup, supaya tidak melukai dirinya sendiri.**
   你的貓需要戴頸護罩，才不會不小心傷了牠自己。

07-04-05.MP3

其他照顧各種寵物時會用到物品

mangkuk binatang piaraan
n. 飼料碗
makanan anjing
n. 狗飼料
makanan kucing
n. 貓飼料

pasir kucing
n. 貓砂
tempat pasir kucing
n. 貓砂盆

kalung kucing
n. 貓項圈
kalung anjing
n. 狗項圈

rak kucing
n. 貓爬架

kasur kucing
n. 貓床

mainan bulu untuk kucing
n. 逗貓棒

akuarium
n. 魚缸

pasir akuarium
n. 底砂

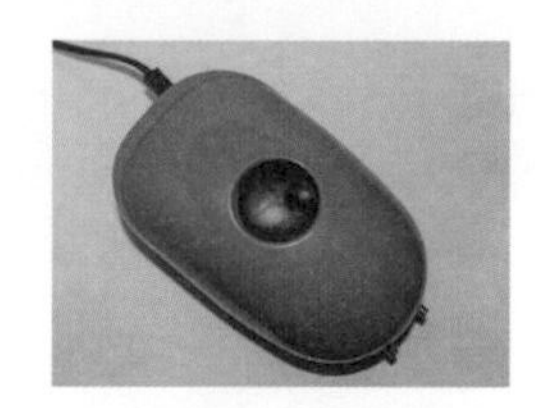

pompa udara akuarium
n. 打氣機

filter akuarium
n. 濾水器

pemanas air akuarium
n. 加溫器

hiasan akuarium
n. 魚缸造景

kandang burung
n. 鳥籠

sarang burung
n. 鳥巢

suntikan makanan burung
n. 幼鳥餵食器

Pelajaran 8

Rékréasi dan Hiburan 休閒娛樂

Bab 1

Bioskop 電影院

08-01-01.MP3

電影院的配置

1. bioskop n. 電影院
2. layar n. 銀幕
3. kursi dekat koridor n. 走道座位
4. kursi depan n. 前排座位
5. kursi belakang n. 後排座位
6. kursi tengah n. 中間座位
7. pintu keluar darurat n. 緊急出口
8. nomor tempat duduk n. 座位號碼
9. palang pintu keluar darurat n. 緊急出口標示
10. tempat taruh minuman n. 杯架
11. koridor n. 走道

⑫ lampu koridor n. 走道燈

⑬ lampu indikator barisan kursi
n. 座位排指示燈

⑭ 外 sound system n. 音響設備

01 購票、附餐

08-01-02.MP3

電影票的種類有哪些？

● tiket film （電影票）的種類可分成：

lokét n. 售票處

1. tikét déwasa n. 全票（成人票）
2. tikét diskon n. 優待票

   又可分成四種：
   -- tikét siswa n. 學生優待票
   -- tikét anak-anak n. 孩童優待票
   -- tikét tentara dan polisi n. 軍警優待票
   -- tikét manula n. 老人優待票
3. tikét early bird n. 早鳥票
4. pertunjukan film pagi n. 午前場
5. 外 midnight show n. 午夜場
6. 外 première [pré-mi-ér] n. 首映

說明 6 號的單字「première」為直接引用法語的外來語詞彙，故字元中有「è」出現。

08-01-03.MP3

電影院小吃部裡，常見的飲食有哪些呢？

● 飲料

soda
n. 汽水

téh hitam
n. 紅茶

air mineral
n. 瓶裝水

kola
n. 可樂

08-01-04.MP3

● 食物

外 pretzel
n. 鹹脆捲餅

nugget ayam
n. 雞塊

hamburger
n. 漢堡

ayam goréng
n. 炸雞

外 popcorn
n. 爆米花

kentang goréng
n. 薯條

外 hot dog
n. 熱狗

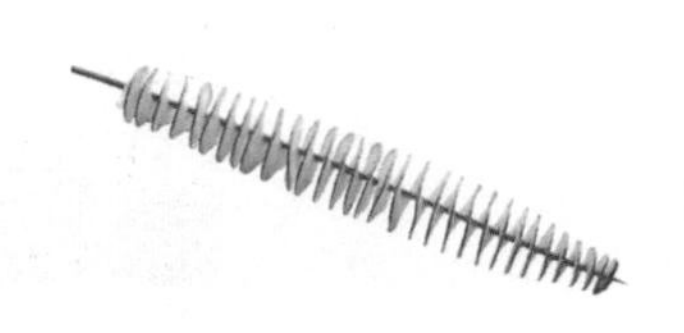

kentang spiral /
kentang tornado
n. 旋風薯片

外 churros
n. 吉拿棒

08-01-05.MP3

Tips 跟電影院有關的慣用語

- **film biru**：藍色電影。指「成人片」。為什麼成人片是「藍色」而不是其他顏色的電影呢？一般有兩種說法：說法一是因為源自於英文的「blue film」。相傳於十九世紀時，坊間傳言因「blue」一詞帶有著「猥瑣」之意（但詞源無法考證），故此一說法被廣泛流傳；而另一種說法則是因早期在拍攝黑白的低成本成人片時，普遍使用的底片都品質欠佳，底片面上的色澤偏藍，故因此得名。相當於中文的「黃色電影、A 片」。

02 看電影

08-01-06.MP3

常見的電影類型有哪些？

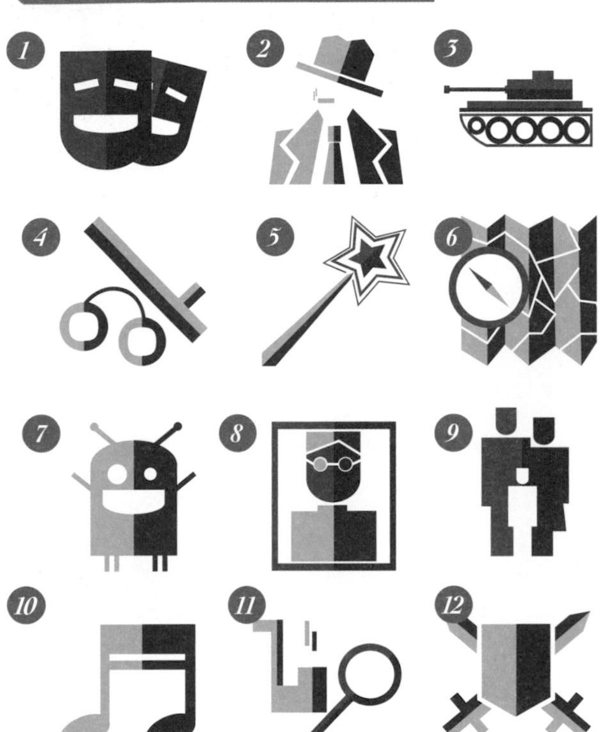

1. film komédi n. 喜劇片
2. 外 film noir n. 黑色電影
3. film perang n. 戰爭片
4. film kejahatan n. 犯罪片、警匪片
5. film fantasi n. 奇幻片
6. film petualangan n. 冒險片
7. film animasi n. 動畫片
8. film biografi n. 傳記片
9. film keluarga n. 家庭片
10. film musikal n. 音樂劇
11. film détéktif n. 偵探片
12. film sejarah n. 歷史片
13. film dokuméntér n. 紀錄片

14. film olahraga n. 運動片
15. film seni n. 藝術片
16. film déwasa n. 成人片
17. film aksi / 外 film action n. 動作片
18. film horor n. 恐怖片、鬼片
19. film romantis n. （浪漫）愛情片
20. 外 film thriller n. 驚悚片
21. film sci-fi / 外 film fiksi ilmiah n. 科幻片
22. film bisu n. 默劇
23. 外 film wild west n. 西部片
24. film drama n. 劇情片

＼你知道嗎？／

電影影像呈現的種類有哪些？

隨著科技快速地發展，電影院營幕的影像呈現也愈來愈科技與多元，除了一般畫質明亮、色彩飽和的 film 2D（2D 電影）以外，還有 film 3D（3D 立體版電影）和 film 4D（4D 動感電影）；film 3D 播放的是立體影片，所以觀眾必需要配戴 kacamata 3D （3D 眼鏡）才能呈現立體電影的效果。有些電影院為了讓觀眾享有最佳的 film 3D 品質，還特別引進了 layar besar IMAX（IMAX 大影像），以超大銀幕的方式，將整部電影更清晰地呈現給各位觀眾；film 4D 跟 film 3D 最大不同的是 film 4D 特別為觀眾增設了動感座椅的體驗，它可以配合電影的劇情做出一些特效，讓觀眾雖然坐在座椅上，但是同時也能擁有身歷其境的感受。

Saya kurang suka nonton **film 3D**, karena harus memakai **kacamata 3D**, sedangkan saya sudah memakai kacamata. 我不太喜歡看 3D 電影，因為要帶 3D 眼睛，而我已經戴著眼鏡了。

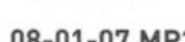

08-01-07.MP3

電影院常看到的規定

Dilarang membawa makanan dan minuman dari luar.
禁帶外食

Dilarang merokok.
禁止抽菸

Dilarang memfoto dan merekam.
禁止攝影

Silentkan HP [ha-pé].
手機請關靜音

Jangan berbicara dengan keras.
請降低音量

Jagalah barang bawaan berharga Anda.
請留意隨身貴重物品

電影院裡常用的對話句

● 買票

Pelanggan: **Saya mau dua tiket "Miléa", yang jam tujuh malam.**
客人：我想買兩張《再見後的你》的票，晚上七點的場。
Petugas lokét: **Mau yang 2D atau 3D?**
售票員：想要 2D 的還是 3D 的呢？
Pelanggan: **3D.**
客人：3D。
Petugas lokét: **Tolong pilih tempat duduk dari layar ini. Yang biru artinya tempat duduk kosong.**
售票員：請您看螢幕並選擇座位。藍色的是空位置。
Pelanggan: **Saya mau F5 dan F6.**
客人：我要 F5, F6 的座位。
Petugas lokét: **Dua tiket "Miléa" yang 3D, jam tujuh malam, tempat duduknya F5 dan F6. Perlu popcorn dan minumannya ?**
售票員：兩張《再見後的你》的 3D 票，晚上 7 點的場，F5、F6 位置。請問您需要爆米花跟飲料嗎？
Pelanggan: **Saya mau satu popcorn besar dan dua kola sedang.**
客人：我要一份大的爆米花跟兩杯中杯可樂。
Petugas lokét: **Baik. Totalnya 500.000. Ini tiketnya, di studio 4. Popcorn dan minumannya bisa diambil di kounter makanan sebelah situ. Terima kasih!**
售票員：好的。總共是 50 萬盾。這是您的票，在第四廳。爆米花和飲料可以在那邊的飲食櫃檯領取。謝謝！

● 票售完的情況

Pelanggan: **"Film Habibie & Ainun 3" yang paling dekat waktunya jam berapa, ya?**
客人：請問《哈比比與愛儂 3》最近的場是幾點？
Petugas lokét: **Yang paling dekat waktunya jam delapan malam, tetapi sudah habis. Yang selanjutnya jam sepuluh malam, mau, Pak?**
售票員：最近的場是 20 點，但目前票售完了。下一場是 22 點，您要嗎，先生？
Pelanggan: **Terlalu malam. Lain kali saja! Terima kasih.**
客人：太晚了。改次吧！謝謝。

Bab 2 Toko Bunga 花店

08-02-01.MP3

這些應該怎麼說？

店外的擺設

1. toko bunga n. 花店
2. kanopi n. 涼篷；雨篷
3. jendéla paméran n. 展示櫥窗
4. hiasan n. 裝飾品
5. karpét n. 踏墊
6. rak pot bunga n. 盆栽架
7. papan nama bonsai n. 盆栽插牌
8. tumbuhan / tanaman n. 植物
9. pot tanaman n. 花器
10. bonsai n. 盆栽
11. tanaman hias berdaun n. 多葉植物
12. tanaman berbunga n. 開花植物
13. tanaman berbuah n. 果類植物

店內的擺設

14 pemilik toko bunga n. 花商、花店老闆
15 désainer bunga n. 花藝設計師
16 celemék n. 圍裙
17 konter n. 櫃台
18 gunting bunga n. 花剪
19 vas bunga n. 花瓶
20 keranjang bunga n. 花籃
21 pot bunga n. 花盆
22 pot bunga n. 花桶
23 pita n. 緞帶
24 kertas kado n. 包裝紙

08-02-02.MP3

Tips 與花草樹木有關的慣用語

- **Jauh bau bunga, dekat bau tahi**：遠聞是花香，近聞如屎臭。指「兩個人距離遙遠時會互相思念，但靠近了就會不斷起爭執」。強調任何人事物都不能夠完全沒有距離，有點朦朧美會更好。常用於兩性情侶之間。相近於「距離產生美感，過近滋生事端」、「小別勝新婚」之意。

- **Bicarakan rumput di halaman orang, di halaman sendiri rumput sampai ke kaki tangga**：講別人家院子的雜草，但自己家院子的雜草已經高到梯子腳上了。指「看見別人的缺點很容易，但是自己有著更大的缺點卻看不到」。相似於中文的「五十步笑百步」。

01 挑花

08-02-03.MP3

花的種類有哪些？

mawar
n. 玫瑰

azaléa
n. 杜鵑

anggrék
n. 蘭花

seroja
n. 蓮花

bunga matahari
n. 向日葵

bakung
n. 百合花

melati
n. 茉莉花

kembang sepatu
n. 木槿

tulip
n. 鬱金香

horténsia
n. 繡球花

外 texas bluebell
n. 洋桔梗

anyelir / teluki
n. 康乃馨

gemitir
n. 金盞花；萬壽菊

dahlia
n. 大麗菊

外 cosmos bipinnatus
n. 波斯菊

wédélia
n. 蟛蜞菊

zinia anggun
n. 百日菊

外 baby breath /
外 gypsophila
n. 滿天星

外 pansy
n. 三色紫羅蘭

bunga burung surga
n. 天堂鳥

gladiol
n. 劍蘭

iris
n. 鳶尾

外 wild daffodil
n. 黃水仙花

sedap malam
n. 晚香玉

外 calla lily
n. 海芋

外 anthurium
n. 火鶴花

kemboja / semboja
n. 緬梔

sakura
n. 櫻花

bunga pérsik
n. 桃花

bunga mai
n. 金蓮木

flamboyan
n. 鳳凰木

randu alas
n. 木棉花

bunga pulai
n. 黑板樹花

bunga jajaran api
n. 炮仗花

bunga kertas / bugénvil
n. 九重葛

seruni / krisan
n. 菊花

外 kamélia
n. 茶花

外 peony
n. 牡丹花

krokot mawar
n. 松葉牡丹

bunga tahi ayam
n. 馬櫻丹

hérbras
n. 大丁草

bunga cockscomb
n. 雞冠花

08-02-04.MP3

花的構造有哪些呢？

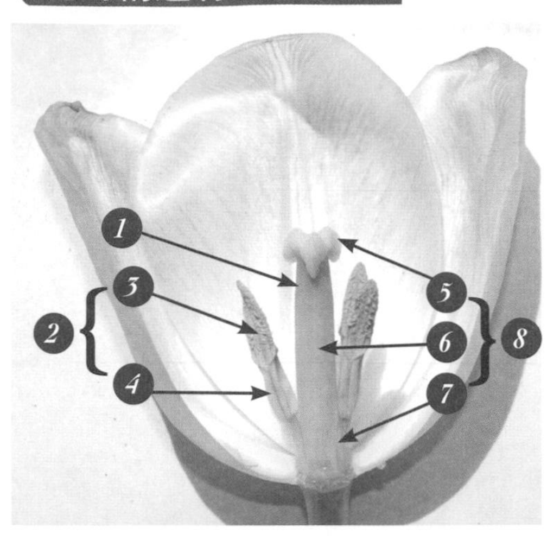

1. tabung sari n. 花粉管
2. benang sari n. 雄蕊
3. kepala sari / anter n. 花藥
4. tangkai sari / filamén n. 花絲
5. kepala putik n. 柱頭
6. tangkai putik n. 花柱
7. bakal buah n. 子房
8. putik n. 雌蕊

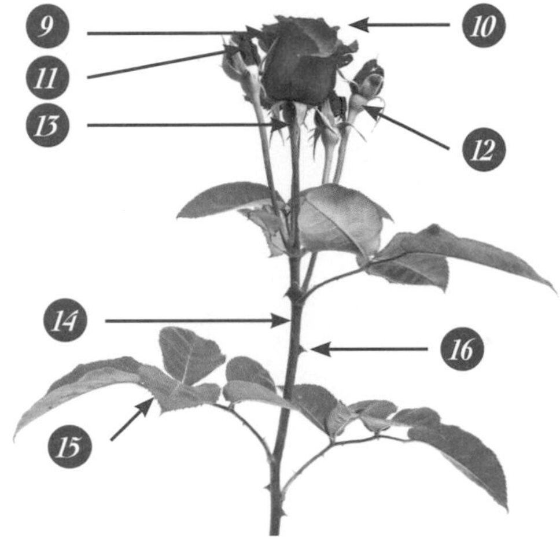

9. bunga n. 花
10. mahkota bunga n. 花瓣
11. kuncup n. 花蕾
12. dasar bunga n. 花托
13. kelopak bunga n. 萼片
14. batang bunga n. 花莖；梗
15. daun n. 葉子
16. duri n. 刺；荊棘

02 購買／包裝花束

08-02-05.MP3

包裝方式有哪些？

bunga pengantin
n. 新娘捧花

korsase / bunga jas
n. （新郎的）胸花

gelang bunga
n. 手腕花

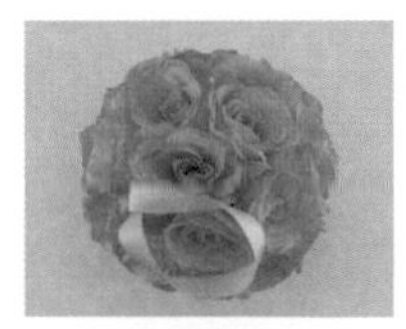
bola bunga
n. 花球

rangkaian bunga bundar
n. 花圈

keranjang bunga
n. 花籃

花店購花時，常說的基本對話有那些？

● 情人節

Pemilik toko bunga: **Selamat pagi, Pak. Ada yang bisa dibantu?**

花店老闆：早上好，先生。有什麼能幫您的嗎？

Pembeli: **Besok hari Valentine, saya mau beli bukét untuk istri saya.**

顧客：明天是情人節。我想買束花給我老婆。

Pemilik toko bunga: **Bapak tahu bunga apa yang istrinya suka?**

花店老闆：您知道她喜歡哪種花嗎？

Pembeli: **Em… saya kurang tahu. Boléh rékoméndasi?**

顧客：嗯～我不太知道耶。你可以給點建議嗎？

Pemilik toko bunga: **Kita punya mawar yang segar.**

花店老闆：我們有一些新鮮的玫瑰。

Pembeli: **Gimana hitungnya?** 顧客：怎麼算？

Pemilik toko bunga: **Karangan mawar kuning 200.000, karangan mawar merah 300.000.**

花店老闆：黃玫瑰花束 20 萬印尼盾，紅玫瑰花束 30 萬印尼盾。

Pembeli: **Baiklah, saya ambil satu karangan mawar kuning.**

顧客：好吧，我拿一束黃玫瑰。

Pemilik toko bunga: **Saya percaya istri Bapak pasti suka karangan bunga ini.**

花店老闆：我相信您的夫人一定很喜歡這束花的。

Pembeli: **Bisa tidak antar ke alamat ini bésok siang?**

顧客：明天中午可以送到這個地址嗎？

Pemilik toko bunga: **Boléh dong. Kami akan antar bunga ini tepat waktu.**

花店老闆：當然可以。我們會準時幫你將這束花送達。

● 探病

Pemilik toko bunga: **Ada yang bisa dibantu?** 花店老闆：有什麼能為幫你的嗎？

Pembeli: **Temanku masuk rumah sakit, saya mau beli bunga untuk menjenguk dia.**

顧客：我的朋友住院了。我想買些花去看她。

Pemilik toko bunga: **Ibu boléh bawa sekeranjang bunga anggrék untuk dia. Bunga anggrek tahun ini indah sekali.**

花店老闆：您可以帶一籃蘭花送給她。今年的蘭花長得很漂亮。

Pembeli: **Wah, kelihatannya indah sekali, ya. Boléh tanya harganya berapa sekeranjang?**

顧客：哇～它們看起來真的很漂亮耶。請問一籃多少錢呢？

Pemilik toko bunga: Sekeranjang 250.000 saja. 花店老闆：一籃只要 25 萬印尼盾。

Pembeli: Baik, saya ambil sekeranjang. 顧客：好的，我拿一籃。

Pemilik toko bunga: Perlu diikatkan pita di atasnya?
花店老闆：需要為您在上面綁緞帶嗎？

Pembeli: Boléh, bagus sekali kalau bisa diikat. 顧客：好的，能加綁的話就太好了。

Pemilik toko bunga: Perlu apa lagi? 花店老闆：還需要些什麼嗎？

Pembeli: Em... saya perlu selembar kartu, boléh kasih saya selembar?
顧客：嗯～我還需要一張卡片。請問可以給我一張嗎？

Pemilik toko bunga: Baik, tidak masalah. 花店老闆：好的，沒問題。

Tips 印尼的國花

通常，每個國家都有屬於自己的一種國花。但你可能想像不到，在印尼總共有三種國花。這三種花的美稱分別為 ❶ puspa bangsa（民族之花）、❷ puspa pesona（魅力之花）以及 ❸ puspa langka（罕見之花）。

在這三種花中，puspa bangsa 是指 bunga melati（茉莉花）。由於其擁有潔白的外觀且散發出幽雅的清香，故印尼各民族皆認為是純潔、純樸、真誠的代表。雖然國花是在西元 1993 年列入法規當中，但早在建國初期，人們就已經不成文地將茉莉花奉為非正式國花，作為印尼的國家象徵。茉莉花甚至在立國以前就已經被爪哇島人當作高尚的文化象徵了。

Puspa pesona 則是 bunga anggrék bulan（蝴蝶蘭），它的美貌聞名中外，令許多人著迷不已，並且日日悉心照顧、呵護著它。它的美也因此為它獲得了國花的美名。

在這三種國花當中最著名，也最特別的或許就是 Puspa langka (Rafflesia arnoldii) 了，這種花的印尼語又名為 bunga padma raksasa（大王花、巨蓮花）。這朵巨大的花非常罕見，而且只會出現在蘇門答臘島和加里曼丹島（婆羅洲）的雨林裡。它沒有樹莖也沒有葉子，更沒有葉綠素，無法使用光合作用來維生。這朵花一「出世」就只是一個圓圓紅紅的花蕊，寄生於其他植物長達數個月的時間，直到長成以後綻放幾天就枯萎了。綻放的時候，它散發的不是茉莉的芳香，而是死屍腐爛的氣息；引來的不是蝴蝶、蜜蜂，而是尋找腐臭味的蒼蠅。大王花的授粉的方式亦很特別，雄株會透過腐臭吸引蒼蠅進入 100 公分多大的花朵內，並使花粉沾粘在蒼蠅身上，再透過那隻蒼蠅飛到雌性花裡去，如此便讓「大王花」得繁衍，「生出」一朵新花來。

Bab 3

Salon Kecantikan
美容院

08-03-01.MP3

美容院的擺設

1. salon n. 美髮店
2. kursi salon / kursi barbershop n. 理髮椅
3. 外 hairspray / pengeras rambut n. 噴髮定型液
4. gél / gél rambut n. 造型膠、（髮）膠
5. 外 wax n. 髮臘
6. alat rias / alat make-up n. 化妝品
7. cermin n. 鏡子
8. bak keramas n. 洗頭槽
9. kursi keramas n. 洗髮椅
10. sampo n. 洗髮精
11. kondisioner n. 潤髮乳
12. produk perawatan rambut n. 護髮用品
13. tempat manikur dan pédikur n. 美甲店
14. kutéks n. 指甲油
15. 外 nail polish remover / penghilang cat kuku n. 去光水
16. bantal manikur n. 手枕

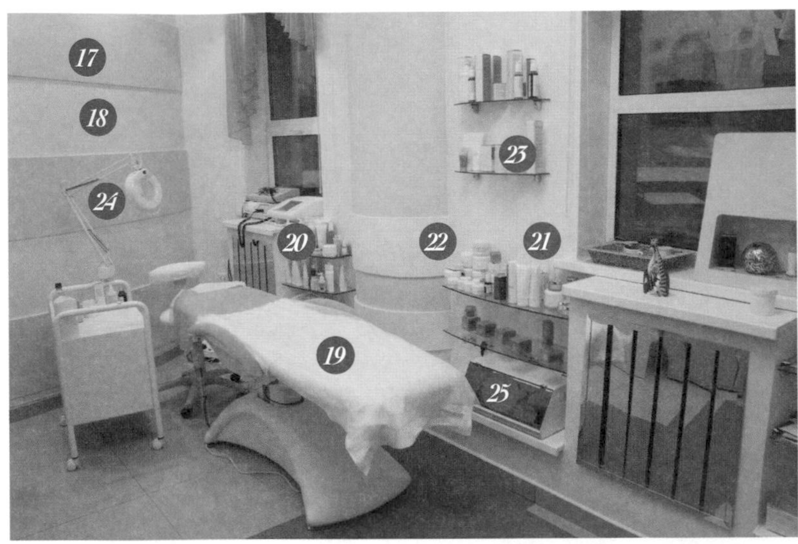

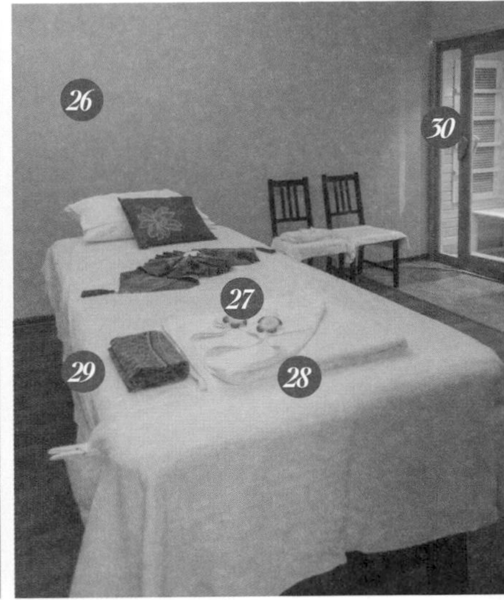

17. salon kecantikan n. 美容院
18. ruang perawatan n. 治療室
19. ranjang kecantikan n. 美容床
20. alat kecantikan n. 美容用具
21. losion n. 化妝水
22. masker n. 面膜
23. produk perawatan kulit n. 皮膚保養品
24. lampu kaca pembesar n. 放大鏡檯燈
25. UV [yu-fi]-Sterilizer n. 消毒箱
26. ruang pijat n. 按摩室
27. ranjang pijat n. 按摩床
28. jubah mandi n. 浴袍
29. handuk n. 毛巾
30. sauna n. 三溫暖

01 洗髮、護髮

08-03-02.MP3

美容沙龍裡，常見的人有哪些？

外 口 barber / 書 pemangkas rambut n. 理髮師

penata rambut n. 美髮師

外 stylist n. （燙髮或服裝）造型師

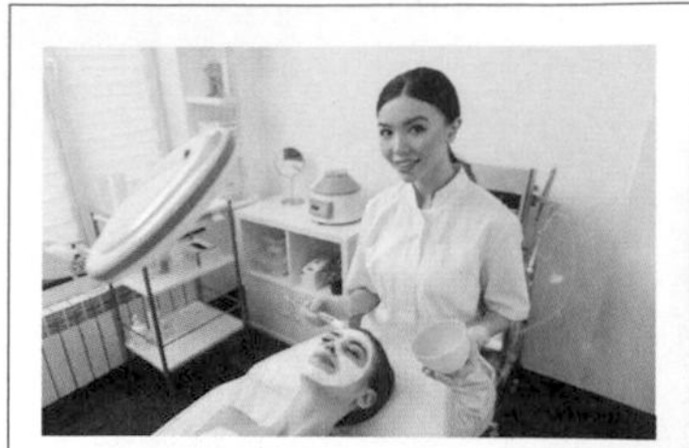

ahli kecantikan
n. 美容師

manikur
n. 美甲師

penata rias
n. 彩妝師

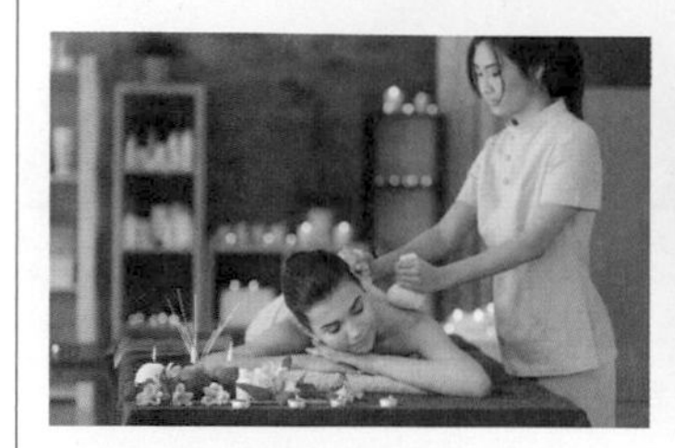

aromatérapis
n. 芳療師

resepsionis
n. 接待員

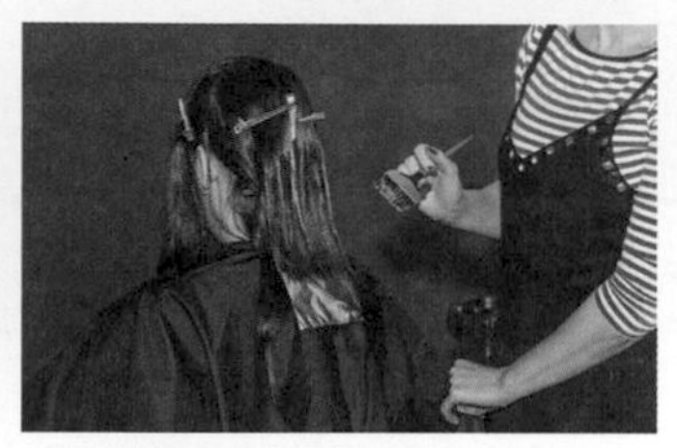

外 hair colorist
n. 染髮師

洗髮、護髮時，常用的基本對話

Stylist: **Hai. Lama tidak bertemu. Apa kabar, Bu?**
設計師：妳好。好久不見。妳最近好嗎？
Pelanggan: **Baik. Saya mau cuci rambut.**
顧客：我很好。我想要洗頭。
Stylist: **Baik. Mau minum apa?**
設計師：好的。請問妳要喝點什麼嗎？
Pelanggan: **Teh hangat, dong? Boléh tanya perawatan rambut bagaimana hitungnya?**
顧客：我要溫的茶，好嗎？請問你們護髮怎麼算呢？
Stylist: **Tergantung mau pakai produk yang mana. Hot oil treatment 300.000, perawatan biasa cuma 200.000.**
設計師：要看妳用什麼樣的護髮產品。熱油護髮 30 萬印尼盾，一般護髮只要 20 萬印尼盾。
Pelanggan: **Kalau begitu saya ambil yang hot oil treatment saja. Terima kasih.**
顧客：那我要做熱油護髮，謝謝。
Stylist: **Ibu mau baca koran atau majalah?**
設計師：女士您要看報紙或雜誌嗎？
Pelanggan: **Tidak usah, terima kasih. Saya mau tutup mata sebentar.**
顧客：不用了，謝謝。我要閉目養神休息一下。

(Asistén sedang memijat bagian kepala.)（助理正在做頭皮按摩）

Asistén: **Perlu lebih kuat atau lebih ringan?**
助理：需要我按大力一點，還是輕一點呢？

Pelanggan: **Lebih ringan, terima kasih. Boléh lebih banyak pijat sebelah sini?**
顧客：輕一點，謝謝。妳可以幫我在這邊多按一下嗎？
Asistén: **Boléh. Airnya kepanasan, tidak?**
助理：可以喔。水會不會太燙？
Pelanggan: **Pas.**
顧客：這樣剛好。
Asistén: **Bagian mana lagi yang mau dipijat?**
助理：還有哪裡需要加強的呢？
Pelanggan: **Tidak ada.**
顧客：沒有了。
Asistén: **Baik. Ayo kita cuci rambut.**
助理：好的。那我們洗頭吧。

02 造型

08-03-03.MP3

美髮設計師常用的造型工具有哪些？

1. cat rambut n. 染髮劑
2. 外 hair dryer / pengering rambut n. 吹風機
3. sisir n. 扁梳
4. diffuser rambut n. 烘髮罩
5. mesin cukur rambut n. 電動推剪
6. gunting n. 剪刀
7. sisir pijat n. 按摩梳
8. botol semprot n. 噴水瓶
9. 口 catokan rambut / 書 pelurus rambut n. 離子夾
10. sisir round hair brush n. 圓梳
11. pengeras rambut n. 定型噴霧
12. palet warna rambut n. 髮色盤
13. rol rambut / gulungan rambut n. 髮捲
14. jepit rambut n. 髮夾
15. jepit rambut panjang n. 一字夾
16. 書 jepit rambut / 口 jedai n. 鯊魚夾
17. rol rambut / gulungan rambut n. 髮捲

08-03-04.MP3

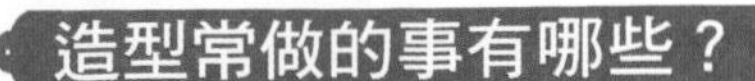

造型常做的事有哪些？

menggunting rambut /
● gunting rambut
ph. 剪髮

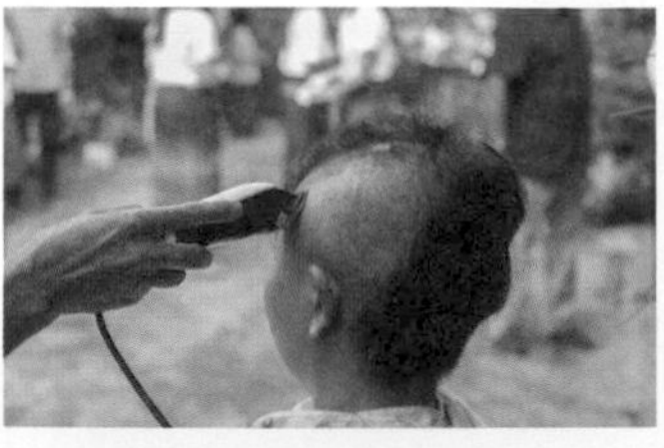

memangkas rambut /
● pangkas rambut
ph. 理髮

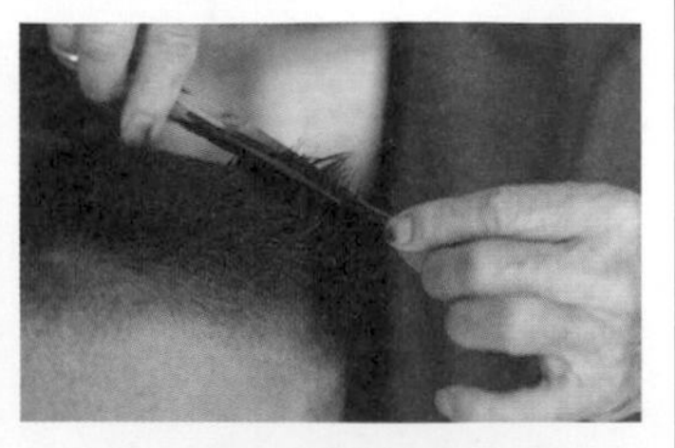

meméndékkan rambut /
● péndékin rambut
ph. 修剪；剪短一點

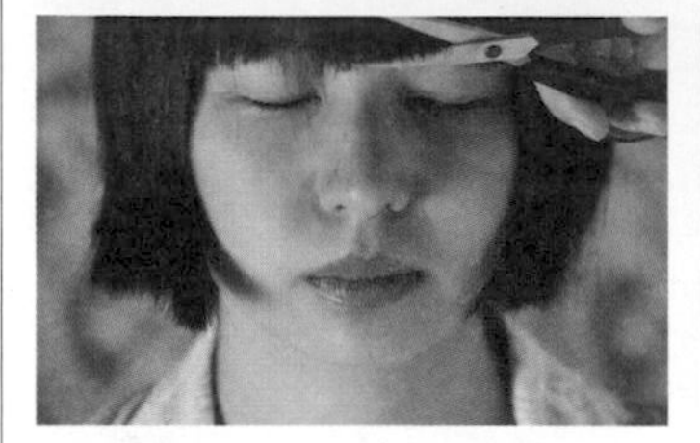

menggunting poni /
● gunting poni
ph. 修瀏海

mencukur jambang /
● cukur jambang
ph. 修鬢角

perm rambut
ph. 燙髮

mengecat rambut /
● cat rambut
ph. 染髮

menghighlight rambut
ph. 挑染

meluruskan rambut /
● lurusin rambut
ph. 拉直頭髮

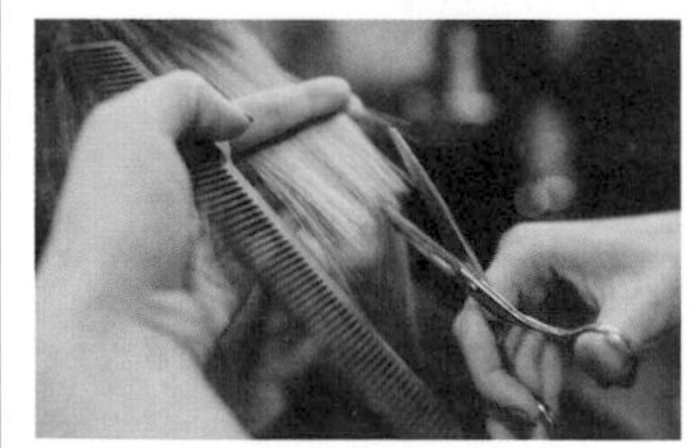

menggunting layer /
● gunting layer
ph. 修層次

menyambung rambut /
● sambung rambut
ph. 接髮

belah samping kanan
ph. 右旁分

belah tengah
ph. 中分

belah samping kiri
ph. 左旁分

03 美甲

08-03-05.MP3

常見的美甲工具有哪些？

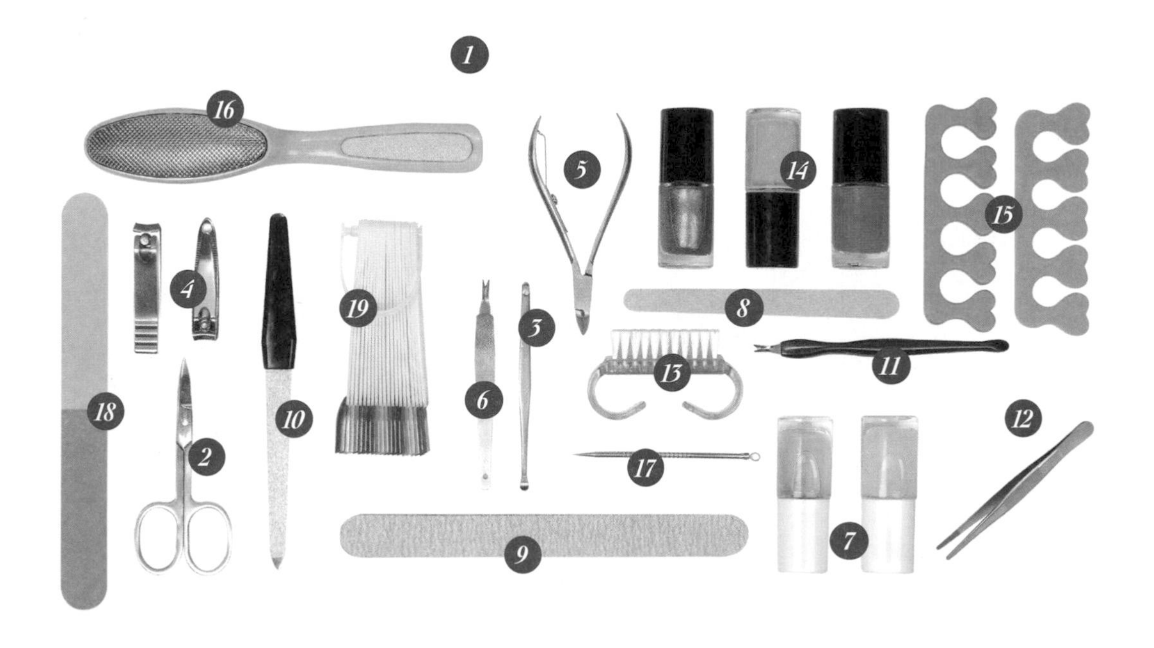

1. alat manikur n. 修指甲器具
2. gunting n. 剪刀
3. korék kuping n. 掏耳棒
4. gunting kuku n. 指甲剪
5. gunting kuku mati n. 甲皮剪
6. pendorong kutikula n. 推棒
7. minyak kutikula kuku n. 甲皮軟化液
8. ampelas kuku spon / kikir kuku spon n. 海綿指甲銼
9. ampelas kuku dua sisi / kikir kuku dua sisi n. 雙面指甲銼
10. ampelas kuku baja anti karat / kikir kuku baja anti karat n. 不鏽鋼指甲銼
11. pendorong kutikula kepala ganda n. 雙頭推棒
12. pinsét n. 鑷子
13. sikat kuku n. 指甲清潔刷
14. kutéks n. 指甲油
15. pemisah jari kaki n. 腳趾矯正器
16. kikir telapak kaki / amplas kaki n. 足部磨砂板
17. alat pembersih komédo n. 粉刺棒
18. alat polés kuku n. 指甲拋光棒
19. kartu warna n. 色卡

08-03-06.MP3

美甲服務

書 merawat kuku / 口 rawat kuku
ph. 修指甲

書 memakai kutéks / 口 pakai kutéks
ph. 畫指甲

書 menghias kuku / 口 hias kuku
ph. 指甲彩繪

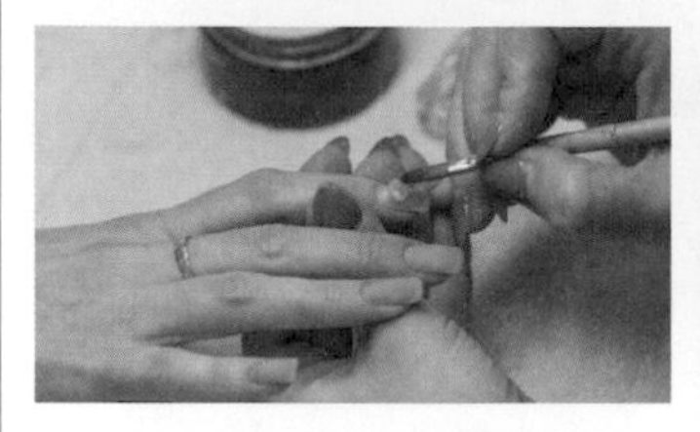

書 memakai kuku gél / 口 pakai kuku gél
ph. 凝膠指甲

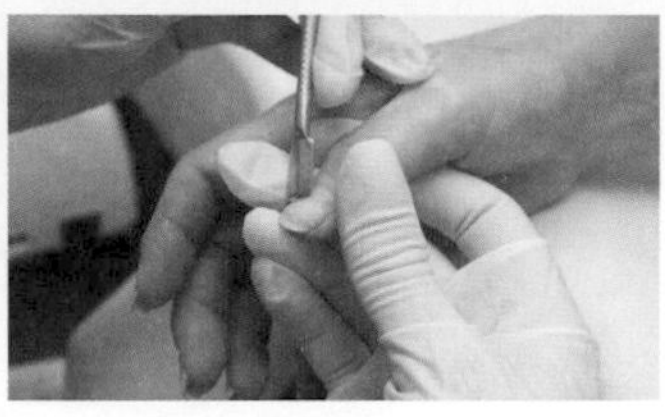

書 menghilangkan kuku gél / 口 hapus kuku gél
ph. 卸除凝膠

pijat muka
ph. 臉部按摩

書 memakai masker / 口 pakai masker
ph. 敷面膜

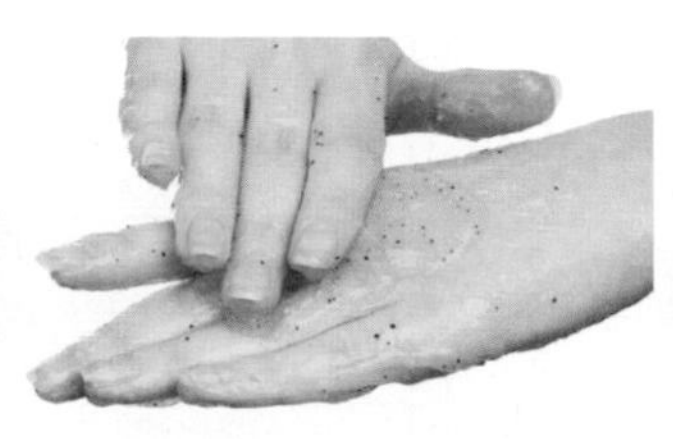

書 menghilangkan kératin / 口 hilargin kératin
ph. 去角質

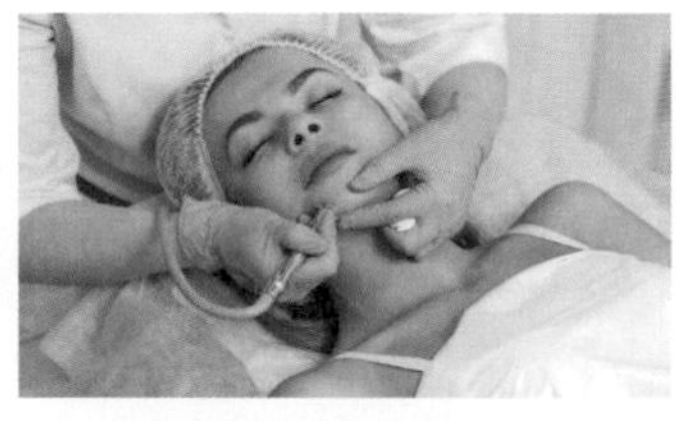

書 memencét jerawat / 口 pencét jerawat
ph. 擠痘痘

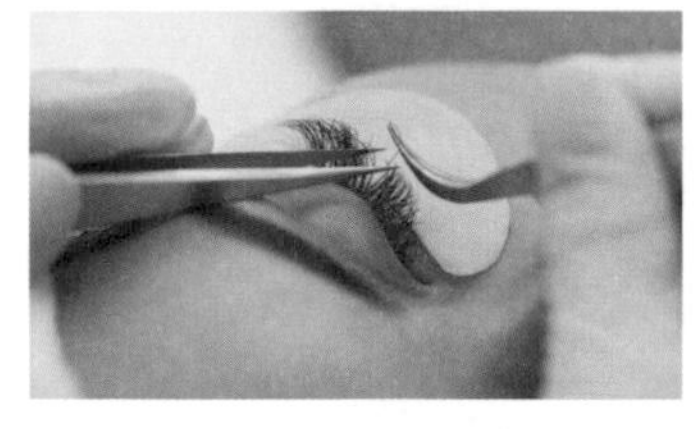

書 menyambung bulu mata / 口 penjangin bulu mata
ph. 接睫毛

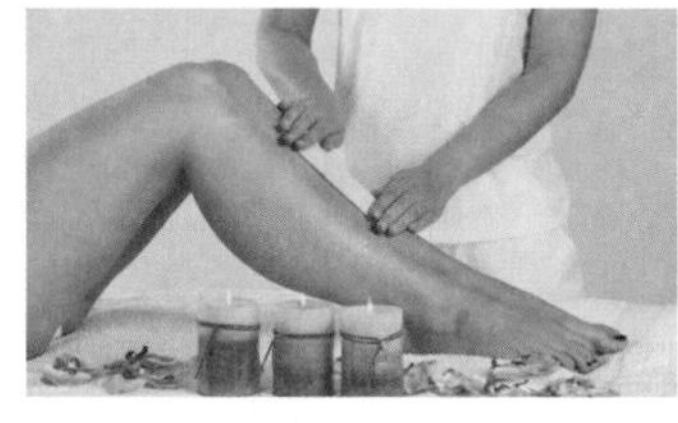

外 口 waxing / 書 menghilangkan bulu kaki ph. 除毛

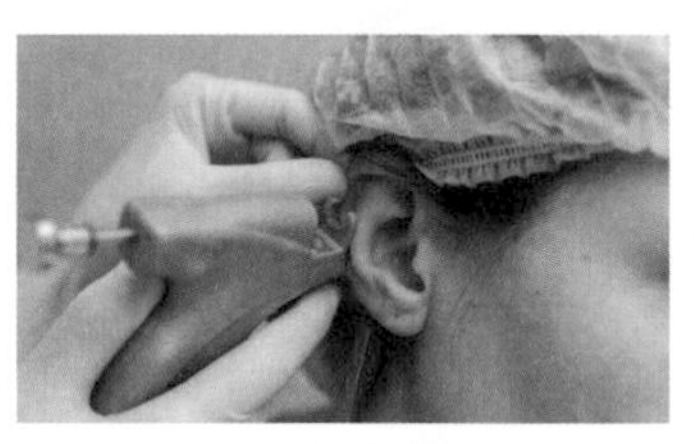

書 menindik / 口 tindik
v. 打耳洞

上指甲沙龍會用到的對話

Manikur: **Hai. Mau manikur?**
美甲師：您好。您要修指甲嗎？

Pelanggan: **Ya. Saya mau merawat kuku tangan dan gambar ulang kuku kaki.**
客人：嗯，我想修指甲和重新畫腳趾甲。

Manikur: Baik, silakan duduk.
美甲師：好，請您坐下。
Pelanggan: Merawat kuku tangan perlu berapa lama, ya?
客人：修指甲大概需要多久時間呢？
Manikur: Sekitar satu jam kurang. Saya hapus dulu kutéks yang lama, lalu rendamkan kakinya dan membersihkan kuku kaki. Terakhir baru dikasih kutéks baru. Ibu mau kutéks warna apa?
美甲師：大概一個小時以內。我先將您舊的指甲油卸掉，然後讓您的腳泡水並把趾甲弄乾淨。最後再塗上新一層的指甲油。女士您想要畫什麼顏色的呢？
Pelanggan: Adik rékoméndasi warna apa?
客人：妹妹你推薦什麼顏色？
Manikur: Menurut saya kulit Ibu lebih putih, kalau warna mérah bisa bagus sekali. Ibu bisa gambar bunga pada kuku, bakal mencolok, loh.
美甲師：我覺得女士您的膚色比較白，畫紅色的話會很美。您可以在指甲上畫上花的圖案，會很醒目呢！
Pelanggan: Oh, begitu. Baiklah, tolong begitu saja.
客人：這樣呀！好的！那就拜託妳照做吧！
Manikur: Mau pijat kaki?
美甲師：您想要按摩腳嗎？
Pelanggan: Baik. Belakangan saya sering jalan kaki, kaki saya pegal-pegal.
客人：好的，我最近走很多路，腳很酸。
Manikur: Kalau begitu boleh tutup mata sebentar, santai-santai dulu saja! Pas sudah selesai saya bangunkan.
美甲師：那請您就閉上眼睛，放鬆一下吧！當我做完之後，我會叫醒您。
Pelanggan: Baik, terima kasih.
客人：好，謝謝妳。

04 化妝品

08-03-07.MP3

化妝品有哪些呢？

1. 外 foundation n. 粉底
2. 外 eyeshadow n. 眼影
3. 外 eyeshadow stick n. 眼影棒
4. sikat bulu mata / sikat maskara n. 睫毛刷
5. pensil alis n. 眉筆
6. sikat alis n. 眉刷
7. blush on n. 腮紅

8 sikat blush on n. 腮紅刷
9 kuas bedak n. 蜜粉刷
10 spons bedak n. 粉撲
11 外 lipstick n. 口紅
12 外 eyeliner n. 眼線液
13 serutan n. 削筆器

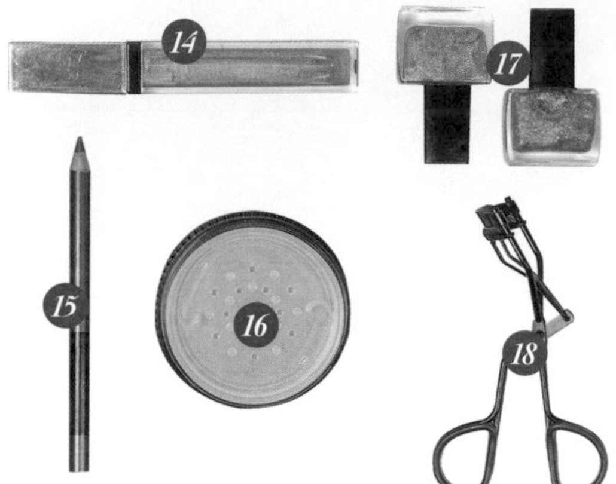

14 外 lip gloss n. 唇蜜
15 外 lip pencil / pénsil bibir n. 唇筆
16 外 loose powder n. 蜜粉
17 kutéks n. 指甲油
18 penjepit bulu mata n. 睫毛夾

08-03-08.MP3

常見的美甲工具有哪些？

1 losion n. 化妝水；潤膚露
2 外 makeup remover n. 卸妝油
3 外 sunscreen n. 隔離霜
4 外 sunblock n. 防曬乳液
5 外 day cream n. 日霜
6 外 night cream n. 晚霜
7 krim pelembap / 外 moisture cream n. 保濕霜
8 sérum n. 精華液
9 krim pemutih wajah n. 美白乳液
10 外 eye gel / gél mata n. 眼膠
11 外 eye cream / krim mata n. 眼霜
12 masker n. 面膜
13 masker mata n. 眼膜

14 外 body lotion n. 身體乳液
15 外 hand cream n. 護手霜

08-03-09.MP3

化妝的動作有哪些？

書 mengoles / 口 olés
v. 塗抹

書 memakai bedak / 口 pakai bedak
ph. 打粉撲

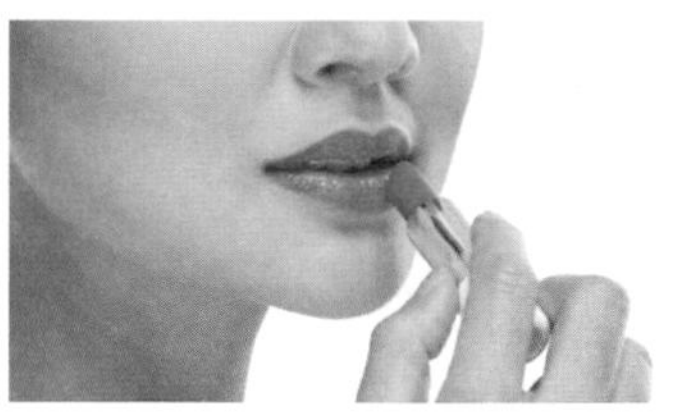
書 memakai lipstick / 口 pakai lipstick
ph. 擦口紅

書 memakai eyeliner / 口 pakai eyeliner
ph. 畫眼線

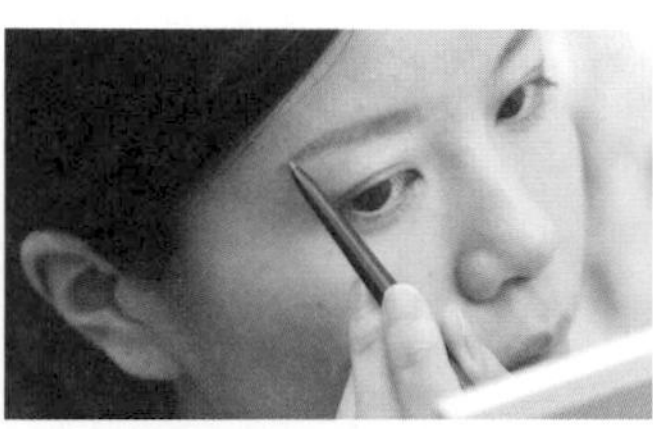
書 menggambar alis / 口 gambar alis
ph. 畫眉毛

書 menjepit bulu mata / 口 jepit bulu mata
ph. 夾睫毛

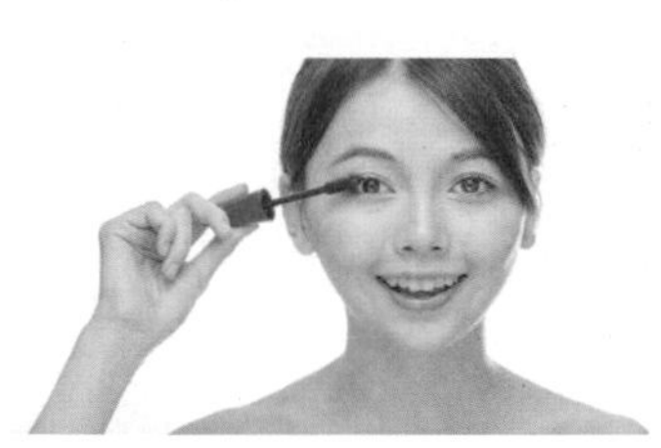
書 memakai maskara / 口 pakai maskara
ph. 梳睫毛

書 menghapus riasan / menghapus makeup / 口 hapus makeup
ph. 卸妝

書 mencuci muka / 口 cuci muka
ph. 洗臉

05 美容

08-03-10.MP3

皮膚護理

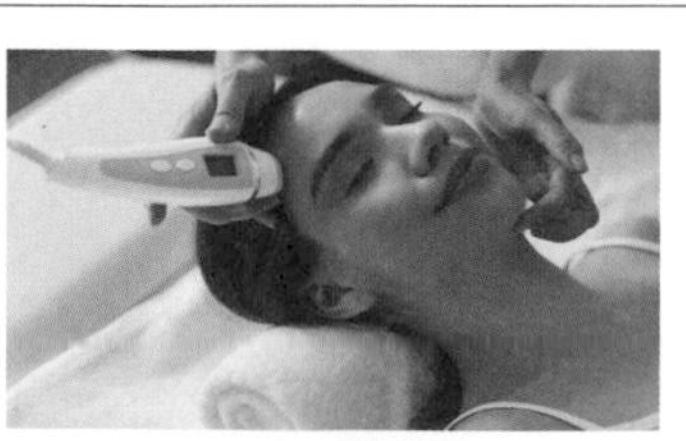
外 skin test
ph. 膚質檢測

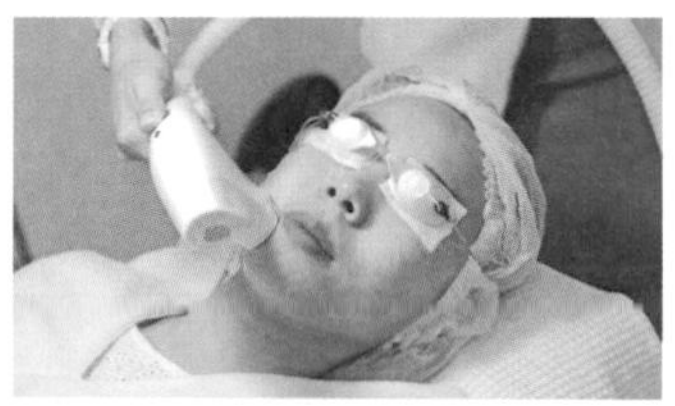
laser wajah
ph. 打雷射

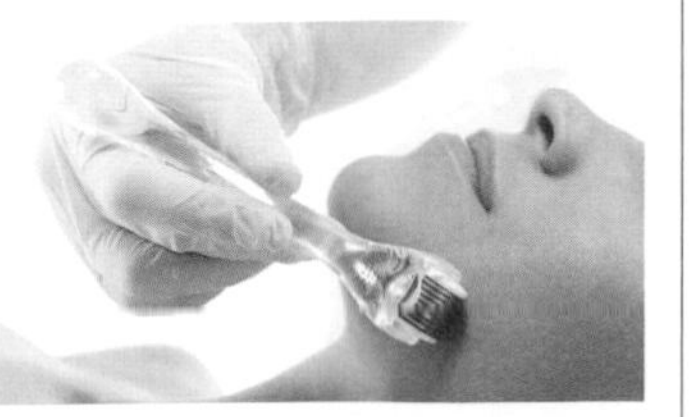
外 microneedling
ph. 微針滾輪

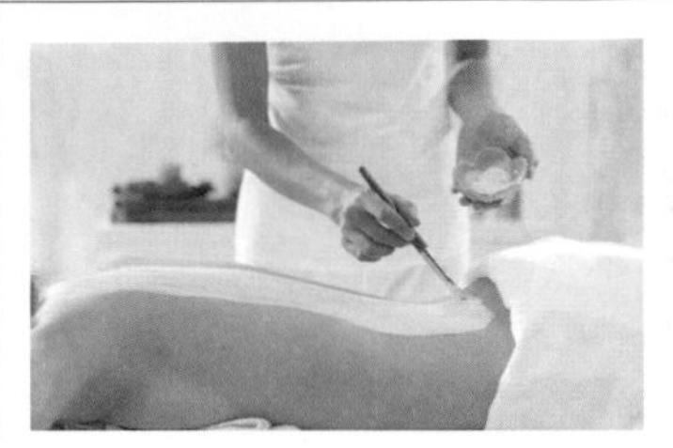

pemutihan kulit
ph. 美白

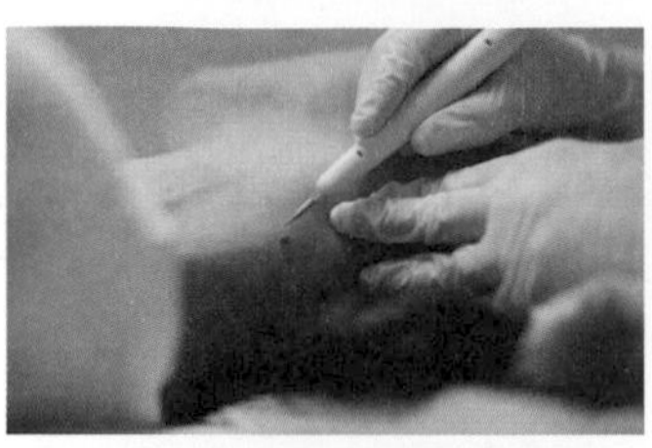

書 menghilangkan tahi lalat / 口 buang tahi lalat
ph. 去痣

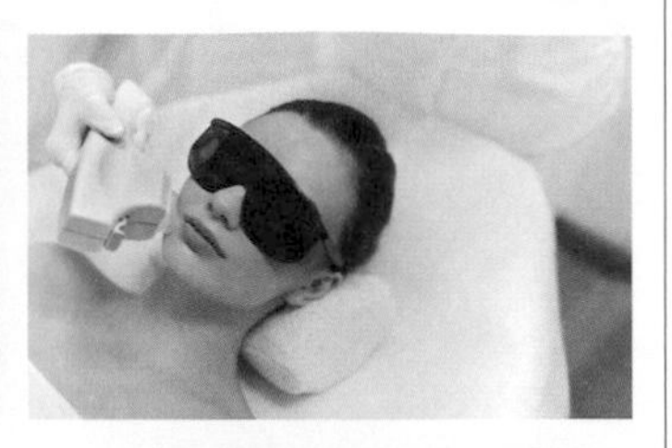

menghilangkan freckles / menghilangkan flék
ph. 消除雀斑

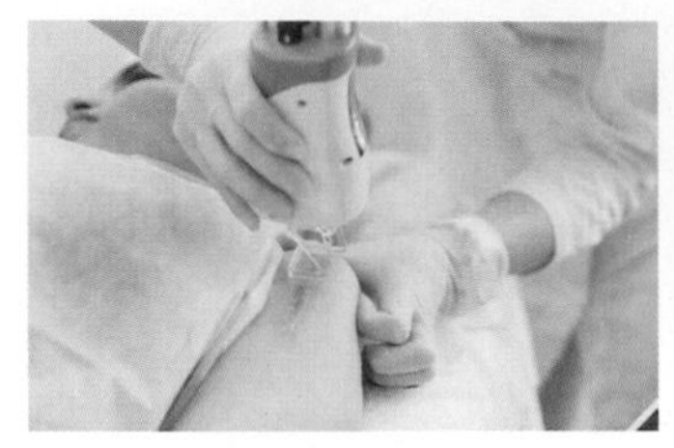

menghilangkan bekas luka
ph. 除疤

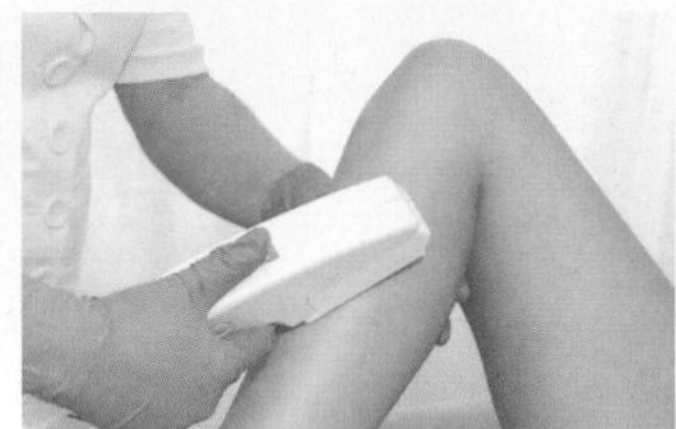

外 waxing
ph. 永久除毛

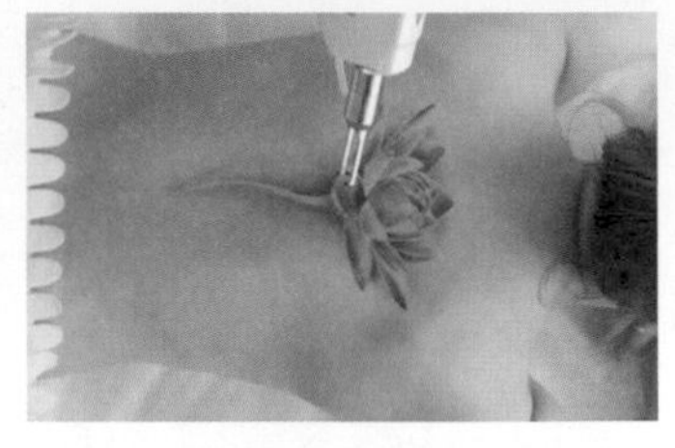

書 menghilangkan tato / 口 hapus tato
ph. 除刺青

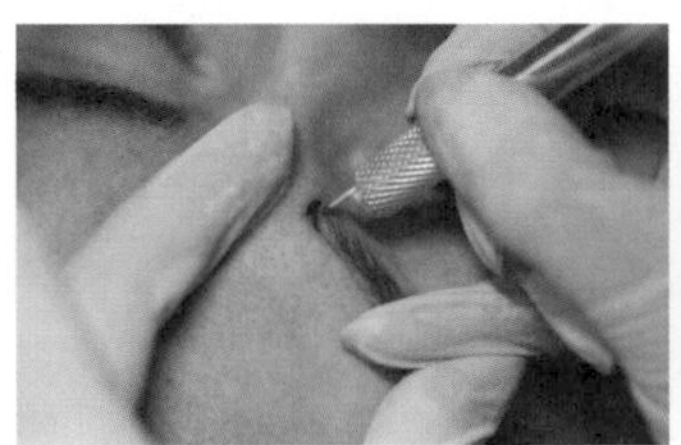

sulam alis
ph. 紋眉毛

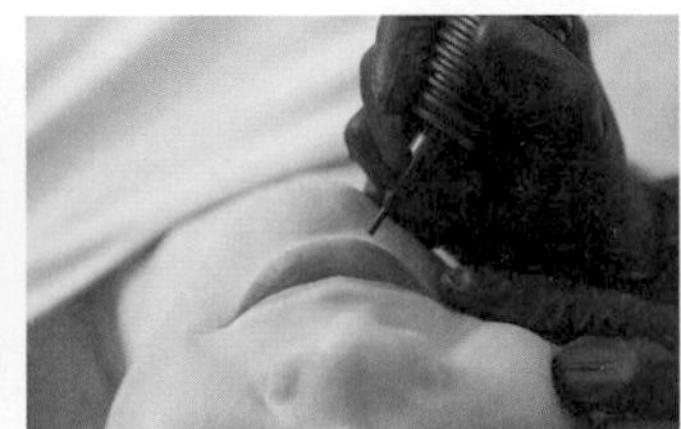

sulam bibir
ph. 紋唇

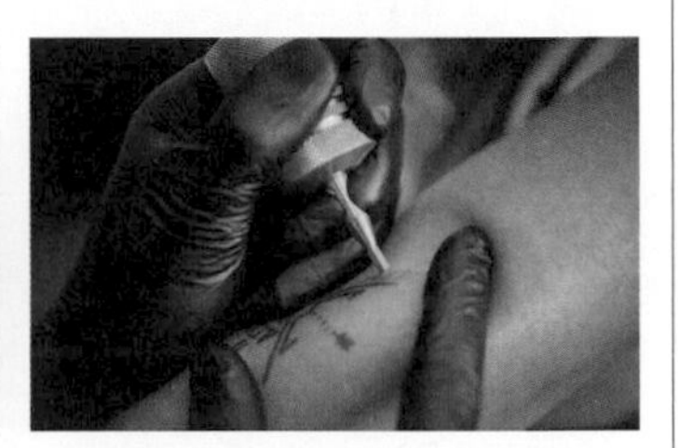

書 membuat tato / 口 tato
ph. 刺青

Tips 生活小常識：關於整形

印尼語的整形是 operasi plastik / bedah plastik（源自英語的 plastic surgery）。Operasi plastik 在印尼不太盛行，一般人對 operasi plastik 抱持較負面的看法。有些人會講 operasi plastik 或簡稱 oplas。

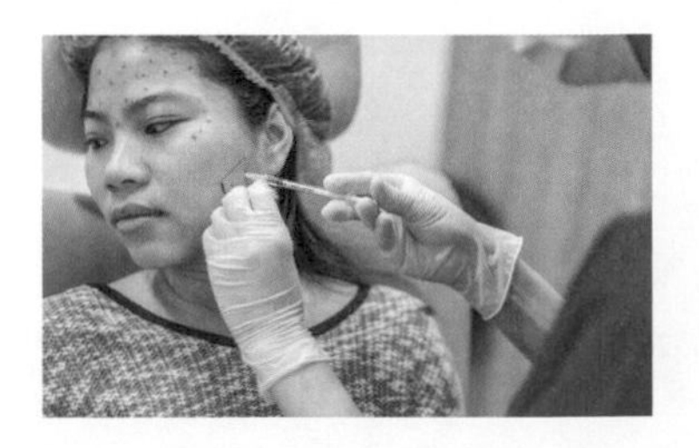

Artis itu operasi plastiknya terlalu berlebihan, sehingga wajahnya lebih jelék daripada sebelum operasi plastik. 那個藝人整形太過頭了，弄得他的臉比還沒整形之前還要醜。

08-03-11.MP3

常見的整形項目

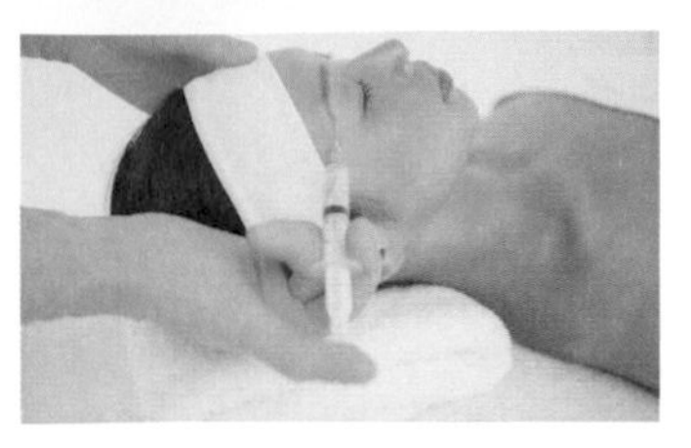

suntik botox
ph. 打肉毒桿菌

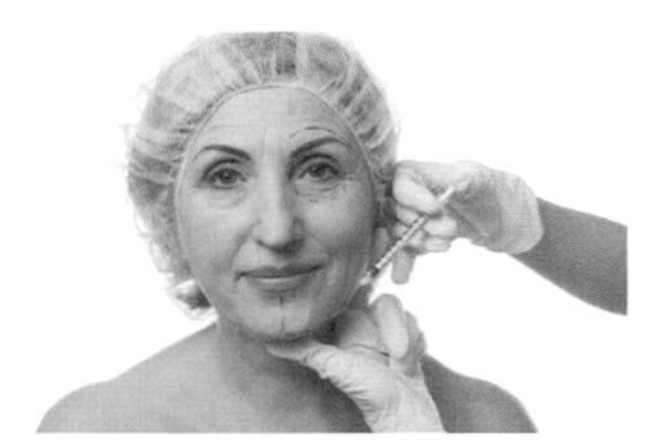

tarik kulit
ph. 拉皮

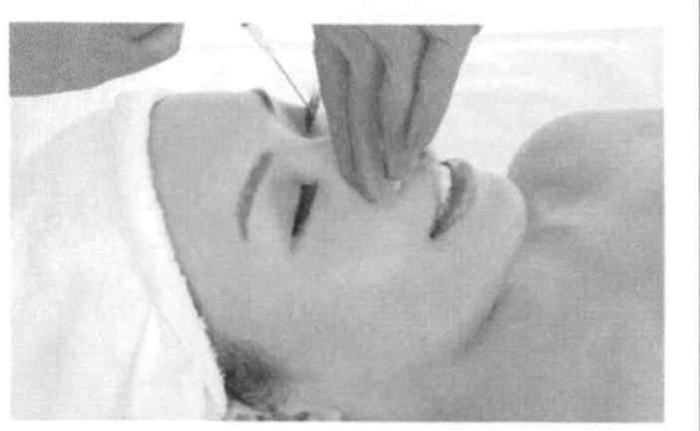

memancungkan hidung
ph. 隆鼻

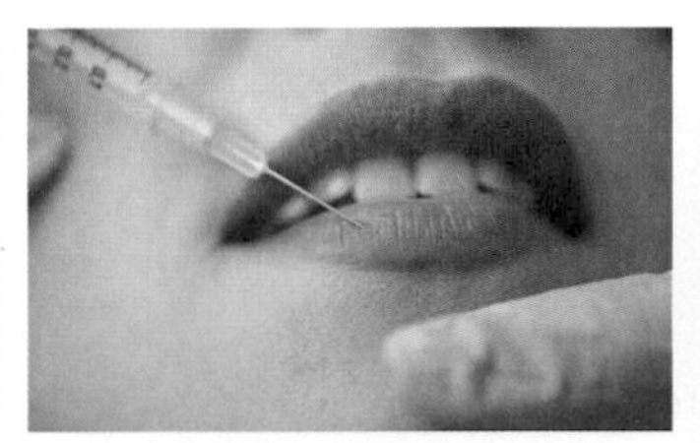

filler bibir
ph. 豐唇

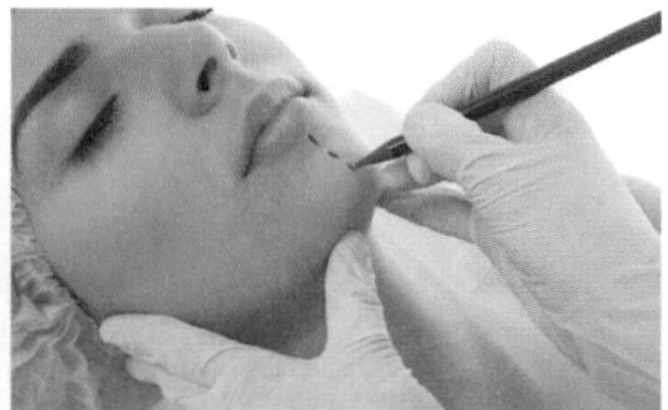

filler dagu
ph. 隆下巴

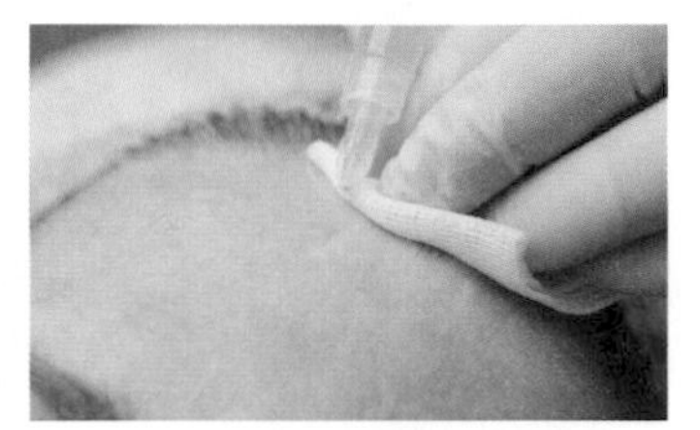

filler dahi
ph. 隆前額

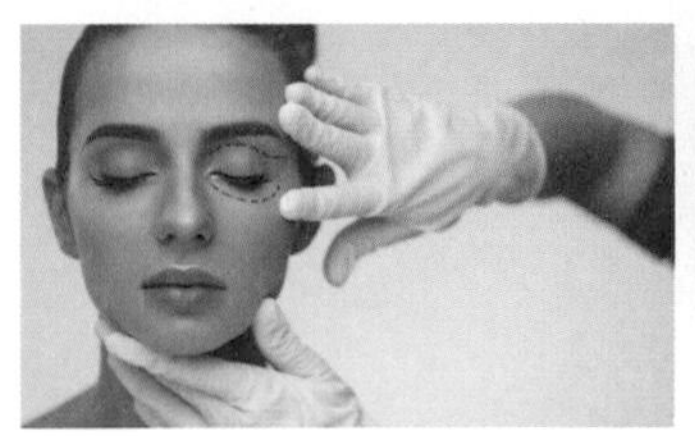

membuat kelopak mata ganda
ph. 割雙眼皮

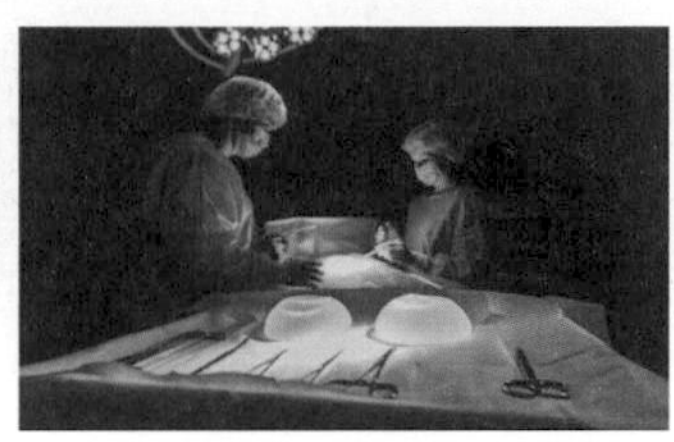

membesarkan payudara
ph. 隆乳

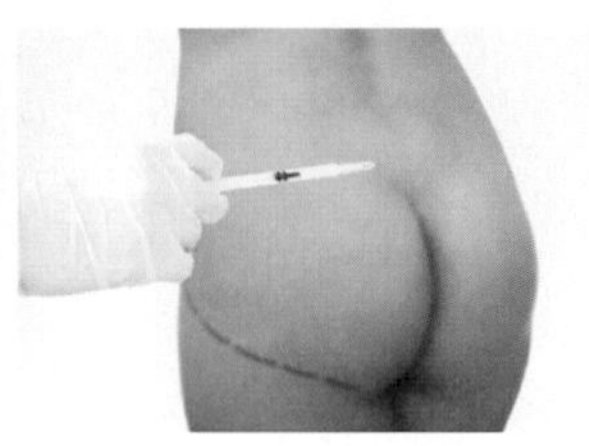

membesarkan pantat
ph. 豐臀

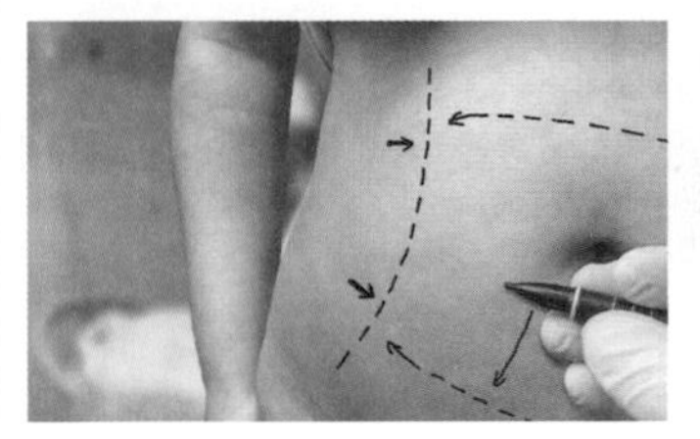

sedot lemak
ph. 抽脂

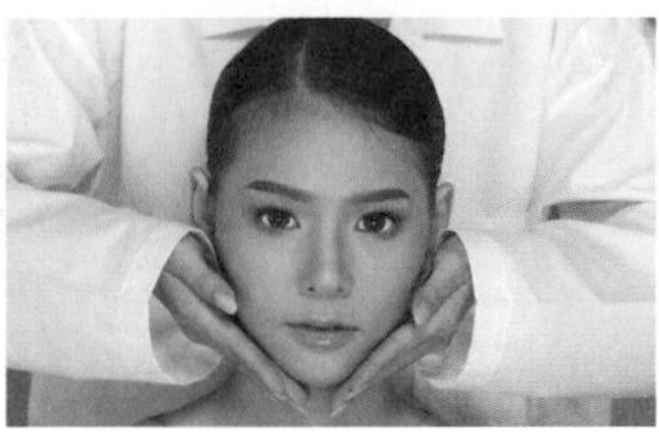

face sculpting
ph. 削骨

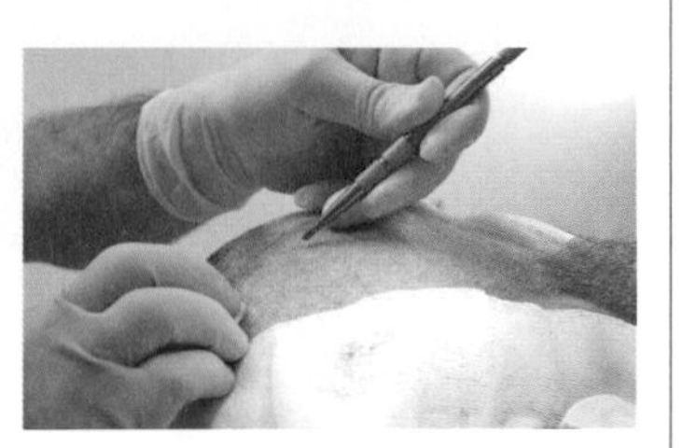

transplantasi rambut
ph. 植髮

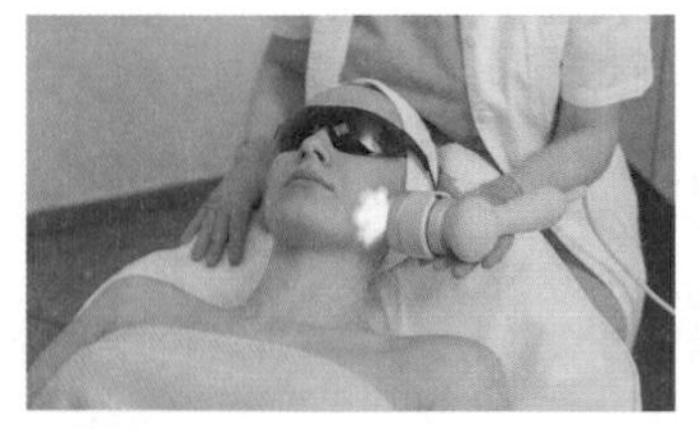

laser
v. 雷射

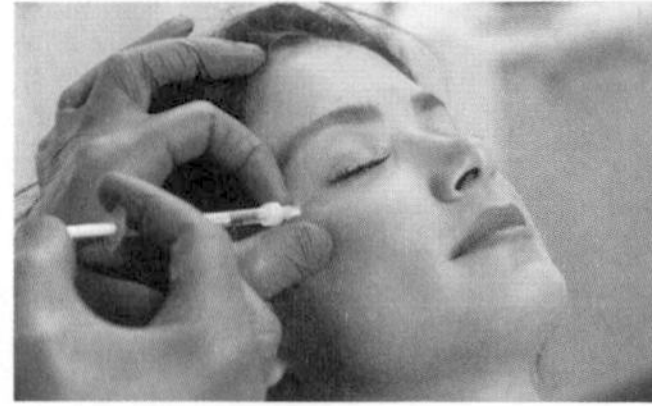

injéksi asam hialuronat
ph. 打玻尿酸

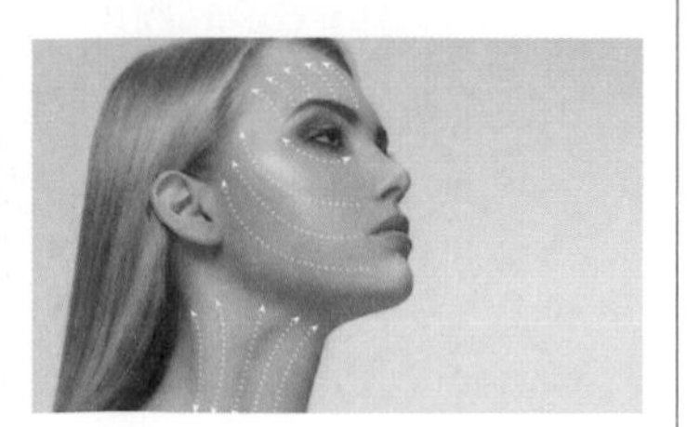

menghilangkan kerutan
ph. 除皺

Bab **4**

Taman Hiburan
遊樂園

08-04-01.MP3

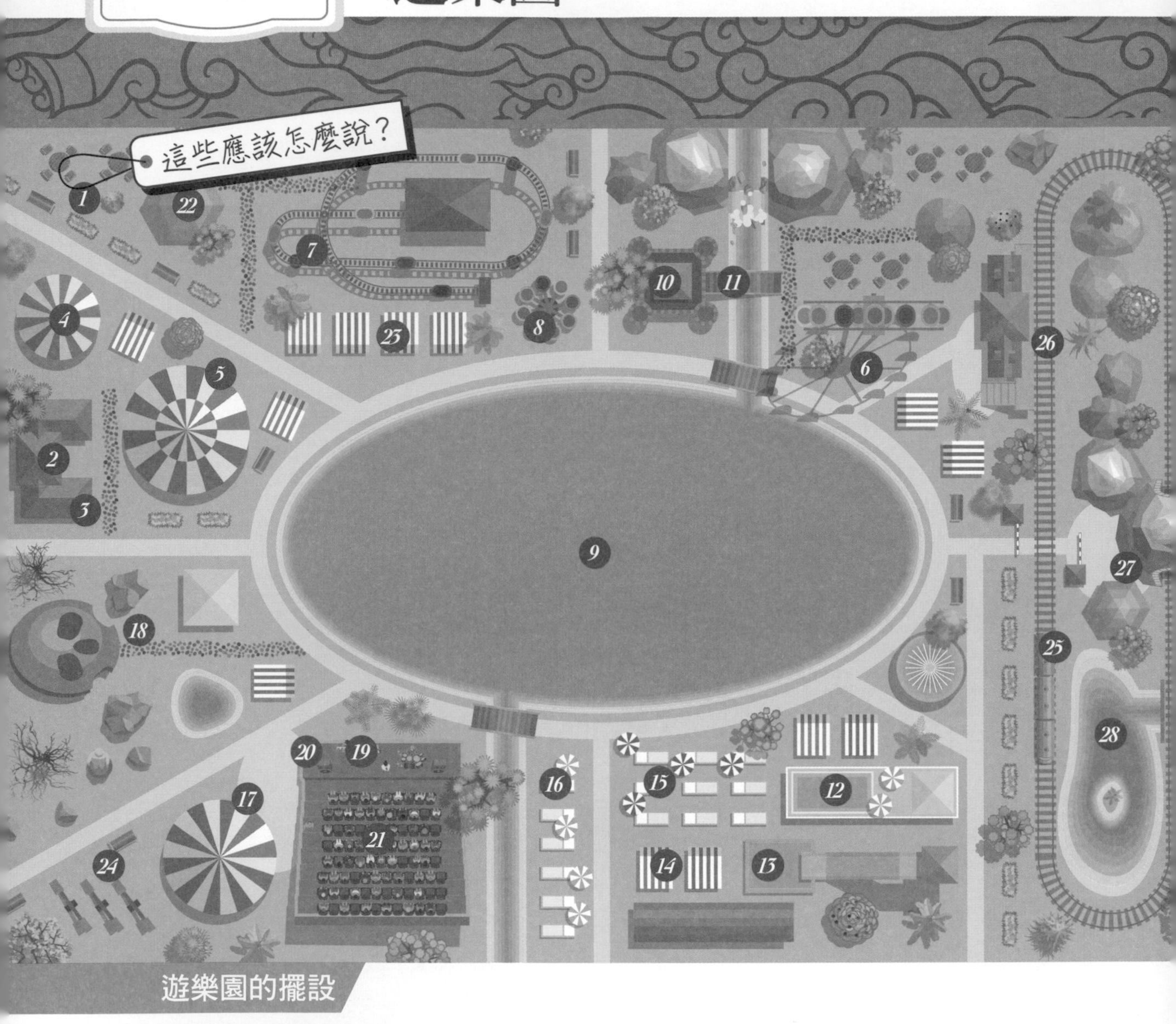

遊樂園的擺設

1. dénah taman hiburan n. 遊樂園平面圖
2. pintu masuk utama n. 主要入口
3. lokét n. 售票亭
4. pusat pengunjung n. 遊客中心
5. tempat hiburan dalam ruangan n. 室內遊樂場
6. kincir ria n. 摩天輪
7. 外 roller coaster n. 雲霄飛車
8. ayunan terbang n. 旋轉鞦韆
9. 外 water park n. 水上樂園

⑩ gazébo n. 涼亭
⑪ jembatan (kecil) n.（小）橋
⑫ aréa bermain air n. 戲水區
⑬ perosotan air n. 滑水道
⑭ kursi baring n. 躺椅
⑮ area istirahat n. 休息區
⑯ area piknik n. 野餐區
⑰ ténda sirkus n. 馬戲團篷
⑱ rumah hantu n. 鬼屋
⑲ pertunjukan live n. 現場表演秀
⑳ téater n. 劇場
㉑ tempat duduk n. 座位
㉒ toko suvenir n. 紀念品店
㉓ stand makanan n. 小吃攤
㉔ kursi panjang n. 長椅
㉕ keréta api dalam taman hiburan n. 遊園火車
㉖ rél n. 軌道
㉗ terowongan n. 隧道
㉘ danau n. 湖

01 搭乘遊樂器材

08-04-02.MP3

常見的遊樂器材有哪些？

korsél / komidi putar
n. 旋轉木馬

ayunan
n. 鞦韆

jungkat-jungkit
n. 蹺蹺板

perosotan
n. 溜滑梯

mandi bola
n. 球池

bom-bom car
n. 碰碰車

cangkir berputar
n. 旋轉茶杯

keréta api kecil
n. 蒸氣小火車

keréta gantung
n. 纜車

permainan lempar gelang
n. 套圈圈遊戲

témbak sasaran
n. 打靶

sirkus
n. 馬戲團

karnaval
n. 遊行

panjat tebing dalam ruangan
n. 室內攀岩

外 go cart / balapan
n. 賽車；卡丁車

外 paintball
n. 打漆彈

gurita
n. 八爪章魚

kerbau mesin
n. 機械公牛

kapal bajak laut
n. 海盜船

外 drop tower
n. 自由落體

rajawali
n. 風火輪

外 frisbee ride
n.（終極）飛盤

roller coaster / keréta luncur
n. 雲霄飛車

terjun lenting / lompat bungee
n. 高空彈跳

tagada
n. 快樂轉盤

istana pasir
n. 沙堡

perosotan air
n. 滑水道

sungai malas
n. 漂漂河

mendayung perahu
ph. 划船

mengayuh kapal angsa
ph. 踩天鵝船

pantai buatan
n. 人造沙灘

bom bom boat
n. 碰碰船

kolam ombak buatan
n. 波浪池

tempat surfing buatan
n. 巨浪灣

外 flume ride
n. 急流滑水道

arung jeram
n. 激流旅程

在海邊會做什麼樣的遊樂呢？

08-04-03.MP3

perahu pisang
n. 香蕉船

perahu donat
n. 甜甜圈

外 parasailing
n. 水上拖曳傘

外 waterski / ski air
n. 水上滑板

外 flyboard
n. 水上飛板

外 surfing
n. 衝浪

外 snorkeling
n. 浮潛

menyelam
v. 水肺潛水

berjalan di bawah laut
ph. 海底漫步

外 motorboat
n. 水上摩托車

berjemur
v. 日光浴

memancing di laut
ph. 海釣

voli pantai
n. 沙灘排球

melihat paus
ph. 賞鯨

naik kapal pesiar
ph. 搭乘遊輪

＼你知道嗎？／

印尼人的娛樂聖地─安佐尋夢樂園

印尼可能給許多人有著生活上戒律嚴謹的國家印象，但事實上在休閒娛樂方面也是不落人後！一般人可能想不到，在印尼有座規模相當龐大，由多個主題樂園及遊樂區域結合而成的超大型主題樂園存在。前述的這座渡假村全國知名，位於北雅加達市的濱海地區，名為「❶ Taman Impian Jaya Ancol（安佐尋夢樂園。直 安佐夢想大公園）」。

當印尼的各級學校開始放長假時，全國各地的的爸爸媽媽們都會帶著開心休假的孩子來到首都雅加達觀光旅遊，其中每每必定造訪的景點，肯定少不了就是來到安佐尋夢樂園。為什麼此樂園魅力獨到，男女老幼無不嚮往呢？那是因為樂園不但門票便宜，而且遊樂區域及設備眾多，園區裡有各式各樣的景點，其中一些最著名的有：

① Pantai（海濱遊樂區）：

能玩沙戲水，並可玩 perahu pisang（香蕉船）、kayak （獨木舟）等海上遊樂活動。

② Dunia Fantasi（夢幻世界）：

安佐夢想樂園支下的第一個主題樂園，建於西元1986年，簡稱「Dufan」，是印尼最著名的主題遊樂園，這裡要享受搭雲霄飛車、開槍打怪獸等遊樂的休閒樂趣！

③ Atlantis Water Adventure（亞特蘭提斯水上冒險）：

安佐夢想樂園支下的第二個主題遊樂園，也是淡水的水上活動區。這裡能在四季如夏的島國氣息中，透過 perosotan air（滑水道）、sungai malas（漂漂河）等遊樂設備享受酷夏時節的水中清涼！

④ Samudra（海洋觀賞區）：

安佐夢想樂園支下的第三個主題遊樂園。以保護海洋生態為主題，具有教育性質的樂園。在這裡可以看到 lumba-lumba（海豚）、paus putih（白鯨）等海洋動物，拉近人們與大自然的距離。

⑤ Sea World（海洋世界）：

印尼唯一的一座海底水族館，裡面可以觀賞到各式各樣的海洋生物。

⑥ Pasar Seni（藝術市集）：

為被海風點綴得更加有人文知性美的園區。在這裡眾多畫家在自己的店中專心作畫，在此一展藝術長才，也是許多精美手工藝品的販賣據點，為眾多印尼人購買seniman（藝術家）們作品的熱點。

受到疫情影響，許多旅遊景點都禁止旅客出入，但隨著疫情的演變，旅客們逐漸可以造訪印尼。也因此安佐尋夢樂園也開始恢復往日繁盛的風貌。

Bab 5

Kebun Binatang
動物園

動物園的擺設

1. dénah kebun binatang n. 動物園平面圖
2. gajah n. 大象
3. ular n. 蛇
4. monyét n. 猴子
5. kuda n. 馬
6. macan tutul n. 豹
7. badak n. 犀牛
8. kuda nil n. 河馬
9. jerapah n. 長頸鹿
10. flamingo n. 紅鶴

11 ténda sirkus n. 馬戲團篷
12 buaya n. 鱷魚
13 kura-kura n. 烏龜
14 unta n. 駱駝
15 beruang n. 熊
16 singa n. 獅子
17 harimau n. 老虎
18 burung bayan n. 鸚鵡
19 pintu masuk utama n. 主要入口
20 tempat tinggal binatang n. 獸舍

01 陸生動物（含兩棲動物）

08-05-02.MP3

anjing
n. 狗

kucing
n. 貓

kelinci
n. 兔子

tikus
n. 老鼠

hamster
n. 倉鼠

tikus Belanda
n. 天竺鼠

tupai
n. 松鼠

landak
n. 刺蝟

wupih sirsik /
(外) sugar glider
n. 蜜袋鼯

kapibara
n. 水豚

kangguru
n. 袋鼠

kelelawar
n. 蝙蝠

sigung
n. 臭鼬

kerbau
n. 水牛

anoa
n. 低地水牛

sapi
n. 牛

sapi perah
n. 乳牛

babi
n. 豬

kambing
n. 羊

rusa
n. 鹿

ungka / wawa
n. 長臂猿

babun
n. 狒狒

orang utan
n. 紅毛猩猩

gorila
n. 大猩猩

serigala
n. 狼

jakal
n. 胡狼

rubah
n. 狐狸

trenggiling
n. 穿山甲

zébra
n. 斑馬

kungkang
n. 樹懶

tapir Asia
n. 馬來貘

rakun
n. 浣熊

beruang madu
n. 馬來熊

beruang kutub
n. 北極熊

koala
n. 無尾熊

panda
n. 熊貓

singa laut
n. 海獅

anjing laut
n. 海狗

babirusa
n. 鹿豚

08-05-03.MP3

Tips 與哺乳類動物有關的慣用語

● **seperti anjing menggonggong tulang**：宛如嘴叼著骨頭的狗。這個慣用語源自一則故事：有一天有一隻狗找到了一根骨頭。牠高興地將骨頭叼走了。當牠走上一個獨木橋上時，牠看見水裡也有一隻狗，狗的嘴上也有骨頭。貪心的狗跳進水裡，想搶走水裡那隻狗的骨頭，但牠沒想到水裡的狗只是自己的倒影，嘴巴一鬆，原本得來的骨頭就被河流沖走了。這個成語比喻貪心的人永遠不滿足於既有的東西。近似於中文的「貪得無厭」、「貪心不足蛇吞象」。

● **melepas anjing terjepit, setelah lepas ia menggigit**：放開被夾住的狗，放開後牠咬你。比喻不懂得報恩，還加害施恩者。相當於中文的「恩將仇報」、「養老鼠咬布袋」。

Dulu dia terlilit utang, saya bantulah dengan membayar 50% utang dan bunganya. Sekarang dia sudah suksés, malah menjatuhkan saya. Melepas anjing terjepit, setelah lepas ia menggigit.
以前他負債很重時，我幫他還了 50% 的負債和利息。現在他成功了，反而陷害我。我真是養老鼠咬布袋。

● **bagai kucing dengan anjing**：如貓和狗。比喻兩個每當碰在一起就會起爭執的人。相似於中文的「水火不容」。

Suami istri itu bagai kucing dengan anjing, tiada hari tidak bertengkar. 那對夫婦總是水火不容，沒有一天不吵的。

● **bagai kucing dibawakan lidi**：如一隻貓看到一個人帶著藤條接近。比喻非常害怕的人。相似於中文的「膽戰心驚」、「心驚肉跳」。

Maling itu ketakutan bagai kucing dibawakan lidi saat terpergok polisi. 那個小偷被警察發現時嚇得膽戰心驚。

● **kucing berlalu, tikus tiada berdecit lagi**：貓一經過，老鼠不再嘰嘰叫。比喻受敬畏的人一來到一群吵鬧的人群當中時，環境馬上安靜下來。近似中文的「（瞬間）鴉雀無聲」、「戛然而止」。

Siswa kelas 12 sangat berisik di dalam kelas. Saat guru BK masuk, semua langsung diam sekejap. Kucing berlalu, tikus tiada berdecit lagi. 12 年級的學生在教室裡很吵鬧著，當輔導老師一進來之後，大家瞬間安靜下來。

● **duduk seperti kucing, melompat seperti harimau**：坐著像貓，跳起來像老虎。比喻一個安靜的人，但一說起話來就能彰顯出他的聰明睿智。相當於中文「此鳥不飛則已，一飛沖天。不鳴則已，一鳴驚人。」

＼你知道嗎？／

印尼的街道，也是流浪貓的王國！！

當你在雅加達的街上逛逛時，相信時不時都能看到 kucing（貓）的身影穿梭在路邊。Menyetir（開車）時也要特別留意，因為突然會有流浪貓大搖大擺地 menyeberang jalan（過馬路）也成了在地需注意的交通安全常識。如果你在 pujasera（類似夜市的露天餐飲中心）吃飯，你有可能會看到貓走來走去，有時候還會從你的桌子底下晃過，或者直接蹲坐在你旁邊看著你吃飯，有時也會對你 mengéong（喵喵叫），跟你討東西吃。雅加達街道上的流浪貓大多很友善，會向人類撒嬌。

不過要注意的是，當你一旦 memberi makan kucing（餵食貓）的話，牠就會更加得寸進尺，隔天同一時間，牠可能會再跑過來跟人討東西吃。有時候甚至於會很囂張地直接跳上餐桌盯著人看，演變成路邊用餐客哭笑不得的場面。在鄉下的地方，有些流浪貓更加地大膽，甚至還會跑進人的住家裡偷魚、肉來吃。雖然有的時候牠們在侵入住宅後會抓走老鼠陰錯陽差地幫住戶解決家鼠問題，但這樣的行徑仍屬於過於踰矩。

另外還有一種地方是流浪貓最愛聚集的地方：垃圾堆。臺灣幾乎每天都會聽到 truk sampah（垃圾車）的音樂，居民們就會按時 membuang sampah（倒垃圾），pengolahan sampah（垃圾的處理）做得非常完善。然而在印尼，許多地方的垃圾是堆放在鄰近的空地上，讓 pemulung（拾荒者）撿走能賣錢的東西（如寶特瓶、紙類等），剩下的就堆著等它腐爛，或者燒掉。然而當這股腐臭味飄蕩的垃圾堆上時，往往就會吸引5~10隻貓前來，並在裡面 mengais makanan（挖掘食物）。不管怎麼說，都仍然是造成環境的一大問題。

雖然印尼政府的相關部門正在努力減少流浪貓的數量，但是距離真正解決印尼街頭流浪貓的問題，恐怖還需要一段時間的長期抗戰了。

08-05-04.MP3

陸生動物的外觀特徵及行為有哪裡？

1. kumis n. 鬍
2. kaki depan n. 前腳
3. kaki belakang n. 後腳
4. 外 paw / bantalan kaki n. 肉球
5. cakar n. 爪子
6. bulu / rambut n. 毛
7. ékor n. 尾巴
8. tapak n. 蹄
9. telapak n. 掌
10. tanduk n. 角
11. berlari v. 奔跑
12. 書 memanjat / 口 panjat / 口 manjat v. 攀爬
13. 書 berguling / 口 guling v. 滾（動）
14. bersuara v. 發出聲音
15. bergantung terbalik v. 倒掛
16. mengeluarkan bau ph. 放臭氣
17. bersahabat (dengan manusia) v. （向人類）示好
18. menggali lubang ph. 挖洞

02 鳥類

08-05-05.MP3

ayam
n. 雞

bébék / itik
n. 鴨（子）

angsa
n. 鵝

burung geréja
n. 麻雀

gelatik Jawa
n. 文鳥

burung merpati
n. 鴿子

burung tekukur
n. 斑鳩

burung raja udang
n. 翠鳥、魚狗

burung céndét
n. 伯勞鳥

burung kangkok
n. 杜鵑（鳥）

burung gagak
n. 烏鴉

burung pelatuk
n. 啄木鳥

burung merak
n. 孔雀

parkit Australia
n. 玄鳳鸚鵡、太陽鳥

enggang / rangkong
n. 犀鳥

elang
n. 老鷹

burung bangkai
n. 連帽禿鷹

burung hantu
n. 貓頭鷹

burung kuntul kecil
n. （白）鷺鷥

burung cendrawasih
n. 極樂鳥

burung undan / burung pélikan
n. 鵜鶘

pénguin
n. 企鵝

burung unta
n. 鴕鳥

burung jenjang
n. 鶴

08-05-06.MP3

鳥類的外觀特徵及行為有哪裡？

1. paruh n. 喙
2. sayap n. 翅膀
3. cakar n. 爪子
4. selaput renang n. 蹼
5. jénggér n. 冠
6. bulu n. 羽毛
7. kantung paruh n. （鵜鶘的）喉囊
8. terbang v. 飛、飛行
9. menukik v. 俯衝
10. berenang v. 划（水）
11. (merak) memekarkan ékor ph. （孔雀）開屏
12. berkicau v. （鳥）叫
13. mematuk v. 啄
14. (書) menangkap ikan / (口) tangkap ikan ph. 捕魚

03 水生動物

08-05-07.MP3

ikan paus
n. 鯨魚

lumba-lumba
n. 海豚

ikan hiu
n. 鯊魚

lembu laut
n. 儒艮、海牛

penyu
n. 海龜

ikan giru / ikan badut
n. 小丑魚
anémon laut
n. 海葵

kuda laut
n. 海馬

bintang laut
n. 海星

karang
n. 珊瑚

ubur-ubur
n. 水母

nautilus
n. 鸚鵡螺

kelomang / umang-umang
n. 寄居蟹

ikan mas
n. 金魚

ikan koi
n. 錦鯉

ikan cupang
n. 鬥魚

ikan gupi / ikan seribu
n. 孔雀魚

ikan buntal bintik hijau
n. 綠河豚、金娃娃

ikan arwana Asia / siluk merah
n. 紅龍（魚）

水生動物的外觀特徵及行為有哪裡？

08-05-08.MP3

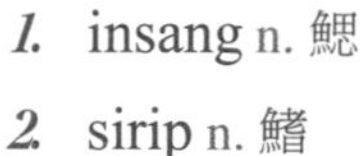

1. insang n. 鰓
2. sirip n. 鰭
3. sirip dada n. 胸鰭
4. sirip punggung n. 背鰭
5. sirip perut n. 腹鰭
6. sirip anus n. 臀鰭
7. sirip ekor n. 尾鰭
8. sisik n. 鱗片
9. kumis ikan / barbel n. 鬚
10. lengan / téntakel n. 觸手
11. berenang v. 游
12. 書 memanjat / 口 panjat / 口 manjat v. 爬
13. melompat (keluar dari permukaan air) v. 跳（出水面）
14. 書 menyemburkan air / 口 sembur air ph.（鯨魚）噴水
15. 書 mengapung / 口 ngapung v.（水母）漂浮
16. ganti kulit ph.（寄居蟹）換殼
17. 書 mengembung / 口 ngembung v.（河豚）鼓起、膨脹

04 爬蟲

08-05-09.MP3

kecébong
n. 蝌蚪

katak
n. 青蛙

kodok
n. 蟾蜍

katak pacman
n. 角蛙

kura-kura
n. 烏龜

labi-labi
n. 鱉

ular kobra
n. 眼鏡蛇

kadal
n. 蜥蜴

iguana hijau
n. 鬣蜥

bunglon
n. 變色龍

書 cecak / 口 cicak
n. 壁虎

salamander / kadal air
n. 蠑螈

\ 你知道嗎？ /

印尼的國寶：Komodo（科摩多巨蜥）

印尼特有的 1 Komodo（科摩多巨蜥）又稱「科摩多龍」，是主要棲息於印尼 Nusa Tenggara Timur（東努沙登加拉）省的 Komodo、Rinca、Gili Dasami、Gili Motang 和 Florés 這五座島上的瀕危生物。牠的身形龐大，身長最長可達三公尺，體重最重可達70公斤，是世界上最大的蜥蜴。

科摩多巨蜥是危險的 karnivora（肉食動物）。除了捕獵島上活體生物以外，牠也有吃 bangkai（腐肉）的習性。捕獵時，牠的移動速度很快，可以迅速 terjang（撲上）獵物，將獵物快速咬死。即使獵物脫逃沒被沒當場咬死也不擔心，因為牠的口中有大量不同種的細菌，可以幫牠慢性殺死獵物，憑藉著前述亦食腐的天性，故牠能等獵物在細菌感染死亡後，再加以食用屍肉。

由於體型大、速度快，科摩多巨蜥也迅速成了印尼家喻戶曉的國寶級生物。但因為生活棲地遭到了人類的破壞、或是人為的非法盜獵之故，因此科摩多巨蜥的數量也大量地減少。因此印尼政府為了保育科摩多巨蜥，便於西元1980年設立了 Taman Nasional Komodo（科摩多國家公園），以確保其族群命脈能在安全的環境下保持延續。

08-05-10.MP3

爬蟲的外觀特徵及行為有哪裡？

1. selaput renang n. 蹼
2. tempurung n. （烏龜等）殼
3. cangkang n. （蛋、螺等）殼
4. lompat v. 跳
5. menangkap makanan dengan lidah ph. 吐舌（捕食）
6. masuk ke tempurung v. 縮入（殼裡）
7. melata v. 爬行
8. menggigit erat v. 緊咬（不放）
9. menyelam (ke dalam air) v. 潛入（水中）
10. berubah warna ph. （變色龍）變色

05 陸生節肢動物及昆蟲

08-05-11.MP3

laba-laba
n. 蜘蛛

kalajengking
n. 蠍子

ulat bulu
n. 毛毛蟲

ulat sutra
n. 蠶

kupu-kupu
n. 蝴蝶

ngengat
n. 蛾

capung
n. 蜻蜓

kepik
n. 瓢蟲

kumbang scarab
n. 金龜子

jangkrik
n. 蟬

kunang-kunang
n. 螢火蟲

kumbang tanduk panjang
n. 天牛

belalang sentadu / belalang sembah
n. 螳螂

lebah
n. 蜜蜂

tawon
n. 虎頭蜂

kumbang badak Jepang
n. 獨角仙

kumbang rusa
n. 鍬形蟲

belalang ranting
n. 竹節蟲

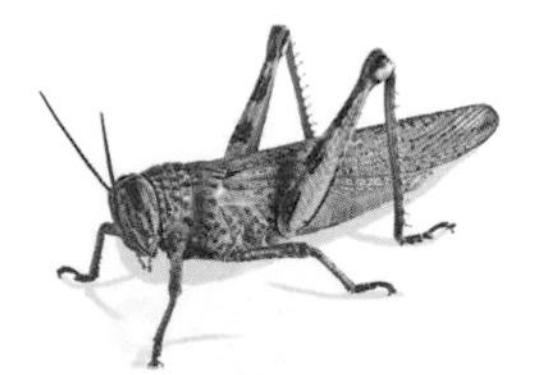

belalang
n. 蝗蟲

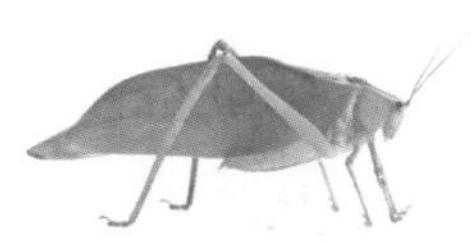

belalang daun
n. 螽斯

jangkrik
n. 蟋蟀

semut n. 螞蟻	lipan / kelabang n. 蜈蚣	kaki seribu n. 馬陸
stinkbug n. 椿象	kutu kasur n. 臭蟲、壁虱	pinjal n. 跳蚤
lalat n. 蒼蠅	nyamuk n. 蚊子	kecoak / lipas n. 蟑螂

08-05-12.MP3

節肢動物及昆蟲的外觀特徵及行為有哪裡？

1. sutra n. 絲（綢）
2. jaring (laba-laba) n. （蜘蛛）網
3. sengat n. 毒刺
4. capit n. 螯
5. tanduk n. 角
6. anténa n. 鬚
7. pupa / kepompong n. 蛹
8. melompat v. 跳
9. memanjat v. 爬
10. terbang v. 飛
11. mengisap darah ph. 吸血
12. menyengat v. 螫
13. mengeluarkan benang sutra ph. 吐絲
14. menjadi kepompong / membuat kepompong ph. 結繭
15. metamorfosis v. 蛻變
16. membuat jaring / membuat sarang ph. 結網
17. meletakkan telur di air ph. （蜻蜓）點水
18. bercahaya ph. 發光
19. (書) menggosok tangan / (口) gosok tangan ph. （蒼蠅）搓手
20. (書) memindahkan / (口) pindahin v. 搬、搬運

Bab 6

Tempat Pameran
展覽館

08-06-01.MP3

展場的擺設

1. tempat paméran n. 展覽館
2. booth paméran n. 展覽攤位
3. papan iklan n. 廣告面板
4. logo n. 商標
5. perusahaan yang ikut paméran n. 參展廠商
6. pengunjung n. 參觀者
7. koridor n. 走道
8. booth makanan n. 美食攤
9. balon iklan n. 廣告氣球
10. perwakilan bisnis n. 業務代表

01 看展覽

08-06-02.MP3

常見的展覽有哪些？

paméran perdagangan
n. 貿易展

paméran kecantikan
n. 美容展

paméran kulinér
n. 美食展

paméran kesenian
n. 藝術展

paméran otomotif
n. 車展

paméran téknologi
n. 科技展

paméran buku
n. 書展

paméran pendidikan
n. 教育展

paméran pekerjaan
n. 就業博覽會

paméran animé
n. 動漫展
paméran manga
n. 漫畫展

paméran mainan
n. 玩具展

paméran sejarah
n. 歷史展

08-06-03.MP3

在看展覽會時，有哪些常見的人、事、物？

外 MC [ém-si]
n. 主持人

外 SPG [és-pé-gé]
n. 展場女郎

staf
n. 工作人員

外 VIP [fi-ai-pi]
n. 重要來賓

acara pembukaan
n. 開幕式

pidato
n. 演講

pertunjukkan panggung
n. 舞台表演

aktivitas promosi
n. 宣傳活動

makanan dan minuman ringan
n. 茶水點心

barang pameran
n. 展示品

suvenir
n. 贈品

外 light box
n. 燈箱

外 X-Banner
n. 易拉寶展示架

rak brosur
n. 資料展示架

外 tablet stand
n. 平板電腦立架

Pelajaran 9

Aktivitas Olahraga dan Perlombaan 體育活動和競賽

Bab 1

Sepak Bola 足球

09-01-01.MP3

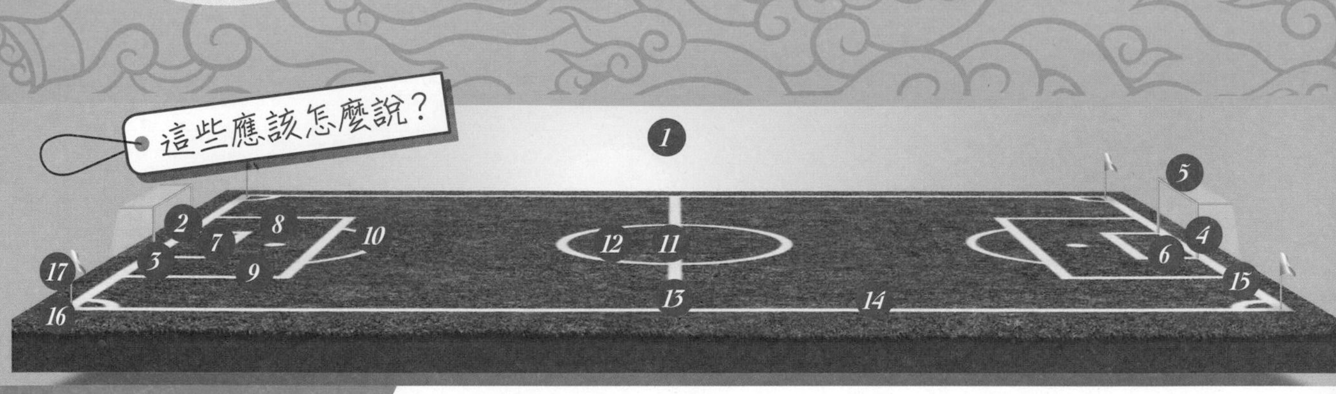

足球場的擺設

1. lapangan sépak bola n. 足球場
2. gawang n. 球門
3. jaring gawang n. 球門網
4. tiang sisi gawang n. 球門柱
5. tiang atas gawang n. 橫木
6. garis gawang n. 球門線
7. aréa gol n.（小禁區）球門區
8. titik penalti n.（12 碼球）罰球點
9. area kiper n.（禁區）罰球區
10. 外 penalty arc n. 罰球區弧線
11. titik tengah / titik kick off n. 中點
12. lingkaran tengah n. 中圈
13. garis tengah n. 中線
14. 外 touch line n. 邊線
15. 外 goal line n. 端線
16. 外 corner arc n. 角球區弧線
17. bendéra corner n. 角球旗

\ 你知道嗎？ /

足球比賽也要日新月異

時代一天天地進步，足球比賽也日新月異。在2014年世界盃在成為焦點，裁判用來劃清人牆位置的「泡沫噴霧劑」，印尼語的說法則借用英語，稱為「vanishing spray」。

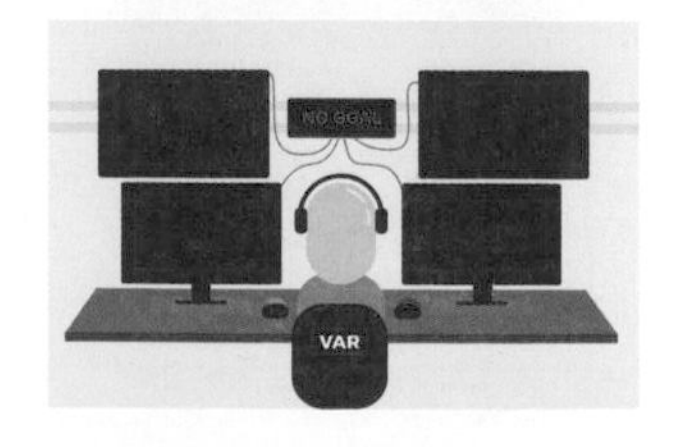

在2018年世界盃首度登場提供賽程影像給主審裁判，幫助他做出精準判斷的「慢動作影片」，印尼語稱為「vidéo gerak lambat / vidéo slow-motion」。

01 幫隊伍加油

09-01-02.MP3

在足球場上常做的事有哪些？

menyanyikan lagu kebangsaan
ph. 唱國歌

lagu tim
n. 隊歌

bersorak untuk …
ph. 為～鼓舞加油

外 mengibarkan bendéra / 口 kibarin bendéra
ph. 揮舞旗幟

外 bertanding melawan … / 口 lawan ...

ph. 與～對戰

berterima kasih kepada fans bola
ph. 感謝球迷

09-01-03.MP3

球迷常用的加油用具有哪些？

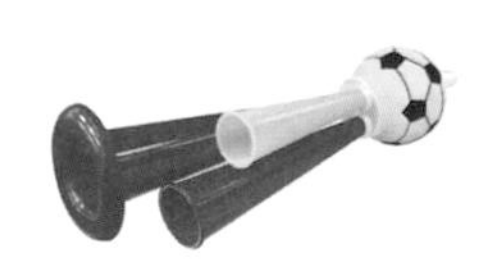

terompét
n. 喇吧、號角

peluit
n. 哨子

外 thunderstick
n. 打氣棒

teropong
n. 望遠鏡

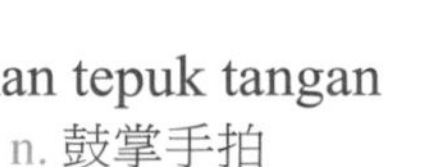

mainan tepuk tangan
n. 鼓掌手拍

口 toa
n. 大聲公

bendéra kecil
n. 手搖小國旗

pompon
n. 彩球

02 比賽

09-01-04.MP3

關於足球球員的位置有哪些？

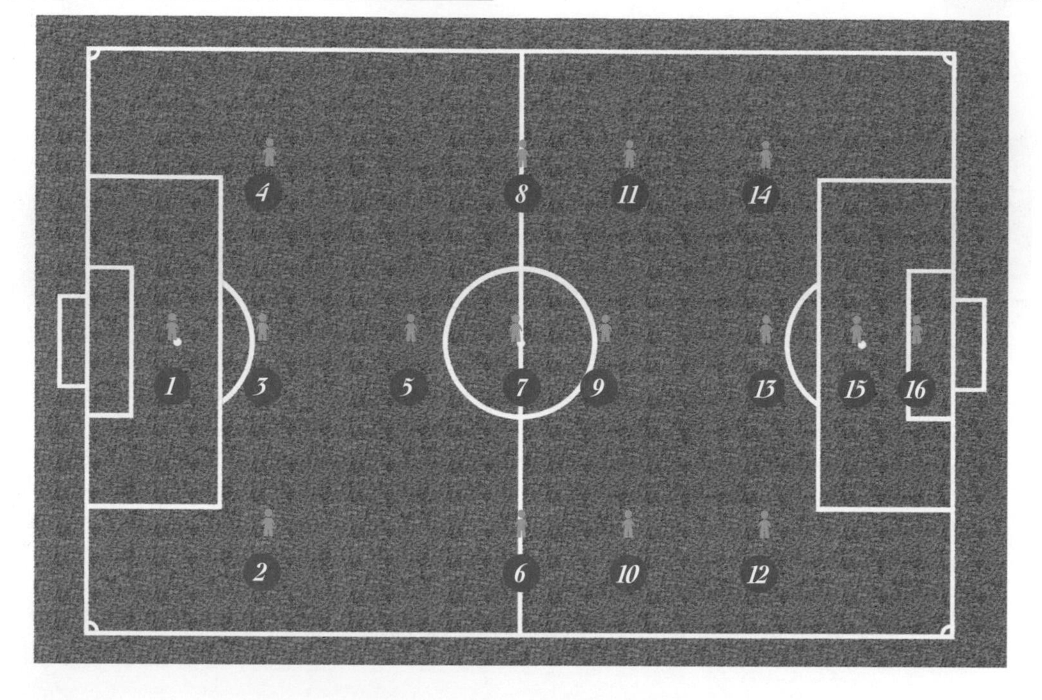

● 前鋒

❶ penyerang tengah n. 中前鋒
❷ gelandang sayap kiri n. 左前鋒
❸ penyerang kedua n. 第二攻擊手
❹ gelandang sayap kanan n. 右前鋒

● 中場

❺ gelandang serang n. 進攻中場
❻ gelandang tengah kiri n. 左中場
❼ gelandang tengah n. 中間中場
❽ gelandang tengah kanan n. 右中場
❾ gelandang bertahan n. 防守中場

● 後衛

❿ bék sayap kiri n. 左鋒衛
⓫ bék sayap kanan n. 右鋒衛
⓬ bék sisi kiri n. 左後衛
⓭ bék tengah n. 中後衛
⓮ bék sisi kanan n. 右後衛
⓯ libero / 外 sweeper n. 清道夫、自由後衛
⓰ kiper / penjaga gawang n. 守門員

足球的基本有哪些？

09-01-05.MP3

dribel
v. 盤球

外 passing
v. 傳球

外 tackle
ph. 鏟球

meléмpar bola out
ph. 丟邊線球

外 shoot
ph. 射門

外 header
v. 頭槌

tendangan overhead
ph. 倒掛金鉤

外 injury time
n. 傷停補時

外 by one
n. PK 戰

裁判的手勢（規則）有哪些？

09-01-06.MP3

1. wasit n. 裁判
2. tendangan bébas tidak langsung ph. 間接自由球
3. tendangan bébas langsung ph. 直接自由球
4. kartu kuning n. 黃牌
5. kartu mérah n. 紅牌
6. pertandingan berlanjut ph. 繼續比賽
7. tendangan pénalti n. 罰 12 碼球

⑧ luar posisi / 外 offside n. 越位
⑨ posisi offside n. 越位位置
⑩ substitusi pemain ph. 更換球員
⑪ gol ph. 進球
⑫ gol tidak sah ph. 進球無效
⑬ 外 time-out ph.（比賽）暫停
⑭ tendangan sudut / sépak pojok n. 角球

⑮ melompati lawan n. 跳向對方
⑯ menghadang n. 阻擋
⑰ mendorong orang n. 推人
⑱ bola tangan / 外 hand n. 手球
⑲ menyiku n. 肘擊
⑳ menyandung orang n. 絆人
㉑ menendang orang n. 踢人

09-01-07.MP3

足球積分表上的印尼語有哪些？

① Daftar Peringkat

② Semua	③ Kandang	④ Tandang

Peringkat ⑤	Nama Tim ⑥	Jumlah Pertandingan ⑦	Menang ⑧	Seri ⑨	Kalah ⑩	Jumlah gol ⑪	Jumlah kebobolan ⑫	Menang bersih ⑬	Nilai ⑭
1	Indonesia	9	8	1	0	26	3	26-3	25
2	Thailand	9	6	3	0	25	10	25-10	21
3	Jepang	8	5	2	1	15	7	15-7	17
4	Jerman	8	4	4	0	13	5	13-5	16

1. daftar peringkat n. 積分表
2. semua n. 所有
3. kandang n. 主場
4. tandang n. 客場
5. peringkat n. 排名
6. nama tim n. 隊名
7. jumlah pertandingan n. 已完成的比賽數
8. menang n. 贏
9. seri n. 和局、平手
10. kalah n. 負、輸
11. jumlah gol n. 進球數
12. jumlah kebobolan n. 失球數
13. menang bersih n. 淨勝球
14. nilai n. 積分

Tips 印尼的國球之一：足球

印尼最受國民熱愛的運動項目之一就是足球了。足球是一種闔家大小都熱心關注的國民運動。印尼球迷不只愛看國際賽事，也喜歡看印尼國內的賽事－印尼甲組聯賽（Liga 1）。

即使如此，但印尼的球隊事實上只踢入 FIFA 球賽一次，而且還是在荷蘭殖民時期的往事了。而說到印尼球隊成績最亮眼的一次，則是在西元 1958 年的第三屆亞洲運動會裡的表現，在該次足球比賽中，印尼隊贏得 medali perunggu（銅牌）獎項，而當時的 medali emas（金牌）得主是中華民國隊，medali pérak（銀牌）則是韓國隊。

印尼的球迷對足球的狂熱程度是非常驚人的，程度之大而且往往還會激發出集團暴力及仇恨傾向。以西元 2018 年一場國內足球賽中來說，就曾有一名球迷被對手隊的球迷群毆至死，在國際比賽中印尼球隊如果踢輸了，對手球隊的球迷往往會受到印尼球迷的騷擾及挑釁，且對手球隊的網路粉專也會遭到大量傳上垃圾訊息以及人身攻擊。

由於非常多人愛看足球賽，所以 judi bola（賭球）也不是罕見的事，儘管 berjudi（賭博）在印尼是 terlarang（被禁止）的。但現今網上仍然有許多非法賭球的網站，存在於法律的死角處持續經營著。

Bab 2

Bola Basket 籃球

09-02-01.MP3

這些應該怎麼說？

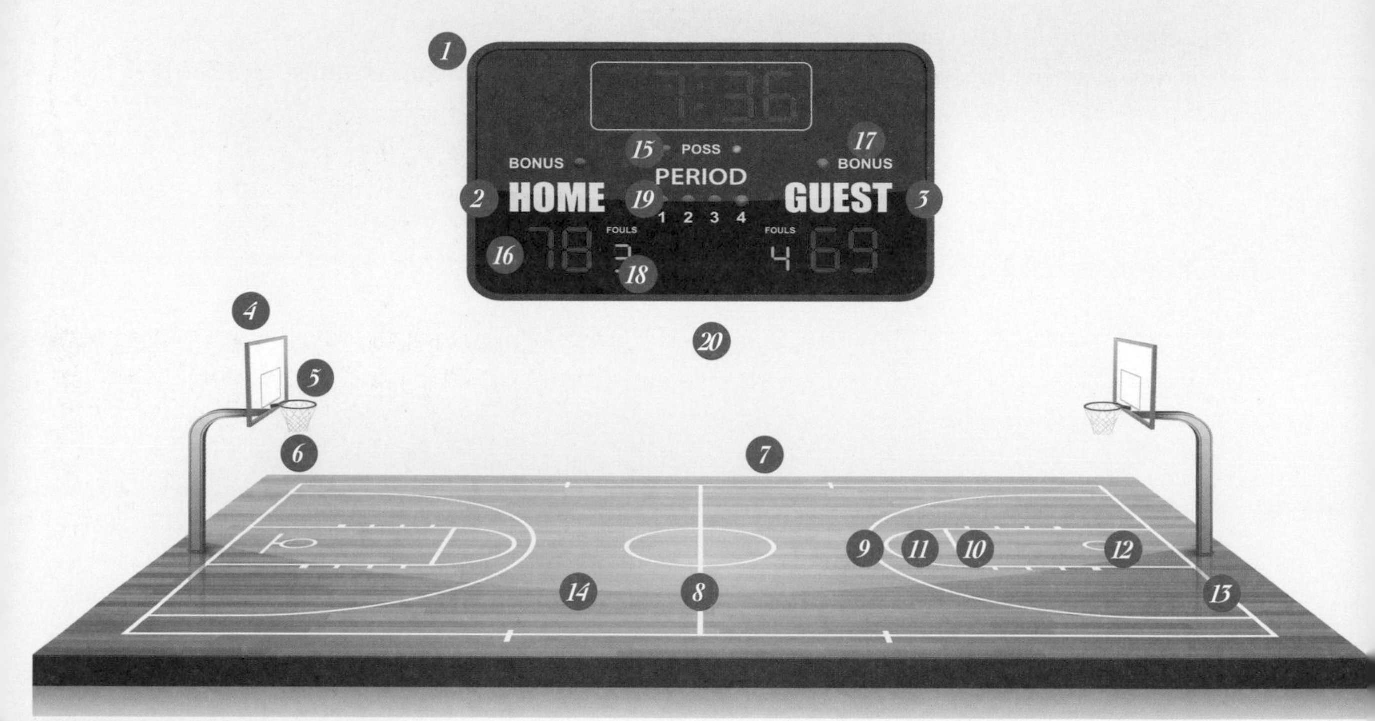

籃球場的擺設

● 籃球場

1. papan skor n. 計分板
2. tim kandang n. 主隊
3. tim tandang n. 客隊
4. papan pantul n. 籃板
5. ring baskét n. 籃框
6. jaring ring baskét n. 籃網
7. garis samping n. 邊線
8. garis tengah n. 中線
9. garis 3Poin n. 三分線
10. garis free throw n. 罰球線
11. lingkaran free throw n. 罰球圈
12. area terlarang n. 禁區
13. garis akhir n. 底線
14. lantai lapangan basket n. 籃球場地板

⑮ posési n. 球權
⑯ skor n. 得分
⑰ bonus n. 加罰狀態
⑱ (jumlah) foul n. 犯規（次數）
⑲ période (lomba) n.（比賽）節次
⑳ lapangan baskét n. 籃球場

● 籃球場人員

㉑ pelatih n. 教練
㉒ pemain basket n. 籃球球員
㉓ pemain substitusi n. 板凳球員
㉔ menyerang v. 進攻
㉕ menjaga v. 防守
㉖ wasit n. 裁判
㉗ penonton n. 觀眾
㉘ bola basket n. 籃球

01 打全場比賽

09-02-02.MP3

籃球球員位置有哪些呢？

① posisi pemain baskét n. 籃球球員位置
② 外 point guard n. 組織後衛
③ 外 shooting guard n. 得分後衛
④ 外 small forward n. 小前鋒
⑤ 外 power forward n. 大前鋒
⑥ 外 center n. 中鋒

09-02-03.MP3

裁判的手勢（規則）有哪些？

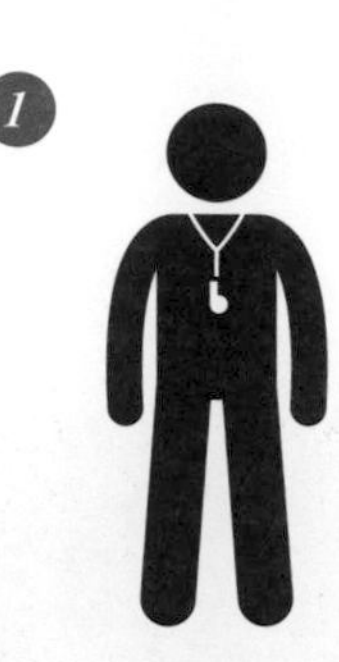

1. wasit n. 裁判
2. pertandingan dimulai ph. 比賽開始
3. pertandingan berakhir ph. 比賽結束
4. 外 time-out ph.（比賽）暫停
5. bola loncat ph. 爭球、跳球
6. substitusi ph. 換人
7. memberi isyarat ph. 招呼示意
8. 1 poin n. 一分
9. 2 poin n. 二分
10. mencoba lémparan 3 poin ph. 試投三分
11. 3 poin n. 三分投籃成功

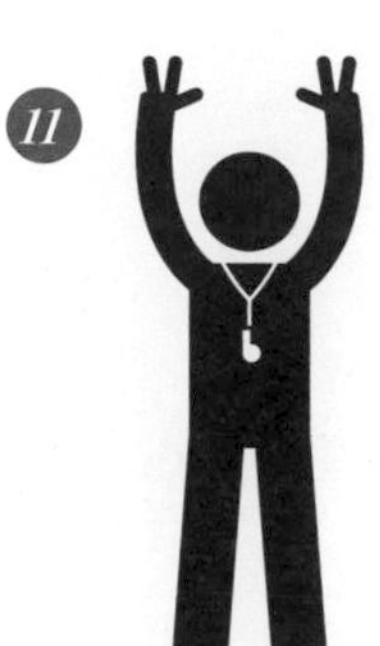

⑫ pendapatan nilai atau pertandingan dibatalkan ph. 取消得分或比賽

⑬ rését 24 detik ph. 24 秒計時復位

⑭ pemain foul ph.（球員）犯規停表

⑮ 外 travelling ph. 走步

⑯ pelanggaran téknik n. 技術犯規

⑰ mendorong orang n. 推人

⑱ 外 blocking n.（進攻、防守時）阻擋犯規

⑲ 外 three seconds n. 3 秒違例

⑳ foul sengaja n. 惡意犯規

㉑ foul saat shoot n. 出手犯規

㉒ foul dobel n. 雙方犯規

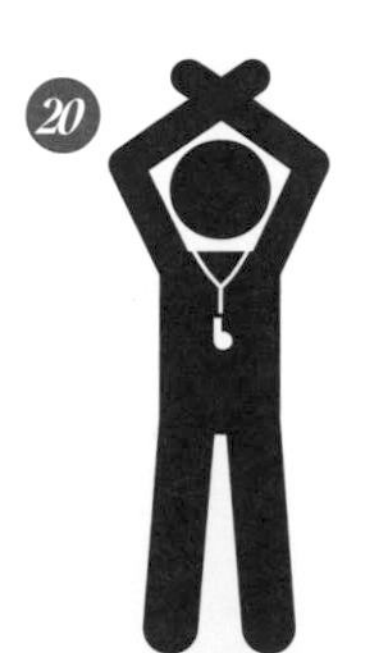

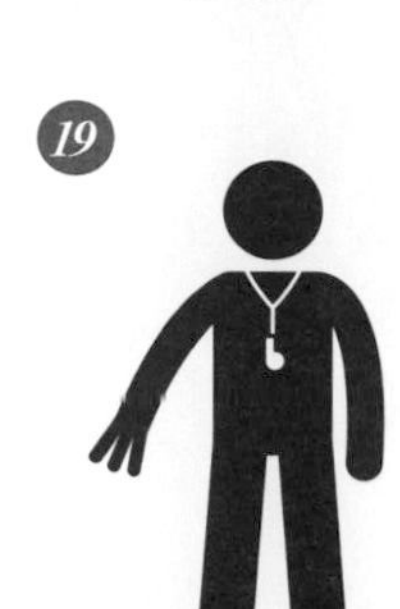

Bab 3 Bulu Tangkis 羽毛球

09-03-01.MP3

這些應該怎麼說？

羽球場的擺設

1. lapangan bulu tangkis n. 羽球場
2. jaring bulu tangkis n. 羽球網
3. wasit utama n. 裁判
4. hakim garis / 外 linesman n. 線審
5. garis sérvis belakang n. 單打後發球線
6. garis sérvis depan n. 雙打後發球線
7. garis samping permainan tunggal n. 單打邊線
8. garis pinggir lapangan n. 雙打邊線
9. hakim sérvis / 外 sérvice judge n. 發球裁判

在羽球場上會做什麼呢？

01 羽球比賽

09-03-02.MP3

羽球場上常見的動作有哪些？

1. berdiri v. 站立
2. menyandarkan rakét di bahu ph. 將球拍放在肩上
3. pukulan smash n. 殺球

4. posisi siap n. 預備姿勢
5. sérvis v. 發球
6. pukulan underhand n. 低手擊球

7. pukulan overhead forehand n. 高手擊球
8. menang v. 贏
9. permainan ganda n. 雙打

10. terpelését n. 滑倒
11. kalah dan marah n. 輸掉生氣

09-03-03.MP3

其他的動作有哪些？

sérvis atas
n. 發高球
sérvis forehand
n. 正手發球

sérvis bawah
n. 發小球
sérvis backhand
n. 反手發球

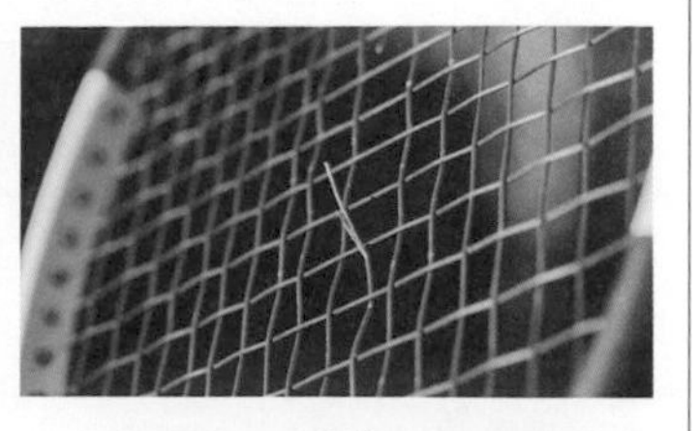

senar rakét putus
ph. 球拍線斷掉

(書) memasang senar rakét / (口) pasang senar rakét
ph. 給球拍穿線

(書) mengganti kok baru / (口) ganti kok baru
ph. 換新羽球

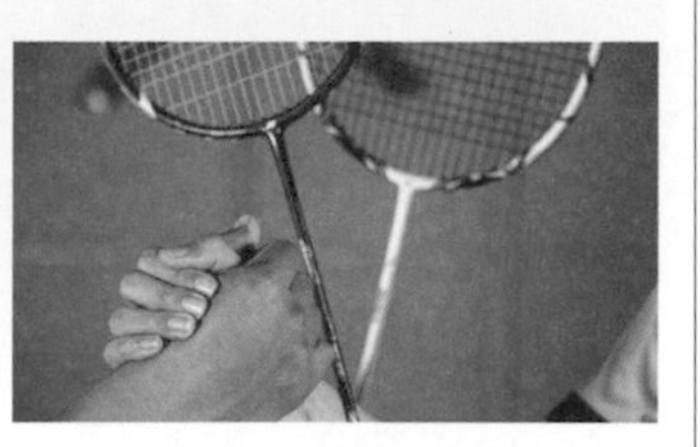

(書) berjabat tangan dengan lawan
v. 和對方握手

02 用具

09-03-04.MP3

羽球的用具有哪些？

rakét
n. 球拍

kok
n. 羽球

nét
n. 球網

senar rakét
n. 球拍線

grip rakét anti slip
n. 球拍把手防滑帶

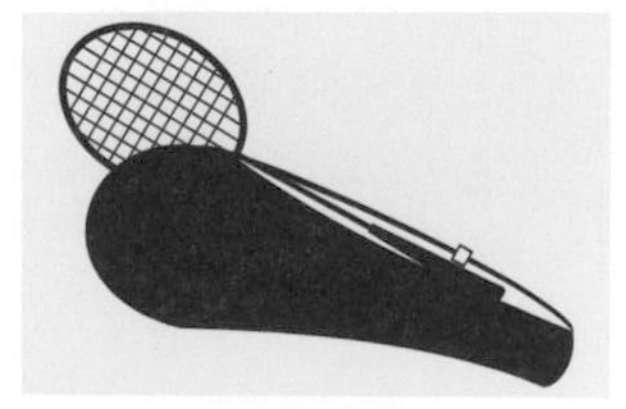

tas rakét
v. 球拍包

Tips 印尼引以為豪的運動項目：羽毛球

印尼人熱愛足球，也熱愛羽毛球。印尼觀眾在球場上的表現非常熱烈。他們有時唱歌，有時喝采，有時也會大聲地噓聲喝倒采。不管在足球比賽或是羽球比賽上，你都可以聽到歌迷異口同聲唱出：

Garuda di dadaku

迦樓羅在我的胸膛

Garuda kebanggaanku

迦樓羅是我的驕傲

Ku yakin hari ini pasti menang

我肯定今天一定會贏

我們先了解一下，印尼的國徽是「❶ Garuda Pancasila（迦樓羅建國五項原則）」，圖騰的整體即一隻神鳥，其胸前有一具盾牌，盾牌上的五樣物品則象徵印尼建國的五項原則，「Garuda」雖僅是神鳥（迦樓羅）的部分，但「Garuda」也等同了「Garuda Pancasila」的簡稱。因此，上述在悠揚的歌聲上頻頻可以聽到的「Garuda」，自然便是印尼人在運動賽事期間，表現出對於國家的認同及讚揚。

在國際足球比賽上，印尼的表現還有待加強，但是在羽球上，印尼可是散發著耀眼的光彩。西元 1992 年的奧運會女子羽球賽裡，國手 Susi Susanti（王蓮香）幫印尼奪得了國家史上的第一面金牌，因此黃蓮香便成了印尼運動競技界的傳奇人物，甚至於還推出屬於她的 ❷ 1992 年奧運羽毛球奪金的紀念郵票，至今說到國家的女性英雄時，她也一定榜上有名。而另一位男性的 Alan Budikusuma（魏仁芳）選手也不甘寂寞，就在幾小時之後在男子羽球賽上幫印尼拿下了第二面金牌。成就了印尼史上首度耀眼的羽球奧運成績。

除此之外，印尼在各種國際羽球賽上也經常奪得金、銀、銅牌獎項，印尼人對於羽球的投入及熱心，說是足球之外的另一項國球，實為當之無愧。

Bab 4

Kolam Renang
游泳池

09-04-01.MP3

游泳池的擺設

1. kursi pengawas kolam renang n. 救生員椅
2. kursi santai n. 躺椅
3. kolam renang n. 游泳池
4. lajur lambat n. 慢速道
5. lajur cepat n. 快速道
6. tangga n. 梯子
7. tali garis lajur n. 水道繩
8. handuk n. 浴巾
9. lantai n. 地板
10. peringatan lantai licin n. 地板濕滑標示
11. pegangan kolam renang n. 游泳池扶手
12. kolam renang air hangat n. 溫水池
13. kolam renang anak-anak n. 孩童池
14. loker n. 置物櫃
15. ruang ganti n. 更衣室

01 換上泳具

09-04-02.MP3

常見的泳具有哪些？

1. perlengkapan renang n. 泳具
2. baju renang n. 泳衣
3. handuk n. 毛巾
4. botol minum n. 水壺
5. 外 stopwatch n. 碼錶

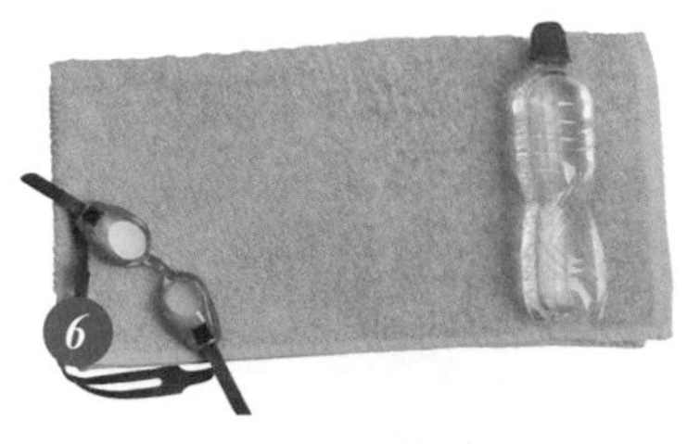

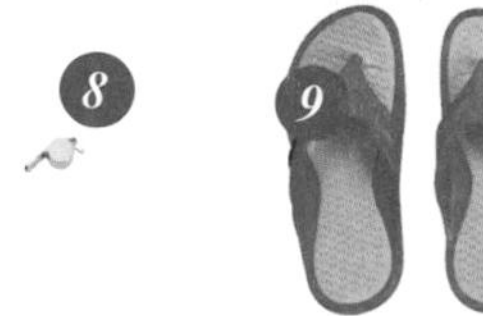

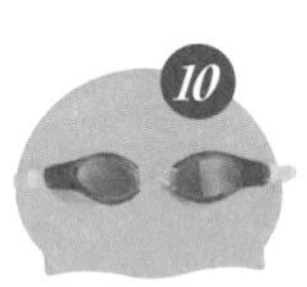

6. kacamata renang n. 泳鏡
7. celana renang n. 游泳褲
8. peluit n. 哨子
9. 書 sandal / 口 sendal n. 拖鞋
10. topi renang n. 泳帽

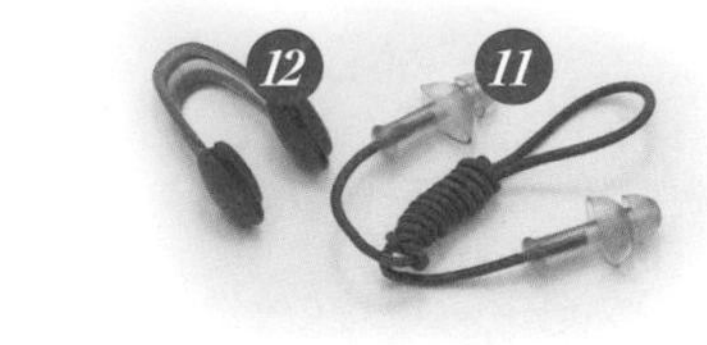

11. penyumbat telinga renang n. 耳塞
12. penyumbat hidung renang n. 鼻夾
13. perlengkapan menyelam n. 潛水設備
14. baju menyelam n. 潛水衣
15. kacamata snorkel n. 潛水目鏡
16. pipa snorkel n. 潛水呼吸管
17. kaki katak n. 蛙鞋

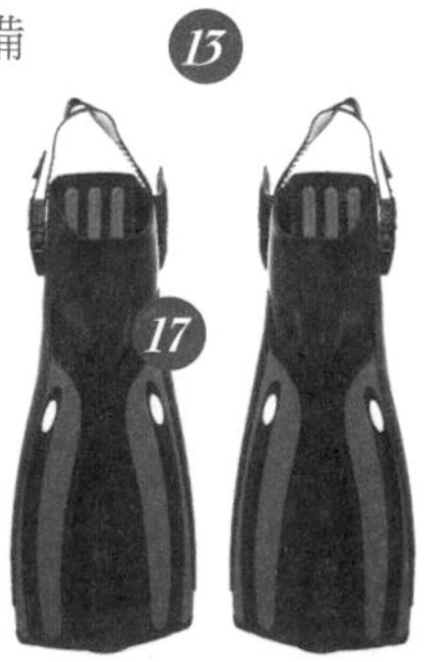

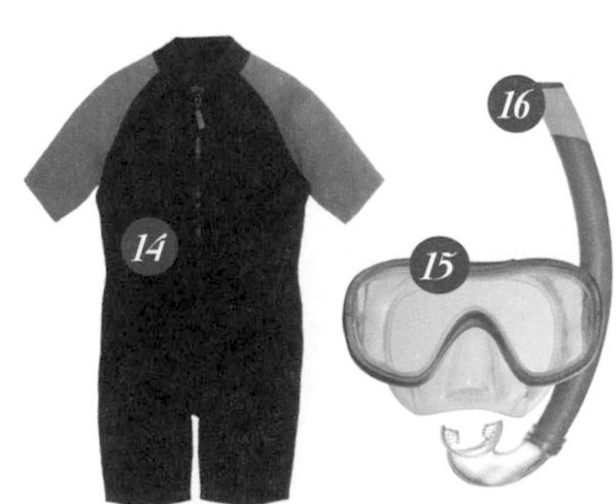

09-04-03.MP3

常見的游泳輔具有哪些？

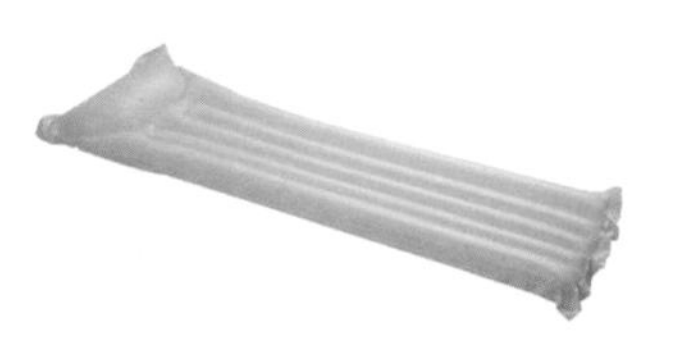

kasur balon
n. 氣墊床

pelampung tangan
n. 充氣臂圈

kolam renang balon
n. 充氣游泳池

kursi balon
n. 充氣椅

bola pantai
n. 海灘球

papan apung
n. 浮板

ban apung / ban renang
n. 游泳圈

mainan kolam renang
n. 泳池玩具

baju pelampung
n. 救生衣

02 游泳

09-04-04.MP3

常見的泳姿有哪些？

gaya bébas
n. 自由式

gaya punggung
n. 仰式

gaya kupu-kupu
ph. 蝶式

gaya dada / gaya katak
n. 蛙式

gaya anjing
n. 狗爬式

gaya side stroke
n. 側泳

＼你知道嗎？／

olahraga akuatik（水上運動），有哪些比賽項目呢？

09-04-05.MP3

除了常見的 gaya bébas（自由式）、gaya punggung（仰式）、gaya dada（蛙式）、gaya kupu-kupu（蝶式）以外，還有 gaya ganti / medley（混合泳）和 éstafét（接力）。

● Gaya ganti / 外 medley 混合泳

（混合泳）是指運動員需在一次比賽裡，完成四種不同的泳姿，包含了 gaya bébas（自由泳）、gaya punggung（仰泳）、gaya dada（蛙泳）和 gaya kupu-kupu（蝶泳）等四種，以總距離計算，每種泳姿皆需泳完四分之一的距離。

● Éstafét 接力

（接力）又可分成 éstafét gaya bébas（自由接力）和 éstafét medley（混合泳接力），每項比賽需以4位選手以相同的游泳距離接力完成。

● Loncat indah 跳水

（跳水）可分成 loncat indah platform（跳臺跳水）和 loncat indah springboard（彈板跳水），選手需在指定的彈板或跳臺上完成指定的動作，才能得分。

● Polo air 水球

（水球比賽）是一項結合了 renang（游泳）、bola tangan（手球）、bola basket（籃球）和 rugbi（橄欖球）的水上團體競賽，比賽的全長時間為 32 分鐘，每個球隊需以 13 位球員組成。比賽開始時，水中上場人數 7 人（包含一名守門員），另外 6 位則需在場外待命，以便隨時替補水中的球員。

● Renang indah 花式游泳

（花式游泳）又稱 balét air（水上芭蕾），是一種結合 renang（游泳）、tarian（舞蹈）和 senam（體操）的水中競賽項目，可分成單人、雙人和團體等項目，選手需依序完成指定的動作，依動作的難易度及美感度給予評分。

● Biribol 水上排球

（水上排球），又稱為「voli air」，是來自巴西的一項水上運動。這項運動會由 4 人組成一隊進行正式比賽。而在非正式的娛樂賽中，則可以任意由2-3 人組隊。就如一般排球，水上排球的得分就是將球打到對方的水面上，而且將球打過去之前只能擊球三次。Melindungi dari smash（抵禦殺球）的動作不算在上述三次擊球之內。由於水上排球不會有大量的身體碰撞，故也是鍛鍊人體各部位肌肉的一項運動。

09-04-06.MP3

Tips 跟水有關的慣用語（其他與水相關的慣用語請參考 58 頁）

- **Air beriak tanda tak dalam**：水上有波紋表示並不深。水比喻人，波紋比喻說話，水的深淺比喻智慧的深淺。意指「愛說大話的人一般智慧不深」。

● **Berenang gaya batu**：岩石式游泳。比喻不會游泳，就像石頭一樣會沉入水裡。相近於中文的「旱鴨子」。
Hébat sekali dia, bisa gaya bébas, gaya dada, dan gaya kupu-kupu. Sedangkan saya cuma bisa gaya batu. 他真厲害，會游自由式、蛙式和蝶式。而我只是一隻旱鴨子。

\ 你知道嗎？ /

若穿著水綠色的衣服來到爪哇島的南岸，可能會被爪哇南海女王帶走？

在爪哇島的南方海岸面臨著 Samudra Hindia（印度洋）。而在印尼人的傳說中，這裡住了一位名為 ❶ Nyi Roro Kidul（奈伊洛羅姬都）的爪哇南海女王。這位南海女王，相當地喜歡 warna hijau air（水綠色。（這個字在印尼語裡是水綠色的概念）），更身穿水綠色的 kebaya（印尼傳統女性上衣），她對於水綠色的偏好，到了一個極緻的地步。

也正是因為如此，在傳聞中，她會將身上穿著水綠色的人強行納入自下的麾下，所以大多數的印尼人都知道，當來到 ❷ Pantai Selatan Jawa（爪哇島南海岸）遊泳及戲水的 turis（遊客）都知道，一定不可以穿著水綠色的衣服接近海邊，因為當被 Nyi Roro Kidul 發現時，則會被她抓去當自己的 tentara（士兵）或是 budak（奴隸），因此人人望而生畏，潛意識中都會避免穿著水綠色的衣裳接近此處。

當然，傳說歸傳說，但從科學的角度來看，當有人身穿水綠色的衣服到海邊遊玩，要是被洶湧的大海給捲走時，tim SAR [sar]（搜救人員）就很難在汪洋的大海中順利地 menemukan（找到）受害的當事人，因為這就像在叢林中穿迷彩裝的道理一樣，衣服的顏色會混入當地的水色之中，在搜救人員的肉眼中，自然便難以被尋獲。

不過，因 Nyi Roro Kidul 的傳說深植人心，如此高知名度使她頻頻在印尼多部 film（電影）中現身，也在各種 game（遊戲）、komik online（網路漫畫）等作品中無時不刻都能見到她的身影。

Bab 5 Pencak Silat
印尼武道

09-05-01.MP3

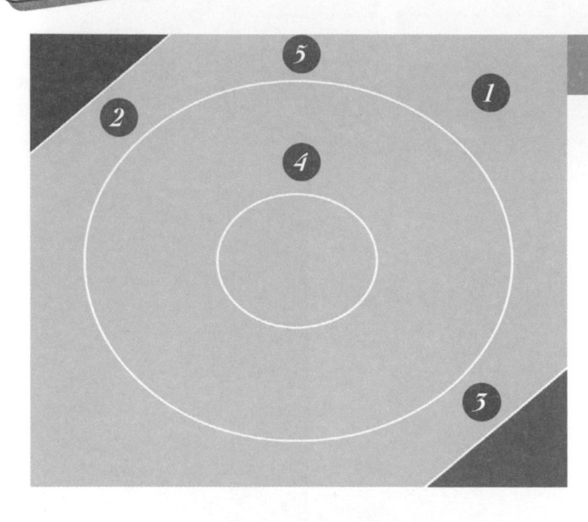

印尼武道賽場的擺設

1. gelanggang pencak silat n. 印尼武道場
2. sudut merah n. 紅色角落
3. sudut biru n. 藍色角落
4. lingkaran tengah n. 中圈
5. lingkaran kedua n. 二圈

01 比武

09-05-02.MP3

武道場上常見的動作有哪些?

tendangan
n. 踢
書 menendang
v. 踢

pukulan
n. 拳打
書 memukul
v. 打

書 menjatuhkan lawan /
口 jatuhin lawan
ph. 絆倒對方

書 bersiap untuk menyerang
ph. 準備攻擊

書 menebas / 口 tebas
v. 砍

書 mengélak / 口 élak
v. 閃躲

bergulat
v. 搏鬥

書 mengunci lawan
ph. 扣住對方

selesai bertanding
v. 比武結束

02 裝備

09-05-03.MP3

印尼武道賽的制服配件有哪些？

1. baju seragam n. 制服上衣
2. baju pelindung n. 防護服
3. sabuk biru n. 藍色帶
4. celana seragam n. 制服褲
5. sabuk kuning n. 黃色帶
6. sabuk mérah n. 紅色帶

09-05-04.MP3

印尼武道常用的傳統兵器有哪些？

tombak
n. 矛

golok
n. （巴達維族）大刀

parang
n. （馬來族）大刀

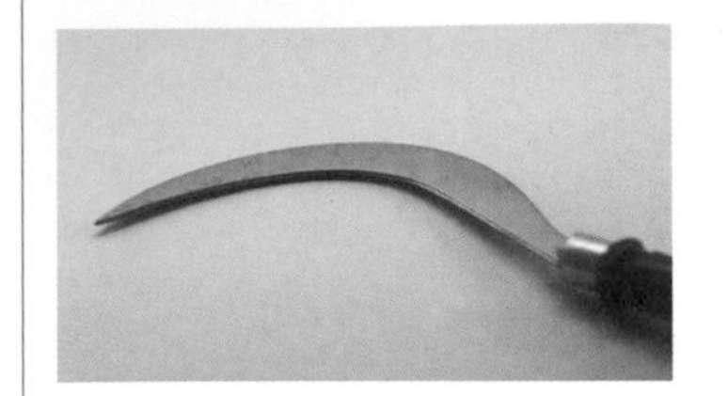

celurit
n.（馬都拉島）鐮刀

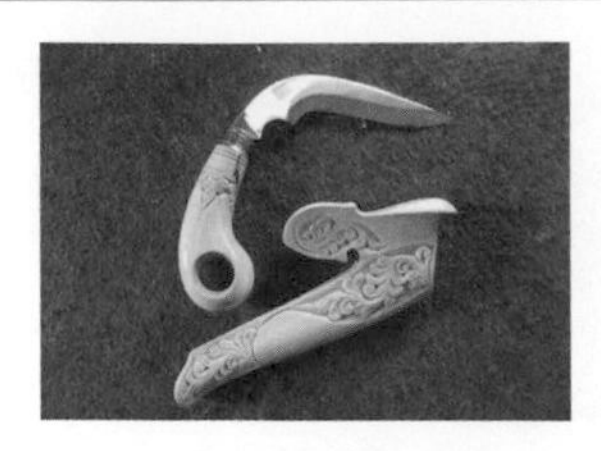

kerambit
n.（米南加保族）爪刀

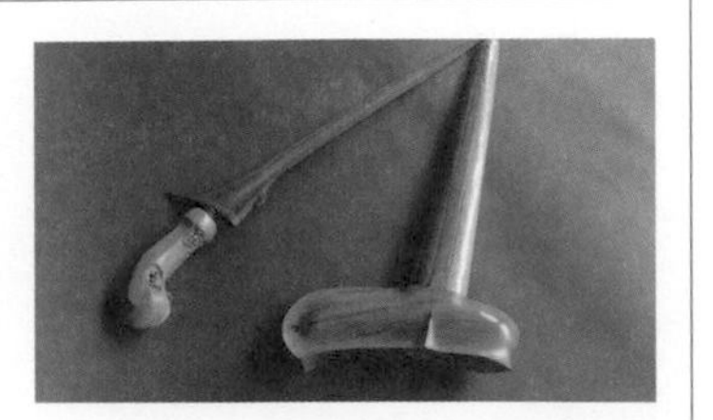

keris
v.（爪哇）格里斯劍

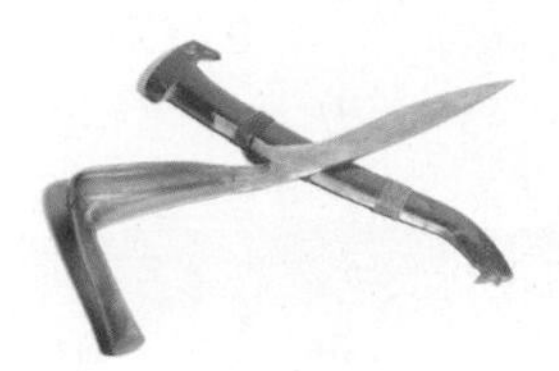

réncong
n.（亞齊）槍把劍

kujang
n.（巽他族）彎刀

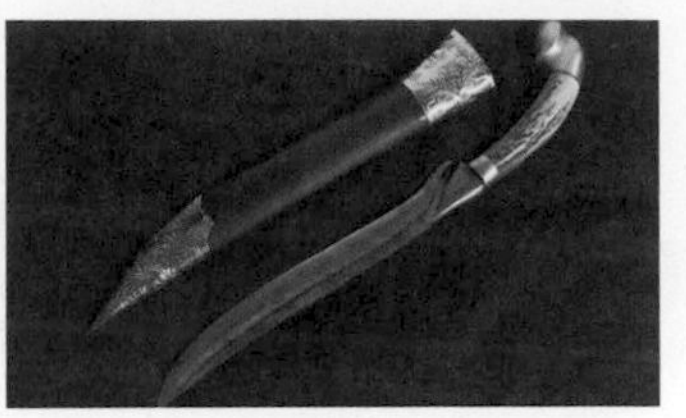

badik
n.（布吉族）巴迪刀

Tips 匯集千島武術特色的印尼武道

印尼由 633 個民族組成，各地的武術自然有所不同。Pencak silat（印尼武道）原本是用來實戰的武術。在過去，senjata（兵器）的使用是很頻繁的。印尼各地除了飲食、服裝、語言不同以外，也各有不同的 senjata tradisional（傳統武器）。因此各地學習印尼武道時使用的武器也會不太一樣。過去武器是用來 berperang（打仗）的，據說當元朝的 Kubilai Khan（忽必烈）攻打爪哇島時，爪哇戰士就是使用 ❶ Keris（格里斯劍）來反抗蒙古兵的。時至和平時代的今日，傳統武器已經很少用於實戰，大部分只用來當作 acara adat（文化慶典）的 hiasan（裝飾）。時過境遷，傳統武器也漸漸沒落，鍛造的技術也愈來愈少人願意傳承，漸漸有了失傳的危機。

Pencak silat 雖然不是奧運的運動項目之一，但它是一門全球性的比賽項目。印尼在國際 pencak silat 的舞台上有著卓越的成就。現代的 pencak silat 賽事中一般不會使用兵器，基本上得分的方式有：pukulan（拳打）、tendangan（腳踢）、menjatuhkan lawan（絆倒對方）和 mengunci lawan（扣住對方）。在賽事中，

wasit（裁判）會穿著白衣，配戴黃帶，而出場的兩位 pemain（選手）會穿著黑衣，一方配戴紅帶，另一方配戴藍帶。選手也要穿著符合國際標準的 baju pelindung（防護服），以確保選手們不會受到比賽中受到嚴重的攻擊傷害。

09-05-05.MP3

Tips 與武術有關的慣用語

- **Sehabis kelahi teringat silat**：打完架之後才想起武術。比喻一個人把工作做完或把難題解決了之後才想起有更好的方式能夠更完善地解決剛做完的工作或問題。

Habis selesai hitung buku kas ini pakai kalkulator, baru teringat bisa pakai Excel di komputer, mémang sehabis kelahi teringat silat. Ya sudahlah. 這本帳本用計算機算完了，才想起來用電腦的 Excel 會比較快，實在是完事了才想到妙招。唉，算了吧！

- **Menepik mata pedang**：去拍打劍刃。比喻對抗強權。

Saya tahu bahwa saya sedang menepik mata pedang, tapi jika saya tidak berjuang, siapa lagi? 我知道我正在對抗強權，但如果不是我起身對抗，那麼還有誰會去呢？

- **Kena pedang bermata dua**：被雙刃劍擊中。比喻心痛不已的意思。

Dia baru diputusi mantan pacarnya, hatinya seperti kena pedang bermata dua. 他剛被前女友甩了，現在正是心痛不已的時候。

- **Tak ada pendékar yang tak bulus**：沒有一位武術大師不會被擊中。比喻就算是高手，也有犯錯失誤的時候。相似於中文的「人有失手，馬有失蹄。」

Saat saya sudah selesaikan soal ujian matematika itu, aku baru teringat rumus yang lebih bagus untuk nomor empat. Mémang sehabis kelahi teringat silat. Ya sudahlah, tak ada pendékar yang tak bulus. 當我做完了那個數學試題時，我才想起有個更好的公式可以解決第四題。實在是，事情都解決了再想起更好的處理方式。算了，怎麼說也都是人有失手，馬有失蹄的時候。

Bab 6

Olahraga Lainnya
其他運動

09-06-01.MP3

其他的體育項目及球類運動

és skating
n. 溜冰

sepatu roda
n. 滑直排輪

ski
n. 滑雪

mengangkat berat
n. 舉重

外 口 pull up /
書 angkat badan
n. 拉單槓

外 口 push up
n. 伏地挺身

外 口 sit up
n. 仰臥起坐

lompat tali
n. 跳繩

外 口 jogging / berlari lambat
n. 慢跑

書 bersepéda / 口 sepédaan
n. 騎腳踏車

口 ngegym
v. 健身
書 berolahraga di gym
ph. 在健身房運動

aérobik
n. 有氧運動

yoga
n. 瑜伽

外 Taichi / 外 Taijiquan
n. 太極拳

外 boxing / tinju
n. 拳擊

taékwondo
n. 跆拳道

judo
n. 柔道

bisbol / bola kasti
n. 棒球

bola voli
n. 排球

sépak bola rugbi
n. 橄欖球

外 ice hockey / hoki és
n. 冰上曲棍球

ténis
n. 網球

sépak takraw
n. 藤球

書 ténis meja / 口 ping pong
n. 乒乓球

biliar
n. 撞球

golf
n. 高爾夫球

外 口 bowling / 書 boling
n. 保齡球

maraton
n. 馬拉松

karaté
n. 空手道

外 jumping jacks
n. 開合跳

berkuda
v. 馬術

panjat tebing
n. 攀岩、抱石

memanah
v. 射箭

menémbak
v. 射擊

外 curling
n. 冰壺

menendang jianzi /
menendang kok tiongkok
n. 踢毽子

anggar
n. 擊劍、西洋劍

sepak bola Amérika
n. 美式足球

olahraga ékstrém
n. 極限運動

Pelajaran 10

Keadaan Khusus 特殊場合

Bab 1

Pernikahan 婚禮

10-01-01.MP3

婚禮的擺設

1. upacara pernikahan n. 婚禮
2. 外 wedding arch / arch pernikahan n. 婚禮拱門
3. karpét pernikahan n. 婚禮步道
4. panggung pernikahan n. 婚禮舞台
5. kué pernikahan n. 結婚蛋糕
6. keranjang bunga n. 花籃
7. sistem cahaya dan suara n. 燈光音響系統
8. méja pernikahan n. 婚宴桌
9. gelas anggur n. 高腳杯
10. hiasan rangkaian bunga n. 花藝佈置
11. méja MC [ém-si] n. 司儀台
12. pantai n. 沙灘
13. samudra n. 海洋

貼心小提醒 更多與婚姻相關的內容，請翻閱第 12 頁，P01-02【婚姻】。

Tips 生活小常識：捧花篇

為什麼新娘在婚禮上要丟捧花呢？丟捧花的由來又是從何開始的呢？

據說在數百年前，人們認為只要觸碰到新娘，就能帶來好運，於是甚至有些人在觸碰新娘的同時，會撕開新娘的禮服做為幸運物，但是這樣的習俗不但帶給新娘許多不便，也讓新娘感到十分不適，為了避免人們觸碰到新娘，於是就想出讓新娘丟花束在人群裡的辦法，如此一來，不但可以維護新娘的隱私，賓客也能收到新娘送的幸運花，這樣丟捧花的動作，印尼語稱之為 lémpar bunga pengantin。

但是在印尼，無論是各族群的傳統婚禮儀式，抑或是伊斯蘭教、佛教的婚禮都沒有 lémpar bunga pengantin 這個習俗。然而，隨著西方文化的傳入，有些人也開始在婚宴或婚禮中加上這個環節。可以接捧花的是滿十七歲的未婚男女。雖然依據傳統，接到花的人將會是下一個結婚的人，但在印尼很多人只把它當作一個特別的抽獎活動來玩而已。

Di banyak negara, melémpar bunga di upacara pernikahan adalah sebuah tradisi.
在很多國家裡，婚禮上丟捧花是件傳統的習俗。

01 致詞、宣誓、丟捧花

10-01-02.MP3

婚禮中常見的人有哪些？

1. mempelai laki-laki / pengantin laki-laki n. 新郎
2. mempelai perempuan / pengantin perempuan n. 新娘
3. pengapit laki-laki n. 伴郎
4. pengapit perempuan n. 伴娘
5. anak perempuan penabur bunga n. 女花童
6. 外 MC [ém-si] n. 主婚人
7. 外 wedding organizer n. 婚禮策劃人
8. fotografer n. 攝影師
9. tamu undangan n. 賓客

10-01-03.MP3

婚禮中常做的事有哪些？

pidato pernikahan
n. 婚禮致詞

書 bertukar cincin
ph. 交換戒指

書 membaca perjanjian nikah
ph. 宣讀結婚誓言

書 mencium pengantin perempuan
ph. 親吻新娘

melémpar bunga pengantin
ph. 丟捧花

bersulang kepada...
ph. 向～敬酒

書 menuangkan sampanye
ph. 倒香檳

memotong kué pernikahan
ph. 切結婚蛋糕

bersulang
v. 乾杯

02 參加宴席

10-01-04.MP3

婚禮中常見的東西有哪些？

cadar
n. 頭紗

undangan
n. 喜帖

papan penyambut tamu
n. 迎賓牌

suvenir
n. 婚禮小物

mobil pengantin
n. 婚禮車

gaun pengantin
n. 婚紗

jas pengantin
n. 婚禮西裝

閩 angpau
n. 禮金、紅包

korsase dada
n. 男性胸花

korsase tangan
n. 女性腕花

band pernikahan
n. 婚禮樂隊

mahar / maskawin
n. 聘禮、嫁妝

夫妻間的親密互動有哪些？

10-01-05.MP3

1. bcrtukaran kata-kata kasih sayang ph. 談情說愛
2. memeluk dari belakang ph. 從背後擁抱
3. memperhatikan / memberi perhatian v. 關心
4. berciuman v. 親吻
5. memuji v. 讚美
6. mengisengi v. （趣味的）耍弄
7. bersandar pada bahu ph. 靠肩、依偎
8. bergandengan tangan ph. 牽手
9. berpelukan v. 擁抱
10. menghibur v. 安慰
11. menjaga v. 照顧
12. menemani v. 陪伴

特別專欄

印尼的傳統婚禮

根據印尼的法律，印尼人的婚姻由各宗教的教律所規範。印尼官方承認六個宗教，分別是：伊斯蘭教、基督新教、天主教、佛教、印度教和孔教。各宗教都有其各自的結婚儀式，而且除了宗教的儀式以外，各族群也有各族群的儀式，相當繁瑣但也別具魅力。其中由於爪哇族的婚禮格外地具有特色，所以本篇針對爪哇族的婚禮普遍最常見的進程加以介紹。

在爪哇式婚禮中，最重要的有 prosési hajatan（婚前準備）和 prosési puncak（正式婚禮）兩大環節的儀式。換句話說，即 prosési hajatan 是為了日後進行 prosési puncak 所必須先行做好必要的一切準備。而 prosési hajatan 的所有的大小細節，皆是旨在祈求新人及其家族皆可趨吉避凶，令婚禮順利進行。以下為 prosési hajatan 的進行步驟：

1. Tarub, blékétépé 及 tuwuhan 的婚前佈置：這三樣都是爪哇傳統婚禮中不可或缺的裝飾品。首先，❶ tarub 是類似帳篷的裝飾，據說最早是用 cocos nucifera（可可椰子）及 janur（棕櫚葉）鋪設婚禮空間的頂部，在過去是用來擋雨遮蔭的，但到了現代這個擺設已經逐漸被布質的帳篷給取代。接著，❷ blékétépé 是由新娘父母用老椰子樹葉編織而成並裝飾在婚禮空間入口拱門上的裝飾品。blékétépé 這個名稱來自爪哇語 Balé Katapi（balé 印尼語為 balai，意思是「地方」；katapi 意思是「去除骯髒的東西」），故佈置 blékétépé，其用意即為使婚禮可以在一個純淨的地方舉行，不受任何污穢的襲擾。最後，❸ tuwuhan 是裝在大門兩側的裝飾，是由結果的 pisang raja（大王蕉）、kelapa muda（嫩椰）、batang padi（水

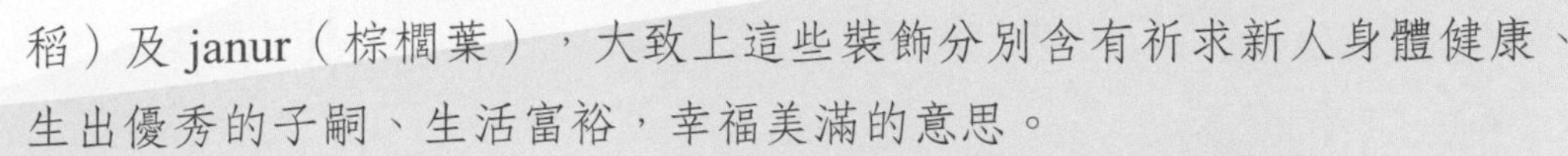

稻）及 janur（棕櫚葉），大致上這些裝飾分別含有祈求新人身體健康、生出優秀的子嗣、生活富裕，幸福美滿的意思。

2. ❹ Siraman：Siraman 是「爪哇文」，字面的意思是淋浴。指順序上由新人父母倒水在新人身上，再由較親近或已婚的親戚倒水替新人淋浴的儀式，代表父母及親戚所給予的祝福，也是新人在結婚之前必經的身心洗滌。

3. Meratus rambut 及 ngerik：在經過 siraman 的洗滌儀式後，接著會有一位婚禮的美髮師將 kemenyan（用 Styrax benzoin（黏脂安息香）製成的香）、madu（蜂蜜）、gula jawa（棕櫚糖）等多種香料放在新娘的頭髮下面焚燒，讓煙燻頭髮，同時把頭髮往後梳。過程約 20 分鐘，梳乾為止，頭髮會變得又乾又香，這個儀式就是 meratus rambut。而 ngerik 則是美髮師將新娘臉上的細微的毛髮去除，讓新娘的臉散發光芒，也代表去除掉曾經發生過的厄運或壞事。最後，美髮師將新娘的頭髮梳成 ❺ cengkorong paés 髮型，一張漂亮的新嫁娘臉蛋就此誕生。

4. Dodol Dawet：此儀式也稱為 Adol dawet，由新娘父母所舉辦。新娘的母親會「販賣」❻ dawet（也稱為 céndol 珍多）的飲品，而父親則會站在母親身邊為她撐傘。兩人合作的形象是象徵著給兒女好榜樣，成家後要夫妻同心。親友們會來新娘家拜訪，並且「購買」dawet。但親友「付錢」時並不是使用貨幣，而是使用稱為 ❼ keréwéng 的一種用黏土燒製的「硬幣（幣面上一般會寫著 Mohon Doa Restu, Terima Kasih，祈求（貴賓的）祈

禱與祝福，感謝）」來「付錢」，使用黏土的原因，是因為表示一切的生命皆源自大地，這段提示雖然跟婚禮的喜氣沒什麼直接的關係，但印尼的古禮中總是會這樣希望新人能夠記得，生於自土地，也終將回歸於土地，以示對大地的敬愛。（2-4 的步驟通常會在同一天完成）

5. Midodaréni：這個儀式的名稱源自爪哇文的 widodari，即等同印尼文的 bidadari（來自神界的女神）。這個儀式於 siraman 之後的晚上 18:00 至 24:00 舉行。❽ 新娘臉上會畫著淡妝，在房間裡坐定，由母親及女性親人陪同，其中年長的親人也會教導她步入婚姻後，身為人妻應該有的生活習性。在這個時間點，新娘與新郎是不能相見的。

6. Srah-srahan：Midodaréni 那一晚，新郎將來訪新娘家，探視新娘及女方家屬（也許結婚之前是自由戀愛，交男女朋友，但當確定要結婚後，有些家庭會選擇遵循結婚嚴格的傳統古禮，就是婚禮進行結束之前，新郎新娘是不可以見面的。）。這個時候新郎將舉行 srah-srahan，也就是給新娘禮物。由於之前提到這段時間新郎不能直接與新娘見面，所以會由新娘的父母作為代表替新娘接受禮物。（5-6 的步驟通常會在同一天完成，而且是在 prosési puncak 的前一天）

到此為止，Prosési hajatan（婚禮準備）的所有儀式就結束了，之後要辦就是 prosési puncak（正式婚禮）所有儀式。既然是正式婚禮，以下的儀式自然也就是在一天之內風風光光、熱熱鬧鬧地完成。其細節大致分為：

1. ❾ Upacara pernikahan（婚禮儀式）：婚禮的儀式當然是依據新人的宗教信仰進行的。一般來說，如果是穆斯林，新人將會在 penghulu（縣市級伊斯蘭宗教領袖或法院伊斯蘭宗教顧問）、orang tua（父母）、wali（監護人）以及眾多貴賓的面前做出結婚誓言。而新人會身穿白色的爪哇傳統服飾，代表淨潔。在這此儀式結束後，兩人就算是正式結為夫妻。

2. Upacara panggih（結婚後諸禮）：爪哇婚禮的諸禮繁多，也熱鬧非凡。對於異文化的人來說，應該也相當地有看頭。各大諸禮大致如下：

   a. ❿ Édan-édanan：這個儀式可稱為「瘋狂舞」，是由許多的舞者身穿劃一的爪哇傳統服裝，將臉打粉鋪白，並配合傳統音樂大肆舞動的儀式。在民間的說法中：婚禮時若有舞者跳這支舞，那麼當天萬一發生任何災禍情事，皆可以由舞者幫忙阻擋，以便於幫新人趨吉避兇，順利地完成人生大事。

   b. Penyerahan sanggan：這個儀式是由新郎父母贈給 ⓫ sanggan（印尼婚禮聘禮盤）給新娘的父母。這個聘禮盤是由 pisang raja matang（熟大王蕉）、sirih ayu（新鮮完整的檳榔葉）、kembang telon（由三種花做成的花藝，一般是玫瑰花、茉莉花和香水樹）及 benang lawai（印尼特有的一種名為 lawai 的鉤針線）所裝飾而成。

c. Balangan gantal：⑫ gantal 是指將檳榔花、檳榔石灰、鉤藤花及黑菸草用檳榔葉包起來，然後再用 benang lawai 線綁起來做成新婚吉祥物品。此儀式是讓先新人相隔約兩公尺面對面地站著，站定位後，先讓新郎將 gantal 丟向新娘的額頭、胸及膝蓋，新娘再將回向 gantal 丟向新郎的胸和膝蓋，代表這對新人將自己的愛意「互相拋至」對方的身上。

d. Ngidak tagan / nincak endog：此儀式是由新郎用腳踩一粒生雞蛋，代表對後代子女來臨的期望。

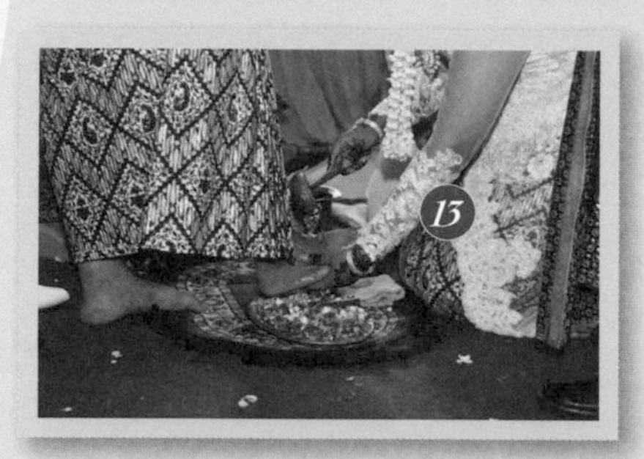

e. ⑬ Wijikan：此儀式是由新娘為新郎洗腳三次，代表妻子將會侍奉丈夫，以及洗去造就幸福家庭的任何阻礙。

f. ⑭ Sinduran：此儀式為兩位新人用 sindur（中紅白邊的布腰帶）「捆包」在一起，旨在祈求新人可以獲得共同迎向未來的勇氣，並且成就欣欣向榮的婚姻生活，並在 sindur 包好後，由新娘父親引領兩人走上舞台。

g. Bobot timbang：此儀式為上台後，新娘父親坐在座位上，新郎、新娘各坐在父親的一條腿上，此時新娘母親走上台，問父親道：「誰比較重？」父親答：「都一樣重。」這代表父母都對新人具有公平的愛。

h. ⑮ Ngunjuk rujak degan：Rujak degan 是指椰子水。此儀式由女方父親先喝，母親再喝，最後才由新人喝。因為椰子水在印尼人的概念中代表潔淨的水，藉此可以潔淨全家人的身、心、靈。

i. ⑯ Kacar kucur：此儀式由新郎給予新娘硬幣、米和豆類，代表新郎會對家庭負責，養家糊口。

j. ⑰ Dulangan：此儀式與由新人之間互相餵食三次，代表夫妻倆人不斷互相幫助，白頭偕老。

k. Mapag Bésan：迎接新人。由於前述所有的儀式 prosési panggih（9-17 的儀式）全程男方的父母都不能參加。因此在之前所有的儀式告一段落的此時，男方父母才會來到現場迎接新人。

l. ⑱ Sungkeman：新人對雙方的父母行 sembah sungkem（跪地鞠躬禮），祈求父母的祈禱及與過往做出的錯事給予原諒。當然，如果祖父母也在場，那麼自然按輩份先向祖父母行 sembah sungkem 禮，之後才是對父母行禮。

印尼在幅員遼闊，各民族文化背景差異、伊斯蘭及西方文化等交互影響之下，來自各地不同地區的爪哇新人也都可能選用不同的婚禮儀式，特別是經濟條件不允許的人，也都可能會選擇一切從簡。由於婚禮的細節繁雜，像在雅加達這樣的大城市裡，恐怕不太能目睹到完全道地的傳統爪哇式婚禮了。如果有機會，一定不要錯過參觀充滿文化底蘊的爪哇式婚禮喔！

後記：看左圖新娘大大的頭冠，與前文所述的不同，這是 ⑲ Minangkabau（米南加保）族的婚禮服裝。印尼還有很多種不同的婚禮驚艷，
等待著你日後的探索。

Bab 2 Upacara Pemakaman
喪禮

10-02-01.MP3

這些應該怎麼說？

葬禮的擺設

1. upacara pemakaman n. 喪禮
2. tempat pemakaman n. 墳場
3. papan nisan n. 墓碑
4. bunga ditabur n. 灑在墳上的花
5. imam n. （宗教領袖）伊瑪目
6. Al Qur'an n. 古蘭經
7. nisan berbentuk salib n. 十字架型墓碑
8. teman dan keluarga almarhum n. 男性死者的親友
9. teman dan keluarga almarhumah n. 女性死者的親友
10. papan bunga duka cita n. 追悼花牌

Tips　生活小常識：殯葬篇

依各國習俗的不同，埋葬遺體的方式也隨之不同。這些埋葬的方式，印尼語總稱為 cara pemakaman 。

在過去，華人一直以來都有入土為安的觀念，所以在人過逝後，家屬都會為往生者找一塊風水較好、景色優美的地方，好讓往生者能夠安心離世，這樣埋葬的方式稱為 penguburan（土葬），而後因土地的限制，許多國家漸漸淘汰掉土葬，取而代之的則是火葬，印尼語則稱為 krémasi 。一般在往生者遺體火化後，家屬們為了祭拜或紀念逝者，會選擇將火化的骨灰放置 rumah abu（靈骨塔），字面上的意思是「骨灰屋」。然而在印尼，由於人民仍是以穆斯林為主，在宗教信仰上大部分人會選擇土葬。但在印度教徒居多的峇里島，一般常見的葬禮則是偏向 upacara ngabén（火化）。

01 參加告別式

10-02-02.MP3

在告別式中常見的人有哪些？

imam
n.（宗教領袖）伊瑪目

pastor
n. 牧師

閩 suhu
n. 道士

bhiksu n. 比丘
bhiksuni n. 比丘尼

pengangkat keranda
n. 抬棺者

pelayat
n. 追悼者

10-02-03.MP3

告別式中常做的事有哪些？

書 mengikuti upacara pelepasan jenazah
ph. 參加告別式

書 memasang dupa / 口 taruh dupa
ph. 上香

salat / berdoa
v. 祈禱

書 menangis
v. 哭

書 membaca mantra
ph. 誦經、念經

書 membakar uang kertas
ph. 燒紙錢

02 參加追思會

10-02-04.MP3

追思會常見的東西有哪些？

foto almarhum
n.（男性）遺照
foto almarhumah
n.（女性）遺照

kendi abu
n. 骨灰罈、骨灰甕

uang kerohiman
n. 白包

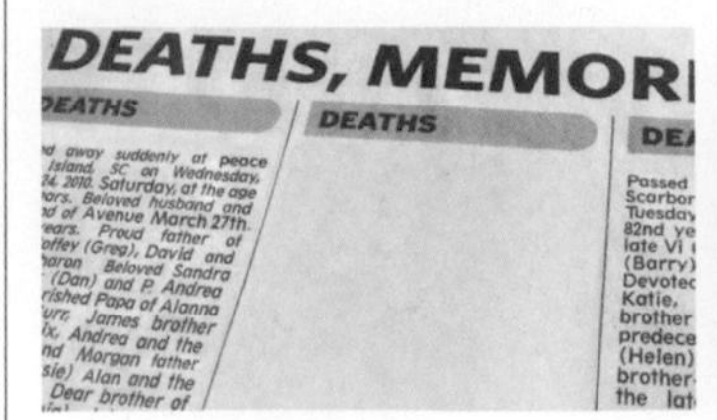

berita duka cita
n.（登在報紙上或喪家門口貼的）訃聞

peti mati
n. 靈柩；棺木

mobil jenazah
n. 靈車

特別專欄

印尼的傳統喪禮

● 穆斯林喪禮

印尼大部分人民信伊斯蘭教，所以在印尼最常見的喪禮當然是依伊斯蘭教舉行。在伊斯蘭教中，除了特殊的情況外，一般死者過世的24小時之內就必須下葬。伊斯蘭教嚴禁火葬，所以每 個死者必須土葬。過世後，jenazah（遺體）將停放在家裡，由同性成年親人用溫水 ❶ memandikan jenazah（洗淨遺體）。洗完後將遺體用 ❷ kain kafan（白色裹屍布）包好。然後將遺體停放幾個小時，好讓追悼者可以傳遞敬意及慰問。

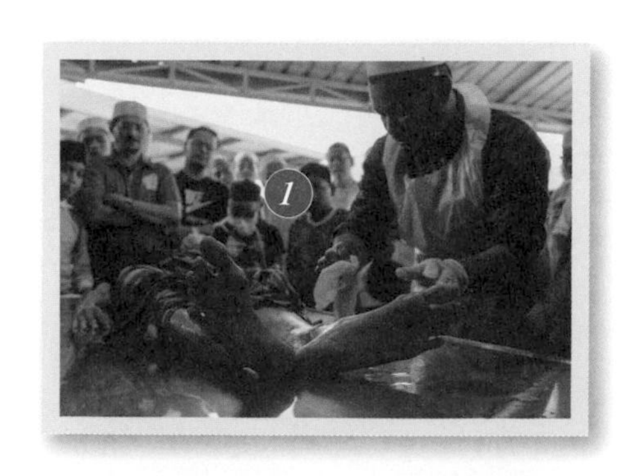

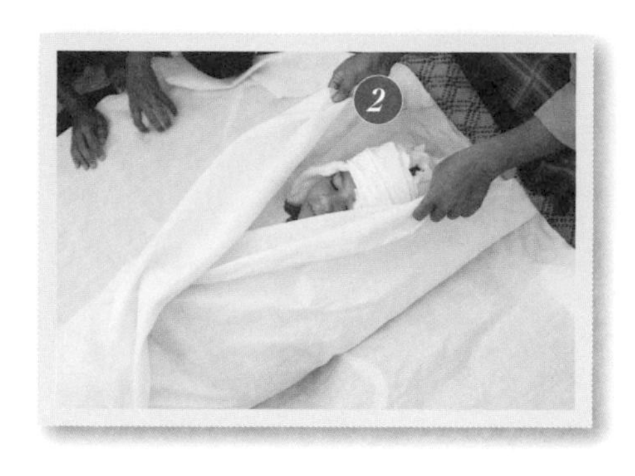

然後，社區裡的所有穆斯林將來到死者家中，並且為死者做 salat jenazah（遺體的祈禱）。

祈禱完畢後，便將遺體放入 keranda（棺材）之中，並於 ❸ 四角各由一位抬棺者抬起，移至墳場。抬棺者必須為男性，而死者家屬則跟在抬棺者之後。行走時也必須相當地快速，因為民間認為如果往生者是 orang saléh（聖潔並堅貞的人），那麼人們深信飛快的步伐將可以儘快帶著他前帶領至 surga（天堂）。相反的，如果並不是 orang saléh，那也可以讓他的靈魂因生前的的罪惡所造成的痛苦可以早日解脫。另外，家屬和親友跟隨抬棺者行進時，建議不要嚎啕大哭，也不要奏樂、喧嚣，但可以大聲地 berzikir（重複稱讚真主阿拉）或者 melantunkan ayat-ayat Al Qur'an（朗誦古蘭經文）。一般來說，誦經、稱讚真主都是

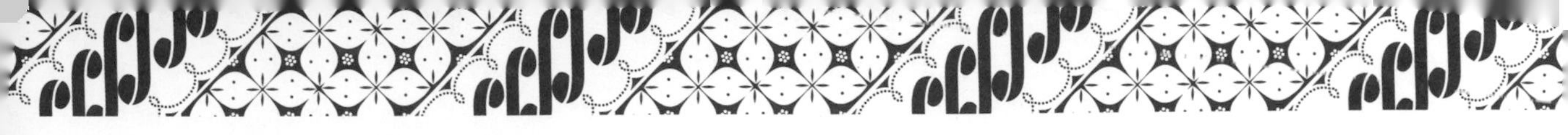

可以帶來 pahala（真主看見你做好事而給你的恩典，類似佛教的善因的概念）。在伊斯蘭教來說，多誦經、多稱讚真主都是好事。

到了 pemakaman（墳場）之後，男性親人必須將 ❹ liang kubur（墓穴）挖好。穆斯林的墳場有個規定，就是遺體的右邊一定是面向 kiblat（麥加的方向）。男性親人將遺體移入墓穴之後，要讓遺體向右方側躺，面向麥加的方向。之後，家屬們便將墳地的土堆高 ❺ sejengkal（手指向兩端撐開後，大姆指到小指之間的長度），這樣可以看出是一座墳墓，日後就不會不小心被他人踩到，也因為不會太高，就不會被人當作的小土丘誤坐。之後家屬在墳上裝設好 nisan（墓碑）之後，也會在墳上 ❻ menaburkan bunga（撒花），一般會撒的花種是 mawar（玫瑰）和 melati（茉莉花）。

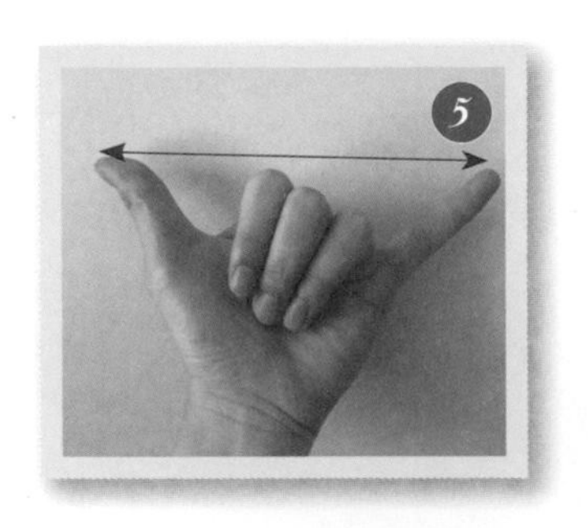

伊斯蘭教特別著重於死後的永生的觀念，主張人生只是短暫的過程，因此建議人們不要為死者建造太過豪奢的墳塚，一切從簡就好。這麼做的原因有二，一是為了節約土地，讓土地可以留給更多需要的人使用，二來是為了約制人們心中會有的 sombong（自大）心態。當死者葬在 tanah milik pribadi（私有土地）時，喪家可以自行建造較氣派的墳塚，然而這一般算是「makruh（先知穆罕默德所不建議有的行為）」，但即使真的這麼建了，但也不至於有教法上的罪責；但死者若是葬在 tempat pemakaman umum（公有墓地）的話，自然就 haram（禁止）建造太過豪奢的墳塚了。基於方便家屬 berziarah（掃墓），穆斯林的墓碑上都會刻著死者姓名、出生及死亡日期，但為了避免亡者有自傲感，所以在墓碑上也不會刻上太多對死者的 pujian（讚美）言辭。

● 印尼華人傳統喪禮小知識

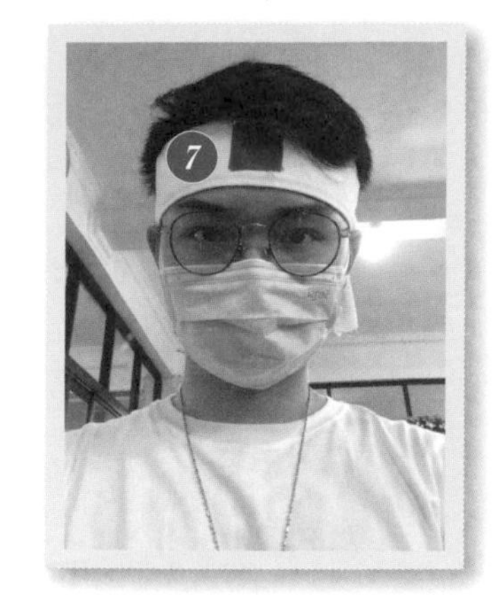

傳統的印尼華人舉行喪禮時會選擇適合殯葬的日子。人過世後，一般會交由 rumah duka（殯儀館）處理，跟台灣一樣，交給殯儀館將會有包括各宗教禮節儀式等的完整的殯葬禮儀服務。在殯儀館參加傳統印尼華人喪禮儀式的過程中一般會採素色的穿著，並選擇搭配白色 T 恤、黑長褲，並在頭部繫上適合輩份的 ❼ kain petanda duka （孝帶，藍色代表孫輩），以示莊重。此外，隨著時代的變遷，「入土為安」已不是唯一的選擇，許多印尼華人根據自己的宗教信仰、經濟狀況、人生觀念分別選擇土葬或火葬。

● 其他殯葬小知識

在印尼，不管是婚禮、創業還是喪禮等人生大事，常見的表示同慶或同悼的方式就是送 ❽ papan bunga（花牌）。在印尼你能常常見到圖中的花牌，上面寫著 ❾ turut berduka cita（同表哀悼），下面則會寫著 ❿ 贈送花牌的人、家庭或公司集團的名稱。

當穆斯林在聽說一個人過世的時候，他就會跟家屬說：「Inna Lillahi wa inna ilaihi raji'un」，大意是：「我們屬於阿拉，我們將回到祂的身邊。」以表安慰。但如果家屬不是穆斯林，則可以使用以下比較中性的安慰語：

Turut berduka cita. 同表哀悼。

Turut berduka cita atas meninggalnya _______________.

我為____________之死同表哀悼。

Bab 3

Budaya dan Agama
文化與宗教

01 博物館

10-03-01.MP3

在博物館常見物品有哪些呢？

barang pameran
n. 展示品

benda peninggalan
n. 古物

patung
n. 雕像

lukisan
n. 畫作

tulisan hieroglif
n. 象形文字

tembikar
n. 陶瓷

fosil
n. 化石

relief
n. 浮雕

miniatur
n. 模型

patung lilin
n. 蠟像

mumi
n. 木乃伊

spesimen
n. 標本

10-03-02.MP3

在博物館會做些什麼呢？

berkunjung
v. 參觀

書 mendengarkan penjelasan
ph. 聽講解

lelang
ph. 拍賣

10-03-03.MP3

在博物館常見的警告標語有哪些？

書 dilarang menyentuh
禁止觸碰

書 dilarang berbicara dengan keras
禁止喧嘩

書 dilarang foto
禁止攝影

書 dilarang membawa makanan dan minuman ke dalam museum
博物館內禁止攜帶飲食

書 dilarang membawa binatang ke dalam museum
博物館內禁止攜帶動物

書 dilarang menggunakan lampu flash saat berfoto
攝影時禁止使用閃光燈

02 清真寺

10-03-04.MP3

1. masjid n. 清真寺
   Masjid Istiqlal
   n. 伊斯蒂克拉爾（獨立）清真寺
2. kubah n. 圓頂
3. ornamén bulan dan bintang
   n. 月亮和星星的裝飾
4. gedung utama n. 主樓
5. gedung pendahuluan n. 前樓
6. kubah kecil n. 小圓頂
7. téras n. 平台
8. menara n. 宣禮塔

9. mihrab n.（麥加方向）米哈拉布
10. kaligrafi nama Allah n. 阿拉名字書法
11. kaligrafi nama Nabi Muhammad SAW [Shalallaahu Alaihi Wassalaam] n. 穆罕默德名字書法
12. mimbar n. 清真寺講台
13. tempat jemaah perempuan
    n. 女信徒禮拜處
14. tempat jemaah laki-laki
    n. 男信徒禮拜處

10-03-05.MP3

伊斯蘭教的相關行事

salat
n. 祈禱

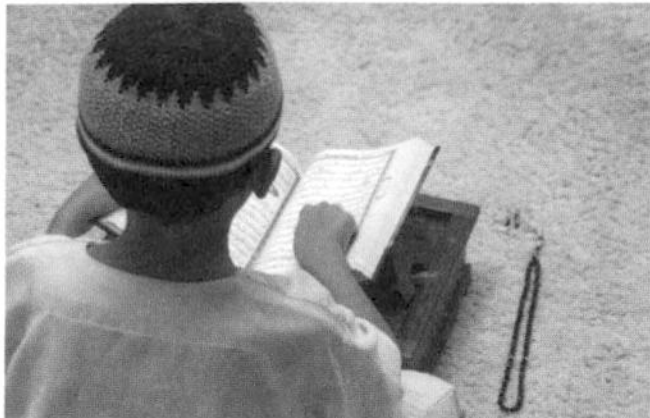

書 membaca Al Qur'an /
口 baca Al Qur'an
ph. 閱讀古蘭經

mengumandangkan azan
ph. 喚拜

sahur
n. 封齋飯

puasa
n. 齋戒

doa buka puasa
n. 開齋祈禱

10-03-06.MP3

伊斯蘭教的服飾及物品

péci / songkok
n. 宋古帽

Al Qur'an
n. 古蘭經

kerudung
n. 頭巾

jilbab
n. 頭巾和寬鬆連身衣

biji tasbih
n. 贊珠

sajadah
n. 祈禱毯

10-03-07.MP3

Tips 印尼伊斯蘭教小知識

伊斯蘭教徒通稱為「穆斯林」。而其實在生活中，多數的穆斯林在伊斯蘭教義的薰陶下，會自發性地遵行教義中的 Rukun Islam（五功），並因此虔誠的信仰心進而陶冶出善良、友好的天性。以下，便針對「五功」做出簡短的說明：

① Syahadat（念證）：是表示對表明阿拉的信仰虔誠的首功（一項儀式），天生就是穆斯林的人士平時在念讀可蘭經或祈禱時都很熟悉這個誓詞，故不需要在眾人前宣誓念證。但當原本是外教的人士決定今後誠心信奉回教時，並必須要在有 saksi（證人）的情況下宣誓「念證」，方能正式成為穆斯林。

② Salat（禮拜）：一天需禱告五次。

③ Saum / Puasa（齋戒）：在 Bulan Ramadan（齋戒月），從太陽升起到太陽落下之前，穆斯林必須禁飲食（但是孕婦可以適量飲食）、禁慾和禁止其他會造成齋戒 batal（失效）的行為，例如自慰、吞痰、將異物放入身體七孔等。另外，haid（來月經）的女性要等到月經結束（沒有出血）後才可以繼續齋戒，然後要在齋戒月以後 mengqadha puasa（還清齋戒。指把齋戒失效的時日補回來）。在齋戒時間內 marah（生氣）、bohong（說謊）、tidur sepanjang hari（整天睡懶覺）、bergosip（道人是非）等行為，會減少齋戒帶來的 pahala（上天給予人類的獎勵，類似佛教的善因）。在印尼，齋戒月時，人人常穿著穆斯林服裝出門，並且常常會面帶微笑，互相幫助。

④ Zakat（天課）：施捨財富、食品、物資予窮人或需要的人。

⑤ Haji（朝覲）：財力和體力許可者，一生至少要到 Mekkah（麥加）去朝聖一次。

對印尼的穆斯林而言，一輩子能去麥加一趟是一件非常光榮的事。因此，以麥加朝聖的為主要旅行業務的 Travel Umroh（副朝覲旅行社）和 Travel Haji（朝覲旅行社）（皆指專門辦理穆斯林朝拜行程為業務的特有旅行社）的業務相當地蓬勃發展。有時候甚至會看見有詐騙集團成立假的旅行社來騙取錢財的新聞。

額外一提，與其他宗教相比，伊斯蘭教的教律較為嚴謹，許多以宗教為基底的嚴律與法律合而為一，至於仍有部分地區恪守遵行著。以身為印尼的特別行政區之一的 Acéh（亞齊）為例，它是全印尼至今唯一在 hukum pidana（刑法）上仍奉行 Hukum Shariat（伊斯蘭教法）的地區，也是印尼目前唯一施行 ❶ hukuman cambuk（鞭刑）的行政單位。

03 寺廟

10-03-08.MP3

這些應該怎麼說？

寺廟的擺設

1. vihara n. 寺
   kelenténg n. 廟
2. Buddha n. 佛
3. patung Buddha n. 佛像
4. altar n. 祭壇
5. barang persembahan n. 祭品
6. tempat hio / tempat dupa n. 香爐
7. kotak amal n. 功德箱
8. ikan kayu n. 木魚
9. bél mangkuk n. 銅磬
10. pemukul ikan kayu n. 木魚錘
11. buku mantra / buku sutra n. 抄經本、佛經
12. bantal doa n. 跪墊
13. tabung ciamsi n. 籤筒
14. 閩 ciamsi n. 籤
15. alat poapoé n. 筊杯

10-03-09.MP3

這些應該怎麼說呢？

membakar hio / membakar dupa
ph. 點香

bersujud kepada Buddha
ph. 禮佛

meminta pertolongan
ph. 祈求

meminta ciamsi
ph. 求籤

閩 poapoé
v. 擲筊

menjelaskan ciamsi
ph. 解籤

membaca mantra / membaca sutra
ph. 誦經

beramal
ph. 捐獻

meramal
v. 算命

＼你知道嗎？／

wihara 和 kelenténg 都是寺廟，但有什麼不同呢？

10-03-10.MP3

- **Wihara**：有時候拼寫為 Vihara，指佛教僧人居住的地方，相當於「寺」。
- **Kelenténg**：是供奉諸佛、諸神明的地方，相當於「宮」或「廟」。

然而，在印尼你會看到如圖中的「寺廟」，中文寫著「玄壇宮」，但是印尼語卻寫著「Wihara」，這又是為什麼呢？

在印尼立國早期，國家承認的宗教信仰只有五個：伊斯蘭、基督新教、天主教、佛教和印度教。雖然印尼華人的信仰多元，但在當時許多都是 Tri Dharma（三道合一：佛、儒、道 被當作同一種信仰）跟一些其他的中華傳統信仰而已。因此在向印尼政府登記為官方認定的宗教時，三道中的儒教和道教就被歸納在「佛教」裡頭。因此，因華人佛教與道教、儒教和中華傳統信仰的概念混淆，wihara 和 kelenténg 這兩個名稱的意義也跟著混淆不清，演變成「wihara」掛在宮廟的上匾額上，也就見怪不怪了。

雖然大部分印尼佛教徒為華人，但爪哇地區也有佛教的鄉村，信徒大多為爪哇人。這些佛教徒裡 Buddha Mahayana（大乘佛教）和 Buddha Téravada（小乘佛教）都有。另外，一貫道在印尼也被歸納在「佛教」之中。

\ 你知道嗎？ /

印尼還有這些華人宗教活動？

荷蘭時代移民印尼的華人大多為南方人，來自福建、廣東各地，所以在印尼也有機會聽到福建話（閩南語）、客家話、潮州話和廣東話。當然，中國南方的信仰習俗也能在印尼看到。這些 kelenténg（宮、廟）裡面一般會供奉天公、玉皇大帝、觀音菩薩、大伯公、土地公、關公、齊天大聖、媽祖等全球華人，特別是南方人來說都是耳熟能詳的神明。蘇門答臘島 Bagansiapiapi（巴眼亞比）的福建人為了紀念祖先飄洋過海來到印尼，每年一次會舉行盛大的 ❶ bakar tongkang（燒龍船）祭祀習俗。加里曼丹島 Singkawang（山口洋）以客家人為主的華人社區每年 閩 Cap Go Méh（農曆正月十五）會舉行龐大的 ❷ 乩童遊行，由來自印尼、馬來西亞等國的乩童參與。

信仰中華傳統信仰的華人在家裡也會佈置 altar dewa（神桌），但由於不同社區的華人信仰的神明以及對信仰的虔誠程度不同，所以每家人的祈禱形式也可能有所不同，但是 membakar hio（燒香）、membakar kertas emas（燒金紙）、membaca mantra（誦經）這些基本的習俗一般都是華人社群中常見的。

如今，隨著排華時代的結束，印尼官方已經接納印尼華人為印尼民族的一部分，因此承認了第六個宗教——Konghucu（孔夫子教）。信仰儒教、道教以及中華傳統信仰的華人此後紛紛聲明自己信仰的是 agama Konghucu（孔教），並且將自己身分證上 agama（宗教）欄位改成 Konghucu。當然，還是有些早期被列為 agama Buddha（佛教）的華人，也許他是孔教的信仰者，但是身分證上的宗教欄就還是按原樣擺著，沒特別去更改了。

04 教堂

10-03-11.MP3

教堂的擺設

1. geréja n. 教堂
2. vault n. 拱頂
3. lampu gantung / 外 chandelier n. 吊燈
4. jendela kaca patri n. 花窗玻璃
5. patung n. 雕像
6. lilin 蠟燭
7. Yésus Kristus n. 耶穌基督
8. Bunda Maria n. 聖母瑪利亞
9. Pastur n. 神父
10. umat Kristen n. 基督教徒

— ékaristi / perjamuan kudus n. 聖餐禮

11 hosti n. 聖餅
12 piala suci n. 聖杯
13 Alkitab n. 聖經
14 salib n. 十字架
15 roti n. 麵包
16 gandum n. 小麥
17 anggur n. 葡萄

10-03-12.MP3

在教堂裡常會做什麼呢？

berdoa
v. 祈禱

pengakuan dosa
ph. 懺悔

dibaptis
v. 受洗

membaca Alkitab
ph. 念聖經

menyelenggarakan upacara pernikahan
ph. 舉辦婚禮

menyelenggarakan upacara pemakaman
ph. 舉辦喪禮

Tips 印尼的宗教

印尼國家承認六大宗教：伊斯蘭教、基督新教、天主教、佛教、印度教和孔教，而「無神論」或「無信仰」是不被承認的。宗教在印尼的地位非常重要，在 KTP [ka-té-pé]（身分證）、KK [ka-ka]（家庭卡）等證件上都印有「宗教」的欄位。

印尼的建國原則是 Pancasila（1 國徽為 Garuda Pancasila，盾牌中間的星星代表下述第一項），第一項就是 Ketuhanan Yang Maha Esa（信奉獨一無二的神明），這間接影響了在印尼的所有宗教。佛教和印度教原本沒有「創世主」的概念，但為了被政府承認，印尼的佛

10-03-13.MP3

教有了 Sang Hyang Adi Buddha（創世主）；印度教也有：Ida Sanghyang Widi Wasa（創世主）。

接下來再略提一下印尼的六大宗教：

● Islam（伊斯蘭教）

雖然印尼不是只信仰伊斯蘭教的國家，但卻擁有全世界最龐大的穆斯林人口。穆斯林佔印尼總人口的 87%。全印尼最大的清真寺是 ❷ Masjid Istiqlal（獨立清真寺）。「Istiqlal」是阿拉伯文，意思是「獨立」，它同時也是全東南亞最大的清真寺。這座清真寺於西元 1951 年開始動工時，由印尼開國總統 Soekarno（蘇卡諾）放下第一塊建築石塊，並於 1978 年由印尼第二任總統 Soeharto（蘇哈托）正式啟用。該清真寺的設計師為 Frederich Silaban（弗雷德里克．西拉班），有趣的是，他可是一名基督徒呢！

獨立清真寺的建築造型偏向阿拉伯風，有一個巨大的 kubah（圓頂）。然而，在印尼也有獨特的爪哇式清真寺建築，與阿拉伯風清真寺主要的不同是建築瓦頂的設計。爪哇式清真寺多為 ❸ 三層瓦頂（如圖 Masjid Agung Demak（淡目大清真寺）），最上面會安裝象徵 Allah（真主阿拉）的 ornamén kaligrafi（書法裝飾），或者 ornamén bulan dan bintang（月亮和星星的裝飾）。部分爪哇式清真寺也會有圓頂，但是會比阿拉伯風的小。

● Kristen Katolik（天主教）

在印尼的天主教是由葡萄牙殖民者引入的，但隨後轉被荷蘭人殖民後便遭到荷蘭政府禁止，因此許多地方的天主教堂在荷蘭時期被改為基督新教教堂。時至今日，印尼的天主教教徒佔印尼總人口的 3%。雖然如此，葡萄牙舊勢力較強大的 Nusa Tenggara Timur（東努沙登加拉省），天主教徒卻佔當地人口的相對多數。

全印尼最著名的天主教堂是 ❹ Geréja Santa Maria Pelindung Diangkat ke Surga（聖母升天主教座堂），簡稱 Geréja Katedral Jakarta（雅加達主教座堂）。這座教堂正好位於前述的獨立清真寺的對面。

● Kristen Protestan（基督新教）

基督新教是由 VOC [fé-o-cé]（荷蘭東印度公司）傳入印尼的。現在，基督新教是印尼繼伊斯蘭教之後信徒第二多的宗教，佔總人口的 7%。印尼新教徒的總數也是全東南亞最多的。印尼的基督新教派別多屬 Calvinisme（喀爾文主義）和 Lutheran（路德教派）。

● Hindu（印度教）

印尼的印度教是由歷史上信仰印度教的王朝所引入，自印度教傳入後，印尼開始有了文字及歷史記載。印尼史上最大宗信仰印度教的王朝，即第二次統一國土的王朝 Majapahit（滿者伯夷）。然而，在伊斯蘭教傳入印尼後，曾經遍佈全國的印度教只剩下 Bali（峇里島）還保留大部分的傳統。印尼的印度教和印度的印度教一樣，也有 kasta（種姓制度），但是印尼的種姓制度裡沒有明顯的社會階級之分，只會顯見於命名上和祈禱的處所中。另外，峇里島的建築物有一個不成文的規矩，就是建築時不可以蓋得比圖中這種印度教的❺ Pura（寺塔）還要高喔！

● Buddha（佛教）

印尼的佛教是藉由信仰佛教的王朝所傳入的，最著名的是 Sriwijaya（三佛齊）。三佛齊曾經是大國，但最終仍走向滅亡之道，現今在印尼的佛教徒的總人數僅剩不到全人口的 1% 而已。佛教徒人數雖然極少，但現今印尼所擁有的在三佛齊 Samaratungga（薩瑪拉咚嘎）皇帝時期建立了所建造的❻ Candi Borobudur（婆羅浮屠），卻是最全世界上最大的佛寺，也是極為貴重的佛教文化遺跡。

● Konghucu（孔教）

孔教由華人帶入印尼，原本在立國早期的蘇卡諾時期是第六個被承認的宗教，但第二任總統蘇哈托上任後，針對印尼華人立了不少歧視性的法規，其中包括禁止學習中文及在公開場合裡使用中文，「建議」華人改名為印尼語名，並且將孔教從政府承認的六大宗教中撤出，從此只承認五個宗教。

但到了西元 1998 年改革之後，Abdurrahman Wahid（瓦希德）總統撤除了歧視性的法規，並於 2000 年恢復了對孔教的官方認可。印尼的孔教認為孔子是「最後的先知」，而《四書五經》則是孔教的「聖經」。

Bab **4**

Pésta 派對

10-04-01.MP3

派對的擺設

1. kué ulang tahun n. 生日蛋糕
2. hadiah / kado n. 禮物
3. lilin n. 蠟燭
4. pisau kué n. 蛋糕刀
5. makanan n. 食物
6. piring kertas n. 紙盤
7. 外 party popper confetti n. 拉炮
8. minuman n. 飲料
9. peluit pésta n. 派對吹笛
10. balon n. 氣球
11. topi pésta n. 派對帽
12. gelas kaca n. 玻璃杯
13. tuan rumah pésta n. 派對主人
14. peserta pésta n. 客人

01 跳舞

10-04-02.MP3

常見的舞蹈有哪些？

1. balét n. 芭蕾舞
2. tari jazz n. 爵士舞
3. tap dance n. 踢踏舞
4. tari perut n. 肚皮舞
5. tari ballroom n. 國標舞；交際舞
6. tari swing n. 搖擺舞
7. 外 breakdance n. 霹靂舞
8. tari modérn n. 現代舞
9. tari Latin n. 拉丁舞
10. tari tango n. 探戈舞
11. tari flamenco n. 佛朗明哥舞
12. 外 line dancing n. 排舞

02 玩遊戲

10-04-03.MP3

常玩的派對遊戲有哪些？

外 board game / permainan papan
n. 桌遊

monopoli
n. 大富翁

ludo
n. 英國十字戲

bingo
n. 賓果

ular tangga
n. 蛇梯棋

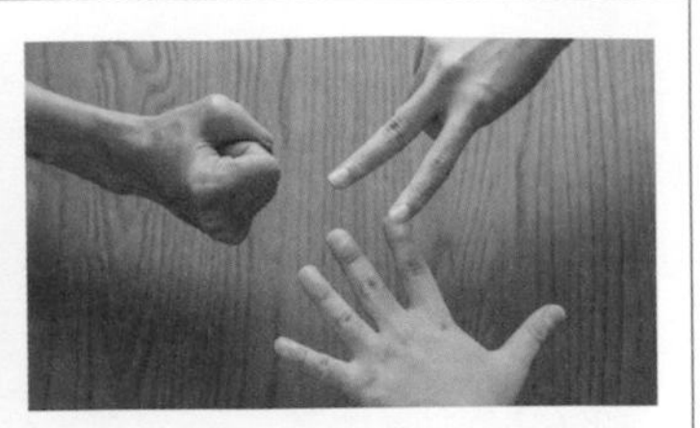

suit jepang / gunting batu kertas
v. 猜拳

poker
n. 撲克牌

外 UNO [u-no]
n. UNO

外 mahjong
n. 打麻將

domino
n. 骨牌

外 jenga
n. 疊疊樂

外 dart
n. 飛鏢

外 beer pong
n. 投杯球

minum bir dengan cepat
ph. 快飲啤酒

permainan memutar botol
n. 轉瓶遊戲

10-03-04.MP3

常見的派對有哪些？

pésta Natal
n. 聖誕派對

pésta bujang
n. 告別單身派對

pésta malam
n. 晚會

pésta farewell
n. 歡送派對；歡送會

pésta pindah rumah
n. 喬遷派對

pésta ulang tahun
n. 生日派對

pésta promosi
n. 升職派對

féstival weiya
n. 尾牙

pésta barbecue
n. 烤肉派對

\ 你知道嗎？ /

印尼版的捉迷藏是這樣玩的！

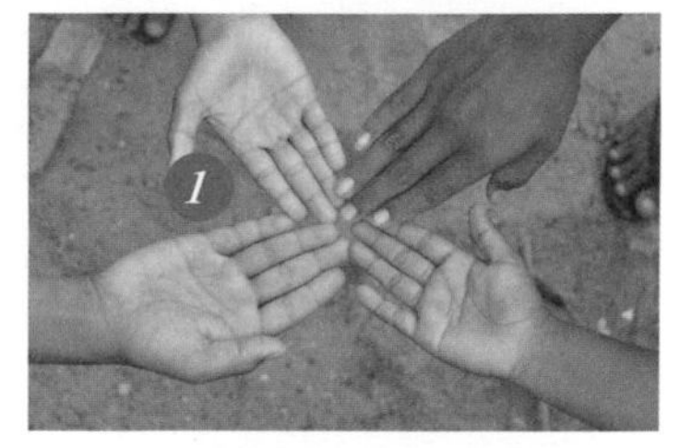

在印尼，玩 pétak umpet（捉迷藏）等遊戲之前，會先玩 ❶ hompimpa（（印尼式）黑白黑白我勝利）和 gunting batu kertas（猜拳）來決定由誰扮 penjaga pos（鬼）的順序。三人以上玩時，一般會用黑白黑白我勝利決定勝負。定輸贏的方法多元，一般由玩家約定而成。例：玩家有四個人，其中一位出手背，另外三個出手掌，那可能就會讓唯一出手背的人直接當鬼，但有時候則是淘汰掉那個人，再由剩下的三人再玩一次黑白黑白我勝利，又再淘汰掉一個後，剩下的兩人再用猜拳的來決定誰當鬼。

玩黑白黑白我勝利的時候，你會聽到印尼人帶節奏地唸一段「咒語」：hompimpa alaiyung gambréng。據說這句話來自梵文，大意是：「來自上帝的，將回歸於上帝，我們一起玩吧！」，不過這句話的意思一般人都不知其義，總之就大家在唸就跟著唸了。居住在雅加達的 Betawi（巴達維）族的小孩更習慣在 hompimpa alaiyung gambréng 的後面再加一句 Mpok Ipah pakai baju rombéng（伊拔老奶奶穿著衣衫襤褸），這話沒有太大的意義，單純就是巴達維族玩樂時的特有習慣而已。

然而隨著科技的發達，手機及網路的日漸普及，青少年們的遊樂型態改變，沒事時，常常會聚在家裡或某個地方坐著一起 ❷ 玩 game HP [ha-pé]（手遊）、看電影或著到百貨公司去玩。現在在城市裡已經很少有看到有人在玩 pétak umpat 這種傳統遊戲了。

Bab 5

Hari Raya 紀念日

這些應該怎麼說?

國慶日

1. panjat pinang n. 爬檳榔樹遊戲
2. bendéra n. 國旗
3. tiang besi n. 鐵桿
4. hadiah n. 獎品
5. peserta n. 參賽者
6. upacara bendéra n. 升旗典禮
7. tiang bendéra n. 旗桿
8. paskibra n. 升旗隊伍
9. peserta upacara n. 升旗典禮參與者

10-05-02.MP3

印尼目前有總共15個國定假日

名稱	中文	日期	休假日數
Tahun Baru Maséhi	元旦	1月1日	1
Tahun Baru Imlék	新春、農曆新年	除夕至正月初一	1
Isra Mikraj	夜行登霄（伊斯蘭）	伊斯蘭曆賴哲卜月（7月）27日	1
Nyepi	寂靜日／峇里曆新年（印度教）	峇里曆10月1日	1
Wafat Isa Almasih（伊斯蘭稱呼）Wafat Yésus Kristus（基督教稱呼）	耶穌受難日	復活節前的星期五	1
Hari Buruh Internasional	國際勞動節	5月1日	1
Hari Raya Waisak	衛塞節／佛誕節（佛教）	印度陰曆 Vaisakha 月月圓之日	1
Kenaikan Isa Almasih（伊斯蘭稱呼）Kenaikan Yésus Kristus（基督教稱呼）	耶穌升天節（基督教）	復活節後的40天，星期四	1
Hari Raya Idulfitri	開齋節（伊斯蘭教）	伊斯蘭曆閃瓦魯月（10月）1日	1。由於許多人返鄉團圓，實質放假可長達一週
Hari Lahir Pancasila	建國五常誕生日	6月1日	1
Hari Raya Iduladha	宰牲節／哈芝節（伊斯蘭教）	都爾黑哲月（12月）10-13日	1
Hari Kemerdékaan RI [ér-i]	印度尼西亞共和國獨立紀念日、國慶日	8月17日	1
Tahun Baru Islam	伊斯蘭新年	木哈蘭姆月（1月）1日	1
Maulid Nabi Muhammad SAW [Shalallaahu Alaihi Wassalaam]	聖紀節（伊斯蘭教）	賴比爾・敖外魯月（3月）12日	1
Hari Raya Natal	聖誕節（基督教）	12月25日	1

除了這些國定假日之外，印尼也慶祝這些節日

10-05-03.MP3

名稱	中文	日期
Hari Valentine	西洋情人節	2 月 14 日
Hari Kartini	婦女節（卡蒂妮節）	4 月 21 日
Hari Anak Internasional	國際兒童節	6 月 1 日
Hari Anak Nasional	印尼兒童節	7 月 23 日
Hari Batik	蠟染國服日	10 月 2 日
Hari Guru Internasional	國際教師節	10 月 5 日
Hari Sumpah Pemuda	青年誓言日	10 月 28 日
Hari Pahlawan	忠烈節	11 月 10 日
Hari Ayah	父親節	11 月 12 日
Hari Guru Nasional	印尼教師節	11 月 25 日
Hari Ibu	母親節	12 月 22 日

在紀念日時常做的事有哪些？

10-05-04.MP3

parade
v. 遊行

menonton pertunjukan kembang api
ph. 看煙火秀

menonton pertunjukan kesenian
ph. 看藝術表演

berkencan / berpacaran
n. 約會

berbelanja
n. 購物

berjalan-jalan ke luar negeri
n. 出國旅遊

在紀念日裡會做些什麼呢？

01 特殊節慶

10-05-05.MP3

常見的紀念節慶有哪些？

Hari Natal
n. 聖誕節

Hari Pengucapan Syukur / 外 Thanksgiving
n. 感恩節

Hari Halloween
n. 萬聖節

Hari Paskah
n. 復活節

Hari Jadi / 外 Anniversary
n. 周年紀念日

Hari Ibu
n. 母親節

Hari Ayah
n. 父親節

Festival Pertengahan Musim Gugur / Féstival Kué Bulan
n. 中秋節

Hari Lampion
n. 元宵節

Hari Bakcang
n. 端午節

Tahun Baru Imlék
n. 農曆春節

Malam Tahun Baru Maséhi
n. 跨年夜

hari batik n. 蠟染國服日	hari raya nyepi n. 寂靜日、峇里曆新年	hari buruh n. 勞動節

10-05-06.MP3

Tips 生活小常識：送禮篇

送禮的印尼語是「memberi hadiah」，除了生日送生日禮物，在印尼有些節日也會有送禮的習俗。

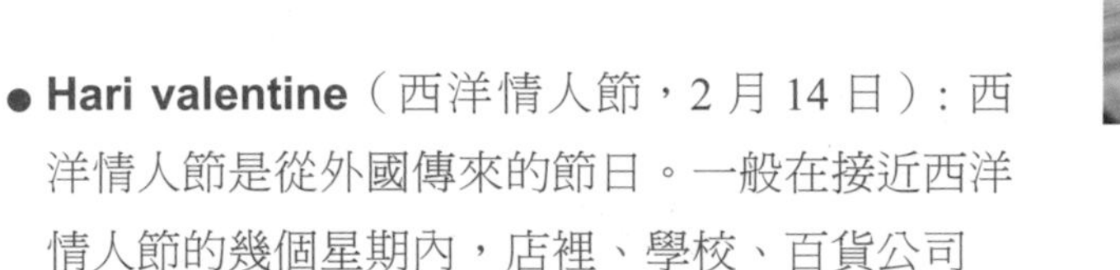

- **Hari valentine**（西洋情人節，2 月 14 日）：西洋情人節是從外國傳來的節日。一般在接近西洋情人節的幾個星期內，店裡、學校、百貨公司等地方都會有西洋情人節相關的裝潢，商店也常藉此機會做促銷活動。在印尼，一般男生會在這個時候給心儀的女生送 bunga（花）或 cokelat（巧克力）。

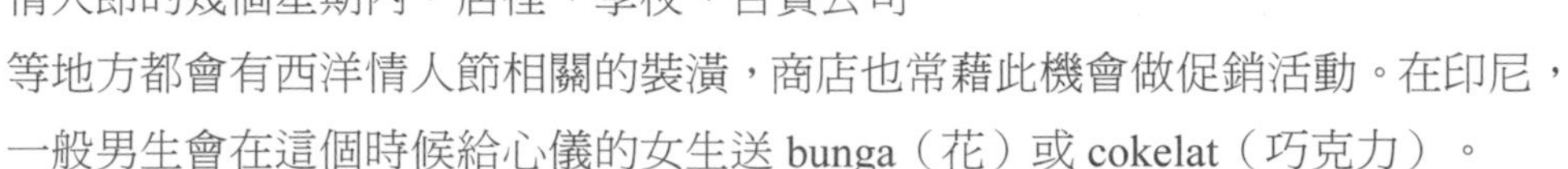

- **Hari Natal**（聖誕節）：在印尼，聖誕節雖是個神聖的宗教節日，但慶祝聖誕節的一般只有基督和天主教徒。不過，在這一天各地仍會出現聖誕裝飾及聖誕節促銷活動。有些慶祝聖誕節的人會送禮物給孩子，有些學校、公司或社團也會舉行交換禮物活動。但即使如此，聖誕老人的傳說並沒有因為這些慶祝而在印尼廣為盛行。

- **Hari raya Idulfitri**（開齋節）：開齋節是印尼最大的節日，相等於台灣的春節。在開齋節的時候，一般公司會發給職員 THR（Tunjangan Hari Raya：節假日福利，類似年終獎金的概念），一般等於一個月的工資。朋友之間會在這個時候互相送禮餅，公司也會贈送禮餅給職員。在城市打拼的人會在這個時候返鄉，到家後也會給父母、親友送禮。

02 生日

10-05-07.MP3

在慶生時常做的事有哪些？

書 menyanyikan lagu ulang tahun / 口 nyanyi lagu ultah
ph. 唱生日歌

書 membuat harapan / 外 口 make a wish
ph. 許願

書 meniup lilin / 口 tiup lilin
ph. 吹蠟燭

書 memotong kué / 口 potong kué
ph. 切蛋糕

書 membuka kado / 口 buka kado
ph. 拆禮物

書 membacakan isi kartu ucapan
ph. 唸卡片

常說的生日賀詞有哪些？

1. **Selamat ulang tahun.** 祝你生日快樂
2. **Semoga impianmu terkabulkan.** 希望你夢想實現。
3. **Semoga selalu séhat dan berbahagia selalu.** 希望你一直健康快樂。
4. **Semoga semakin muda.** 祝你越來越年輕。
5. **Semoga semakin suksés.** 祝你凡事更有成就。
6. **Semoga banyak hadiah.** 祝你收到很多禮物。
7. **Semoga panjang umur.** 祝你長命百歲。
8. **Semoga semakin bijaksana.**
   希望你變得更加聰明睿智。

特別專欄

印尼的國慶日

在印尼，除了宗教節日以外，最大的慶典就是 ❶ Hari Kemerdekaan（國慶日／獨立日）了。印尼的國慶日是每年的 8 月 17 日。印尼經歷了三個世紀多的殖民統治後，終於在西元 1945 年 8 月 17 日宣布獨立。印尼獨立初期，當時的荷蘭政府仍想要捲土重來搶回印尼領土的統治權，經過四年多的浴血抗戰之後，終於在 1949 年戰事平定，並開始走向和平的歲月。國慶日正是所有印尼人慶祝從殖民者手中奪回自由的日子。而現今的印尼，每到國慶日的時候，全國上下都會舉行升旗典禮，除了學校和社區的規模之外，國家級的升旗典禮更是不容錯過，甚至於在全國直播。而關於國慶日的升旗典禮一般有以下環節：

1. Mengibarkan bendéra Sang Mérah Putih diiringi dengan lagu Indonesia Raya（升起紅白旗，同時唱國歌《偉大的印度尼西亞》）：❷ Paskibra（升旗隊伍）在升旗時，會有 orkéstra（樂隊）演奏或 kelompok paduan suara（合唱團）頌唱國歌，參與升旗典禮的所有人要在國旗升起的全過程中 hormat kepada bendéra Merah Putih（向國旗敬禮）。一般的升旗典禮中（非國慶日）也有這個環節。

2. Membaca téks Pancasila 朗讀《建國五項原則》：Pancasila 是印尼憲法的基本精神，每當升旗典禮時，pembina upacara（升旗典禮培育官）都會帶領 peserta upacara（升旗典禮參與人）一起朗誦 Pancasila。一般的升旗典禮中（非國慶日）也有這個環節。

3. Membaca Téks Pembukaan UUD [u-u-dé] 1945 朗讀《1945 年憲法》前言：印尼憲法經過四次 amandemén（修憲），但是憲法的前言從未改過，因為前言是印尼國家成立的基礎和目的。每次升旗典禮的朗誦，是為了紀念印尼的獨立得來不易。
4. Membaca Téks Proklamasi 朗讀《獨立宣言》：Téks Proklamasi 是國父蘇卡諾於 1945 年 8 月 17 日宣布印度尼西亞共和國獨立朗誦的宣言。這個宣言由 pembina upacara 帶領朗誦。這個部分是國慶日專有的。
5. Mengheningkan Cipta 默哀：印尼升旗典禮中會有默哀的部分，這是為了紀念抗戰時犧牲的國家英雄。默哀時，會有樂隊或合唱團演奏或歌唱 Lagu Mengheningkan Cipta （《默哀歌》）。一般的升旗典禮中（非國慶日）也有這個環節。

升旗典禮結束後，在學校和各地區都會舉辦一些友誼競賽活動：

❸ Panjat pinang（爬檳榔樹）：檳榔樹或鐵桿上塗滿油，在頂部掛滿獎品和現金。參賽者爬上樹或鐵桿，拿到的任何獎品就歸他了。Panjat pinang 這項比賽據說源自福建、廣東、台灣的「搶孤」。這項活動最早的文字記載是在明朝，然而到了清朝，由於時常造成死傷，政府就禁止了這個危險的活動。然而台灣在日治時期又恢復了這個搶孤活動，沿襲至今。經過華人南遷，「搶孤」也就傳到了荷蘭殖民時期的印尼，當地人稱之為 panjat pinang，也就是爬檳榔樹的意思。荷蘭人常常會在婚禮等隆重節目上舉行這項 panjat pinang 比賽，找本地的人前來參與，藉以將場子的氣氛炒熱。

❹ Masukkan sumpit ke dalam botol（將筷子放進瓶子裡）：這項活動是在地上放著一個玻璃瓶，參賽者腰上綁一條繩子，繩子上綁著一根筷子、一隻鉛筆或一根釘子。參賽者得靠腰力將筷子（等物）順利放進瓶子裡，而第一個放進瓶子的參賽者便能取得獲勝。

❺ Menghias sepéda（裝飾自行車）：這項活動可謂是相當華麗的自行車嘉年華會。有自行車的人都會發揮想像力裝飾自己的自行車並外出展示，最後裝飾的最有創意的自行車便能夠獲得獎項。

❻ Séndok keléréng（湯匙和彈珠）：參賽者嘴上銜著一個湯匙，然後湯匙上放一顆彈珠。參賽者必須從起點線走到終點線，同時要保持彈珠的平衡，在到達終點線前不能下，否則就得從起點重新開始出發。最快到達終點的人為贏家。

❼ Makan kerupuk（吃炸餅）：參賽者要將手綁在身後，然後頭上（或面前）有條繩子，繩子上會綁著一塊 kerupuk（炸餅）。各個參賽者要在炸餅動來動去又不能用手的情況下比誰吃得快，先吃完的人就能獲勝。

❽ Balap karung（米袋賽跑）：殖民時期，貧窮的勞工身上穿的衣服是 karung goni（米袋）布料做的，不僅穿著不舒服，還會生跳蚤。到了現在，為了紀念當時的苦難的生活狀況，於是就會在國慶日舉行穿著米袋跳的賽跑遊戲。規則是參賽者把雙腿包在米袋裡，一路跳到終點線，當然也是先抵達終點的人獲勝。

❾ Tarik tambang（拔河）：荷蘭統治印尼的時期，逼迫了許多老百姓去做苦力，讓他們用長長的繩子來拉動重重的建築材料。然雖說是受到統治者的高壓逼迫，但老百姓在幹活時不忘偷懶、苦中作樂，將作為工具用的繩子當玩具來玩，跟同伴們拉拉扯扯，漸漸就奠定了國慶日中 tarik tambang（拔河）這項傳統比賽的雛形。因前述歷史背景之故，人們亦開始將拔河比賽意識為印尼對抗殖民者的象徵之一。

國慶日很多商家也會趁機賣國慶裝飾、服飾來大賺一筆。許多服飾店會推出印有 17、8、45 這幾款與獨立日期相關數字或者是 Indonesia 字眼的紅白色衣服大賺愛國財。而在 mall（百貨公司）裡也會播放愛國歌曲，電視上也會播出各種歡慶國慶的歌唱表演節目。

國慶日當天，全國上下，熱血沸騰。畢竟，印尼的先賢先烈們拋頭顱、灑熱血所換來自由和平的過往也才剛過短短的 70 餘年，在人們的腦海中（特別是對於部分親身經歷過戰亂的長輩）仍記憶猶新，故人民愛國情感之濃厚，自然不在話下。

台灣廣廈 國際出版集團 Taiwan Mansion International Group

國家圖書館出版品預行編目（CIP）資料

我的第一本圖解印尼語單字/王耀仟(Bob Justin Wangsajaya)著
. -- 初版. -- 新北市：國際學村出版社, 2022.06
面； 公分
ISBN 978-986-454-215-4（平裝）

1.CST：印尼語 2.CST：詞彙

803.9112 111004445

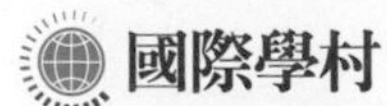

我的第一本圖解印尼語單字

一看就懂的日語文法入門書，適用完全初學、從零開始的日語文法學習者！

作　　者／王耀仟
(Bob Justin Wangsajaya)

編輯中心編輯長／伍峻宏・**編輯**／王文強
封面設計／張家綺・**內頁排版**／菩薩蠻數位文化有限公司
製版・印刷・裝訂／東豪・弼聖・秉成

行企研發中心總監／陳冠蒨
媒體公關組／陳柔彣
綜合業務組／何欣穎
線上學習中心總監／陳冠蒨
產品企製組／黃雅鈴

發 行 人／江媛珍
法 律 顧 問／第一國際法律事務所 余淑杏律師・北辰著作權事務所 蕭雄淋律師
出　　版／國際學村
發　　行／台灣廣廈有聲圖書有限公司
地址：新北市235中和區中山路二段359巷7號2樓
電話：（886）2-2225-5777・傳真：（886）2-2225-8052

代理印務・全球總經銷／知遠文化事業有限公司
地址：新北市222深坑區北深路三段155巷25號5樓
電話：（886）2-2664-8800・傳真：（886）2-2664-8801
郵 政 劃 撥／劃撥帳號：18836722
劃撥戶名：知遠文化事業有限公司（※單次購書金額未達1000元，請另付70元郵資。）

■ 出版日期：2022年06月
ISBN：978-986-454-215-4